黃易

覆雨翻雲

異俠大系・新編完整版

卷五

覆雨翻雲

卷五

目錄

覆雨翻雲

卷五

目錄

第一章　狼心狗肺

長沙府外，密林裡。

褚紅玉追著戚長征，到了密林的近緣處，止步停下，看著這在芳心裡留下了軒昂灑脫、狂野不羈印象的青年高手，在原野裡時現時隱好一會兒後，消失不見。

她禁不住一陣惘然。

湧起恨不相逢未嫁時的悵然感覺！

假設自己能早點遇上這麼個動人的男人，必會不顧一切隨他而去，現在卻只能在深閨夢裡，偷偷去思憶回味。

特別吸引她的是他那不受任何事物拘束的豁達大度，而自己卻像給一條無形的鐵鍊緊鎖著雙翅，再沒有任意飛翔的自由。

神傷意亂中，玉頸後忽然癢癢痲痲的，她本能地舉手往頸後拂去，驀覺不妥，待要往前逸走，腰間一痲，往後軟倒。

倒進一個強壯青年男子的懷裡。

那人伸出有力的雙手，緊箍著她的蠻腰，手掌在她小腹摩挲著，前身緊貼著她的豐臀，充滿了淫褻侵犯的意味。

那人把臉湊到她耳旁，輕囓著她圓潤嫩滑的耳珠，「嘖嘖」讚道：「眞是天生尤物，戚長征那小子太不懂享受了，放著你這般美食珍餚，都不好好品嘗。」

他的聲音帶著奇異的外國口音，偏是非常溫柔好聽，教人生不出恨意。

褚紅玉顫聲道：「你是誰？」

那人提起右手，捉著她巧俏的下巴，把她的俏臉移側至面面相對的位置。

一張英俊至近乎邪異，掛著懶洋洋笑意的青年男子面容，出現在她眼前。

褚紅玉看得呆了一呆，暗忖這人武功既高明之極，又生得如此好看，具備了一切令女性傾倒的條件，何須用這樣的手段調戲女人。

青年男子眼中閃著誘人的亮光，微笑道：「在下鷹飛，幫主夫人你好。」

褚紅玉一震道：「既知我是誰，還不放開我？」

鷹飛吻上她的香唇，一對手肆無忌憚地在她動人的肉體上下活動著，由衣外侵進衣內，掌心到處，一陣陣引發褚紅玉春情激蕩的熱流，湧進她體內。

褚紅玉神智迷糊，竟忘了對方的淫邪侵犯，吐出丁香小舌，任對方吮啜。

當鷹飛離開了她的香唇時，她的嬌軀仍在他手底下扭動抖顫著，張開小嘴，不住急喘。

鷹飛細賞她火紅的俏臉，滿意地道：「戚長征若知道你可變成這淫蕩的樣子，必然會後悔剛才放過了你。」

褚紅玉聽到戚長征的名字，從高漲的慾潮稍稍清醒過來，勉力振起意志，哀求道：「放開我吧！」

鷹飛柔聲道：「教我怎麼捨得！」

褚紅玉強忍著對方無處不到的撥弄，那令她神飄魂蕩的挑引，顫聲道：「你爲何要這樣對我？」

鷹飛顯然對褚紅玉現在欲拒還迎的情狀非常欣賞，並不進一步去侵犯她，淡淡道：「因爲你愛上了戚長征，等若是他的女人，所以我定要使你背叛他，好讓他難受。」

褚紅玉熱淚湧出，神志陡地回復過來，悲叫道：「你這膽怯鬼！不敢向戚長征挑戰，卻用上這種卑鄙手段！」

鷹飛的手停了下來，若無其事道：「你錯了，不敢面對我的是戚長征，他的刀雖好，比之我的『魂斷雙鉤』仍有一段距離。」

褚紅玉一呆道：「那你爲何不正式和他鬥上一場？」

鷹飛輕嘆道：「因爲我要把他生擒，再以諸般手段，將他折磨成一個廢人，然後放他回怒蛟幫去，這對怒蛟幫的打擊，比甚麼都更有力。」頓了一頓又道：「這小子有股天生豪勇冷傲氣質，我雖能穩勝他，卻難保不會被他臨死前的反撲所傷，要生擒他更是絕無可能，所以不得不運用種種手段，摧毀他的信心和冷靜，再布下圈套，才有望把他生擒，這是一個獵人與獵物的遊戲，不是挺有趣嗎？」

褚紅玉道：「他走了，你爲何還不去追他？」

鷹飛嘴角綻出一絲陰笑，道：「他走不了的，甚麼地方也去不了。」

褚紅玉心中一寒，道：「你究竟是誰，和戚長征有甚麼深仇大恨？」

鷹飛眼中閃過寒芒，沉聲道：「我和方夜羽都是蒙古人，你明白了嗎？」

褚紅玉想不到他如此坦白，有問必答，一呆道：「爲何要告訴我這些秘密？」

鷹飛輕吻了她的香唇，柔聲道：「因爲我怕待會姦污了你後，捨不得殺了你，把你的裸體曝屍林內，好嫁禍戚長征，故此特意讓你知道所有秘密，逼自己非對你痛下辣手不可，這答案你滿意嗎？」

他可恨的手驀然加劇地再次進行挑情的活動，肆意逗弄這成熟的懷春少婦。

褚紅玉眼中射出既驚恐又興奮之色，肉體的酥麻，糅合著心中的驚懼痛苦，那種折磨，使她差點發狂叫喊，一邊垂淚，一邊嬌喘著道：「你這狼心狗肺的魔鬼！」

鷹飛爲她寬衣解帶，邪笑道：「盡情罵吧！我保證在幹你時，你的身心都會歡迎我。」

褚紅玉心中淒然，天啊！爲何我竟會遇上這種惡魔？

鷹飛柔聲道：「不過凡事都有商量，只要你肯乖乖爲我做一件事，那我只會佔有你的身體，卻不會殺死你。」

褚紅玉燃起一線希望，道：「你要我做甚麼事？」

鷹飛笑道：「親個嘴再說！」又封上她的櫻唇，暫停解脫她僅剩下來的褻衣。

褚紅玉發覺自己的情緒完全落到對方的控制裡，甚至不敢拂逆他，迷失在他任意施爲、忽軟忽硬的厲害手段裡。

唇分。

褚紅玉喘息著道：「休想我信你，你不是說因我知道了你的秘密，所以不得不殺死我嗎？何況你還要利用我嫁禍戚長征！」

鷹飛淡然道：「你可以罵我是殺人不眨眼的強徒，又或是採花淫賊，但高貴的蒙古人是不會言而無信的。我會以一種獨門手法，使你事後昏睡三十天，那時戚長征早落到我手中，他是否被人認爲是淫徒亦沒有甚麼關係了。」

褚紅玉愕然道：「你不怕我醒來後告訴別人是你幹的嗎？」

鷹飛微笑道：「你不會的，因爲那時你將發覺自己愛上了我，沒法忘記我曾給你的快樂。何況若讓我知道你暴露了我們的秘密，我定會再找上你，將你姦殺，然後把你所有親人都殺掉，當然包括你的幫主丈夫，你應不會懷疑我有這能力吧！」

褚紅玉顫聲道：「你殺了我吧！」

在鷹飛軟軟硬硬的擺布下，她失去了應付對方的方寸，腦筋亦難以有效運作。

鷹飛這時將她最後一件蔽體的褻衣脫了下來，盡露出她羊脂白玉般的美麗胴體，又把她扳轉過來，壓在一棵大樹處，盡興施展挑情手段。

褚紅玉被逗得春情勃發，不可遏止，不住喘息扭動逢迎，明知對方是魔鬼也忍不住熱烈反應著。

鷹飛柔聲道：「做我的乖奴才吧！何況我又不是要你去殺戚長征，只是要你答我幾個問題，就算說了出來，我亦未必能用之來對付戚長征，只不過想看著你肯爲我而背叛他罷了！他就算知道你在這種情況下做了一些對他不利的事，亦不能怪你，是嗎？」

褚紅玉一方面被體內洶湧澎湃的春情搞得神魂顛倒，另一方面亦似覺得對方言之成理，同時想到若不依從對方會引致的悽慘後果，最後的意志防線終於崩潰，嬌喘著道：「你問吧！」

鷹飛道：「戚長征曾向你問及關於我們駐腳的地方，你告訴了他甚麼？千萬勿說謊，因爲其實我一直在旁偷聽著你們的說話，所以只要你有半句謊言，你將陷進萬劫不復的絕境。」

「哎呀！」

褚紅玉驀地驚覺對方已破體而入，一股強烈至無可抗拒的快感蔓延全身，激呼道：「求你快問吧！」

鷹飛嘴角掠過一絲滿足冷酷的笑意，知道這風韻迷人的美人終於完全落進他的掌握裡，不但背叛了她的丈夫，背叛了戚長征，也使他知道怎樣布下對付戚長征的陷阱。

還有甚麼能使此刻的他更感快意？

聽得山東布政使謝廷石和都司萬仁芝駕到，韓柏由椅內緊張地彈了起來，要和陳令方、范良極出房迎迓。

范良極一手把他攔著，兩眼上翻，「嘖嘖」連聲道：「我現在更肯定你前世必是野猴一頭，除了搔首抓耳外，連彈跳力都學個十足，看你堂堂專使大人，這麼一蹦一跳成何體統，還不給我乖乖坐回去？」

韓柏又好氣又好笑，心想前世或不知誰是猴子，但今世則沒有人比范良極的尊容更像隻老猴，灑然坐回椅子去，接著擺出陳令方教下高麗大官的官款，倒是似模似樣的。

事實上韓柏的賣相確是非凡，尤其是他有種隨遇而安的飄灑氣質，很易討人歡喜，使人信任他。

陳令方剛要開門。

范良極打出阻止的手勢，好一會兒侍腳步聲來到門外，才施施然把門拉開。

外面站了個身穿官服的胖漢，不問可知是那都司萬仁芝，另外還有五名武裝侍衛。

其中一名侍衛向其他四人打了個眼色，那四人一言不發，往左右散開，負起把風守護之責。

陳令方知機地不發言，迎兩人進房內，分賓主坐下。

那名侍衛脫下帽子，向韓柏嘰哩咕嚕說了幾句話。

陳令方一聽大驚失色，想不到這假扮侍衛的山東布政使謝廷石高麗話說得如此出色，內容提及高麗當今丞相是他老朋友，不知對方近況如何，又順道向韓柏這假專使表示友好。

韓柏不慌不忙，悠然一笑，以僅堪應付的高麗話答道：「想不到大人的高麗話說得這麼棒，惹得我動了思鄉之情，不過入鄉隨俗，讓我們說回貴國的話會更合禮節呢！」

這是陳、范、韓三人反覆思量下想出來的「百搭」高麗答話之一。要知無論兩人如何勤力，要在十多天內學懂許多高麗話，實屬妙想天開。但若只苦練其中幾句，則卻是輕而易舉的事，連語音調子的神韻亦不難把握。

好像現在韓柏根本完全不知對方在說甚麼，答起來卻是絲毫不露破綻，還表現出氣度和身分。

謝廷石果然毫不懷疑，伸手一撚唇上的八字鬍，瘦長的臉露出笑意，閃閃有神的眼光在韓柏和范良極迅快掃視了兩遍，道：「如此下官便以漢語和兩位大人交談了。」

韓柏和范良極見過了關，大爲得意，一番客氣套詞後，陳令方轉入正題，問道：「不知布政使大人爲何暗下來訪？有甚麼用得著陳某的地方，請直言無礙！朴專使和侍衛長大人都是陳某好友，可說都是自家人。」

陳令方本不是如此好相與的人，只是現在得罪了楞嚴和胡惟庸，自身難保，又知謝廷石乃燕王棣系統的人，自是想套套交情，少個敵人，多個朋友。

肥胖的都司萬仁芝連忙道：「我早說陳公曾和下官在劉基公下一齊辦過事，最夠朋友，謝大人有難，陳公絕不會坐視不理。」

謝廷石暗忖陳令方肯幫忙有啥用，最緊要這專使和侍衛長肯合作，嘆了一口氣道：「這事說來話長，下官本自問今次不能免禍，豈知上京途中，在萬都司府裡忽然得到蘭致遠大人送文書進京的人密告，知道專使大人尚在人世，才看出一線生機。」

韓柏等三人聽得滿腦子茫然，呆呆相覷。

范良極趕快嘿嘿一笑道：「布政使大人有甚麼困難，即管說出來，我們專使大人最愛結交朋友，何況布政使之名，我們早有耳聞，知道你對敝國最是關護，既是自家人，有話但請直言。」

這番話其實說得不倫不類，好處卻是正中謝廷石的下懷，是他久旱下期待的甘露，大喜道：「有侍衛長這番話，下官才敢厚顏求專使幫下官一個大忙，日後必有回報。」

韓柏好奇心大起，催促道：「大人有事快說，否則宴會開始，我們要到外面去了。」

謝廷石道：「這事說來話長，一年前，邀請貴國派使節前來的聖旨，便是由下官親自送往貴國，所以當我接到你們到敝國來的消息時，立即親率精兵，遠出相迎，豈知遲了一步，專使的車隊已被馬賊襲擊，除了遍地屍體外，其他文牒和貢品全部不見，下官難過得哭了三天，連忙派人往貴國去，看看能否派出另一個使節團，豈知原來皇上最想得到的『高麗靈參』已全由專使帶到中原，下官一聽下魂飛魄散，若給皇上知道，下官哪還有命，不株連九族已是天大恩典了。」

范良極等三人聽得暗自抹了一把冷汗，若高麗再派出另一使節團，他們所費的所有心力，都要盡付東流了。

韓柏深吸了一口氣，壓下波動的心情道：「請大人記緊快速通知敝國國君，告訴他我和侍衛長安然無恙，千萬不要再派第二個使節團來，就算眞個已另有人來，也要把他截著，免得他白走一遭。」

謝廷石道：「專使吩咐，下官當然不敢稍違。」

陳令方奇道：「現在靈參沒有掉失，大人還擔心甚麼？」

謝廷石嘆了一口氣道：「若讓皇上知道下官連一個使節團都護不了，又讓靈參差點失掉，即管皇上肯饒過我，胡惟庸等亦絕不肯放過我，小則掉官，大則殺頭，你說我要不要擔心。」

韓柏和范良極對望一眼，至此才鬆了一口氣，暗忖原來只如此一件小事，橫豎要騙朱元璋，再騙多一項有何相干。

陳令方皺眉道：「皇上一向以來最寵信就是燕王，有他保你，還怕甚麼呢？」

在旁聽著的萬仁芝插入道：「陳公離京太久了，不知朝廷生出變化，本應繼承皇位的懿文太子六個月前剛過了世，皇上本想立燕王爲皇太子，繼承皇位，可是胡惟庸、楞嚴和其他大臣等無不齊聲反對，現在皇上已決定了立懿文太子的兒子允炆爲皇太孫，只是尙未正式公布吧！」

陳令方這才恍然大悟，在朱元璋的二十六個兒子裡，以燕王棣最有謀略和勢力，若朱元璋決定以允炆繼承皇位，爲了鞏固其地位，必須及早削掉燕王權勢，燕王駐鎭北平，位於布政使司布政使謝廷石的管治範圍內，若要削人，第一個要削的自是謝廷石。所以若謝廷石給胡惟庸等拿著痛腳，恐怕不會是掉官那麼簡單，難怪他如此緊張。

楞嚴心懷不軌，自是不想力可治國的燕王登基。若能立允炆爲皇太孫，實是一石二鳥的妙計，最好是朱元璋死後，出現爭奪皇位的情況，否則立個聲望地位均不能服眾的皇帝，亦是有利無害。

韓柏大拍胸口保證道：「大人有何提議，只要本專使做得到的，一定幫忙。」

謝廷石長身而起，一揖到地道：「大恩不言謝，將來謝某定必結草啣環以報專使。」興奮下他自稱謝某，顯示這已是大套私人間的交情。

韓柏慌忙扶起。

各人重行坐好後，謝廷石清了清喉嚨，乾咳兩聲後道：「下官經過反覆思量，知道只要專使能在皇上駕前隱去遇盜襲擊一節，即一切好辦。」

陳令方皺眉道：「可是此事早由蘭致遠報上京師，我們就算有心隱瞞恐亦難以辦到。」

謝廷石道：「陳公請放心，致遠知道專使來自高麗後，即想到其中關乎到下官生死大事，故在文書中略去遇劫一節，又嚴禁下面的人向任何人提起此事，所以只要我們能想出個專使爲何會到了武昌的理由，一切問題當可迎刃而解。」

范良極大笑道：「這事簡單至極，朱……不！貴皇上最緊張就是那幾株靈參，只要我們說因得布政使指點，專程到武昌附近某處汲取某一靈泉之水，製成一種特別的美酒，用以浸參，可使靈效大增，則布政使大人不但無過，反而有功呢！」

謝廷石拍案叫絕，旋又皺眉道：「可是若皇上喝酒時，發覺那只是貴國以前進貢的酒，又或只是一般美酒，豈非立時拆穿了我們的謊言嗎？」

韓柏和范良極對望一眼，齊聲大笑起來。

當謝、萬兩人摸不著頭腦之際，韓柏拍心口保證道：「這個包在我身上，只要貴國天子肯嚐他媽的一口，絕不會懷疑那是帶有天地靈氣的酒。」

兩人半信半疑，不過見他如此他媽的有把握，不好意思追問下去。

陳令方悠悠道：「看來布政使大人應是由山東一直陪著專使到了武昌，現在又陪著坐船往京師去，不知我有否說錯。」

謝廷石大打官腔道：「當然！當然！否則皇上怪罪下來，下官怎承擔得起。」

韓柏和范良極心中叫好，得此君在旁伺候，誰還會懷疑他們的假身分。

范良極仍不放心，道：「布政使大人須記緊不要誘我們說家鄉話，因爲來貴國前，我王曾下嚴令，要我們入鄉隨俗，只可說中土語，大人請見諒。」

謝廷石早喜上心頭，哪會計較說他媽的甚麼話，連連點頭。

這時馬雄來報，說貴賓駕臨。

眾人興高采烈，出房下樓而去。

第二章　將計就計

戚長征全力飛馳。

體內眞氣循環不息，無稍衰竭。

他試著把本身傳自浪翻雲的內功心法，和封寒的心法融會應用，起始時有若南轅北轍，各不相容，每當運起其中一法時，另一法便橫逆衝梗，可是當他並不蓄意運用任何一種心法時，反隱隱覺得兩者其中自有相通之處。

至此豁然而悟，任由體內眞氣自然流動，只守著任督兩脈，其他奇經八脈，順乎天然，就好像一道大河，其他千川百溪盡歸其內，一絲不亂。

他一邊飛馳，一邊馳想刀法，忽爾間渾忘了招式，只感無招更勝於有招，有法自可達致無法之境。

穿林過野，上山下丘。

夕照之下，整個天地與他共舞著。

有意無意間他再晉入了晴空萬里的刀道至境。

涼亭在望，遠處山腳下的蘭花鎮燈火點點。

突然升起了不祥之感。

涼亭依然，獨不見水柔晶芳蹤。

戚長征心中一沉，掠進涼亭之內，看看是否有她的留言。

頓時由一個幻夢般的世界，回到了殘酷的現實裡。

他的心一直往下沉，唯一可慶幸的，是發現不到血跡或任何打鬥的餘痕，當然亦沒有水柔晶的留字。

「柔晶！柔晶！」

當他找遍附近方圓百丈之地後，終頹然坐到亭內。

他竭力地沉著氣，拚命叫自己冷靜，但心中的懊惱悔恨，卻是有增無減。

他實在不應讓水柔晶離開他身邊的。

「啪！」

一掌拍在亭心石桌上。

痛楚使他醒了醒，心忖我仍是低估了鷹飛這奸賊，說不定那天他只是詐作受傷遁去，查實一直追在我們身後，見柔晶離開了我，立時出手把她擒下，現在他會把柔晶帶到哪裡去呢？這惡魔會怎樣對付她呢？想到這裡，他眞的不願再想下去。

假設雨時在就好了，他必能想出營救柔晶的方法。

不！

戚長征你現在只能靠自己。

她會在哪裡呢？

忽然間他冷靜下來，設想假若自己是鷹飛，自然應在水柔晶離開他時立即動手擒人，這樣才不會追失了他。

如此說來，鷹飛應在長沙府出手把她擒下，亦應把她留在那裡，然後再來追殺他。

但為何直至這刻鷹飛仍未現身？

說到底，他主要的目標獵物仍是自己。

想到這裡，腦際靈光一現，跳了起來，全速往山下奔去，掠往蘭花鎮。

他頭也不回，直至奔進鎮內，不理路人驚異的眼光，閃入一條橫巷，再躍上最高的一所房子的屋頂，伏在瓦背，往鎮外望去。

若鷹飛追在背後，見他如此舉動，定以為他自知不敵，要落荒逃走。

假設他現身追來，必難逃過他的眼睛。

一個時辰後，鎮外的荒野仍是沒有半點動靜。

戚長征的信心開始動搖起來，旋又咬牙忍著趕返長沙府的慾望，想道：「我老戚死也不肯信你不是追在我背後，你能忍我亦能忍，就讓我們比拚一下耐性。」

立下決心後，他收攝心神，不片晌再晉入晴空萬里的境界，只覺心與神會，所有因水柔晶失蹤惹起的焦躁、懊悔，均被排出心外。

靈台一片清明。

忽地心中一動，抬頭往右側望去。

只見夕照下一道人影由鎮旁的叢林閃出，眨眼間掠進鎮內。

戚長征暗叫一聲僥倖，不再遲疑，貼著瓦面射出，落在對面另一屋頂，再幾個起落後，才躍落地上，循著來路全速往長沙府馳去。

他不虞會給鷹飛發覺，首先對方絕想不到自己能發現他入鎮，其次是對方的位置，無法看得到自己，而當鷹飛來到可看見他的位置時，他有信心逃出了對方視域之外。

到了這刻，他才回復信心，感到與鷹飛的鬥爭並非那麼一邊倒。

半個時辰後，長沙府出現眼前。

遠處火把點點。

戚長征躍上樹上，往火把光來處眺望。

那不就是他放下褚紅玉的那片密林嗎？

他手足冰冷起來，想到了最可怕的事。

鷹飛這奸徒定是對褚紅玉幹了令人髮指的淫行，再栽贓到自己身上。

他從未試過如此痛恨一個人！

戚長征想起褚紅玉可能的不幸遭遇，惱恨得差點要自盡以謝，若非自己貪和這美婦鬧玩，特別揀了她作俘虜，這慘事將不會發生。

不過現在連懊悔的時間都沒有了，強把心中悲痛壓下去，繞過火把密集之處，由東牆進入長沙府。

他並不須盲目在城內四處探訪，早先他從褚紅玉口中已詳細知道了敵人在城內的布置，其中一處最有可能是方夜羽的巢穴。

要知今次應楞嚴號召參與圍剿怒蛟幫的高手，大多是這附近幫會門派的人，這些幫派都是在這處生了根的勢力。

以褚紅玉隸屬的湘水幫來說，這裡的地痞流氓都不得不賣情面給他們，際此兵凶戰危的時刻，各幫會更將發揮出本身偵察網的最大力量，所以褚紅玉既指出那是方夜羽的可能巢穴，雖不中亦不遠矣。

在夜色裡他展開江湖夜行法，躥高掠低，忽行忽止，莫不有法，既使人難以發現他，跟蹤他的人亦休想不露出行藏。

半盞熱茶的工夫，他伏身屋簷，往對面一所華宅望去。

宅內烏燈黑火，沒有半點動靜。可是戚長征卻看到在其中幾扇窗後，都有著眼睛微至幾不可察的反光。

敵人崗哨位置的巧妙，無論他從哪個角度潛往大宅，均難逃被發覺的可能。

戚長征冷哼一聲，毫無避忌飛掠過去，越過圍牆，落在華宅正門前的空地上，一個箭步飆前。

「砰！」

大門應腳門閂斷折而開。

兩支長矛迎臉射來。

戚長征剎那間又晉入了晴空萬里的境界，靈台清明如鏡，身體往左右迅速擺動，兩矛以毫釐之差從他腰旁和臉頰擦過，連毛髮也不損半根。

這時他再無懷疑自己找對了地方。

幾日前在封寒小谷外與方夜羽的人血戰時，他對魔師宮訓練出來的搏擊之術已非常熟悉，一看此二人的出手，那種狂野勇悍、不顧自身的打法，立即鑑別出是方夜羽的死士。

那兩人明明看著長矛似破敵體而入，豈知竟刺在空檔處，駭然欲退時，戚長征左手的天兵寶刀寒光潮湧，迅施突擊，霎時間直透兩人之胸而入，似是一刀就把兩人殺掉。

兩人長矛離手，濺血後跌。

戚長征踏屍而入，進入廳內。

大廳三方的門分別擁入七至八名持斧大漢，合共二十多人，都是身穿夜行勁服，隱隱布下陣勢，守著右側的大門，似是誓死亦不讓戚長征進入該處。

四枝火把分插三邊牆上，照得大廳一片亮光。

這大廳不見一件家當，近三十人聚在那裡，仍不覺擠迫。

戚長征暴喝一聲，身刀合一，硬生生撞進敵人中間，左腳踩地，虎軀疾旋，漫天刀光，潮水般湧向敵人。

四名大漢鮮血飛濺，立斃當場。

他下了快速狙殺的決心，猛提一口真氣，倏然忽退，天兵寶刀泛起森寒殺氣，有若狂潮怒濤，捲向敵人。

黑衣大漢紛紛往外拋跌，都是一刀致命。

戚長征挾著一腔悲憤而來，兼且剛悟通無法勝有法之理，刀術大進，豈是這些人所能阻擋。

不一會兒對方只剩下六人，苦守門前。

戚長征保持著狂猛攻勢，竟能同時分神想著別的東西，這在以前是想也不敢想望會能達到的境界。

自遇到鷹飛以來，他一直處在被動的下風，雖間有小勝，但事後均證明其實是鷹飛布下的陷阱，但為何鷹飛今次卻出現了漏洞，讓自己現在有這可乘之機呢？

「哎啊！」

戚長征正要衝入。

一聲慘叫後，守在門前的敵人中刀氣絕，「砰」一聲背脊撞上身後的大門，跌了進去。

勁風迎面撲出，一名大漢右手持刀，左手以鋼盾護身，硬撞出來。

只見其勢便知此人武功遠勝剛才的眾多持斧大漢，尤其對方身穿灰衣，身分當高於穿黑衣的人。

戚長征心叫「來得好」，雄心奮起，振腕一刀劈去。

「噹！」

聲響起處，硬把那人劈了回去。

戚長征得勢不饒人，刀光護體，如影附形，貼著那人逼進去。

左右同時有兩把劍刺來，都撞在他護身刀網上，長劍反震了回去。

裡面是較小的內堂。

除了守在門旁的兩名劍手和那刀盾灰衣人外，另有十名黑衣斧手守在左方另一扇門前。

戚長征更無懷疑，敵人這種形勢，明著告訴他門後有問題，這不是陷阱還是甚麼？他這推論看來簡單，可是若非到了心似晴空萬里的境界，在這等生死關頭，哪能想得如此周詳。

他雖分神思索，手下絲毫不閒著，天兵寶刀猛若迅雷，以強絕的勁道，連續向敵盾劈了十七刀，又擋了兩側攻來的數十劍。

那灰衣人慘叫一聲，鮮血狂噴，往後跌倒，硬給他震死了。

接著他回身展開刀法，把那兩名劍手捲入刀勢裡。

那兩人左支右絀，被他殺得全無還手之力。

戚長征見這兩人雖被殺得汗流浹背，但韌力驚人，劍勢綿綿，仍不露半分破綻，暗讚一聲，猛提一口眞勁，行遍全身，「噹」一聲劈中左邊那把敵劍。

劍應聲而斷，天兵寶刀破入，劈在對方面門上，那人立時應刀頹然墜跌，氣絕當場，連死前的慘呼亦來不及叫出來。

另一劍手大驚失色，欲退走之前，天兵寶刀已由左手交右手，透胸而過。

戚長征一聲長嘯，兩腳用力，凌空撲往守著右門的十名敵人。

那十人見他如此凶悍厲害，都心生怯意，往兩旁退開。

戚長征右手刀光大盛，奇奧變幻，教人無從測度，轉眼又有四名大漢斧跌人亡。

其他六人一聲發喊，往四外逃去。

戚長征並不追趕，反轉刀柄，撞在門把處。

「砰！」

大門震開。

一盞油燈下，房內由天花垂下一根鐵鍊吊著一名女子，長髮垂下，遮著玉容，但看那高度身形、身上服飾，不是水柔晶還有誰？

房內再無敵人，一個念頭閃過腦際。

對方為何不趁自己被攔在外廳時，把人移走？

他心中冷笑，表面卻裝作情急大叫：「柔晶！我來救你了！」飛身撲了過去，一刀斬往鐵鍊。

「鏘！」

鐵鍊斷掉。

女子往他倒過來。

戚長征暗運真氣，逆轉經脈。

果然不出所料，女子一倒入他懷內，兩手閃電拍出，連擊他十八個大穴。

戚長征天兵寶刀離手，詐作穴道被點，「砰」一聲反身仰跌，躺到冰冷的地方。

那女子嬌笑聲中掠了過來，從髮上拔出兩枝銀針，各揑在左右手拇食二指間，俯身箕張雙手，分刺往戚長征左右耳後的耳鼓穴。

戚長征暗叫厲害，若真的被對方以銀針刺著控制人體平衡的耳鼓穴，任自己功力通玄，亦無法自解穴道。

換了以前的他，這刻惟有起身奮戰，但他已非昔日的戚長征，忙聚勁到耳鼓穴內。

銀針直入。

戚長征兩眼一翻，昏死過去。

那女子嬌笑退後。

就在此時，戚長征在耳鼓穴內的真勁發揮作用，生出反震之力，把銀針逼得退了三分出去。

戚長征回醒過來，暗慶得計。

腳步聲滿布室內。

一人憤然道：「這人殺了我們近四十個兄弟，最少要讓我們斬下他四肢，才能洩憤。」

女子冷哼道：「不准動他，飛爺的吩咐誰敢不聽，快照原定計劃行事。」

另一人陰陰笑道：「他落到飛爺手內，比斷了他四肢更難受，你們等著看吧！」

戚長征感到身體被抬了起來，擲進一個長箱裡去，一會兒後箱子移動起來，放到了馬車上，接著顛簸震盪，往某一目的地進發。

第三章　執子之手

風行烈盤膝坐在後花園石亭中的石桌上，全神調氣養息。

自得谷姿仙渡過處女元陰後，體內澎湃不休的眞氣由動轉靜，靜中又穩帶動意生機，另有一番天地。

今早與年憐丹一戰，名符其實從鬼門關兜了一個轉回來。

當時只覺眞氣渙散，全身經脈逆亂無章，若非丹田仍有一點元氣，恐怕要命絕當場。所以浪翻雲斷然著谷姿仙委身救他，而谷姿仙亦拋開矜持嬌羞，立即獻身於他。

最難消受美人恩，他以後定要盡力讓她幸福快樂。

這些年來她受了很多苦，現在應是得到補償的時候了。

雙修府大劫過後，躲在後山的人回到府裡，趁著谷姿仙等三女忙這忙那時，他偷空到這裡打坐練功，以應付任何突發的事件。雙修府之戰，只標誌著一場席捲江湖戰爭的開始。

腳步聲響。

谷倩蓮款步而至，一把拉起他的手，往後門走去，瞅他一眼道：「這麼快便要避了我們嗎？爲何偷偷跑到這裡來了。」

握著她溫軟的玉手，風行烈充滿了幸福的美好感覺，道：「告訴我！當日你不是整天擔心我和你小姐要好後，會不理你嗎？爲何現在毫不擔心了。」

谷倩蓮推開後門，拉著他走了出去。

院後是一條平坦的道路，路盡處是齊整的石級，通往林木婆娑的山上去。

她回頭嫣然一笑道：「現在形勢有變嘛！」

風行烈和她拾級而登，沿途景色怡人，恬靜清幽，心情大佳笑道：「變成怎樣了？」

谷倩蓮道：「若照以前的情況，小姐乃一國之君，我和素香姊連嫁你做妾都沒有資格，只能做陪嫁的婢女，也不能為你生孩子，你說我是否感到命運淒慘呢？更怕你因我們地位卑微，生出輕視之心，所以……」

風行烈聲責道：「你太不了解我的為人了。」

谷倩蓮低聲道：「倩蓮心情矛盾，只因太愛你啊！還在怪人家。」

風行烈心中一軟，連聲撫慰，又奇道：「那為何這情況又會生出變化呢？」

谷倩蓮歡喜地道：「現在夫人和老爺回來了，小姐堅持要把王位交回他們，我知道小姐這麼做，全為了你，因她看穿了你這人有若閒雲野鶴，最怕拘束，現在小姐既無王位在身，我和香姊自可嫁你為妾，為你生孩子，你說倩蓮還擔心甚麼呢？」

這時，石階已盡，兩人來到一塊草坪上，前面古樹參天，隱見一座雅緻精巧的樓閣，掩映林內。

風行烈看著眼前美景，想著美若天仙的谷姿仙，暗忖得妻如此，夫復何求，拉著谷倩蓮問道：「夫人答應了嗎？」

谷倩蓮道：「本來她不肯答應的，全賴小姐說服了她，條件是將來你和小姐生的第一個孩子，不論男女，都要繼位為王，來！莫讓夫人和小姐等得心急了。」

拉著他往樓閣走去。

風行烈一顆心忐忑躍動起來，原來到此是要正式拜見未來的岳丈和岳母，看谷倩蓮如此煞有介事，谷姿仙又曾和雙修夫人母女私下商量妥當，不問可知待會要談的必是雙修府復國和三女的終身大事，不知如何，他竟然緊張起來。

林路走盡。

林內空地處矗立著一座古色古香的木構建築，樓閣是等楣式的重簷翹堞，高翹遠出，躍然欲飛，極有氣勢。

谷倩蓮道：「這簷樓是依我們無雙國的樓閣圖樣建成，你看美不美？」

風行烈點頭讚嘆，旋又奇道：「爲何風格這般接近中土的建築規格，除了顏色較爲特別外，你不說出來，我眞猜不到是無雙國的樓閣。」

谷倩蓮道：「我們無雙國是漢代大將軍霍去病流落到域外的手下建立的，自然深受中土影響。那第一代的祖先其後娶了瓦剌人爲妻，才逐漸同化。」

風行烈這才明白，暗忖若是如此，將來縱到無雙國終老，應不會有不習慣的問題。

谷倩蓮偎入他懷裡，吻了他臉頰，才欣喜地放開他的手，領著他走進屋內。

廳內陳設比之主府更是考究，一几一椅，莫不工巧精美，壁上掛有字畫，畫內景物不是亭台樓閣，就是草原美景，使人猜到必是取材自無雙國的景物。

不捨和谷凝清含笑坐在大廳對門那方的正中處，右邊坐的是垂首含羞的谷姿仙，和立在她椅後偷看著他的白素香。

左邊有張空了出來的大椅，扶手是兩條雕出來的蒼龍，椅背盤著一隻振翅欲飛的雄鷹。谷倩蓮向不捨和谷凝清施禮後，一蹦一跳走到谷姿仙椅後，和白素香並立椅後兩旁。谷凝清看著谷倩蓮，憐愛地道：「這個小精靈，沒有一刻肯斯文下來的。」又向風行烈柔聲道：「行烈請坐！」

風行烈依禮節問好後，坐到那空椅子裡，一陣感觸，暗忖自己終於有個溫暖的家了。這種感覺，除了在厲若海臨死前一刻，他從來沒有由乃師身上得到分毫。整個童年就在厲若海冷酷嚴格的訓練下度過，養成了他孤傲的性格。遇上靳冰雲後，他本應得到一直欠缺的東西，可是無論和冰雲如何親密，冰雲對他總若天上美麗卻不真實的雲彩，使他的心不能真的平靜下來，找到歸宿的淨土。

但在這一刻，他忽然感到擁有了一切，上天再不欠他分毫。

這時一個明眸皓齒，年不過十七、八的小俏婢捧著托盤走了出來，上面放了四杯泡好了的茶，奉給坐著的四人。

當這俏丫鬟向他獻上香茗，俏臉忽地紅了起來，玉手抖顫，杯中的茶都濺了小半杯到托盤上。

俏丫鬟低聲道：「公子請用茶。」

風行烈見她嬌俏可人，接過茶後微笑問道：「這位姊姊怎樣稱呼？」

俏丫鬟手足無措道：「公子折殺小婢了，叫我玲瓏吧！」

轉身再向不捨和谷凝清奉茶，到送茶給谷姿仙時，給谷姿仙摟著她的小腰，向風行烈甜甜一笑道：「這是姿仙的貼身小婢，現在行烈應知她因何在你面前手忙腳亂了。」

玲瓏大羞下額頭差不多垂低至可碰到微隆的酥胸上去。

風行烈恍然，原來這是陪谷姿仙嫁入他風門的俏婢，禁不住暗嘆自己艷福無邊。

谷姿仙放開了手，俏婢玲瓏一陣風般逃回內堂去。

不捨含笑看著眼前一切，心中湧起無限溫馨，禁不住伸手過去拉著谷凝清的手。

谷凝清別過臉來，深情地看了自己的男人一眼，才向風行烈道：「若依無雙國的規矩，王兒大婚，全國須慶祝三天，不過現在値非常時期，故而一切從簡，我已著人在內堂備好香燭，待會行烈和姿仙拜過天地和歷代先王，便成夫婦。」頓了頓續道：「至於倩蓮和素香，我破例收她們爲義女，嫁與你做妾。行烈你有沒有意見？」

三女又羞又喜，垂下頭去，又忍不住偷偷看他，窺察他的反應。

風行烈知道這刻不能有任何猶豫的表現，長身而起，來到兩人身前，拜謝下去，叩頭行大禮。

三女亦慌忙來到風行烈旁邊，和他一齊跪下行禮。

事情如此定了下來，只待到內堂交拜天地，三女就正式成爲他風家的人。

不捨道：「行烈坐下再說，我們還有要事商討。」

各人坐好後，不捨道：「行烈若再遇上年憐丹，可有勝算？」

風行烈沉吟片晌，皺眉道：「若能給我一年時間，行烈有信心和他一決雌雄。」

他這樣說，表明現在仍及不上對方。

不捨搖頭道：「行烈你錯了，不過亦不能怪你，因爲其時你並不在場，當時浪大俠拚著硬捱了里赤媚半拳，以劍氣傷了年憐丹經脈，據浪大俠估計，他沒有三個月的時間，休想復元，所以若要殲除此魔，必須在這珍貴的三個月內進行，如讓他復元，我們的勝算更少了。」

谷姿仙失聲道：「大哥受了傷嗎？爲何我一點覺察不到？」

不捨讚嘆道：「浪翻雲確是名不虛傳，看準里赤媚生性自私，不肯全力出手，兼之被震北先生傷之在前，他才敢以身犯險受他半拳，換回憐年丹的內傷，使他短期內不敢向我府尋釁。」

谷倩蓮忍不住好奇問道：「爲何會是半拳，而不是一拳？」

不捨眼中射出仰慕之色，點頭道：「這句話問得很好，天下間亦只有浪翻雲才能把里赤媚的一拳變作半拳，亦只有他的絕世身法，才可以比里赤媚快出半線，故能純以速度移位，化去他半拳的力道。」

谷姿仙顫聲道：「雖說里赤媚受傷在先，但他的天魅凝陰至寒至毒，半拳亦非同小可，大哥不會有事吧？」

風行烈答道：「姿仙放心，你大哥已臻當年傳鷹仙去前與天心渾融爲一的境界，沒有任何傷勢可把他難倒的。」

不捨點頭道：「行烈說得對，爲父曾私下問過夢瑤姑娘，她笑說若浪翻雲眞的受了重創，里赤媚如何肯乖乖撤退，只從這點，已可知你大哥的傷並不礙事。里赤媚眞不簡單，姑不論其手段，他仍是截至目前爲止，第一個傷得浪翻雲後能全身而退的人。」

谷姿仙這才放下心事，向風行烈深情地道：「烈郎！明天我們動身追殺年憐丹……」

風行烈一愕道：「我們？」

谷姿仙嗔道：「當然是我們，你休想撇下妻妾，孤身上路，姿仙絕不許你。」

谷、白兩女見谷姿仙要這樣管他，暗暗偷笑。

風行烈無奈地從聳肩一聲長嘆，說眞的！處此新婚燕爾，他焉捨得撇下三女。忽想起一事問道：「岳父、岳母的傷勢如何？」

不捨深深看了谷凝清一眼後道：「我們幸好有天下最神妙的療傷大法，假以時日，自能復元，不過沒有幾個月的時間絕對不行。當那日來臨時，就是我們重返無雙國的時刻了。」

谷凝清俏臉赤紅，又歡喜又嗔怪地白了不捨一眼道：「你這人在小輩前亦口沒遮攔，這等荒唐話兒都可說出口來。」

不捨大笑道：「行烈莫怪我爲老不尊，可能我把自己壓抑得太久了，一旦放任，比之平常人更是狂熱，好了！讓我們到內堂去吧！」拉著谷凝清，起身往內堂走去。

三女全羞紅了俏臉，正想急步離去。

人影一閃，風行烈張開雙手，攔著三女去路。

谷姿仙走在最前頭，差點撞進他懷裡，慌忙止步，嗔道：「讓開！」

風行烈一改平時的冷傲，嬉皮笑臉道：「眞如此急不及待嗎？」

谷姿仙氣得直跺腳，又拿他沒法。

谷倩蓮伸指戳在他胸口道：「小子！未過門就想欺負我們嗎？」

白素香在谷姿仙身邊搧風點火道：「小姐！不要怕他，這人只是得個唬人樣兒吧！」

谷姿仙一挺酥胸，紅著臉嬌喝道：「你待要怎樣？」

風行烈見這一妻二妾如此俏皮動人，直酥進骨子裡去，抱拳道：「三位娘子息怒，我只是有個提議，想說出來讓娘子們參詳參詳。」

谷姿仙一呆道：「甚麼提議？」

風行烈「不懷好意」地微笑道：「今晚我們就以天和地作我們的新房，星星和月兒作見證，溫泉作我們洞房的大床，不知三位娘子意下如何？」

三女一聽全飛紅了臉兒，想不到這夫婿變得如此浪蕩多情，如此可愛。

谷姿仙垂下螓首，點頭道：「人家早說會陪你到溫泉去，只有一個要求，就是你須在石池旁燃點花燭，否則怎算洞房。」

風行烈移往一旁，讓手道：「談判完成，請進內堂與風某行禮成親。」

第四章　長江晚宴

鼓樂喧天聲裡，韓柏龍行虎步，在范良極、穿上高麗女服的左詩、柔柔、朝霞、換回官服的山東布政使謝廷石、陳令方、都司萬仁芝、馬守備、方園參事等一眾簇擁下，昂然進入張燈結綵、富麗堂皇的艙廳。

這時六座客台上，除了主台右的平台外，均坐滿了來自附近府衙的大小官兒和陪酒的美妓，見他們進來，忙肅立施禮歡迎。

一隊立在門旁左方近二十人身穿彩衣的樂隊，起勁地吹奏著。

當韓柏等踏上主台，在各自的座位前立定時，謝廷石和萬仁芝轉回本爲他們而設的客台座位處。眾官兒想不到官階比他們高上最少三級的謝廷石突然出現，都嚇了一跳。

要知今晚設宴款待韓、范等的六位地方官員，連水師提督胡節都不過是正六品，謝廷石卻是正三品的大官，比之胡惟庸的正一品也不過低了兩品，那些從七、從八品的府官和低級得多的各轄下吏員，怎能不肅然起敬。

侍宴的禮官大聲唱喏道：「歡迎高麗正德王特派專使朴文正大人駕臨，敬酒！」

這時早有美妓來至韓柏等前，獻上美酒，邊向各人秋波頻送，風情之極。

韓柏哈哈大笑，牽著意氣飛揚的范良極，舉杯向分坐五台上的大小官兒、名妓，相互祝酒，對飲三杯後，才興高采烈紛紛坐下。

韓柏當然坐於正中，左有范良極、右爲陳令方，三女則坐於後一排，六名美妓分侍兩旁，服侍各人，台後則是范豹等一眾高手。

范良極在韓柏耳旁低聲道：「奇怪！爲何胡節和他的人還未到？」

韓柏道：「是否去了艙底搜人？」

范良極笑罵道：「那他定是天生賤骨頭，連洗茅廁也要親力親爲。」

兩人但覺能在這種場合說說粗言鄙語，特別得意，哈哈笑了起來。

樂聲歇止。

都司萬仁芝站了起來，幾句開場白後，輕描淡寫解說了布政使謝廷石出現的原由，然後逐一介紹各台領頭的官兒。

由右手第二台開始，依次是饒州府按察使司檢校白知禮、臨江府督樂貴、九江府督李朝生、安慶府督張浪和撫州府督何守敬，加上萬仁芝，就是今晚與胡節宴請韓柏等的六位最高級的地方大員。

介紹完畢。

一隊雜耍走了進來，翻騰跳躍，做出各種既驚險又滑稽的動作，其中兩名孿生小姊妹，表演軟骨的功夫，博得最多喝采聲和掌聲，那些侍宴的姑娘更是蓄意笑得花枝亂顫，增添不少情趣熱鬧。

唯有胡節那一台仍是十多張空椅子，非常礙眼。

韓柏遊目四顧，見陪酒的妓女中最美的都只不過是中人之姿，大感沒趣，向陳令方問道：「那白芳華在哪裡？」

陳令方低聲道：「還未來！這娘兒出名大架子，從沒試過準時的，甚麼人的情面都不賣。」

萬仁芝見韓柏東張西望，以爲他在詢問胡節的行蹤，待雜耍退下後高聲道：「下官剛得到胡節大人的傳訊，因他要恭候專程由京師到來與專使大人相見的重要人物，所以稍後才來，至於那顯要人物是誰，胡節大人卻神神秘秘的，怕是要給專使大人一個驚喜。」

眾官兒大感愕然，猜不到誰人能令胡節如此特意迎候。

韓柏和左右兩人對望一眼，卻是心中懍然。

那究竟是誰？

范良極站了起來，大聲道：「我們專使今次率眾南來，最緊要的目的當然是向貴朝天子獻上延年益壽的萬年靈參，另一個目的卻是結交朋友。」向台後喝道：「人來！獻上禮物。」

四名怒蛟幫徒假扮的女婢，婷婷由台後步出，捧著七個珍貴錦盒，到了場中。

范良極意氣風發之極，口沫橫飛道：「在到貴國之前，專使曾和下官商量，究竟要怎麼樣的禮物，才能得我們的朋友欣賞，專使道：『當然是以其人之禮，還送其人。』原來自漢朝以還，不時有貴邦珍玩流落至敝國，我們專使乃高麗第一首富，於是打開庫藏，自其中精選寶物數百，帶來中土，以贈與各位大官朋友作爲見面禮，來人！獻上禮物。」

眾都司、府督客氣多謝聲中，四婢送上禮品。

謝廷石哈哈笑道：「專使大人如此高義隆情，我代眾同僚先謝過了。」捧起錦盒怦然道：「盒內究是何物，如此墜手？」

范良極呵呵笑道：「不用客氣！請打開錦盒一看！」

眾官忙打開錦盒，一看下都傻了眼。

五名高級官員盒內盛著的竟是唐朝的三彩小馬，一看便知是極品。

萬仁芝的禮物是宋朝官窯修內司的青瓷瓶，要知修內司流傳於世的瓷器少之又少，這瓷瓶可說價值連城。

謝廷石的是一對漢朝的小玉馬，則又更珍貴難得。

眾官在其他小官兒的艷羨聲中，眉開眼笑，發自真心地大放感激之言。

氣氛至此融洽至極。

再酒過三巡後，守門的禮官唱喏道：「白芳華姑娘芳駕到。」

全場立時靜了下來，注目正門處。

韓柏更是瞪大眼睛，瞬也不瞬地看著，大為興奮。

歡迎樂聲奏起，一位雙十年華，體態婀娜，天香國色的俏佳人，右手輕搭在一名俏婢肩上，嬌怯不勝地姍姍步進廳內，身後隨著另兩名美婢，一捧玉笛、一捧一方七弦琴，如此派頭，更顯得她的身分遠高出場內其他姑娘之上。

韓柏以專家的眼光看去，亦不由怦然心動，對方另有一種特別引人的氣質，忙思其故，驀地發覺這白芳華走路的姿勢特別好看，配上她那極適度的身材，形成一種迥異凡俗的風姿媚態。

白芳華一點沒有因成為眾人目光之的而有絲毫失態，明亮的眸子先掃到韓柏臉上，盈盈一福道：「芳華參見專使大人，望大人恕過芳華遲來之罪。」

韓柏給她勾魂雙目掃得三魂七魄所餘無多，慌忙道：「不怪！不怪！」驀地背後一痛，原來是左詩拔下髮簪，在背後狠狠戳了他一記重的。

白芳華見他色授魂與，暗罵一聲色鬼，才向其他各官施禮。

眾官亦好不了多少，均是神魂顛倒，連謝廷石都不例外。

陳令方在韓柏耳旁嘆道：「她令我更想見到憐秀秀。」對於那晚無緣見到憐秀秀，他始終不能釋懷。

韓柏當然明白他的感受，白芳華已是如此，艷名比她更著的憐秀秀可以想見，他也不由心癢難熬。

他背後三女卻恨不得好好揍這花心好色的夫君一頓。

這時有人抬來軟墊長几，讓女婢安琴放笛。

白芳華眉目間忽透出重重怨色，提起玉笛。

三俏婢退了開去，剩下她一人俏生生立在場中。

眾人想不到她一上來即獻藝，均屏息靜氣以待。

白芳華玉容又忽地舒展，像春回大地般眉目含情，撮唇輕吹。

似有若無的清音，由遠而近，由緩而驟。

一闋輕快抒情的調子，在廳內來回飄蕩著。旋又笛音一轉，玉容由歡欣化作幽傷，音調亦變得鬱怨深濃，就像懷春的美女，苦候畢生守待落拓在外的意中人。

眾人聽得如醉如癡，連左詩等三女亦不例外。

「叮叮咚咚！」

白芳華坐了下來，輕吟道：

「簌簌衣巾落棗花，
村南村北響繰車，
牛衣古柳賣黃瓜。
酒困路長惟欲睡，
日高人渴漫思茶，
敲門試問野人家。」

琴聲再響。

彈奏的是「憶故居」，抑揚頓挫，思故緬懷之情，沁人心肺。

直至琴音停歇，眾人都感蕩氣迴腸，好一會兒後才懂拍手喝采。

白芳華緩緩起立，三婢和下人忙過來移走琴笛等物。

韓柏和陳令方拚命拍掌讚嘆，范良極更是怪叫連連，氣氛給推上了最熱烈的高峰。

白芳華美目流轉，最後落到韓柏臉上。

韓柏這時才勉強記起她可能是楞嚴派來的奸細，收攝心神道：「白小姐琴笛之技，天下無雙。」

范良極在旁加上一句道：「我國藝院裡的姑娘全給比了下去。」

白芳華道：「多謝專使，請讓芳華敬專使一杯。」

眾官知她一向高傲無比，從不予男人半點顏色，現在一反常態，禁不住心中奇怪。

當下自有她隨行三婢其中之一捧著美酒來到她身旁，和她往主台行去。

她蓮步款擺，每一步姿都是柔美動人至極，就若在輕風裡搖曳的蘭芝仙草，弱不勝風，教人心生憐愛。

香氣襲來，白芳華俏立韓柏面前。

遠看是那麼風姿動人，近看則更不得了，嫩膚吹彈得破，尤其她總帶著一種弱不禁風的病態之美，看得韓柏差點要喚娘。

白芳華伸出玉手，提壺斟滿一杯後，雙手捧起，遞至韓柏面前，道：「專使請！」

韓柏見她衣袖滑下露出蓮藕般的一對玉臂，嗅著她獨有的芳香，吞了一口涎沫，剛想接酒，忽地看到她低垂著的明媚秀眸掠過微不可察的鄙視之色，心中一震，知道這俏佳人看不起自己的好色，怒意湧起，心內暗哼一聲，冷淡地接酒喝掉，故意不去碰她誘人的指尖。

眾人一齊叫好。

白芳華敬酒後，仍沒有離開之意。

陳令方神魂顛倒站了起來道：「白姑娘請坐。」

白芳華橫了他一眼，美眸清楚送出訊息，就是我怎可坐你坐熱了的椅子？

陳令方終是歡場高手，忙喚人加一張空椅到他和韓柏之間。

白芳華並不推辭，大方地坐到韓柏之側。

范良極和韓柏交換了一個眼色，都大惑不解，又想到有白芳華在旁，很不方便。

謝廷石舉酒道：「聞名怎如見面，讓本官敬白小姐一杯。」

白芳華微笑接過婢女遞來的酒，一飲而盡，放浪動人的媚姿，看得眾人不由叫好，氣氛又熱烈起來。

是時一隊十多個美女組成的舞團，在樂聲裡蝴蝶般飛入場裡，手持羽扇，載歌載舞，極盡視聽之娛。

韓柏何曾見過這等場面，眼界大開，深覺當這個專使並不算太壞。

他故意不看白芳華，轉過頭去看三女。

三女見他仍記得回過頭來關心她們，紛紛向他送上甜笑和媚眼，韓柏心花怒放，強忍著伸手去擰她們臉蛋的衝動，道：「你們有沒有喝酒？」

柔柔搖頭道：「醉了還怎能陪你在這裡看這麼多好東西。」

這時白芳華側俯過來，湊到他耳邊柔聲道：「專使和夫人們爲何能說漢語說得這麼好？」

范良極俯前探頭望去，嘿然代答道：「白姑娘有所不知了。我們專使祖父本乃漢人，爲避中原戰亂，到我國落地生根，漢語自然說得好，至於三位夫人嘛，都是專使在貴國新納的妻妾，本就是漢人。」

白芳華俏目掠過三女，眼中泛起驚異之色，暗忖這專使對女人定有非常能耐，否則怎能得如此動人的美女垂青，而且還有三個之多，向范良極微笑問道：「侍衛長大人的漢語爲何也說得這麼好呢？」

范良極兩眼一翻胡謅道：「我是敝國專爲這次出使而舉行的漢語比賽的冠軍人選，當然有一定的斤兩。」

韓柏和背後三女差點爲之噴酒。

白芳華神秘一笑，坐回椅內，望往場中，教人莫測高深。

全場爆起另一次激烈掌聲，原來眾歌舞妓拋掉羽扇，取出長達三丈的彩帶，跳起彩帶舞來，燈火通明下，五光十色的彩帶化出百多種炫目的圖案，別有另一番動人情景。

韓柏忍不住看白芳華一眼，見她側臉輪廓有若刀削般清楚分明，清麗絕倫，比之身後三女毫不遜色，忍不住心癢起來，故意湊到她耳旁，乘機大嗅她鬢髮的香氣，道：「白小姐表面雖對本使畢恭畢敬，查實心裡一點看不起本專使哩！」

白芳華嬌軀一顫，旋又回復平靜，轉過頭來，美目深注道：「專使大人爲何有這種奇怪的想法？」

韓柏見自己的奇兵突出，弄得她生出反應，爭回了一口鳥氣，故意坐直身體望往場中，聳肩道：「你就是給我那種感覺。」

白芳華芳心大亂，因爲自己確看不起像對方那類好色男人，但給人如此當面指出，還是破題兒第一遭，微嗔道：「專使定要給我一個交代，否則芳華拂袖立走。」

這時鼓樂喧天，加上眾人忘情拍掌喝采，除了范良極外，連坐在另一側全神注視歌舞的陳令方亦聽不到他兩人間充滿火藥味的對答。

韓柏想起對方生得如此秀美，卻偏爲楞嚴作虎之倀，無名火起，扭頭往她望去，眼中奇光刺進這美女寒若霜雪的眼內，微笑道：「就算我不答白小姐這問題，小姐怕亦捨不得走吧！」

白芳華秀目亮了起來，淡淡道：「專使大人對自己這麼有自信嗎？」

韓柏色心又起，差點湊過頭去，親她一口，強忍著道：「白小姐今晚爲何要來？這裡有甚麼令你動心的事物呢？當然！那絕不會是我。」

身旁的范良極拍了他一下，以示讚揚。

白芳華微一錯愕，禁不住重新打量此人，只見對方不再色迷迷後，自有一股灑脫清奇之氣，眼中神采攝人之極，內中充盈著熱烈和坦誠，又有種難以形容的天眞，構成非常獨特的氣質，心中一震，垂下頭去施出溫柔伎倆，幽幽道：「人家沒有得罪你吧？為何如此步步進逼，是否迫走了人才滿意呢？」

韓柏想起她是楞嚴的人就心中有氣，心腸沒有半點軟下來，冷然道：「眞沒有得罪我嗎？白姑娘反省一下吧！」

這兩句話再無半點客氣之意。

白芳華一向自負美色才藝，甚麼高官貴人、江湖霸主，見著她時都是刻意討好，如此給人當面斥責搶白，可說破天荒第一次，也不知是何滋味，一咬銀牙，便欲站起身來。

豈知身子剛要離座，玉臂給韓柏一把抓著，拉得坐了回去。

白芳華玉容一寒，低喝道：「放手！」

韓柏笑嘻嘻收回大手，道：「我留你一次，若你再要走的話，我便不再留你了。」

白芳華給他弄得糊塗起來，嗔道：「你究竟想人家怎樣？」話完心中一顫，知道自己竟給對方控制了主動，左右了情緒。

范良極的聲音傳入韓柏耳內道：「好小子！眞有你泡妞的一套潑辣法寶。」

韓柏更是洋洋自得，他其實有甚麼手段？只是想著如何戲弄這居心不良的美女，鬧著玩兒。橫豎她是敵非友，得罪她又怎麼樣？

白芳華催道：「專使大人還未答我的問題哩？」

韓柏攤手道：「彼此彼此！你沒有答我的問題，我沒有答你的問題，兩下扯平，誰都不欠對方的答案。」

白芳華爲之氣結，惱得別過臉不去看他，卻沒有再次拂袖離座。

這時眾女舞罷，施禮後執回地上羽扇，嬌笑著退出門去。

樂聲在一輪急遽鼓聲裡倏然而止。

歡呼掌聲響起。

韓柏故意誇大的叫著好，一對眼卻賊兮兮偷看著白芳華，好像在說，我沒說錯吧！你捨不得走了。氣得後者差點想噬下他一塊帶著鮮血的肉來。

守門的禮官高唱道：「御前錦衣衛大統領楞嚴大人、水師提督胡節大人到。」

全場驀地靜至落針可聞。

這是個沒有人會想到出現的「重要人物」。

當今除胡惟庸外，天子座前最炙手可熱的大紅人，竟大駕光臨！

陳令方臉色遽變，往韓、范兩人望去。

韓、范則面面相覷，想不到這麼快便要和這最棘手的角色碰面。

第五章　英雄救美

戚長征躺在箱內，乘機閉目養神，拋開一切煩慮，默想辦法。

馬車轔轔疾駛，四周還有健馬踏地的聲音。

他很快晉入物我兩忘的境界，體內眞氣循環往復，精氣神緩緩攀往峰巓。

浪翻雲對他的評語一點不差，只有從艱苦的環境裡，才可培養他成爲不世刀手。

好像現在若非有鷹飛這大敵窺伺一旁，對他造成龐大的壓力，他亦休想能這麼快吸收領悟了封寒的左手刀法，使得修爲能突飛猛進。

也不知走了多遠，戚長征醒過來，主要是因輪聲忽變，車子顚簸得非常難受。

戚長征心中大奇，看來馬車目下走的當是山野荒路，原來敵人的巢穴並非在長沙府內。

這時他升起一股恐懼，假設敵人把他和水柔晶分別送往不同的地方，他要救回水柔晶的機會就微之又微了。

旋又推翻了這想法。

以鷹飛的爲人，既擒了他在手，必然忍不住折辱他一番，以宣洩對他奪去水柔晶的恨意，最好的方法自然是當著他的面前淫辱水柔晶，讓兩人同時痛苦不堪。

假若鷹飛不如此做，則顯示此人能拋開個人的感情愛好，那他就更可怕了。

無論如何，爲公爲私，他均須不擇手段殺死鷹飛。

這人的心智、武功都太可怕了。

輪聲再轉，車身平穩地奔馳在平硬的地面上。

輪聲再次生出微妙的變化，這是因為有回音的關係，使戚長征知道馬車駛進了一個封閉的空間，然後停了下來。

箱子給人抬了起來，搖搖晃晃地移動著，好一會兒後給人重重放到地上。

燈光從箱子的縫隙透進來。

隱聞幾個人的呼吸聲。

接著鷹飛的笑聲響起道：「柔晶！你的情郎給送來了。」

水柔晶急促的呼吸聲響起，卻沒有作響。

先前扮作水柔晶把他制服的女子聲音道：「晶妹啊！這小子在床上是否比飛爺更好？否則你怎會移情別戀呢？告訴豔娘啊。」

鷹飛冷哼一聲。

戚長征心中大怒，這叫豔娘的女子顯然一向嫉妒水柔晶，否則不會故意挑起鷹飛最不能容忍的節骨眼。

他不住凝聚功力，但卻盡量收斂殺氣，以防對方有所察覺，同時準備出手。

要知鷹飛眼力高明，說不定能一眼看出他穴道未受制，突然發動攻擊，那就眞是陰溝裡翻船了。

何況他的天兵寶刀和慣用的長刀均被對方取去，若空手對著鷹飛的雙鉤，實非常吃虧，所以唯一之法，就是欺鷹飛沒有防備，加以偷襲。

艷娘笑道：「晶妹爲何不代情郎向飛爺求情，說不定他念在往日相好恩情，只是剜了他雙目，廢了他武功，便放過他。」

水柔晶怒道：「閉嘴！」

鷹飛不耐煩地道：「艷娘你少說兩句話行嗎？」

衣衫摩擦的聲音響起，艷娘撒嬌道：「今次我立了大功，飛爺怎樣獎賞我？」

鷹飛緩緩走到箱旁。

戚長征忽感殺氣向他湧來，心知不妙，忙運聚功力，護著全身輕脈。

「砰！」

水柔晶驚叫聲中，鷹飛一掌拍在木箱上。

一股強烈的氣勁由木箱透體而入，若非戚長征早運氣護體，必然全身經脈受傷，不死也成爲廢人。

木箱碎裂。

戚長征順著勁氣，滾了開去，仆在牆角處。

水柔晶一聲悲呼，往他撲來，用身體覆蓋著他，防止鷹飛再下辣手。

鷹飛狂笑道：「太遲了！他的經脈爲我內勁所傷，永沒有復元的希望。」

戚長征咬破舌尖，運功把鮮血從眼、耳、口、鼻迫出去，所以當水柔晶把他扳過頭來時，一看下淒然道：「征郎！柔晶害了你，若你不須回來救我，定不會落到陷阱裡去。」忍不住伏在他胸前，大哭起來，聞者心酸。

鷹飛摟著那叫豔娘的女子，在這寬敞的內堂坐在正中的椅子上，嘴角露出滿足的笑意，淡然道：「戚兄如此俊偉風流，定得娘兒們的寵愛，我會把她們逐個找出來，征服她們的身心，第一個是褚紅玉，接著是水柔晶，至於第三個嘛，我有方法要你自己說出來，不知戚兄信也不信？」

戚長征勉力睜開眼睛，微微一笑搖頭道：「絕不相信！」

鷹飛露出冷酷的笑意，「嘖嘖」嘲笑道：「待會我將在你面前幹柔晶這賤人，不知當你看到她被幹得春情勃發、快樂無比的騷樣兒時，會有甚麼感覺呢？」

水柔晶淒叫道：「你這變態狂魔，殺了我們吧！」

鷹飛哈哈一笑，向腿上的豔娘道：「來！騷貨！我們親個嘴。」

豔娘一陣淫笑，向水柔晶道：「現在讓我先服侍飛爺，待會輪到晶妹你了，唔……」

戚長征趁兩人親嘴時，輸出內勁，送進水柔晶體內。

水柔晶愕然往他望去。

戚長征向她俏皮地眨了眨眼，迅速衝開她被封的穴道。

水柔晶全身一鬆，功力盡復，不能相信地看著戚長征。

鷹飛離開了豔娘的香唇，一拍她的隆臀，喝道：「騷貨你先下來，讓我幹完柔晶後，然後輪到你。」

豔娘待要撒嬌不依，給鷹飛冷看一眼，嚇得忙跳了起來。

戚長征這時早拔出耳鼓穴的兩根銀針，暗藏手內，伺機而動。

水柔晶則像哭得沒有氣力，緊伏在戚長征身上。

鷹飛長身而起，伸了個懶腰，懶洋洋地道：「你這小子算本事了，要我費了這麼多手腳，才把你擒下，念在此點，我破例不殺你，柔晶，本人如此慷慨，你應怎樣報答我？」

水柔晶坐了起來，背著他道：「他現在成了半個廢人，不過你若肯立即放他走，你要我怎樣便怎樣吧！」

鷹飛哈哈一笑，搖頭道：「哪有這麼便宜的事，但你若肯和我在你的愛郎面前合演一場好戲，我說不定真會答應你的要求。」

此人天性邪淫惡毒，最愛以虛虛實實的手法玩弄別人，就像捉到耗子的貓那樣，定要對方求生不得，求死不能。

水柔晶伸手愛憐地撫著戚長征的臉頰，像把鷹飛等兩人當作不存在般柔聲道：「征郎！在這世上只有你能令柔晶心甘情願獻上一切，其他任何人也不行。」

戚長征知道水柔晶戲假情真，藉這機會向自己表明不愛鷹飛的心跡，心中感動，虎目射出萬縷柔情，微笑道：「水柔晶是我的女人，是我老戚的私產，無論我是生是死，永遠疼你愛你。」

水柔晶答道：「真的嗎？」

那艷娘怒吼一聲，便要撲身過來。

鷹飛伸手把她攔著，嘿然笑道：「你急甚麼？他們愈是恩愛，我在戚兄眼前幹這賤人就愈夠味兒。」頓了頓再道：「戚兄！我可保證你會看到你的愛人前所未有的騷勁和放浪樣兒。哈！柔晶！別忘了你以前對著我時的狂野淫蕩，我不但是你第一個男人，也會是你最後一個男人。」

水柔晶扭過頭來，怒道：「閉嘴！」

鷹飛眼中閃過狂怒之色，點頭道：「好！我就教你這賤人再嘗到欲仙欲死的滋味，看你的口是否仍那麼硬。」言罷往兩人掠來，一把抓往水柔晶的頭髮。

眼看水柔晶要給他扯著秀髮提起來。

那艷娘得意狂笑著。

水柔晶倏地橫滾開去。

鷹飛呆了一呆。

「砰！」

戚長征飛起一腳，正中他小腹處。

鷹飛慘哼一聲，痛得魂飛魄散，蹌踉跌退。

那艷娘的反應算一等一的迅快了，找出揹在她背上戚長征的天兵寶刀，待要前劈，阻止跳了起來的戚長征的攻勢，忽地兩邊額角一齊劇痛，原來竟被早先插在戚長征耳鼓穴的兩枝長針刺中，連叫也來不及，仰後便倒，當場斃命。

在她屍身倒跌地上前，戚長征早掠了過來，從她手上搶回天兵寶刀。

鷹飛退至第七步時，張口噴出一天血霧，往戚長征灑去，同時拔出背後雙鉤。

戚長征大感駭然，剛才他趁鷹飛猝不及防，踢了他一腳，只覺對方小腹自然生出一股反震之力，化去了他大半力道。

現又藉噴出鮮血，一方面阻延他的進逼，另一方面亦減輕了傷勢，如此奇功，確教人深感驚懍。

天兵寶刀劃出圓圈，迫散血霧。

在這個寬敞偏廳裡，燈火通明下，鷹飛再退兩步，然後往前微俯，雙鉤前指，倏地反退為進，攻往戚長征。

戚長征只覺殺氣撲面而來，對方一點沒有受了重傷的情況，哈哈一笑，湧起無盡的鬥志，一點不理對方攻向左右腰間的雙鉤，揮起天兵寶刀，疾砍對方臉頰，去勢既威猛無儔，偏又靈動巧妙，無痕無跡。

只是這一刀，已可看出戚長征豪勇蓋世的性格、高明的眼力。

要知此時無論鷹飛來勢如何凶悍，終是受傷在先，氣勢又為戚長征所懾，實已落在下風，所以要拚命的應是鷹飛而不是戚長征，就像被趕入了窮巷的惡狗。

而鷹飛亦是用這點微妙的心理，對戚長征進行反撲，只要戚長征稍露怯意，此消彼長下，他將可以乘勢擊殺戚長征。

豈知戚長征表現出置生死於度外的氣概，一上來竟就是同歸於盡的打法。

若鷹飛不改去勢，將是雙雙敗亡之局。

在這關頭，情性立見。

鷹飛怎肯為了對方一命，賠上自己寶貴的生命，倏地變招，雙鉤交叉上架。

「鏘！」

天兵寶刀劈在雙鉤交叉處。

一個是全力下劈，一個是倉卒擋格，頓分勝負。

鷹飛慘叫一聲，再噴出一口鮮血，給天兵寶刀震得往後飛退。

戚長征哈哈一笑道：「膽小鬼！」如影隨形，挺刀迫去，天兵寶刀上的森寒殺氣，潮湧浪翻般捲去。

鷹飛退到後門處，藉著對方刀氣一迫，陡地增速，一陣狂風般倒飛往門外去，大喝道：「好小子！今次算你狠！鷹某不奉陪了！」一閃後影蹤不見。

戚長征對敵人的頑強大感懍然，閉上眼睛，聽著鷹飛迅速遠去。

這時無數大漢潮湧而進。

水柔晶此時掠到他身旁，戚長征一把摟起了她，天兵寶刀揮出，敵人紛紛退後。

他一聲長嘯，撞破屋頂，沖天而起，只見身處之地原來是荒郊一所孤零零的莊院，再一陣長笑，往遠處樹林投去。

水柔晶的香吻雨點般落在臉上。

戚長征摟著懷內玉人，豪情長笑，失而復得的歡欣，使他暢快無比。

全速狂奔，穿林過野，最後落在一個山頭，摟緊水柔晶來個熱烈至近乎瘋狂的長吻。

到兩人差不多氣絕時，才肯分開來。

水柔晶喘著氣道：「長征！柔晶愛你，愛得快要發狂了。你終於擊敗了那魔鬼。」

戚長征苦笑道：「不要高興得那麼早，在這等劣勢下，這小子仍能安然逃去，恐怕我仍差他一點點。是了！他沒對你怎樣吧？」

水柔晶緊纏著他脖子，眼中閃著喜悅的光芒，搖頭表示沒有，道：「他要在你面前才幹我，這變態的狂人！我眞不明白你怎能騙過艷娘，她是穴學專家，從沒有人能避過她銀針制穴的秘技，所以連鷹飛也沒有懷疑你並沒有被她制著。」

戚長征愛憐地細看著她，笑道：「鷹飛所犯最大的錯誤，就是要把我們生擒，若他只是要殺死我們，恐怕我的奇謀妙計一點派不上用場。所以他下次若來對付我們，恐怕我們再沒有今天的幸運了。」

水柔晶眼中射出崇拜迷醉的神色，眞心讚道：「像你這樣勝不驕敗不餒的人，柔晶還是第一次遇上，以後我怎也不肯再離開你半步了。」

戚長征故作驚奇道：「你不是說要找個地方躲起來嗎？」

水柔晶羞慚地垂頭道：「征郎原諒柔晶吧！因爲那時我怕重遇鷹飛，會情不自禁回到這邪人身邊，求你原諒我吧！」

戚長征微笑道：「你現在不怕會有這種情況出現了嗎？」

水柔晶仰起俏臉，眼內淚花滾動，深情無限道：「我被他擄走後，全心全意只想著你，爲你擔心，尤其當你兩人都在我眼前時，我更知道自己的心只向著你一個人。征郎！我多麼痛恨自己先失身給他，而不是交給你，征郎……」

戚長征溫柔地抹去她湧出眼眶的熱淚道：「一切都過去了，只要你以後專聽我老戚一個人的話，我保證會給你幸福和快樂。」

水柔晶感動地獻上香吻，忽然間，她感到擁有了夢想中的一切——一個眞正値得她愛的男人。

第六章　溫泉私語

風行烈取出火種，燃著了堆在溫泉旁石上的柴枝，向圍著的三女笑道：「以柴火爲花燭，天爲被，泉水爲床，人生至此，夫復何求？」

三女在火光映照裡，笑靨如花，脈脈含情，各具動人姿采。

左方的白素香側挨石上，有種舒適慵懶的動人韻味，身體美麗的線條，若靈山秀峰般起伏著，三女中以她最高挑，尤其那對長腿，實在誘人至極。

谷倩蓮雙手環抱曲起的膝頭，下巴枕在膝間，烏溜溜的眸子在火光對面瞬也不瞬地看進愈燒愈旺、被山風吹得閃跳飄移的火焰裡，就若深山黑夜裡美麗的精靈，顯露出罕有的靜態美。

雙修公主谷姿仙靠在他右旁，一手按在他的寬肩上，左腿斜伸，嬌軀坐在右腳踝處，另一手拿著樹枝，撥弄著柴火，俏面的亮光比火焰更奪人眼目。

柴枝「嗶嗶剝剝」燒著，在這山高夜深處，分外寧洽，使人恬適平和。

秋風悠悠吹來，四人衣衫拂動，火焰閃爍。

風行烈心中掠過種種往事，又想起將來的日子，嘆了一口氣道：「年憐丹離開這裡後，會到哪裡去呢？」

谷姿仙放下粗枝，挨了過來，在他耳邊吐氣如蘭道：「妾身本想留待明天才告訴你，但……」

谷倩蓮截斷她的話笑道：「小姐爲何故意不在今夜告訴行烈？是否怕他分了神，不能全心全意好好愛你嗎？」

谷姿仙瞪了谷倩蓮一眼，嗔道：「你對我愈來愈放恣了，現在一切如你所願，還不滿意嗎？」

谷倩蓮裝了個鬼臉道：「不是也如小姐所願嗎？」

谷姿仙俏臉飛紅，氣得不理睬她，逕自向風行烈道：「年老妖很有可能上京去了！」

風行烈一呆道：「甚麼？他上京去為甚麼？」

白素香冷哼道：「會有甚麼好事？還不是為了爭奪鷹刀。」

風行烈一怔道：「他想得到鷹刀嗎？這真令人難以費解。鷹刀為何會到了京師去？」

谷姿仙解釋道：「除了紅日法王外，其他人想得到鷹刀都是為了想成為第二個傳鷹，但年老妖想得到鷹刀，卻是為了要和朱元璋進行一項交易。因為他看穿了朱元璋亦想得到這把神秘莫測的靈刀，年老妖今次到中土來，除了對付我們外，為的就是這個原因。」

風行烈不能置信地道：「朱元璋要鷹刀來幹嘛？」

谷倩蓮道：「行烈是曾經擁有鷹刀的人，這把刀究竟有甚麼特別的地方？」

風行烈沉吟片晌，搖頭道：「我不知道，不過每次我拿刀在手，都有種非常特別的感覺，偏又說不上是甚麼來。」頓了頓再問谷姿仙道：「朱元璋為何想得到這把刀？年老妖要憑鷹刀和他做甚麼交易呢？」

谷姿仙微笑道：「剛才拜堂前你那麼霸道，令人家著窘，現在姿仙偏要吊你胃口，不那麼快告訴你。」

風行烈被她提醒，記起刻下是花月良宵，知道眼前佳人要和自己大耍花槍，增添情趣，笑向谷倩蓮道：「乖小蓮，快告訴你的小姐，若有逆爲夫之意，會遭到甚麼懲罰？」

谷倩蓮掩嘴失笑，警告谷姿仙道：「你還未嘗過他眞正霸道的滋味，小蓮的屁股早被他打個又紅又腫了。」

白素香失聲道：「甚麼？」

谷姿仙放開按著他肩頭的手，扠起小蠻腰惡兮兮道：「你敢！」

風行烈聳肩道：「你們都是我的人了，打打最厚肉的地方有何不可？」

白素香坐了起來，道：「小姐！我們三人聯手對付他，看他是否還敢欺壓虐待妻妾。」

谷姿仙向風行烈大發雌威道：「風行烈你快明示立場，否則我們三姊妹和你沒完沒了。」

風行烈指著谷倩蓮啞口失笑道：「你當你們眞是那麼團結嗎？看看倩蓮的樣子，便知你們的聯盟尚未成形時，早出了一個叛徒。」

兩女往谷倩蓮看去，只見這嬌俏娘兒正抿嘴低笑，狀極歡喜，沉醉在美麗的回想裡。

谷姿仙瞪視著她，待要出言，谷倩蓮搖手道：「不要怪我，因爲小蓮歡喜讓他打，那是挺痛快的一回事，不信小姐和香姊可試試看，包你們被打後，會念念不忘，還忍不住求他再施重刑呢！」

白素香一呆道：「眞的嗎？」這初嘗甜頭的妮子竟聞之心動。

谷姿仙變得人孤勢單，嗔道：「你兩個丫頭敢不聽我的話嗎？」

谷倩蓮笑著爬行過來，到了谷姿仙旁，湊到她耳邊道：「小姐聽哪一個人的話，我們便聽那人的話，來！告訴我們，若你不聽行烈的話，那我們就隨你一齊造反，以後不把他看在眼內，不讓他打。」

谷姿仙知機地改變話題道：「我才不和你們胡鬧。」向風行烈甜甜一笑道：「趁這個機會讓姿仙告訴你多點年憐丹的事。」

風行烈見到谷姿仙變相投降，心中大樂，把她摟入懷裡柔聲道：「我在聽著！」

谷姿仙俏臉緋紅道：「烈郎！妾身想枕著你的腿躺在石上，一邊看天上的星星，一邊和你說話，今晚是我們的花燭良夜啊！」

風行烈一拍額頭道：「我差點忘記了，來！你躺下，倩蓮過來和我背挨著背，香姊則靠在我左邊處。」

三女歡天喜地照著辦了，星空下的泉旁石上，一時滿載著無盡的溫馨和旖旎。

谷姿仙仰望著風行烈，悠然道：「我們和年憐丹都是瓦剌人，但屬於不同的部落，當年蒙人勢力擴張時，年憐丹的父親年野向蒙人投誠，效力蒙人，乘勢佔了我們無雙國，逼得我們逃到中原避難。」

風行烈見她眼裡閃著悲痛緬懷的神色，感受到她國破家亡的神傷，憐意大生，伸手愛撫她的粉臉。

谷姿仙舒服得閉上了眼睛，忘了欣賞夜空，檀口微張道：「朱元璋與蒙人開戰，年憐丹曾率瓦剌人三次行刺朱元璋，若非有『鬼王』虛若無這等高手護駕，朱元璋早死了多次，但朱元璋亦因此失去了幾名愛將，還包括一個最得寵、武技高強的愛妾，所以朱元璋對年憐丹的瓦剌部恨之入骨；他於立國後命驍將涼國公藍玉，屯兵邊塞，俟機征伐蒙元殘部，下一個目標極可能就是瓦剌人，今次年憐丹肯來助方夜羽，說到最後都是爲了自己。」

白素香挽著他右臂，情不自禁親了他的臉頰，接口道：「但假若他能找到把柄，威脅朱元璋不得進兵瓦剌，當然比和朱元璋硬碰要上算多了。」

谷姿仙道：「那把柄就是鷹刀了，試問誰不想做長生不死的神仙，朱元璋天下都得了，現在唯一能打得動他心的，就是或能使他成仙的鷹刀。」

風行烈奇道：「這應是非常秘密的事，爲何你會知道？」

谷姿仙道：「當年打蒙人時，我們亦派出了人化身漢族，匡助朱元璋，有些現在成了朱元璋身邊的人，所以對朝廷的事，我們知之甚詳。」

谷倩蓮倚著風行烈的背問道：「鷹刀不是失蹤了嗎？爲何流落到京師去了。」

谷姿仙道：「近日江湖四處流傳著一個消息，就是鷹刀到了『赤腳仙』楊奉手裡，本來人們還是不大相信，直至發現了馬任名的屍身，確是因中了他著名的獨門掌法而死，加上他忽然像空氣般消失了，更添別人懷疑，所以所有想找尋鷹刀的人，目前都以他爲目標。」

風行烈嘆道：「他眞的很可憐！」

三女聽得笑了起來。

谷姿仙睜開秀目，恰好迎上風行烈往下望的眼光。

兩道眼光甫接觸便交融在一起，難捨難離。

谷倩蓮背著兩人，看不到那邊的情況，催道：「快說吧！說完我們到溫泉去，這裡的風太大了。」

白素香爲火堆添了新柴，笑道：「由於找不到楊奉，所以眾人都懷疑他躲到了虛若無的鬼王府去，只有那裡楊奉才可有藏身之所，於是死心不息的人都聞風擁往京師。」

風行烈向三女招呼一聲，扶著她們站起來，仰首望往廣袤的夜空，重重吁出一口氣道：「好！明天讓我帶著三位嬌妻美妾，開往京師，和浪翻雲、范良極、韓柏三人把京師鬧個天翻地覆，會會各路英雄好漢。」

谷姿仙擔心道：「那誰去助怒蛟幫呢？」

風行烈道：「岳父大人剛才對我說，怒蛟幫方面交給他們處理，我們只須專心一志追殺年憐丹，其他事可一概不理。」

谷倩蓮鼓掌道：「可以到京師去，實在太好了。」

風行烈失笑道：「你當我們是去玩耍嗎？」

谷倩蓮深情地道：「只要和你在一起，甚麼事都會變成樂趣。」

風行烈大笑道：「那我們還等甚麼，你們是自己寬衣解帶，還是要爲夫親自動手？」心中卻在想，岳父岳母不想他到洞庭去，主因還是怕他會遇上里赤媚，這人實在太可怕，連硬碰了「覆雨劍」浪翻雲後，都可全身而退。

第七章　針鋒相對

鼓樂聲中，一群人擁進艙廳來。

帶頭的是個面目冷峻，雙目神光炯炯，身材高瘦頎長，年不過四十的中年男子。他身穿青色長衫，雙手負後，冷靜沉狠之極，看來顯是楞嚴無疑。

隨後小半步是個虯髯繞頰的凶猛大漢，一身軍服，腰配長劍，比對著楞嚴的長衫便服，使後者更是顯眼和身分特別，這人應就是胡節。

跟在這兩人身後是一對身穿勁服的男女。

男的背插長刀，身材矮瘦，可是一對眼特別明亮；女的揹著長劍，生得百媚千嬌，英姿颯爽，非常惹人注目，艷色差點兒直逼白芳華，雖次了後者的姣媚風姿，卻多了白芳華沒有的陽剛健美。

再後是一個乍看以爲是十二、三歲的小孩，細看下頭手都比一般小孩子大得多，原來是個侏儒。

最後是八個身穿軍服的將領。

范、韓等見對方如此陣仗，不由有點緊張起來。

場內大小官兒已站立迎迓。

韓柏也想站起來，給范良極先發制人，扯著他衫角，才知機不動。

最後除了韓柏外，全場所有人都站了起來，向楞嚴等施禮。

帶頭的楞嚴和胡節來到韓柏的主台前，微笑還禮。當兩人發現謝廷石也在座裡，都明顯現出驚異之色。

楞嚴的眼光落到韓柏臉上，眼中神光凝射，忽然離眾而前，筆直往韓柏走去。

眾人都大感愕然，不知他意欲何爲。

韓柏心中有鬼，給他看得心驚膽顫，勉力堆起笑容。

楞嚴臉上掛著高深莫測的微笑，步上主台，伸出雙手，往韓柏探過來，竟是要和韓柏拉手。

這時連范良極也慌得不知如何應付，要知這種拉手的見面禮，流行於江湖黑道，作用多是要互試斤兩，但以楞嚴的高明，拉手之下哪還不知韓柏的內功底子和虛實。

由此亦可見楞嚴對他們動了懷疑之心，甚至看穿了他們就是韓柏和范良極，才不怕有失禮節。

韓柏事到臨頭，反冷靜下來，咬牙伸手，和楞嚴精瘦有力的手握個正著。

范良極暗叫一聲完了。

陳令方、左詩、范豹等無不一顆心提到了喉嚨頂。

楞嚴拉著韓柏的手，哈哈一笑道：「本官出身武林，今日一見專使神采照人，顯亦貴國武林一流高手，忍不住以江湖禮節親近親近，專使莫要見怪。」

眾官員恍然大悟，原來箇中有如此因由，怎想得到其中劍拔弩張的凶危。

韓柏感到對方由兩手送入一絲似有若無的真氣，鑽進自己的經脈裡去，無奈下運起無想十式的少林內功，迎了過去，同時微笑道：「大統領豪氣干雲，我朴文正結交也來不及，怎會有怪責之意。」

楞嚴何等高明，一觸對方內勁，立知是正宗少林心法，大爲錯愕。

要知他早從方夜羽處得知這使節團和韓、范兩人失蹤的時間吻合，所以動了疑心，故特而出手相試，暗忖韓柏身具魔種，走的是魔門路子，以他楞嚴在魔功上的修為經驗，試探下對方定要無所遁形，怎知試到的竟是少林內功。

也幸好韓柏因緣巧合下，習到無想心法，否則若是別派功法，也難釋楞嚴之疑。所謂「萬法歸宗一少林」，域外各國，凡是仰慕中土武功者，莫不到少林習藝。據楞嚴所知，數百年來朝鮮均斷斷續續有人到少林去求技，故此這「朴文正」懂得少林武術，一點不稀奇。

當然，假設楞嚴現在要正式和韓柏比拚內力，韓柏為了保命，被逼下不得不運起本身真正的功力，自然露出底細，但在這種試探式的內勁交接裡，他只憑少林心法已可應付裕餘，毫無問題。

楞嚴神色絲毫不變，放開了韓柏的手，轉向白芳華一揖道：「不見足有一年，白小姐艷容勝昔，可喜可賀。」

白芳華斂衽還禮，垂首道：「芳華怎當得起大統領讚賞。」

旁邊的范、韓暗哼一聲，心忖原來兩人真的有牽連。

陳令方和楞嚴關係菲淺，一天未撕破臉皮，表面上仍屬同一系的人，恭敬道：「陳令方見過大統領。」

楞嚴微笑點頭，沒有說話，轉身走回胡節那群人裡，然後步往虛位以待的右邊客席台上。

到楞嚴等人坐定後，眾人紛紛坐下，自有美妓斟酒侍奉，獻上美點，歌舞表演亦繼續下去。

白芳華湊到韓柏耳旁，低聲道：「那一男一女和那侏儒是大統領三名形影不離的貼身侍衛，各有絕技，尤其那侏儒更是周身法寶，切勿因其矮小而輕視之。」

韓柏見騙過楞嚴，本洋洋得意，聽白芳華如此一說，又糊塗起來，弄不清她為何提醒自己，囑他小心，難道她不是楞嚴的人嗎？

剛想望向范良極，看他的眼色，虯髯大漢水師提督胡節長身而起，以轟雷般的雄壯聲音舉酒向他道：「這杯酒是向專使大人賠罪的，末將手下兒郎心切大人安全，故而行爲莽撞，請專使大人不記小人過，多多原諒。」

韓柏慌忙舉酒和他對飲一杯，頻說沒有關係。

胡節坐了回去，哈哈大笑道：「想不到大江之上，毛賊如此猖獗，不知專使擒到的八名小賊，現在何處，若能交由末將處理，說不定能從其口中探出賊巢，加以剿滅，這亦是皇上派末將到此統領水師的旨意。」

韓柏心中暗罵，你胡節明知那八個小鬼不是由他擒拿，偏說成是他的事，明著要人，假若自己推說不關他們的事，則責任全落到馬雄和方園身上，試問他們官小力弱，如何阻止得對方要人。陳令方沒有官職在身，對此更沒有發言權力。

范良極哈哈一笑，悠然答道：「有關防護之事，提督大人向本侍衛長查詢便可。那八名毛賊外看雖似是對付陳公，但我們卻懷疑他們志在我們這使節團獻與貴朝天子的貢品，試問萬年寶參既能使人延年益壽，青春常駐，誰能不動心？而觀其行動時間，拿捏之準，當必有官府中人內通消息，如此欺上作反之事，嚴重極矣，所以我們才要求把這八個毛賊帶上京師，交給貴朝天子，楞統領、胡大人是否別有意見呢？」

韓柏和陳令方暗暗爲之拍案叫絕，范良極如此一說，明示除朱元璋外，誰也難避嫌疑，所以若有何人強來要人，不就擺明是幕後指使的人嗎？

胡節爲之語塞，惟有道：「原來背後有這原因，那就有勞侍衛長了，不知船上護衛是否足夠，可要末將派出好手，以策萬全。」

范良極待要砌詞推卻，謝廷石哈哈笑道：「提督大人請放心，萬年寶參事關皇上，本司怎敢疏忽，大人請放心。」

楞嚴淡淡道：「本官來此前，不知布政使大人竟在船上，否則亦不用瞎擔心了。」

謝廷石道：「皇上有旨，要下官負責專使大人的旅途安全，下官怎敢不負上沿途打點之責。」

楞嚴故作驚奇道：「謝大人帶著專使繞了個大圈子，到武昌遊山玩水，又沒有事先請准，不怕皇上等得心焦嗎？」

韓、范等人暗呼厲害，楞嚴不直接詢問使節團爲何到了武昌去，卻派上謝廷石不通知朝廷，自把自爲，讓朱元璋心焦苦待的天大罪名，確教謝廷石難以應付。

謝廷石立時臉色一變，韓柏哈哈一笑代答道：「大統領言重了，這事絕不能怪布政使大人，實是出於我們要求，爲的還是貴朝皇上，事關這些萬年寶參，雖具靈效，若欠一種只產於貴邦的罕有泉水做引子，便大減效力，爲此我們才不憚繞了個圈子，沿途訪尋，幸好皇天不負有心人，終給我們找到了。」

九江府督李朝生恍然道：「原來侍衛長大人命下官運來十二罈仙飲泉的泉水到船上，是有如此天大緊要的原因！」

楞嚴暗忖對方似非作假，不由半信半疑，知道問下去亦問不出甚麼來，話題一轉道：「三年前，貴國派使來華，下官曾和他交談整夕，對貴國文物深感興趣，噢！我的記憶力眞不行，竟忘了他的名字……」

這次輪到韓、范、陳三人心中狂震，陳令方掉官已久，怎知高麗三年前派了甚麼人到朝廷去，眼下楞嚴分明是再以此試探韓柏這專使的眞僞，因爲若韓柏眞是來自高麗，怎會不知己國曾派過甚麼人到京師去？

眼看要被當場拆穿身分，韓柏耳裡響起白芳華的傳音道：「是貴國的御前議政直海大人。」

韓柏不知對方是整治他還是幫助他，無可選擇下，故作欣然地向楞嚴道：「大人說的必是敝國的御前議政直海大人，本使和他不但稔熟，直夫人還是我的乾娘，卻不知他和楞大統領有此深交，說來都是自家人了。」心中卻對白芳華的拔刀相助，既驚且疑，又憂又喜。憂的是對方已悉破了他們的身分，喜的卻肯定了她不是楞嚴的人。

她爲何要幫他們？

她又怎會這麼熟悉朝廷的事？

陳、范與三女及范豹等全愣在當場，不明白爲何韓柏竟叫得出那高麗官員的名字，除非這韓柏是由眞的朴文正所喬扮的。

更詫異的是楞嚴，他本由方夜羽報知他的訊息裡，推測到這兩人是由韓柏和范良極假扮，可是首先是陳令方這深悉高麗的人對他們不表懷疑，又是由負責高麗使節團事務的邊疆大臣謝廷石陪著他們從山東來此，自己亦試過他的內功與魔種無關，現在又答得出直海的名字，以他心志如此堅定的人，信心至此亦不禁動搖起來。

那次直海來華，因要瞞過蒙人耳目，所以是極端秘密的事，連謝廷石等亦不知道，朝上得悉此事的人寥寥可數，所以韓柏若知此事，唯一解釋就是他確是貨眞價實的專使。

楞嚴心中不忿，順口問道：「不知直海大人近況如何？這三年來有沒有升官呢？」這次連白芳華也俏臉微變，幫不上忙。

誰能知道楞嚴和直海間是否一直互通訊息？楞嚴此問，愈輕描淡寫，愈能給韓柏發揮想像力的餘地，其中愈是暗藏坑人的陷阱。

韓柏心中叫苦。

范良極向鄰台的謝廷石打了個眼色，拍了拍自己的腦袋，暗示韓柏腦袋受損，很多事情會記不清楚。

謝廷石爲官多年，兼之人老成精，鑒貌辨色，怎會不明白范良極的意思，知道若要瞞過這專使曾因賊劫而頭腦受傷一事，必須助這專使一臂之力，及時笑道：「專使來中土前，直大人設宴爲專使大人餞行，下官亦蒙邀參加，直老比我們兩人加起來的酒量還強，身體壯健如牛，怪不得能愈老官運愈隆，半年前才榮陞副相，他老人家不知多麼春風得意哩！」

楞嚴至此懷疑盡釋，因爲無論爲了任何理由，謝廷石均不會爲韓柏和范良極兩人犯上欺君之罪，怎想得到其中竟有此曲折。

韓柏、范良極和陳令方齊齊暗裡抹了一把冷汗。

陳令方怕楞嚴再問，舉杯祝酒，氣氛表面上融和熱鬧起來。

韓柏趁機挨往白芳華道：「白小姐爲何提點本使？」

白芳華風情萬種橫了他一眼，若無其事道：「我見你似接不上來，怕你的腦袋因受了損害，把這事忘記了，故提你一句吧！專使莫要怪芳華多此一舉。」接著抿嘴一笑道：「誰知直夫人原來是專使的乾娘，那當然不會輕易忘記。」

韓柏給弄得糊塗起來。

首先爲何白芳華會知道他的腦袋「曾受損害」，顯然是由蘭致遠或他的手下處獲得消息。可是這亦可以是遁詞，其實她根本知道他是假貨，故臨危幫了他一個大忙。

她若不是楞嚴的人，又應屬於哪一派系的呢？怎會連高麗三年前秘密派使來華的那人是誰也能知道？

無論她身屬哪個派系，爲何要幫他呢？剛才他還曾不客氣地開罪了她。

韓柏差點要捧著腦袋叫痛。

白芳華湊過來道：「我究竟幫了你的忙沒有？」

韓柏的頭痛更劇，若答「有」的話，分明告訴對方他是假冒的，否則怎會連乾娘丈夫的名字都不知道，含糊應道：「只是白小姐的好意，已教本使銘感心中，不會忘記。」

白芳華像對先前的事全不介懷地嬌笑道：「專使大人要怎樣謝我？」

韓柏愕然道：「白小姐要本使怎樣謝你？」

白芳華瞅他一眼道：「芳華要你一株萬年靈參。」

韓柏嚇了一跳道：「這怎麼成？」

白芳華玉容轉冷道：「我不理，若你不設法弄一株給我，芳華絕不會罷休。」

范良極的傳音在他耳邊響起道：「答應她吧！這妮子看穿了我們，不過最好加上些條件，令她弄不清你是否因怕被揭穿而答應她。」

韓柏嘆了一口氣，把嘴湊到她耳旁道：「好吧！但是有一個條件，就是……就是……」

白芳華催道：「就是甚麼？」

韓柏再等了一會兒，都聽不到范良極的提示，知他一時亦想不出須附加甚麼條件。

白芳華不耐煩地道：「男子漢大丈夫，呑呑吐吐成甚麼樣子。」

這時又有人來向韓柏祝酒，擾攘一番之後，韓柏望向白芳華，只見她蹙起秀眉等待他說的條件，暗忖條件若是要對方不揭穿他們，等若坦白承認自己是冒充的，故這條件萬萬不可。但如此輕易送一株萬年參給對方，亦等如暴露身分，否則何須怕她的威脅？

更想深一層，說不定白芳華仍未能確定他們是眞貨還是假冒的，故以索參來試探他們的虛實，想到這裡，心中一動，在她耳旁低聲道：「條件就是白小姐須被我親一個嘴！」

白芳華呆了一呆，瞪了他好一會兒後道：「這麼簡單的條件，專使大人為何要想了那麼久？」

韓柏眉頭一皺，計上心頭嘆道：「我本是希望一親芳澤，但又怕小姐斷然拒絕，那就甚麼也沒有了，所以才改爲親嘴，小姐意下如何？」

白芳華深深看了他一會兒，甜甜一笑道：「好吧！不過除了親嘴外，你絕不能碰我其他地方。」

韓柏見她說這話時似嗔還喜，姿韻迷人之極，心中一酥，待要多說兩句輕薄話兒，例如那個嘴要親足一個時辰，諸如此類……兩下清脆的掌聲，把他的注意力吸引了過去。

全場靜了下來。

拍掌的原來是楞嚴。

所有目光一時都集中到他身上去。

楞嚴安坐椅上，望向韓柏，微微一笑道：「今晚難得如此高興，讓我手下的兒郎，也來獻藝助興可好？小矮！」

坐在他身後的侏儒一聲尖叫，躍離椅子，凌空打了一個筋斛，落到廳心。

韓柏和范良極對望一眼，均大感不妥，偏又無法阻止。

第八章　情場較量

山野裡。

小溪旁。

水柔晶跪在溪旁，掬起雙掌以作盛器，澆水往臉上，冰涼透膚而入，這些日子來的折騰似被一洗而清，順便喝了兩口水，回頭待要招呼戚長征共享清泉，見到他正屹立如山，仰望著夜空，費神苦思，體諒地不騷擾他。

戚長征面容肅穆，那修健的體魄，寬平的雙肩，使她感到再沒有任何憂苦艱險能把他難倒。

水柔晶坐在地上，心裡生出很奇怪的感覺，就是由初遇這令她鍾情的男子，到了今天，時間不超過一個月的短暫時光，但戚長征卻像走了一段很長的人生路途般，脫胎換骨變了另一個人。最明顯的地方，不是變得更有英雄氣概和男性魅力，而是更深邃難測。

在遇上戚長征前，她芳心中只有鷹飛一人。

被鷹飛無情拋棄後，她曾試過和幾個男子相好，希望能把鷹飛忘記，脫離他箝制著她靈魂的魔力，但終以失敗告終，一夜之緣後，從沒有人能令她有興趣回頭的。

她本以爲給鷹飛毀去了一生，直至遇上戚長征，才得到再生的機會。

現在鷹飛印在她心版上的容像已變得淡漠模糊了，再不能左右她的思緒，使她若鳥兒般回復了自由飛翔的能力。

刻下她只想能和戚長征比翼雙飛。

她緩緩摘下束髮的銀簪，讓秀髮散垂下來，任它在曠夜的晚風裡飄拂不停，同時寬衣解帶，直至一縷不剩，一聲歡呼，投到清溪裡去，忘情暢泳。

戚長征被她大膽的行動，驚醒過來，走到溪旁，蹲在一塊石上，藉著少許星光月色，欣賞著在溪水裡載浮載沉的美人魚。

水柔晶開心得像個小女孩，向他招手道：「征郎！快下來，水裡舒服得把人融化了！」

戚長征搖頭笑道：「若我下來的話，定會忍不住侵犯你。」

水柔晶利用她修美柔軟的纖腰在水裡上下翻騰，擺出了幾個誘人之極的美姿，媚態橫生道：「柔晶就是要誘惑你侵犯我！」

戚長征舐了舐唇皮，只覺喉乾舌燥，小腹發燙，仍勉強抵住對方的魔力，搖頭道：「我們仍在險境裡，假設我跳進水中，說不定幾個時辰都離不開這道溪流，若讓鷹飛復元過來，我們便危險了。」

水柔晶游到石旁，站了起來，嬌嫩如花的上身傲呈在他面前，水珠不住淌下，那種放浪的美態，只要是男人就不肯放過她。

水柔晶伸手托著他的下巴，使他的臉龐側轉，媚笑道：「你若不想侵犯人家，就不要用那種目光看人，看得人心亂如麻，挺難過的。」

戚長征嘆了一口氣，以最快的手法脫掉衣服，撲進水裡，浪花激濺中，這對有情的男女忘情地熱烈歡好交合。

良久後兩人緊擁溪裡，一輪熱吻後，才肯分開。

愈和水柔晶相處，戚長征愈感自己對她的愛有增無減。

愛河裡的水柔晶，顯露出她無限風情的一顰一笑，舉手投足，莫不嬌柔美艷，足使他心醉神馳，只想把她擁入懷裡，恣意愛憐。

忽地生出一個想法，問道：「我眞不明白爲何鷹飛捨得拋棄你？」

水柔晶一震道：「我不想在這時提起他，我的心除了征郎外，實在容納不下其他的東西。」

戚長征出奇地堅持道：「今天是我特別要你去想他，因事關重要，你要坦白答我。」

水柔晶細看了他一會兒，肯定他是非常堅持後，道：「鷹飛是不得不把我拋棄的，因爲他練功的心法非常邪異，必須於種情後再忘情，功力才會有進步，事實上他對我是特別長情了，玩弄了我差不多三個月才拋棄我，別的女子，幾晚後已不屑他一顧了。」

戚長征神色凝重道：「不知你是否相信，他深心處仍是愛著你的，否則不會殘殺小靈貍，那明顯是針對你做出的報復行爲，他要傷害你，因他恨你移情別戀。」

水柔晶嬌軀輕顫，眼中射出惘然之色，呻吟著道：「他仍愛我嗎？不！不是眞的。」

戚長征心中一嘆，知道儘管水柔晶口中說得堅決，其實仍未能對鷹飛完全忘情，故給他指出了鷹飛仍然愛她後，又勾起了她對這得到她初夜的男人那剪不斷的情意。

水柔晶倏地震醒了過來，觸及戚長征灼灼目光，渾身劇顫，死命纏了過來，惶然道：「不！征郎！現在我只有你，千萬不要誤會柔晶。」

戚長征的身體僵直冷硬，意興索然，心中湧起歉疚悔恨之情，暗忖若自己不提起這點，那他便不會窺破水柔晶的內心世界，使兩人間出現了一絲芥蒂。

水柔晶鬆開了摟著他的手，離開他的身體，眼中淚光盈盈，垂頭低聲道：「征郎！你再不相信我了吧！」頓了頓道：「爲何你要提起他，又指出他仍是愛我呢？」

戚長征搖頭苦笑道：「坦白說，這樣做是有兩個原因，首先我是想測試他在你心中眞正的分量，這一點非常重要，因爲我剛才忽然醒悟到，若我們如此東躲西藏，始終不是辦法，恐怕未到洞庭，早給鷹飛殺死，所以想反守爲攻，務要擊殺鷹飛，故此須知道你內心的想法。」

水柔晶低聲道：「第二個原因呢？」

戚長征道：「第二個原因就是若我可以看出你對鷹飛餘情未了，他亦定能看出這點，這將能使他繼續保持信心和冷靜，因爲他並沒有眞的在情場上敗了給我，那我就不會誤以爲他因嫉恨難當而低估了他的手段。」

水柔晶聽得呆了起來，到這一刻，她才眞正感到這看來豪雄疏宕的男子，才智實足以與鷹飛一較短長，而非只憑幸運佔在上風。

心中湧起傾慕之情，鷹飛的影子又模糊淡去。

自被鷹飛拋棄後，她確曾夢縈魂牽地苦思著對方，故初時眞有要藉戚長征報復和背叛鷹飛之意，就若她要找上別的男人那樣。但患難與共後，她發覺自己愈來愈投進與戚長征的愛戀裡。早先當兩人均在眼前時，她心中的確只有戚長征一人存在。

可是當戚長征指出鷹飛其實仍愛著她那一刻，她便不由自主地想起他的種種好處，尤其在恣情蹂躪她時弄得她神魂渙散的風流伎倆，畢竟要得到鷹飛的眞愛，是她在遇上戚長征前夢寐以求的唯一物事。

但這感覺來得快也去得快，忽然間鷹飛對她又變得不關痛癢，因爲眼前男子的吸引力，已破去了鷹飛對她施加了的情鎖。

但現在征郎誤會了她，無論她怎麼說，對方都不會相信。

怎麼辦呢？

戚長征見她默然無語，又不否認對鷹飛餘情未了，泛起了受創的鬱惱，冷冷道：「時間不早了，我們穿衣上路吧！」轉身離開小溪，走上岸去。

水柔晶肝腸寸斷，跟在他身後。

戚長征頭也不回，運功蒸掉身上的水珠，取起衣服，迅速穿上。

水柔晶雙腿一軟，跪了下來，摟著他的腿淒然道：「征郎！求你相信柔晶吧！我現在心中真的只有你一個人，以後也是如此。」

戚長征將她扶了起來，憐愛地摟著道：「好！我相信你，到現在才眞的相信你，柔晶！請原諒我對你殘忍的試探，因爲我和鷹飛已成誓不兩立之局，不是他死，就是我死！所以我絕不希望你的心中，仍有半點他的影子，你可以明白和原諒我嗎？」

水柔晶驚喜道：「原來你一直都不相信我，爲何忽然又相信我了？」

戚長征道：「那純是一種玄妙的感覺，以前我不相信你，是因爲這種感覺；現在相信你，亦因爲這種感覺。若我眞的發覺你對鷹飛餘情未了，我絕不會主動向鷹飛展開反擊，因爲我將因你的搖擺不定，招致滅亡。就像那晚荒廟內，若你不是仍愛著鷹飛，怎會如此輕易落進他手裡，更抵受不住他的情挑，稍後和我聯手合攻時，又發揮不出你平日一半的功力。」

水柔晶羞慚地道：「柔晶以後再不會如此了。」

戚長征微笑道：「到現在我才感到自己真的贏了鷹飛漂亮的一仗，亦有信心和他周旋到底。但柔晶須知你自己的性格軟弱善變，若你給我再發覺暗中幫助鷹飛，我將撇下你永遠不理，以免因嫉恨困擾致在刀道上再無寸進，你必須緊記此點。」

水柔晶眼中射出堅決的神色，肯定地：「征郎放心吧！柔晶會以事實證明對你的愛。」

戚長征熱烈地吻了她的紅唇，點頭道：「我相信你！好了！橫豎我和你都累了，就在這裡睡個痛快，休息夠了，才起程往洞庭去，若我估計不錯，鷹飛只須兩天時間，就可復元。」

水柔晶對他信心十足，歡喜地道：「征郎啊！你可否再和柔晶歡好一次，讓柔晶表示感激和愛意。」

戚長征大笑道：「老戚正有此意，讓我享受一下被水柔晶全心全意愛著的滋味兒。」

風行烈浸在溫熱的泉水裡，每一個毛孔都在歡呼著，靈台比過去任何一刻都要清明空澄，沒有一絲愁思雲翳。

他從三女處游了開去，在水裡移動時池水熱度驟增，使他更是舒暢。當到了池的另一邊，他挨著池邊滿足地歇息，感受著和三女狂愛後的歡娛。

在這天然的溫水池裡，一切世俗的禮法約束均不存在。

有的只是坦誠的真愛。

白素香追著他游過來，投進他懷內，笑道：「我來陪你好不好！」

風行烈道：「香姊來陪我，當然求之不得。」

白素香嗔道：「人家今年才十九歲，你卻前一句香姊，後一句香姊，叫得人也老了。」

風行烈探手下去，放肆地撫弄她特別修長圓潤的大腿，失笑道：「我是跟著倩蓮叫你香姊的，現在積習難返，怕以後改不了口，香姊就當順著我意吧！」

白素香被他摸得渾身酥軟，伏在他身上嬌吟道：「你愛叫甚麼便甚麼吧！我都是那麼歡喜的，剛才只是和你鬧著玩吧！」

風行烈道：「聽說香姊比倩蓮更頑皮，爲何我認識的香姊卻是那麼乖呢？」

白素香呻吟道：「你想和香姊說話，必須先停手，人家給你弄得連說話都沒有氣力了。」

風行烈停下了那使白素香情迷意亂的頑皮之手，望往在另一邊池旁喁喁細語的谷姿仙和谷倩蓮，夜風把她們不時響起的低笑聲送進他耳裡，忍不住叫過去道：「你們兩人說著甚麼親密話兒？」

谷姿仙嗔叫道：「不要打岔，小蓮正說著和你的歷險故事，控訴你欺負她的過程。」

風行烈警告道：「倩蓮你莫要歪曲事實，否則你和聽你說話的人兩個大屁股都要受苦。」

兩女一陣笑罵，不再理他。

他低頭看往倚貼懷裡的白素香，道：「你還未答爲夫先前的問題？」

白素香慵倦不勝道：「人家歡喜乖便乖吧！哪有甚麼道理可言。」

風行烈道：「你和倩蓮是不是無雙國的人？」

白素香道：「當然是，雙修府的人都是逃到中原來的無雙國後人，否則怎能如此齊心團結。」

風行烈把她一對柔荑握在手裡，讚嘆道：「你的手掌和雙腿都特別纖長，眞是人間極品。」心想她若舞起烈震北的華佗針，必是非常好看。

白素香欣喜雀躍道：「這比任何說話更令素香開心，我最歡喜就是看你對人家愛不忍釋的神態。」

風行烈微笑道：「你不怕我只是貪你美麗的肉體，只有慾沒有愛嗎？」

白素香白他一眼道：「你騙我不到的，你絕不像一般好色的男人，反而恰好相反，重情輕慾，否則小蓮的初夜怎能保留到返抵雙修府才交給你。」

風行烈倒沒有想過這問題，沉吟片晌道：「這倒有點道理，大多數男人，都是不須事先有任何感情，就可以和看得入眼的女人上床，但我卻自知辦不到。」

白素香道：「告訴素香，你在佔有我前是否愛上了我？」

風行烈坦言道：「在你把香衾花插在我襟頭時，我便對你起了一種非常曼妙的感覺，我想就在那一刻愛上了香姊。」

白素香感激地道：「多謝行烈告訴我，因爲素香一直怕你是因著小蓮的關係才肯要我的。」

這時谷姿仙和谷倩蓮由水底潛了過來，由風行烈身旁冒起身來。

池旁石上的柴火終於熄滅，夜色籠罩下，分外寧恬柔靜。

谷姿仙問道：「你們兩人談些甚麼？」

風行烈笑道：「爲夫和香姊在研究第二場愛的決鬥時間是否應立即舉行。」

三女齊聲驚呼，逃了開去。

風行烈振臂高呼道：「不要犯規逃到池外，違令者必斬無疑。」

在這一刻，他徹底忘記了過去的苦難。

剩下的只有溫熱的泉水，和因三位妻妾帶來無盡無窮的溫馨和情意。

他拋開了一切，全心全意逐浪於溫池。

第九章　殺人滅口

侏儒小矮剛站定場心，忽又彈起，兩手揮揚，嗤嗤之聲不絕中，壁燈紛紛熄滅。

楞嚴大笑道：「小矮精擅煙花之技，定教專使嘆爲觀止。」

他話尚未完，大廳陷進絕對的黑暗裡。

范、韓兩人發夢也想不到楞嚴有此一著，駭然大驚。

現在最大的問題就是范良極不能動手，范豹等的武功卻是不宜動手，而要保護的人除了台裡的八鬼外，還有陳令方，以韓柏一人之力，如何兼顧？

范良極的傳音在韓柏耳內響起道：「甚麼都不要理，最緊要保護陳令方。」

韓柏暗忖自己和陳令方隔了一個白芳華，假設對方施放暗器，現在伸手不見五指，聽得暗器飛來時，陳令方早一命嗚呼，人急智生下，閃電移到陳令方處，傳音示意一聲，便將他一把提起，塞到自己的座位裡，自己則坐到陳令方處。

這麼多的動作，韓柏在眨眼間便無聲無息地完成了，連白芳華亦無所覺。

「蓬！」

一陣紫色的光雨，由場心沖天而起，撞到艙頂處，再反彈地上，隱見小矮在光雨裡手舞足蹈，煞是好看，教人目眩神迷，有種如夢似幻的詭異感覺。

光雨外的暗黑裡，眾人鼓掌喝采。

范良極的聲音傳達韓柏耳內道：「好小子！有你的，陳令方由我照顧，噢！小心。」光雨由紫變藍。

韓柏在范良極說小心時，已感到暗器破空而來，那並非金屬破空的聲音，甚至一點聲音也沒有，而是一道尖銳之極的氣勁。

身旁風聲飄響。

韓柏心中駭然，正思索白芳華是否才是眞正行刺陳令方的刺客時，香風撲面而來，竟是白芳華攔在他這「陳令方」身前，爲他擋格襲來致命的氣勁。

「蓬！」

小矮身上爆起一個接一個紅球，繞體疾走。

「波！」

氣功交接。

白芳華悶哼一聲，往韓柏倒過來。

此時眾人爲小矮神乎其技的煙火表演弄得如醉如癡，瘋狂拍掌助興，哪聽得到這些微弱的響聲。

韓柏知道白芳華吃了暗虧，待要扶著她。

白芳華嬌軀一挺，站直身體，懸崖勒馬般沒有倒入他懷內。

兩股尖銳氣勁又襲至。

至此韓柏已肯定施襲者是楞嚴本人，否則誰能在遠隔兩丈的距離，仍能彈出如此厲害的指風，知道憑白芳華的功力，怕不能同時應付兩道指風，往前一竄，貼到白芳華動人的背臀處。

白芳華想不到背後的「陳令方」會有此異舉，心神一亂下，兩股指風已迫體而來，刺向她兩邊胸脅處。

韓柏的一對大手由她兩脅間穿出，迎上指風。

「波波！」

兩聲激響，指風反彈開去。韓柏感到指風陰寒之極，差點禁不住寒顫起來，忙運功化去。

小矮身上紅球倏地熄滅，大廳再次陷進黑暗裡。

韓柏乘機湊到白芳華耳旁道：「是我！」這時他兩手仍架在對方脅下，前身與她後背貼個結實，等若把這美女摟入懷裡，不由大感香艷刺激，捨不得退下來。

白芳華聽到韓柏的聲音，嬌軀先是一顫，繼是一軟，倒靠入他懷內。

韓柏自然雙手一收，摟著她腰腹。

白芳華不堪刺激，呻吟了起來。

衣袂聲的微響由右側響起，黑暗裡一個不知名的敵人無聲無息一掌印來。

一股略帶灼熱的掌風，緩而不猛，迫體而至。

韓柏肯定這摸黑過來偷襲的人非是楞嚴，一方面因內功路子不同，更重要的是功力太遜先前以指風隔空施襲的人。

一道指風又在前方配合襲至。

在這電光石火的剎那，韓柏腦中掠過一個念頭。

就是無論楞嚴如何膽大包天，也不敢當著高麗的使節團和眾官前公然殺死陳令方這種在朝裡位高望重的人，所以使的手法必是要陳令方當時毫無所覺，事後才忽然猝死。若能隔了幾天，自然誰也不能懷疑到楞嚴身上。

因此凌空而來的指風，對付的只是白芳華，教她不能分神應付由側欺至的刺客。

想到這裡，向白芳華傳音道：「今次你來擋指勁！」立時坐回椅裡。

敵掌已至，雖沒有印實在他額角處，一股熱流已透經脈而入。

韓柏心中冷哼一聲，先把體內眞氣逆轉，盡吸對方熱勁，再又把眞氣反逆過來，如此正正反反，敵方氣勁襲上心脈前，早被化得無影無蹤。

至此韓柏再無懷疑，敵人這一掌確如他早先所料，能潛隱在數日後才發作來。陳令方乃不懂武功的人，自是受了致命傷也不會覺察。

「波！」

白芳華硬擋指風，今次再站不住腳，往後坐倒韓柏腿裡，讓他軟玉溫香抱個滿懷，大佔便宜。

「蓬！」

光暈再起，由暗轉明，顏色不住變化。

韓柏知道敵人以爲偷襲成功，再不用倚賴黑暗，煙花會變爲明亮，雖捨不得放走懷內玉人，也不得不那麼做，抱起嬌柔無力的白芳華，放回旁邊的椅子裡，又重施故技，把陳令方塞回原椅內，自己則回到他的座椅去，剛完成時，場心的煙火驀地擴大，往全場射去。

整個大廳滿是五光十色的煙花光雨，好看極了。

色光轉換下，眾人鼓掌喝采，女妓們則驚呼嬌笑，氣氛熱鬧之極。

韓柏伸手過去，握著白芳華柔荑，內力源源輸入，助她恢復元氣，同時湊她耳旁道：「你的身體眞香！」

白芳華任他握著纖手，橫他一眼後俏臉飛紅，垂下頭去。

小矮大喝一聲，凌空翻騰，火點不住送出，落到壁燈的油芯上。

煙花消去，韓柏慌忙鬆開握著白芳華的手。

燈光亮起。

大廳回復燈火通明的原先模樣。

范良極湊過來向韓柏低讚道：「幹得好！」

小矮在眾人鼓掌喝采聲中，回到本台去。

楞嚴若無其事，長身而起，眼光往韓柏這一席掃來，微笑道：「今晚眞的高興極矣！異日專使到京後，本官必親自設宴款待，到時把酒言歡，必是人生快事。今夜之會，就到此爲止。」

韓柏乘機與眾人站起來，肅立送客。楞嚴臨行前，瞥了韓柏一眼，顯是知道他出了手，韓柏惟有報以微笑。

再一番客套後，楞嚴、胡節首先離去，接著是其他府督，最後是白芳華。

韓柏向范良極打個眼色，著他穩住左詩等三女，親自陪白芳華步出廳去，那三位俏婢跟在身後。

白芳華低聲道：「想不到專使這麼高明，害芳華白擔心了。」

韓柏誠懇地道：「不！全賴小姐出手相助，否則情況可能不堪設想。」

這時兩人離船走到岸旁，一輛華麗馬車，在一名大漢駕御下，正在恭候芳駕。

韓柏想起一事，關心地道：「小姐不怕楞嚴報復嗎？」

白芳華臉上泛起不屑之色，道：「放心吧！他不敢隨便動我的。」接著微笑道：「你何時送那株萬年靈參給奴家呢？」

韓柏聽她自稱奴家，心中一酥道：「那要看你何時肯給我親嘴。」

白芳華跺腳嗔道：「剛才你那樣抱了人家還不夠嗎？」

韓柏嬉皮笑臉道：「親嘴還親嘴，抱還抱，怎可混為一談，不若我們就到這馬車上，好好親個長嘴，然後我回船拿人參給你，完成這香艷美麗的交易。」

白芳華俏臉潮紅道：「專使大人眞是猴急要命，取參的事，芳華自會有妥善安排，夜了！芳華走哩。」

韓柏失望道：「甚麼時候才可以再抱你呢？」

白芳華風情萬種地白了他一眼，嘆道：「唉！不知是否前世冤孽，竟碰上你這麼的一個人。」轉身進入車內，再沒有回過頭來。

三俏婢跟著鑽進車裡。

韓柏待要離去。

車內傳來白芳華的呼喚。

韓柏大喜，來到車窗處，一雙纖手抓起簾幕，露出白芳華嬌艷的容顏。

這俏佳人一對美目幽幽地凝注著他，低聲道：「珍重了！」

簾幕垂下，馬車開出。

韓柏差點開心得跳了起來，一蹦一跳，在守護岸旁近百兵衛的眼光下，回到船上去。走進艙廳時，陳令方、范良極、謝廷石、萬仁芝、馬雄、方園等仍聚在一起談笑，三女卻回到上艙去了。

謝廷石見他回來，自是一番感激之詞，才由馬雄等領著到前艙的寢室去了，萬仁芝則是打道回府。

眾人去後，范良極臉色一沉道：「八隻小鬼給楞嚴的人殺了。」

韓柏愕然道：「你不是說藏在台下萬無一失嗎？」

范良極嘆了一口氣，領著韓柏來到平台下，抓起蓋氈，指著一個嵌進台側裡去的鐵筒道：「這筒前尖後寬，筒身開了小洞，竟能破開鐵片，鑽到台底裡去，放入毒氣，把八小鬼全殺了。」再嘆一口氣道：「媽的！我聽到那女人接近動手腳，聽著八鬼斷了呼吸，偏不能阻止她，眞是平生大辱，有機會的話，我會把她的衣服偷個清光，讓她出出醜態。」

韓柏想起了楞嚴那嬌媚的手下女將，暗忖若她脫光了，必是非常好看。

范良極乾笑一聲道：「不過我們總算騙過了楞嚴，又讓他以爲暗算了陳公，暫時應不會來煩我們了。但是那白芳華敵友難分，高深莫測，我們定要小心應付。小子你爲何會知道直海的名字？」

韓柏當下解釋一番。

陳令方走了過來，向韓柏謝了救命之恩，道：「專使最好上去看看三位夫人，我看她們的樣子，好像不大高興哩。這裡善後的工作，由我們做吧！」

范良極笑道：「你這小子一見美女便勾勾搭搭，她們怎會高興。」

韓柏向范良極怒道：「你應知道是甚麼一回事，爲何不爲我美言兩句。」

范良極伸手摟著他肩頭，往上艙走去，安慰道：「我怎能剝奪你和三位姊姊耍花槍的樂趣呵！」

韓柏一想也是，逕自回房。

范良極挨在走廊的一邊，雙手抱胸看看他有何使三女息怒的法寶。

韓柏神氣地挺起胸膛，傲然看了范良極一眼，來到自己房前，側耳一聽，裡面毫無聲息，不禁怒目望向范良極，怪他不提醒自己。

范良極見他著窘大樂，以手勢表示三女各自回到自己房內，教他逐間房去拍門。

韓柏一見下，心中定了一半。

若三女同在一室，或能互相激勵聯手對付他，現在分處三室，以他韓柏之能，還不是手到擺平，逐個擊破。

他記起了柔柔的房斷了門栓，心中暗笑，悠然走去，伸手一推，竟推之不動。

范良極笑嘻嘻走了過來，低聲道：「你不知道換了鐵栓嗎？天下間或者只有龐斑和浪翻雲可以不須破門，硬以內力震斷鐵栓。你『浪棍』韓柏還是打爛這扇門算了，橫豎沒有門你也照樣甚麼都敢幹的。」

韓柏怒道：「不是浪棍，而是浪子，你人老了，記憶竟退到這麼可怕的地步。」

范良極不以為忤，笑道：「外號最緊要是貼切，才能持久，你既是浪子，又是淫棍，所以我反覆思量下，還是喚你作『浪棍』韓柏較為恰當。」

韓柏一把抓著范良極胸口，嘿然道：「若我眞是淫棍，也是你一手造成的。還叫我去收伏那甚麼十大美人，現在我只不過和白芳華戲耍一番，你卻是冷嘲熱諷，我眞懷疑其實你在嫉妒我。」

范良極嘻嘻笑道：「不要那麼認眞好嗎？省點力去破門才是上算，我在看著呢！」

韓柏鬆開手，悻悻然道：「看我的手段吧！我定要她三人乖乖給我開門。」

范良極大感興趣道：「不能威迫，只能軟求！」

韓柏一拍胸膛道：「當然！我何等有風度，而且怎捨得欺負她們。」

范良極怪笑道：「來吧！」

韓柏收攝心神，曲指在柔柔房門叩了三下，以最溫柔多情的語氣道：「柔柔！是我，開門吧！」

柔柔的聲音傳來道：「我睏了，你到詩姊的房去吧！」

范良極大樂，捧肚苦忍著狂笑，喉嚨咕咕作響，傳進韓柏耳裡，實在刺耳之極。

韓柏低聲下氣道：「乖柔柔，給我開門吧！讓我進來為你蓋好被子，立即離去。」

柔柔冷冷答道：「不敢有勞，賤妾早蓋好被子，噢！我睏了，要睡了！」

韓柏急呼道：「柔柔！柔柔！」

柔柔再不理他。

范良極得意萬狀，摟著他的肩頭，怪笑道：「你對女人眞有辦法，來！下一個是誰？」

韓柏面目無光，暗忖三女裡，他最怕是左詩，朝霞應是最易對付，或者可以從她處挽回一局，悶哼道：「就是朝霞吧！」

范良極這好事之徒，忙把他推到朝霞門前，代他敲門

朝霞的聲音響起道：「誰？」

韓柏深吸一口氣道：「霞姊，韓柏疼你嗎？」

朝霞默靜下來，好一會兒才輕輕答道：「疼！」

韓柏大喜，示威地看了范良極一眼，柔聲向房內的朝霞道：「讓爲夫進來看看你吧！」

朝霞好半晌後才幽幽道：「可是你今晚卻沒有疼人家，整晚只回過一次頭來和我們說過一次話，朝霞現在只想一個人獨自靜靜，你還是到柔柔或詩姊處吧。」

韓柏心痛地道：「是我不對，但卻是有原因的，待我進來向你解釋吧！」

朝霞默然不答。

范良極以誇張之極的表情安慰他道：「我同情你，還有一個機會。」

韓柏暗呼不妙，連朝霞也說不動，更遑論左詩，賴著不走又道：「霞姊！你是否哭過來呢？」

朝霞在裡面「噗哧」一笑道：「去你的！我才不會因你勾引美女而哭，否則以後豈非要終日以淚洗面，找你的詩姊去吧！今晚朝霞要挑燈看書，沒空陪你。」

韓柏和范良極面面相覷，想不到一向楚楚可憐的朝霞變得如此厲害，詞鋒如斯銳利。

此時韓柏心神稍定，知道三女只是對他略施薄懲，暗忖去找左詩也只是再碰多一次壁，吃多一趟閉門羹，就要走回房去，硬給范良極一手抓著，「啐啐」嘲弄道：「看來你這人是面精心瞎，若你不到左詩處讓她好好出一口氣，明天還有得你好受呢！」推著他往左詩的臥室走去。

到了門旁，興高采烈代他叩響了左詩的房門。

韓柏信心盡失，像個待判刑的囚犯般垂頭喪氣站在門外，暗嘆今夜難道要一人獨眠？

左詩的聲音傳來道：「是柏弟嗎？」

韓柏聽她語氣溫和，喜出望外，急應道：「正是詩姊的好弟弟！」

左詩道：「好弟弟這麼快回來嗎？不用送那白姑娘回家嗎？還是她只准你咬咬耳朵和抓抓她的手，好弟弟見沒有便宜可佔，惟有早點回來獨自睡覺吧！」

范良極聽得手舞足蹈，不住撫著韓柏的背心，一副怕他噴血而亡的緊張模樣。

韓柏苦忍著范良極的惡行，低聲下氣道：「詩姊請聽好弟弟解釋一二。」

左詩打了個呵欠，懶洋洋道：「今天夜了，明天再解釋吧！」

接著韓柏怎麼哀求，也不作答。

韓柏早知有此淒慘下場，頹然道：「還有沒有清溪流泉？」

范良極搖頭道：「想不到你泡妞的功夫如此差勁，還要借酒消愁，我看你不若改過另一個外號吧！」

韓柏嘿然道：「我差勁嗎？就算我真的差勁，也輪不到你來說我，雲清那婆娘給你弄上了手嗎？」

范良極信心十足哈哈一笑道：「你太不明白情趣這回事了，我現在吊著那婆娘的胃口，待她嘗盡相思之苦後，才一舉擊破她的護殼，脫光她的衣服，嘿！那時才好玩哩！唉！說到追女人的手段，你浪棍何時才趕得上我。」

韓柏氣道：「你手段這麼厲害，便教我如何使她們開門吧！」

范良極胸有成竹道：「我只要幾句話，就可教她們撲出來見你。」

韓柏懷疑道：「不要胡吹大氣，小心給風閃了舌頭。」

范良極哈哈低笑道：「要不要賭他媽的一注？」

韓柏道：「賭甚麼？」

范良極故意學著韓柏的姿態搔頭道：「是的！賭甚麼才好呢？噢！我知道了，若你輸了，三天內你要對我畢恭畢敬，喚我作范大爺。若我輸了，你以後就是『浪子』韓柏，再沒有新的外號。」

韓柏皺眉道：「要我對你恭恭敬敬，會是有趣或合理的一回事嗎？」

范良極一想也覺他言之成理，道：「那就算了，不過以後你要保證長期向我供應清溪流泉。」

韓柏確想看看他有甚麼法寶能把三女哄出房來，斷言道：「一言為定！」

范良極臉上現出神秘笑意，忽地一指戳向韓柏的膻中大穴處。

韓柏一聲慘叫，往後便倒。

范良極驚呼道：「韓柏！你怎麼了，噢！原來是中了白芳華的毒手，天啊！」

「砰砰砰！」

三女房門全打了開來。

左詩、柔柔和朝霞先後衝出，撲往被制著了穴道的韓柏。

韓柏不由打心底佩服這老小子詭計多端，為何自己想不出來。

范良極苦忍著笑，焦灼地道：「來！快扶他進裡去。」

范良極和三女托起韓柏，浩浩蕩蕩擁進專使房內，把他放在床上。

范良極趁機暗中解開了韓柏穴道。

左詩為他鬆開衣鈕，淒然道：「柏弟！你怎樣了，不要唬嚇姊姊！」

朝霞為他脫掉鞋子，淚花在眼眶內滾動爍閃。

只有柔柔深悉范良極性情，見他嘴角含笑，一副裝神弄鬼的神色，知道事有蹺蹊，卻不說破，只是冷眼旁觀。

范良極伸了個懶腰，道：「不用驚，這種毒很易解，只要脫掉他褲子，重打他一百大板，便可洩出毒氣，不過記緊掩住鼻子，你們亦洩了怨氣。嘻！小子！你輸得口服心服吧！」一閃掠出門外，同時關上了門。

左詩和朝霞對望一眼，知道中了奸人之計，待要逃走，早給韓柏左右摟個正著。

接下去自是一室皆春，韓柏一邊施展挑情手段，一邊解釋當時凶險的情況，三女意亂情迷下，也不知究竟聽了多少進耳裡去。

第十章　一吻定情

「篤！篤！篤！」

敲門聲響。

韓柏和三位美姊姊剛正雲收雨歇，閉目養神，感受著體內澎湃的眞氣與飛躍的神思綿綿流轉，氣舒意暢。

三女飽承雨露恩澤，先前的少許不滿早不翼而飛，只想在愛郎陪伴下，共尋好夢。

聞聲下四人齊感愕然。

韓柏愕然問道：「是誰？」

浪翻雲的聲音響起道：「小弟！是浪翻雲。」

韓柏驚喜道：「大俠回來了。」忙爬起床來。

左詩一聽是浪翻雲，又喜又羞。

喜的當然是這大哥無恙歸來，羞的卻是自己只和浪翻雲小別三天，便給韓柏弄了上床，現在還是赤身裸體，眞是羞死人了。

朝霞和柔柔則心中奇怪，以浪翻雲的性情，怎會在這等時候來找韓柏，其中必有因由。

窸窸窣窣之聲響個不絕。

韓柏最快穿好衣服，待三女也匆匆理好衣著後，過去把門拉開。

浪翻雲笑立門外，讚嘆道：「小弟眞本事，的是長江後浪推前浪。」

韓柏老臉一紅。

左詩的俏臉在韓柏背後出現，輕輕喚了聲大哥。

浪翻雲見她黛眉含春，有若脫胎換骨般變了另一個人，平時工整的雲髻變成披肩的垂髮，別有一番風姿，衷心讚道：「這才是我的好詩兒，你應是這動人的模樣和曉得作如此抉擇才對。」

左詩緊張的神經驀地鬆弛下來，從深心處湧起擋不住的欣悅和幸福，再沒有半絲尷尬不安，搶前嬌癡地道：「詩兒的香衾花呢？」

浪翻雲手掌一翻，托著個精緻小巧的瓷碗，三朵紫色的小花在半滿的水面浮著，香氣襲鼻而來。

柔柔和朝霞簪好了秀髮，這時來到韓柏背後，一看下齊聲歡呼。

浪翻雲取出一朵香衾花，插在左詩湊過來的鬢髮上，花嬌人更美，看得浪翻雲雙目一亮。

朝霞和柔柔不甘人後，擁了過來，要浪翻雲也爲她們插上香花。

浪翻雲一一照辦，同時向韓柏道：「小弟到房外去吧！范兄在待著你。」

韓柏正奇怪爲何不見范良極，聞言一怔，心中升起一種異樣的感覺，隱隱感到有事情發生了。

左詩見他猶猶豫豫，把他推了出去，同時記起白芳華的事，仍覺有點餘氣未消，不客氣地道：「快出去，我們要和浪大哥聊天直至天明，你不用回來了。」

韓柏苦笑搖頭，步出長廊外。

人影一閃，范良極不知由哪裡鑽出來，親熱地摟著他的肩膀，擁著他往通到艙頂望台的樓梯走去。

韓柏奇道：「你要帶我到哪兒去？」

范良極出奇地沉默，直到了樓梯下，才搖頭嘆道：「眞不知你這小子有甚麼吸引力，連天上的仙子也肯下凡來找你。」

韓柏突感心臟一陣劇烈跳動，困惑地道：「不要開玩笑！」

范良極兩眼一翻道：「我現在嫉妒得要命，哪有心情和你開玩笑，快滾上去吧！」大力一推，把他推得差點似連滾帶爬地走上去。

韓柏竭力地要攝定心神，但終像給搞得糊裡糊塗、暈頭轉向般，無限狐疑的一步一步登階而上，暗忖若范良極耍弄他，絕不輕饒。

才踏上看台，韓柏腦際轟然一震，立時魂兮去矣，不能置信地瞧著卓立欄旁，迎風而立，凝望著大江對岸，衣袂飄飛，淡雅嬌艷的秦夢瑤。

這令他夢縈魂牽的美女，一身潔白的素服麻衣，只是隨隨便便站著，姿態之美實是難以言喻，自具一種超凡脫俗的仙氣和遺世獨立的嬌姿，一種不沾染半分塵俗的至潔至美。

韓柏整個人發起熱來，每個毛孔都在吸收著由秦夢瑤芳體散發出來的仙氣，歡欣雀躍。

那種感覺使他的精氣神倏地攀升至最高的境界和層面。

秦夢瑤似有所覺，轉過頭來，淡雅如仙的玉臉在星月照射下，美至使人目眩神迷，但又是如許恬靜平和，教人俗念全消。

她清澈的眼神落到韓柏臉上，閃過驚異的神色，亮起前所未有的彩芒，接著微微一笑，露出編貝般的皓齒，清麗更勝天上仙子，使人不敢逼視。

這是個令他難以相信的事實，秦夢瑤不但來找他，還特別安排在這談情幽會的勝地與他單獨相會，這是韓柏在最深最甜的夢裡亦不敢奢求的事。

秦夢瑤幽幽輕嘆，喚道：「韓柏！你來了！」

韓柏先湧起自慚形穢的感覺，旋又消去，堅定地來至她身旁，倚著欄，仔細端詳秦夢瑤嬌艷的容顏。

秦夢瑤橫了他一眼道：「你的膽子為何忽然變大了，竟然這樣無禮看著人。」

這雖是秦夢瑤一向對他說話的口吻，可是韓柏卻有著完全異於往日的感受，他發覺對方已大大減低往昔那凜然不可侵犯的神色，多了幾分溫柔婉約、親近關切。

韓柏心頭狂喜，瘋話待要傾口而出，豈知秦夢瑤把手掌向他攤開，淡淡道：「拿來！」

韓柏錯愕道：「你要甚麼？」

秦夢瑤向他嫣然注視，恬然道：「當然是夢瑤的白絲巾！」

韓柏失聲道：「你仙駕臨此，就只為了向我討回絲巾嗎？」

秦夢瑤不露半點內心的眞意，悠悠道：「為何不可以？」

韓柏聳肩道：「這些日子來，每次單思著夢瑤時，小弟都痛苦落淚，不覺拿了你的絲巾抹涕揩淚，弄得白巾變成了黃巾，我就算還給你，怕你亦不想要吧？天上的仙子怎可被俗淚塵涕沾污了至潔至淨的芳懷。」

秦夢瑤見這小子初見自己時的震撼一過，又故態復萌，瘋言瘋語，大耍無賴招數，心中有氣，微嗔道：「我又不是仙子，怕甚麼沾染！況且整條長江就在腳下，只要我把絲巾往江水洗濯，韓柏大甚麼的俗淚塵涕，都要一去無蹤，不留半絲痕跡。」她說話中隱含深意，暗表即管與韓柏有甚沾染，也可過不留痕。

韓柏懊惱道：「我對你那麼寶貴的單思印跡，你忍心如此洗個乾淨嗎？」

秦夢瑤又好氣，又好笑，故意冷起俏臉，佯怒道：「我沒有閒情聽你的瘋言瘋語，快給我拿來。」

韓柏深知即管被秦夢瑤痛罵一場，亦是其樂無窮。嘻嘻一笑，掏出白絲巾，在秦瑤的眼前揚了一揚，迅即收入懷中，厚著臉皮道：「若要我韓柏大甚麼的還你珍貴無比的白絲巾，怕到下一世也不行，要嘛放馬過來，把我制著，再由我懷裡掏回去吧！」

秦夢瑤淡淡望了他一會兒，收回攤開的玉手，順手掠鬢，攏理好被江風吹拂的秀髮，再橫了他千嬌百媚的一眼，平靜地道：「你要留下便留下吧！當時既是我自願給你，今天就不再強奪回來。」

韓柏湧起一種前所未有的衝動，差點便要冒犯她，想著的雖只是輕吻她的朱唇，但這種想法連他這樣放浪不羈的人亦要大吃一驚，因為對秦夢瑤這仙子幹出這種事，那嚴重程度等若破了她凜然不可瀆犯的聖潔和貞節。

秦夢瑤見他死命盯視著自己，「噗哧」一笑道：「你見到我後眼也不眨一下，不覺得累嗎？」

韓柏渾體一震道：「天啊！夢瑤你若再以這種神態對我說話，不要怪我忍不住冒犯你。」話才出口，心中叫糟，這樣的話，都可以向這有若出家修行的美女說出來嗎？以後她還肯理他嗎？

豈知秦夢瑤俏臉微紅，白了他一眼後，只是別過俏臉，將美眸投往對岸去。

熱血直衝上腦，韓柏忍不住再移近秦夢瑤，到差不多碰到她的嬌軀才停下來，微俯向前，在不足三寸的距離細賞秦夢瑤的俏臉，顫聲道：「皇天請打救我，夢瑤你是破天荒第一次臉紅，可是為了我？夢瑤！我……」

秦夢瑤轉過臉來，如畫的眉目回復了一向的淡恬超逸，伸出手來，托著他的下巴，把他的臉推移一側，讓他的眼睛不能直視著她，輕輕道：「你當秦夢瑤像是草木般不會動情嗎？偏要這樣看人家。」

韓柏被他纖美無瑕的手托著下巴，三魂七魄立時散亂，兼之對方檀口微張，香氣都噴到他鼻頰處，哪還按捺得住，一把握著她托著他下巴的柔荑，湊頭下去，讓她的玉手貼在自己臉上，那種刻骨鏤心的接觸，使他神為之銷。

秦夢瑤似不堪刺激，嬌軀抖顫，輕責道：「韓柏！不要這樣，好嗎？算夢瑤求你吧！」

韓柏見秦夢瑤半絲怒意亦付闕如，哪肯放手，舒服得閉上眼睛，呻吟道：「就算夢瑤因我的無禮立即殺死我，我韓柏亦是心甘意願，死無怨言。」

秦夢瑤心中叫，天啊！為何我會沉醉在與他親密接觸的感覺裡，完全提不起勁來掙脫他的掌握，把手收回來。若我真的和他合體交歡，會不會因此陷溺在與他的愛戀裡，把至道置諸不理呢？

韓柏忽地毅然放下她的玉手。

秦夢瑤剛神智驟醒，已給韓柏探過來的大手，抓著兩邊香肩，同時給這困擾著她芳心的男子扯得往他靠貼過去。

她一聲嬌吟，舉起玉手，按在韓柏寬闊壯健的胸膛上，阻止了兩個身體貼在一起。

韓柏滿臉通紅，兩眼射出狂熱至能把她定力融掉的強度，低下頭來，吻在她那嬌艷欲滴的紅唇上。

秦夢瑤嚶嚀一聲，像隻受驚的小鳥般強烈地抖顫著，兩手乏力地推著韓柏。

可是她這種反應適足以刺激起韓柏體內的魔種，現在就算她劇烈掙扎，韓柏亦不肯放過她，何況只是如此象徵的反抗？

這時的韓柏想客氣守禮亦無法辦到，瘋狂地痛吻著她柔軟嬌潤的紅唇，近乎粗暴地把舌頭進侵過去。

秦夢瑤唯一可辦到的就是咬緊銀牙，不讓這無賴如此輕易得手。

韓柏雙手一緊，終成功地把秦夢瑤摟個結實。

秦夢瑤再一聲嬌吟，似抵不住韓柏的攻勢，森嚴的壁壘終於潰決，給韓柏令她情迷意亂的舌頭攻了進來，還把她的丁香小舌大力吸啜了過去。

兩舌甫一接觸，一股充沛得若席捲大地的洪水般的熱流，湧進秦夢瑤的經脈裡，秦夢瑤頓時忘掉了一切，纖手搭上韓柏粗壯的脖子，讓動人的玉體任由這侵犯自己的男子廝磨挨擦擠壓著。

韓柏迷失在迷惘的天地裡，感到自己完全開放了，精氣不住送進秦夢瑤體內，而秦夢瑤卻像大地般吸納著他輸來的源源甘露，同時秦夢瑤體內又有一道綿細的熱流，由舌頭回輸進他體裡。

兩人同時感到靈覺在提升著，像能與永恆的天地永遠共存，生生不息、循環不休。

長江在他們腳下滾流著。

他們的觸感變得敏銳無比，每一陣江風拂來，都使他們生出強烈的感應。

肉體的摩擦令韓柏帶來神銷魂惘的強烈快感，連衣服亦像不知何時給融掉了，不能生出阻隔的作用。

良久之後，秦夢瑤忽地放開搭著韓柏的纖手，用力把他推開。

韓柏失魂落魄地離開她的朱唇。

秦夢瑤轉過身去，劇烈地喘息著，一手抓著欄杆，支持著搖搖欲墜的嬌軀。

韓柏靠貼過去，兩手攀著她的肩，懊惱地道：「夢瑤！是我不好！你罵我殺我吧！」

他作夢也沒想過自己會這樣侵犯秦夢瑤，不由湧起破了秦夢瑤多年修行那犯了天條般罪惡感。

可是這已成了不可挽回的事實。

秦夢瑤往後靠進了他懷裡，身體停止了抖顫，呼吸回復正常，俏臉仰後，主動貼上他的臉頰，輕輕摩挲著，幽幽一嘆道：「不要怪責自己，夢瑤亦應負上責任，何況我不想得到我初吻的男人為此感到無盡的痛苦和後悔。」

韓柏狂喜道：「夢瑤你真的這麼想，那就好了，嘿……我……我可否再吻你？」

秦夢瑤又羞又氣，猛地掙脫離開他的懷抱，霞燒玉臉嬌嗔道：「你這人真是不能給你半點顏色，最懂得寸進尺，人家只在擔心你內疚自責，豈知你立即故態復萌了。」

韓柏見她眉眼間洋溢著前所未有的姿情，神韻之誘人，怕連面壁百年的老僧都要動破戒之心，真恨不得把她再摟入懷內，輕憐蜜愛，心癢難熬下，搓手道：「若你再是這模樣，休怪我又忍不住侵犯你。」

秦夢瑤吃了一驚，板起臉孔道：「萬萬不可，若你對我再有不規矩的行動或妄想，我拂袖就走，永遠不再回到你身邊來。」

韓柏惶恐失聲道：「你打我罵我沒有問題，可不要不理睬我。唉！我盡力克制自己吧！不過莫要怪我不說清楚，嘗過剛才吻你的滋味後，夢瑤實難怪我再情難自禁。」

秦夢瑤淺嘆道：「韓柏啊！給點時間夢瑤好嗎？當那一刻來臨時，夢瑤定會讓你得償所願的。」

韓柏劇震道：「你說甚麼？」

秦夢瑤看看天色，嬌聲答道：「聽不到是你的損失！天快亮了，陪夢瑤到岸上走走好嗎？」

韓柏狂喜道：「當然好到極。」

秦夢瑤主動地拉起他的手，以一貫恬淡的口吻道：「來吧！」

韓柏握著她柔軟的玉手，湧起銷魂蝕骨的感受，心中狂叫，天啊！秦夢瑤原來真的愛上了我。

第十一章　妾意郎情

溪旁的山野裡。

水柔晶在戚長征懷裡醒了過來，天剛發白。

戚長征早醒了，低頭向她笑道：「昨夜睡得好嗎？」

水柔晶知他故意不起身，是怕弄醒自己，感激地坐起來，獻上香吻，道：「我從未試過睡得那麼好，征郎！你在想甚麼？」

戚長征笑道：「我想起了一些有趣的問題，忽然又感到不用急著趕到洞庭去了。」

水柔晶不解道：「你難道不擔心你怒蛟幫的兄弟了嗎？」

戚長征胸有成竹道：「不知柔晶有沒有想到我老戚這次逃亡，已成了天下皆知的事，假若方夜羽和楞嚴連對我這樣一個小子也無可奈何，勢將威信盡失，一向服從他們的大小幫會，都會生出離心，所以方夜羽和楞嚴對付怒蛟幫的重心，已逐漸轉移到我的身上。」

水柔晶一震道：「我倒沒有想到這點，但事實確是如此，不過假若你被他們殺死，對怒蛟幫聲譽和實力的打擊，亦是非常嚴重。」

戚長征道：「說得很對，所以方夜羽和楞嚴將會不擇手段，置我於死地，甚至會暫時放過怒蛟幫，全力追擊我。」

水柔晶擔心道：「可是以你我兩人之力，如何對抗對方龐大的力量，何況對方若出動到里赤媚和展羽那樣級數的高手，我們根本毫無機會。只是一個鷹飛已不易應付了。」

戚長征意氣飛揚道：「我們絕非孤軍作戰的。」

水柔晶愕然。

戚長征微笑道：「只要我們把事情鬧大，以老翟的才智，必能看出我的行為背後隱藏的深意，自會配合我的行動，打擊方夜羽和楞嚴的聯軍。何況我還有義父做靠山，有他出馬，就算對著里赤媚，亦有一拚之力。」

水柔晶一呆道：「誰是你的義父？」

戚長征眼中射出景仰之色，道：「就是『毒手』乾羅。」

水柔晶「啊」一聲叫起來，眼中燃起了希望，垂頭一會兒後，低聲道：「征郎！我們恐要分開一段時間了。」

這次輪到戚長征愕然道：「這次又是為了甚麼原因？」

水柔晶柔情無限地道：「當然是為了你，若沒有我在旁，你將無後顧之憂，盡情發揮你的才智和力量。」

戚長征一嘆道：「先不說我捨不得離開你，最怕你再落到鷹飛手裡，那時只是悔恨懊惱就可把我折磨死了！」

水柔晶歡喜地道：「我最愛聽你這些深情的話，不過你可以放心，經過昨夜後，我已解開了鷹飛的心障，別的不行，但在追蹤和躲避追蹤方面我卻是大行家，而且我受過野外求生的嚴格訓練，只要找個山洞躲起來，保證沒有人能發現我。柔晶就在那裡等你一年，若不見你回來找我，柔晶便當你死了，以身殉死，好嗎？」

戚長征心中感動，摟著她一輪熱吻後道：「放心吧！我定會活著回來找你，而且絕不會讓你等一年那麼久。」

兩人又再一番纏綿。

水柔晶沉吟片晌後道：「除了鷹飛外，還有一個女子，你要特別小心。」

戚長征愕然道：「那又是甚麼人？」

水柔晶道：「我們尊稱她爲甄夫人，事實上她仍是小姑獨處，年輕貌美，武力、才智不下於鷹飛，心狠手辣則猶有過之。她並非蒙人，而是與蒙族關係親密的色目人，帶著一批色目高手，特別進入中原，匡助方夜羽，據說蒙人和色目人有一秘密交易，就是若方夜羽眞能奪得漢人天下，須立甄夫人爲皇后，方夜羽若要對付你，定會派她出馬，因爲此姝最擅潛形追蹤之術，手下兩名大將，一名花扎敖，一叫山查岳，均是色目的頂尖高手，比得上由蚩敵，所以你要特別小心他們。」

戚長征透了一口涼氣道：「方夜羽眞是了得，手上擁有這般實力，卻能一直深藏不露，就像一個永不見底的深潭。不知除了這批色目人外，還有甚麼厲害人物？」

水柔晶道：「我知道的就是這麼多，對甄夫人的實力特別清楚的原因，是因我曾在他們的指導下，學習駕御小靈貍的秘術。」

戚長征呼出一口涼氣，擔心地道：「那即是說他們比你更精於藉靈獸來追蹤敵人，就怕他們把你找了出來。」

水柔晶道：「放心吧！沒有十足把握，我怎敢誇口可以躲起來，好了！我們行動吧！」

戚長征一把將水柔晶緊擁入懷，深情地道：「我們立下約定，誓要一齊好好活著，好教將來能雙宿雙棲，享受神仙般快樂逍遙的生活。」

水柔晶想起離別在即，熱淚早忍不住奪眶而出。

韓柏脫掉官服，露出內裡一身勁服，和秦夢瑤並肩來到南康府的中心區域。

這時天仍未大白，除了做早市的食肆外，其他店舖仍未開門做生意。道上行人稀少，不過路人無不對他們行注目禮，一方面因爲秦夢瑤美勝天仙，兼又背掛飛翼古劍；韓柏則身形雄偉，意態軒昂，郎才女貌，怎不教人側目。

秦夢瑤意興大發，拉著韓柏走上一家最具規模的酒樓，找了個幽靜的廂房雅座，歇腳休息。

秦夢瑤早到了辟穀的境界，偶有進食，都只是少許素菜生果，所以只要了一盅熱茶，韓柏則乃饞嘴之人，一口氣叫了幾個小點，又要了個香蔥碎肉麵，放懷大嚼，稀里呼嚕吃個清光，連湯水亦點滴不留。

秦夢瑤興致盎然地看著他狼吞虎嚥的不雅食相，朱唇帶笑，神色寧恬。

韓柏滿足地拍拍肚子，不好意思地道：「你眞不用吃東西嗎？」

秦夢瑤露出笑靨，瞅他一眼道：「吃就吃吧！不須因我不吃而感到不好意思。」

韓柏給她瞅得全身骨肉酥鬆，快樂無匹，想起先前銷魂滋味，眼光不由落到她誘人的紅唇上。

縱以秦夢瑤已臻無慾無求的修養，仍敵不過他如此「不懷好意」大膽放肆的目光，嗔道：「你看甚麼？」話才出口，立知不妥，這樣一說，不是引他的瘋話出籠嗎？

韓柏果然不負所望，道：「我在看夢瑤的香唇，看看有甚麼特別的地方，爲何竟可使我享受到如許銷魂蝕骨的好滋味。」

秦夢瑤想起先前他那惱人的攻堅情況，心中暗恨，俏臉一沉道：「你再多說一句瘋話，我立刻離開你。」

韓柏嘻嘻一笑道：「若我不說瘋話，好夢瑤是否不會離棄我？」

秦夢瑤拿他沒法，嘆了一口氣道：「韓柏你對夢瑤愈來愈放肆了，守點規矩好嗎？」

韓柏聽她語氣隱含懇求之意，這在秦夢瑤來說，實是從未之有的事，誠懇地道：「無論我說甚麼瘋話，夢瑤請大人有大量，不要怪我，因爲我心中對你實是無比尊敬。」

秦夢瑤氣道：「那即是說你還要繼續對人家放肆下去了。」

韓柏認眞地道：「是的！夢瑤若不讓我口舌放肆，會憋死我的。」

秦夢瑤爲之氣結，暗呼冤孽。自踏足塵世以來，諸多年輕男子雖對她心生愛慕，但爲她超凡脫俗的氣質所懾，誰不自慚形穢，在她面前誠惶誠恐，只怕冒瀆了她。獨有眼前這小子絲毫不怕她，更以調戲她爲樂，打一開始就大耍無賴，死纏爛打，可恨自己卻是心甘情願被他胡鬧，眞的不服氣得要命。

師父啊！你有否想過最鍾愛的徒兒會如此不濟呢？她還曾向你保證過不會對任何男人動心。

韓柏見她黛眉輕蹙，神色忽喜忽憂，但無論哪一種神情，均是那麼扣人心弦，清雅動人，忍不住從檯下伸手過去，緊抓著她的柔荑，還把手背落在她渾圓豐滿的大腿上。

秦夢瑤嬌軀輕顫，出奇地沒有掙開他的手，只是皺眉責道：「你知否這是大庭廣眾的場合？」

秦夢瑤肯如此任他胡爲，韓柏心花怒放，指著遮門的布簾，嬉皮笑臉道：「在房內誰可看見我們，甚至親嘴也可以。」

秦夢瑤發覺他的大手不斷揉捏著她的指掌，愛不釋手，同時因動作的關係，手背在自己的玉腿上輕輕摩擦著，大感吃不消，軟弱地掙了一下，當然脫不開韓柏的魔掌，嗔道：「你的腦袋裡除了這些東西外，沒有別的了嗎？」

韓柏步步進逼道：「夢瑤不覺得我們舌尖相觸那時，發生了這世上最美妙的事嗎？」

秦夢瑤發夢也想不到，竟有男人會對她這一生虔修禪道的人說出這種露骨的話，畢竟現在是親耳聽到了，俏臉刷地通紅，直透耳根。

受傷後她雖間有嬌羞的情況，但都只是紅暈淺抹，速來速退，像現在這種情況，實在是破題兒第一遭，可知她眞的有點抗拒不了韓柏無邊的魔力。

芳心同時回到之前的初吻裡。

舌尖相觸時，她運起了從谷凝清學來的雙修心法，讓兩人的道胎魔種水乳交融，身內嚴重的傷勢立即好轉，可知浪翻雲所料不差，天下間惟有韓柏的魔種和雙修心法才可救她。

韓柏最看不得秦夢瑤女兒家嬌羞的誘人神態，何況是現在那種面紅耳赤，哪能再忍耐得住，湊了過來就要吻她。

秦夢瑤大驚失色，伸出兩指按在韓柏濕潤的唇上，顫聲道：「休要在這裡胡鬧。」

韓柏聽她的語氣，只是認爲地方不對，並沒有拒絕他，大喜道：「不若我們找個幽靜無人的地方，又或到旅館找間上房，好好親熱纏綿。」

秦夢瑤的羞紅有增無減，無計可施下，淡淡道：「好吧！夢瑤任你帶她到哪裡去，讓你爲所欲爲也可以，但事後我會一去不回頭，你自己斟酌一下吧！」她說起時像一點也不關她本人的事，淡寫輕描，反使人不敢懷疑她一往無回的決心。

韓柏駭然道：「你說的所謂讓我得償所願，就是這樣一回事嗎？」

韓柏最見不得秦夢瑤女性化的神態，秦夢瑤卻最見不得的是他的傻相，反手抓緊著韓柏的大手，繃緊的面容解凍春回，忍俊不住嬌笑道：「看你怕成那個樣子，又何苦咄咄迫人呢？」

韓柏依然心驚膽顫道：「夢瑤還未答我的問題。」

秦夢瑤憐惜地道：「當然不會是那樣，你當我沒有感情的嗎？但必須是在我心甘情願的情況下發生，而不是給你硬來下得到。」

韓柏心下稍安，色心又起，試探著道：「假若像之前那樣，我繼續下去，得到了夢瑤的仙體，那是否算硬來呢？」

秦夢瑤白他一眼道：「當然算硬來，因爲是由你主動，而不是我。」

韓柏愕然，失望嘆道：「那我這生休想有真正一親芳澤的機會了，夢瑤怎會這樣便宜我呢？」

秦夢瑤微笑道：「韓柏大甚麼的請放心，一定會有那一天的。」

韓柏大惑不解，仔細端詳了她一會兒，舉起空出來的另一隻大手，緩緩往秦夢瑤嬌美絕世的俏臉撫過去，他故意放慢動作，讓秦夢瑤有思索和躲避的空間時間。

秦夢瑤神色恬靜，脈脈瞧著他，直至他的大手摸上她的臉蛋，才輕吟一聲，舒服地閉上秀氣無倫的雙目，還主動把臉蛋摩挲著他的手掌。

韓柏的表情罕有地嚴肅，低聲心痛地問道：「夢瑤你是否受了嚴重內傷？」

秦夢瑤張開秀目，一對明眸像兩泓清不見底的潭水，輕吐道：「你看出來了嗎？」

韓柏搖頭說：「表面一點看不出來，可是自昨晚第一眼看到你時，我感到你有種荏弱得須我呵護的感覺，昨晚啜著你的香舌時，更感到你的身體渴求著我的精氣，夢瑤啊！韓柏願爲你做任何事，我直覺感到只有我的魔種，才能治好你的傷勢。」

秦夢瑤伸手抓著韓柏撫摸著她臉蛋的大手，溫柔地拉了下來，放在另一條腿上，任自己一對柔荑全落到韓柏掌握裡，柔聲道：「假設夢瑤只爲治傷才來找你，你會惱夢瑤嗎？」

韓柏斷然搖頭道：「即管如此我也不會惱你。何況當我們躲在屋簷處暗中保護何旗揚時，我事實上已奪得夢瑤的芳心，當時還不敢肯定，又或敢相信竟可獲得天上仙子的垂青，但現在回想起來，再沒有半點懷疑了，是嗎？我的乖乖寶貝、好仙子、親親小夢瑤！」

秦夢瑤垂下螓首，微一點頭。

韓柏終得到秦夢瑤親自承認愛上了他，欣喜若狂，怪叫一聲，拉起她的手，搖晃著道：「我們立即回到船上，讓我以種魔大法爲你療傷，最多由你自己主動吧！」

秦夢瑤俏臉飛紅，「啊」一聲甩掉他那對大手，鼓起俏香腮大發嬌嗔道：「你這人眞是死性不改，除了要把夢瑤弄上床去外，你的髒腦袋還會想到甚麼呢？」

韓柏面不改容，正要繼續向這最令他神魂顚倒的美女放肆一番，房外腳步聲由遠而近，接著是一陣女子甜美的嬌笑，韓柏一聽下臉色大變，魄散魂飛。

戚長征和水柔晶分手後，在山野間故意繞了幾個大圈子，教敵人難以由他的行蹤根尋到水柔晶隱藏之處。

他下了個決定，絕不會讓水柔晶久等，或者十天半月，就可回頭去找她。

當他離開山野，轉上了官道，竟掉頭往長沙府走回去。

這一著定教鷹飛大出意外，種種堵截他往洞庭去的布置將全派不上用場，而他亦獲得了喘息的機會。

大道上車來人往，戚長征不敢放開身法，以免驚世駭俗，暗忖若有匹健馬代步就理想了。

走了一會兒，前方出現了一個驛站，站旁還有幾間專做路人生意的小舖子，暗忖不若看看可否在此處買匹驢馬，可是又想起袋內銀兩不多。看望猶豫間，發現站旁停著幾輛載客的馬車，心念一動，忙向駕車者查問有沒有空座位。

一連問了幾輛，到最後一輛時，那御者斜眼看了他一會兒後，道：「雖說半路上車，但也要三吊錢共十二文才成！」

戚長征忙付了錢，鑽進車廂裡去。

車廂內早坐了九個男人，大部分看樣子都是靠利用兩地差價做買賣的小行腳商販，並沒有武林中人。

戚長征輕鬆下來，在僅餘的半個空位擠坐下去，兩旁的人都發出不滿的聲響，不過見戚長征體格魁梧，又帶著長刀，哪敢出言相責。

待了半晌，車子開出。

戚長征閉目假寐，盡量爭取恢復體力和真元。

也不知過了多久，戚長征忽有所覺，驚醒過來。

原來馬車放慢下來。

車夫在車廂前叫道：「進城了！」

戚長征凝神內視，發覺剛才這一陣調息，非常管用，疲累全消，卻忽想起一事，探手懷內掏出錢袋，打開一看，不覺眉頭大皺，原來只剩下不足兩貫銅錢。

自朱元璋登帝位後，鑑於元末濫發鈔幣，至物價飛漲，民不聊生，所以再次發行銅錢。以四百文爲一貫，四十文爲一兩，四文爲一吊。一貫錢大約可以買一石米，現在戚長征身上的錢，若要住旅館兼食用，最多只可以支持三、四天，怎不教他煩惱。

若換了往日，以他的身分，隨時可往怒蛟幫的分舵支錢，但現在分舵煙消雲散，求助無門，使這一向出手豪爽的青年初嘗手頭拮据的滋味。

有對烏溜溜的眼睛盯著他。

戚長征抬頭一看，見到坐在對面的一個小伙子，眼中射出同情之色，盯視著他。

戚長征對他報以苦笑，收起錢袋。

那小伙子也微微一笑，烏溜溜的眼轉了兩轉，垂下頭不再瞧他。

戚長征見他一臉油污，衣服破爛，看來環境好不了自己多少，不禁有同是天涯淪落人，相逢何必曾相識的感覺，暗忖自己也有今日了，苦笑搖頭。

小伙子又往他望來，雙目一亮。

這時車子停下，一個城衛循例望了幾眼，便讓馬車進城。

戚長征心中一喜，知道估計正確，敵人眞的沒有想到他折返城內。

馬車再走了一段路後，到了城門旁的車馬站停下，眾人舒了一口氣，紛紛下車。

戚長征跳下馬車，伸了個懶腰，隔著衣衫摸到掛在胸前的護身玉珮，暗想這東西怕可典當他媽的十來貫錢，那就可暫時解決了食宿的問題，目標既定，大步隨著人潮，往城心的鬧市走去。

走了兩個街口，眉頭一皺，轉入了一條橫巷。

未幾先前和他同車的小伙子跑了進來，看到戚長征攔在身前，冷冷看著他，嚇了一跳，尷尬地道：「原來你發覺了我跟蹤你。」

戚長征呆了一呆，心想這小子倒算機靈，卻不言語，只是拿眼冷冷上下打量著他。

那小伙子給他看得渾身不自在，揮手道：「不要那樣瞧我！小人是完全沒有惡意的。」

戚長征嘿然道：「那你跟著我幹嘛？」

那小伙子欲言又止，好一會兒後，不好意思地道：「我想請你吃一餐飯。」

戚長征眼力何等銳利，剛才沒有用心打量他，這刻細看下，見他雖是滿臉灰黑的油污，但一對眼細而長，媚而亮，一身破衣都不能掩去「他」修長合度的身形，兼縱使壓低嗓音，仍比一般年輕男子好聽得多，心知肚明她是女扮男裝，暗忖自己才剛剛放開了水柔晶這負擔，怎會又把另一個包袱攬上身來，微笑道：「姑娘爲何會看上了在下呢？」

那小伙子先是一愕，接著一對鳳目亮了起來，連身體也特別像長高了那樣，凝視著戚長征，變回嬌美的女聲道：「好一個戚長征，果然不賴，難怪方夜羽和楞嚴布下天羅地網都擒你不到。」

戚長征見她不用掩飾，立時回復頤指氣使的態度，隱現一流高手的風範，心中大爲懍然，道：「姑娘是否特別爲戚長征而來，還是湊巧碰上，認了我出來？」

這個問題他必須弄個清楚，若對方竟能偵知他的行蹤，又特別在馬車上等他，則對方不但才智高明，還應擁有龐大的實力，否則怎能在匆忙裡設下這麼高明的布置。

女子微微一笑，在滿臉油污的臉上露出雪般白的細小牙齒，分外好看，道：「哪會有這麼巧，若非我以馬車載你入城，又特別打點了守關的城衛，你休想能如此順利進城，不過若你如此大搖大擺地在城內走來走去，不出一炷香的時間就會被你的敵人發現，恐怕你還未知呢！通緝你的畫像通告，早貼得滿城皆是。」

戚長征奇道：「你怎知我會乘你那輛馬車？」

女子笑道：「你不乘馬車，自也會另找交通工具，總之我有多樣設施，不虞你不墜入彀中，但我全是好意的，只想幫你。」

戚長征皺眉道：「你怎知我會回到長沙府來？」

女子淡淡道：「你早表現了是有勇有謀的人，怎會明知山有虎，偏向虎山行？何況你因屢次突破方夜羽的羅網，早已名聲顯赫，再任你招搖過市，方夜羽的面子往哪裡放才好？所以事實上方夜羽和楞嚴兩人對付怒蛟幫的行動，已轉移到你身上，以你的才智怎會看不到這點，而藏身最好的地方，則非長沙府莫屬，這處地廣人多，龍蛇混雜，對你最爲有利。」

戚長征不由爲之嘆服，道：「姑娘究竟是誰？難道不怕開罪了方夜羽和楞嚴嗎？」

女子道：「你不用理我是誰，只知我是眞心肯幫你就可以了。」

戚長征道：「若姑娘眞想幫我，麻煩你放出消息，說我到了長沙府內就足夠了。」

女子俏目一亮道：「我早知你天生傲骨，不歡喜受人之恩，不過你現在是整個鬥爭的關鍵，最好考慮一下我的提議，只要你答應我，我會把眞正的身分和安排奉告閣下，使你清楚知道我們是友非敵。」

戚長征踏前兩步，俯頭細看她的俏臉，發覺她臉形輪廓都生得非常美麗，微笑道：「我眞想看看你長相如何！」

女子微現怒容道：「若非見你四面楚歌，東逃西躲，如此對我大膽無禮，我定會好好教訓你。」

戚長征站直身軀，長笑道：「你這樣一說，我反而相信你眞肯助我，可是恕老戚不能接受，不過這卻與我的驕傲無關，何況眞正驕傲的是姑娘而非我老戚。」

女子不忿道：「若是如此，你爲何不肯接受我們的援手？」

戚長征哂道：「道理很簡單，我孤身一人，來自去如，可攻可守，有了同伴，反礙手礙腳，發揮不出我老戚的威力。哈！何況我這人最是好色，有美女同行，總忍不住動手動腳，而你又這麼凶，說不定一時疏忽給你砍了一隻手下來，那就眞是冤哉枉也。」說畢轉身便去。

女子嬌叱道：「站住！」

戚長征停止，頭也不回哂道：「姑娘有何貴幹？」

女子嬌喝道：「你這自大無禮的狂徒，口出污言，我要看看你有甚麼眞實本領。」

戚長征轉身一揖到地道：「姑娘請原諒老戚粗人一個，直腸直肚，不懂咬文嚼字，想到甚麼就說甚麼，姑娘原來既想助我，現在雖再無此意，亦莫要反過頭來爲難我，何況刀下無情，傷了姑娘，老戚更是心中不安。」

女子本來已聽得臉色放緩，到最後幾句不是明著說自己比不上他，兩眼射出凌厲神色，雙手一翻，兩把寒光閃閃的短劍來到手裡，一前一後指著戚長征。

劍氣直迫而來，戚長征虎軀一震，竟被衝得退了半步，心中懍然，皺眉道：「姑娘如此高明，必是江湖上有頭有臉的人，請問高姓大名。」心中掠過多位著名的女性高手，縱有擅使雙短劍者，一或武功沒有這麼高明，又或年齡樣貌不大對，不過至此他才肯定對方不是水柔晶提及的那甄夫人，因為眼前女子明顯走的是中原武功心法路子。想到這裡，心中一動，已有計較。

那女子本以為戚長征猝不及防下，最少會被她迫出五步以外，現在只退了半步，接著又守得無懈可擊，教她不敢妄進，亦是心下駭然，沉聲道：「你明知我不會告訴你，還要多此一問，可知你這人是多麼冥頑不靈。」

戚長征笑道：「看你的劍氣有增無減，擺明要動粗，這是何苦來由。」

女子道：「你想不接受我們的幫助也不行，除非你可勝過我手上雙刃，才可放你離去。」

戚長征皺眉道：「你若想勝過我，最好亮出寒碧翠小姐你拿手的丹清劍，若憑這兩把不趁手的短劍，說不定會給我老戚錯手殺了你。」

在十大美人排在第九位，身為八派外最大門派丹清派掌門的寒碧翠駭然一震，待要詢問戚長征為何竟看破她是誰時，戚長征冷喝一聲，長刀離背而出，化作一道長虹，劈面而至。

寒碧翠臨危不亂，雙刃劃出，守得密不透風。

戚長征趁她被自己喝破身分，失神下出招，瞬眼間佔得上風，一連十七刀，把寒碧翠殺得香汗淋漓，全無還手之力，不過她的刃法綿密細緻，戚長征自問若眞要傷她，怕非到百招外欺她氣脈不及他悠長，才能得手，不禁暗讚她名不虛傳，不愧秦夢瑤以下最著名的女劍手。

若果她手中握著是慣用的丹清劍，且在公平的情況下與他對仗，則誰勝誰負尙是未知之數。

戚長征倏地收刀後退，含笑看著她。

寒碧翠俏臉氣得煞白，恨不得立即殺了這可恨的人，狠狠道：「趁人家分神出手，算甚麼英雄好漢，算我看錯了你，還以爲你是個人物。」

戚長征搖頭笑道：「我老戚從沒當過自己是英雄好漢，不過對陣交鋒，無論任何原因，都不可分神，讓敵人有可乘之機，寒掌門須謹記這點。」

寒碧翠面寒如冰道：「我不用你來教訓，只怪我有眼無珠，看錯了你。」

戚長征聳肩道：「寒掌門愛怎麼想就怎麼想吧！我可以走了嗎？」

寒碧翠回復平靜，道：「你告訴我爲何會知道我是誰，我便可任你自由離去，否則我會下令本派八大高手不惜一切把你留下，而我則會以丹清劍再領教高明。」

戚長征微笑道：「這個容易，剛才我看你持雙短刃的姿勢，有種生硬的感覺，推知你因要掩飾身分，故捨棄獨門兵器不用。以常理論之，你就算揀別的兵器，也不應會揀太過不同性質的，由此推想你平常用的定是長劍。江湖用劍的著名女子高手雖多，但若像你這麼動人又高明的，怕只有寒掌門你了。好了！我可以走了嗎？」

寒碧翠跺腳道：「滾吧！不要給我再遇上你。」

戚長征搖頭苦笑，自有一種瀟灑不羈的味兒，轉身離去。

寒碧翠嬌喝道：「湘水幫褚紅玉是否給你污辱的？」

戚長征一震停下，問道：「她死了沒有？」

寒碧翠道：「沒有死，但卻給用了一種奇怪的封穴手法，仍昏睡不醒。」

戚長征一呆道：「那奸賊爲何不殺人滅口呢？那我就更難洗刷嫌疑了。是了！因爲他有自信可把我生擒或殺死，所以不用這樣害我，哼！不是你死，就是我亡。」

寒碧翠道：「你自言語說些甚麼？」

戚長征仰天一陣悲嘯，「颼」的一聲，在巷尾一閃不見。

寒碧翠呆了片晌，猛地一跺腳，由相反方向迅速離去。

第十二章　浪子多情

房外女子嬌笑倏止。

她「咦」了一聲後，便沒有說下去，使人知她雖為某一突然發現訝異，卻不知道究竟是甚麼一回事。

秦夢瑤瞅了韓柏一眼，只見這廝搔頭抓耳，四處張看，似乎正尋找遁逃之法，唉！這小子不知是否欠了人家姑娘甚麼東西，否則何須一聽到人家聲音，立時慌張失措，六神無主。

她從步聲輕重分辨出外面有一女三男，暗自奇怪為何這種聚會，訂在這大清早的時刻舉行，且似是由某地方聯袂而來，那就是說這三男一女，極可能未天亮時業已在一起，難道四人整晚都在一處，到天亮才齊到此處享受早點？

房外此女當不會是一般武林世家的女兒，想到這裡，不由瞪了韓柏一眼，暗忖這小子不知會不會和此女有上一手。

韓柏亦在留心她的動靜反應，忙揮手搖頭，表示自己是無辜的。

秦夢瑤容色回復了一向止水般的冰冷，使人不知她是喜是怒，但那種教人不敢冒瀆打擾的氣度，又再重現，顯示她對韓柏的風流行徑，生出反應。

房外四人停了下來。

其中一名男子道：「盈姑娘為了何事，忽然動了心至此呢？」

秦夢瑤晉入劍心通明的境界，一絲不漏反映著心外所發生的一切。聽這人不說「驚奇」或「訝異」，偏要說帶點禪味的「動心」，知道此人藉說話顯露自己的詞鋒才華，由此推之，房外這不知和韓柏有何關係的女子，當是美麗動人之極，使這人費盡心力追求，連一句說話亦不放過表現自己，咬文嚼字。

這時韓柏伸手過來，要推眼尾亦不望向他的秦夢瑤香肩。

秦夢瑤眼中神光一閃，淡然看了韓柏一眼，嚇得他慌忙縮手，不敢冒犯。

韓柏苦著臉，向她指了指窗口，示意一齊穿窗逃遁。

秦夢瑤一見他的傻相，劍心通明立時土崩瓦解，又好氣又好笑，暗怨此人怎麼如此沒有分寸，竟要自己爲了躲避他害怕的女人，陪他一齊由後窗逃走，嗔怒下打了個手勢，著他自己一個人走路！

可是她「不可侵犯」的氣度，再被韓柏徹底破去。

房外另一男子道：「散花小姐似不願說出訝異的原因，不若我們先進房內，喝杯解宿酒的熱茶再說。」

秦夢瑤至此再無疑問，知道房外一女三男，昨夜定是喝個通宵達旦，縱使是江湖兒女，如此一個年輕女子和三男對飲一晚，仍是驚世駭俗的行爲。

盈散花再次出言，帶著笑意地欣喜道：「三位請先進房內，假若散花猜對的話，隔鄰定有位認識散花，但又不想被我看見的朋友，我要和他打個招呼才成。」

韓柏暗叫「完了」，走又不成，因爲秦夢瑤既不肯走，他哪肯離開？不走則更有問題，若給盈散花發覺自己與秦夢瑤在一起，說不定能猜出他就是韓柏，那時威脅起他來時，就更有本錢了。

不！

絕不能讓她猜中秦夢瑤的身分。

外面尚未出言的男子大感不解道：「盈小姐為何不用看已知房內有位怕見著小姐你的朋友呢？他是否開罪了小姐，那我們定會為小姐出頭，不放過他。」

最早發言的男子哂道：「我尤璞敢賭房內必有另一位小姐，嘿！這世上除了初生的嬰兒，又或行將就木的老叟，只要是正常男人，就不會不想見到盈姑娘。」

三男中，始終以他最口甜舌滑，不放過任何討心上人歡喜的機會。

盈散花像給他奉承得很開心，放浪地嬌笑起來，意態風流，銀鈴般的悅耳笑聲，只是聽聽已教人心醉傾倒。

房內的韓柏先往秦夢瑤望來，苦笑搖頭，嘆了一口氣。

秦夢瑤看得芳心一顫，知道韓柏決定了正面與盈散花交手，所以立時顯露出一種瀟脫不羈的神韻，形成非常獨特引人的氣質，比之浪翻雲的瀟灑亦不遑多讓，自有股動人的既天真又成熟的味兒，教情根漸種的她也不能自已。

適時韓柏的長笑震天而起，打破了房內的寂靜，分外惹人注目，只聽他以不死不活的無賴聲音道：「尤兄說得對了又錯了，房內確有位女兒家，不過散花姑奶奶指的卻是小弟。她能猜到小弟不想見她，是因小弟一聽到她姑奶奶放浪的笑聲，立時被嚇若寒蟬，於是猜到先前在房內怪叫的必是小弟。」

房外各人想不到他忽然長笑出聲，且擺出針鋒相對的應戰格局，愕然靜默下去。

秦夢瑤差點給韓柏惹得失笑出來，這小子竟稱對方作姑奶奶，又直認不諱怕了她。但另一方面又深爲韓柏全無成規應變的方法動容，不過回心一想，這小子若非手段厲害，怎會連她秦小姐都給他調戲輕薄了。

韓柏向秦夢瑤眨了眨眼，裝了個俏皮愛玩的模樣，然後側起耳朵，擺出留心傾聽門外動靜的姿態。

一種無邊無際、忘憂無慮的感覺，湧上秦夢瑤澄明的心湖，這是一種韓柏才能予她的感受，那亦是韓柏最使她抗拒不了的超凡魅力。

窗簾掀起，一位白衣俏女郎婷婷步入，進來後放下布簾，笑意盈盈地看了秦夢瑤一眼後，望向韓柏，剛想說話，韓柏故作驚奇道：「姑奶奶爲何不在外面和我互通款曲，你不覺得那比面對著面更有趣嗎？有甚麼事亦較好商量，又或討價還價呀。」

至此連夢瑤亦要佩服韓柏，因爲他愈放肆，越教人不會懷疑到她是秦夢瑤，試問誰相信有人敢當著身分尊貴的她這樣向另一個女子調情？

盈散花淡淡瞪了韓柏一眼，大方地坐到韓柏右側，含笑打量了對坐著的秦夢瑤一會兒，眼中閃過驚異對方美麗的神色，低聲問道：「這位姊姊是誰？」

秦夢瑤心中亦讚嘆對方的天生麗質，尤其是她那種輕盈巧俏的風流氣質，特別動人，難怪能引得那麼多狂蜂浪蝶，纏在裙下，只不知韓柏跟她有何瓜葛，聞言道：「我是他的夫人，不知小姐找我的夫君有何貴幹？」

韓柏雖明知秦夢瑤在做戲爲他掩飾，仍禁不住甜入心脾，魔性大發，俯身過去，湊在盈散花耳邊低聲道：「我的夫人很凶的，千萬別告訴她你有了我的孩子。」

除非他是以聚音成線送出說話，否則秦夢瑤怎會聽不到，聞言下啼笑皆非，差點想找劍砍這無賴小子，竟敢派她秦夢瑤是河東獅！枉自己還對他如此情有所鍾。

盈散花聽得先是呆了一呆，接著「噗哧」一笑，眉梢眼角盡是掩不住的誘人春意，橫了坐回位內的韓柏一眼，扭頭向外道：「尤兄你們先到鄰房坐下，吃點東西，散花和兩位愛玩的嫂嫂、哥哥閒聊兩句後，立即過來陪你們。」

外面那幾名追求者一聽是對夫婦，放心了點，無奈下步進鄰房去了。

盈散花望向秦夢瑤道：「姊姊！散花懷了他的孩子了。」

秦夢瑤這才明白韓柏為何先前表現得如此顧忌盈散花，因為眼前這絕色美女和韓柏實屬同類，都是不講規矩任意妄為的無賴。

秦夢瑤眼力何等高明，略窺數眼，已大致把握了盈散花的情性，並想出應付的方法，就是交由韓柏這廝自己負責，實行「以毒攻毒」，微微一笑道：「誰教姑娘生得那麼美麗？小女子這夫君最見不得漂亮女人。」說罷盯了韓柏一眼，頗有戲假情眞的味兒。

韓柏給秦夢瑤盯得靈魂兒飛上了半空，暗忖若可使秦夢瑤為他嫉妒別的女人，那將是他最偉大的成就，只不知她是眞還是假的，同時亦對秦夢瑤的蘭心蕙質佩服得五體投地，事緣她完全不知他和盈散花間有甚麼糾纏瓜葛，但應付起來虛虛實實，教盈散花莫測高深，實在恰到好處。

韓柏嘻嘻一笑，探手過去往盈散花可愛的小肚子摸去，道：「來！讓我摸摸我們的孩子，看看姑奶奶是否仍像以前般那麼愛說謊。」

他們三人的一對一答，都蓄意以內功凝聚壓下的聲音送出，不虞會被隔壁豎起耳朵偷聽的人知道內容。

盈散花本意是進來威脅韓柏，以遂其目的，豈知給這小子插科打諢，瘋言瘋語，弄得一塌糊塗，使她失去了控制場面的能力，由主動變成被動，一時竟對韓柏生出不知如何入手的混亂感覺。

一直以來，她仗之以橫行江湖的最大本錢，就是她近乎無可匹敵的美麗，使她不把天下男人看在眼內，但今天碰上秦夢瑤，對方那淡雅如仙的氣質，無懈可擊的頂尖高手的氣勢風範，連她也自嘆弗如。暗想這假專使若眞有如此嬌妻，怎還會把她放在眼內，令她對自己能玩弄天下人於股掌的自信，大打折扣，措手不及下才智發揮不出平日的一半，於是落在下風。

另一方面，亦使她對韓柏另眼相看，一來是因爲他今天表現出神來之筆般的撒賴放潑；更重要的是生出了好奇心，這小子爲何竟有吸引眼前這絕世無雙的美女的魅力？

這時韓柏的大手伸了過來，要摸在她的小肚處。

盈散花嬌嗔道：「你敢！」撮起手掌，指尖往韓柏手背掃去。

韓柏感到她指尖的氣勁鋒利如刀，暗忖范良極說得不錯，此姝的武功確是出奇地高明，若讓她的纖指拂在掌背上，保證筋絡盡斷，笑道：「孩子都有了，摸摸何妨？」

就在盈散花拂上掌背前，以毫釐之差猛一縮手，旋又再抓去，要把對方柔荑握入掌裡。

盈散花想不到這假專使武技如此驚人，心中一懍，纖手五指蘭花般張開，發出五縷指風，分襲韓柏手心、手腕和小臂五處穴道，指法精妙絕倫，同時笑道：「你這人如此負心，不守諾言，我定要你的好看。」語氣中隱含威脅之意。

韓柏倏地縮手，嘻皮笑臉道：「姑奶奶不必氣苦，爲夫怎會是負心的人，你生了孩子出來後，爲夫定會拿一株仙參來給你產後進補。」同時另一手往秦夢瑤伸過去，握著她柔軟的纖手，暗忖若不趁機佔佔秦夢瑤這仙子的便宜，實在太無道理。

秦夢瑤這時才聽出盈散花在威脅韓柏，不用說是看穿了韓柏假冒專使的身分，正要助他對付這充滿媚誘男人之力的美女，豈知這小子又在當眾行凶，討自己便宜，唔嘆一口氣，任這無賴握著了玉手。誰教自己認作他的嬌妻哩！眞想不到會和這小子如此胡鬧。

盈散花見兩人的手握在一起，芳心竟不由升起一絲妒意，瞪了韓柏一眼道：「快說！你怎麼安置人家？」

韓柏面對著這兩位氣質迥然有異，但均具絕世之姿的美女，心中大樂，一對虎目異芒閃動，形相忽地變得威猛無匹，散發著驚人的男性魅力，先深情地看了秦夢瑤一眼，才向盈散花微笑道：「似乎連仙參也滿足不了姑奶奶的需求，唉！待姑奶把我們的孩兒生了出來後，爲夫當然會順著姑奶奶的意願，安排你們兩母子。不過可莫怪我要滴血認親來確定是否我的親生骨肉。」

他形相忽然的轉變是如此具有戲劇性的震撼效果，不說盈散花要看得眼前一亮，芳懷動盪；以秦夢瑤的修養，亦怦然心動，知道是他魔種顯示出來的魔力，那深情的一眼直鑽進她心坎裡去，惹起了她道胎的微妙感應，差點要投身他懷裡，讓他輕憐蜜愛，親親嘴兒。

今次與韓柏的再遇，秦夢瑤第一眼看到韓柏時，便感到他的魔種有長足的進展，也使她更難抗拒，亦不想抗拒他的魅力，否則怎會那麼輕易讓這小子得到了她珍貴無比，等若她貞節的初吻。

盈散花眼中射出迷亂的神色，好一會兒才回復清澈，跺腳向秦夢瑤道：「姊姊來評評理，他享盡榮華富貴，妹子卻要流落江湖，他算不算負心人？還暗指我人盡可夫，侮辱散花。」

秦夢瑤乘機摔掉韓柏的大手，俏立而起，神色恬靜超逸，深深看了盈散花一眼，淡然一笑道：「我們以後不要睬他了！」玉步輕搖，由盈散花旁走過，揭簾而去。

盈散花給她那一眼看得膽顫心驚，好像整個人全給她看穿了，半點秘密都保存不住，哪知道是來自淨念禪宗的最高心法之一——照妖法眼。

其實自見到秦夢瑤後，她便被對方超乎塵俗的高貴氣質吸引懾服，生出對秦夢瑤敬畏之心，所以不住設法向秦夢瑤試探，希望能摸清這清麗脫俗的美女的底子，可是終於一無所得。

韓柏誇張的慘叫響起，低喊道：「夫人！你誤會了，不……」跳了起來，要追出房去。

盈散花一肚子氣抓到了發洩的對象，冷哼一聲，袖內射出一條比蜘蛛線粗不了多少的白色細索，纏往韓柏腰間，運勁一扯，把他帶得轉著往她處跌回來。

芳心一懍，爲何這麼容易得手？難道這小子不知這「冰蠶絲」的厲害，纖手抖了三下，藉冰蠶絲送出三股內勁，侵往對方經脈去。只要眞的制著韓柏，今次還不算她大獲全勝。

韓柏悶哼了一聲，到了她椅旁，忽地嘻嘻一笑，伸手在她嫩滑的臉蛋捏了一把，又旋風般逆轉開去，「颼」一聲破簾而去，傳聲回來道：「姑奶奶！麻煩你給爲夫結賬！我袋裡一個子兒也沒有。還有……小心我們的小乖乖……」聲音由近而遠，至不可聞。

盈散花措手不及下，看著對方在眼前轉回來轉出去，一點辦法也沒有。

不由伸手撫著臉蛋遭輕薄處，氣得俏臉發白，美目寒光暴閃。

這時鄰房諸男發覺不妥，擁了過來，齊聲詢問。

盈散花掃了他們一眼，忽然「噗哧」一笑，玉容解凍，露出甜甜的笑意，像回味著甚麼似的，向眾人道：「棋逢敵手，將遇良才，散花終於找到個好對手，你們不為散花高興嗎？」

韓柏在酒家門口處追上了秦夢瑤，和她並肩走到街上，朝官船停泊的碼頭行去。

韓柏想拉秦夢瑤的手，發覺對方又回復了冷然不可觸碰的態度，嚇得連忙縮手，不敢冒瀆，甚至不敢說話。

兩人步伐雖不大，速度卻非常迅快，轉眼來到碼頭旁，眾守衛看到是專使大人，忙恭敬施禮。

到了船上時，秦夢瑤回頭對韓柏甜甜一笑，主動拉起韓柏的手，和他進入回復原狀的艙廳。

韓柏失而復得緊抓著她的玉手，鬆了一口氣吐舌頭道：「皇天有眼！我尚以為夢瑤惱我了。」

秦夢瑤微嗔道：「誰有閒心惱你！不過你若如此見一個調戲一個，將來怕你會有很多煩惱呢！」

這時兩人登上了往上艙去的樓梯，韓柏一把扯著她，拉起了她另一隻柔荑，把她逼在梯壁前天與朝霞親熱的相同位置，眞誠地道：「有了三位姊姊和夢瑤你，我韓柏已心滿意足得甘願死去，絕不會再有異心，剛才只是不得不以無賴手段，應付那狡猾的女賊，夢瑤切勿誤會。」

秦夢瑤嫣然一笑，更添美艷。

韓柏心中一震，暗忖我這好夢瑤實有兩種截然不同的氣質，既能聖潔超然若不可親近的觀音大士，但另具艷蓋凡俗的絕世媚態，教他看得呆了，也想得癡了。

秦夢瑤抓緊他的大手，前所未有地情深款款道：「韓柏就是韓柏，千萬不要既不敢愛又不敢恨，做出違背心性的事，否則你在武道的進展就此止矣，夢瑤絕不想看到那情況出現。」

韓柏立即眉開眼笑，巨體往秦夢瑤壓去，把她動人的肉體緊壓壁上，柔聲道：「多謝夢瑤教誨，那我以後不須為侵犯你而感到犯罪了。」

秦夢瑤不堪肉體的接觸，一聲嬌吟，渾軟乏力，心中暗嘆自己作繭自縛，勉強睜眼道：「韓柏啊！若給人撞見我給你這樣擺布，夢瑤會恨死你的。」

韓柏毅然離開她的身體，認真地道：「若在房內或無人看見的地方，夢瑤不可以另找藉口拒絕和我親熱了。」

秦夢瑤見他這樣有自制力，欣喜地道：「傻孩子！夢瑤不是不肯和你親熱，只是基於某種微妙原因，不能那麼快和你發生親密的關係，待會上去，我要找間靜室，閉關潛修一天後才再和你仔細詳談，好嗎？」

韓柏點頭道：「無論要我忍得多麼辛苦，我也會順著夢瑤的意願行事，但我卻要問清楚夢瑤一件事。」

秦夢瑤淡然自若道：「你想問夢瑤為何肯認作你的妻子嗎？告訴你真相吧！那可能是我心中一直那麼想著，所以衝口而出，事後亦沒有後悔，這答案韓柏大甚麼的滿意了嗎？噢！我也想問你，韓柏大甚麼的那『甚麼』究竟是甚麼哩？」

韓柏歡喜得跳了起來，一聲怪叫，待要說話，范良極可厭的聲音由上面傳下來道：「是否專使大人在下面發羊癇症，還不上來讓本侍衛長揍一頓給你治病。」

韓、秦兩人對視一笑，往上走去。

韓柏湊到秦夢瑤耳根處道：「待會夢瑤可否不稱范前輩，改叫范大哥呢？」

秦夢瑤見他那喜得心癢難熬的樣子，必是與范良極私下定了賭約，又或誇下海口那類以她秦夢瑤爲對象的氣人之事。想起平日這雙活寶定曾拿她作不堪入耳的話題，登時記起自己曾向范良極表示過不會愛上韓柏，不由湧起羞意，硬著頭皮隨韓柏登梯而上。

樓梯盡處迎接他們的不但有范良極，還有陳令方和左詩等三女。

范良極一見秦夢瑤，神態立時變得正經規矩，打躬道：「夢瑤小姐好！」

陳令方則看傻了眼，暗嘆天下竟有如此氣質驚人、超凡脫俗的美人。

三女先瞪了韓柏一眼，才驚異地打量秦夢瑤，心想怪不得夫君會爲她顛倒迷醉，連她們看到亦不由生出崇慕親近的心。

秦夢瑤平靜地向各人襝衽施禮，先向范良極道：「范大哥你好！可不許笑夢瑤。」

范良極何曾見過秦夢瑤如此女兒嬌態，以他的靈巧心思，怎會不明白秦夢瑤的意思，是要他莫笑她出爾反爾，向韓柏投懷送抱。況且聽得她乖乖地叫他作范大哥，早喜翻了心，連五臟六腑都鬆透了，大力一拍韓柏的肩頭，笑得見眉不見眼，惡形惡狀之極。

秦夢瑤早聽浪翻雲說過船上的情況，向陳令方禮貌地道：「夢瑤拜見陳公。」

陳令方如夢初醒，慌忙行禮，心中暗呼僥倖，若此美女早到三天，韓柏可能連朝霞也沒有興趣要了。

接著秦夢瑤走到左詩等三女間，主動挽著左詩和柔柔，再向朝霞甜笑道：「三位姊姊，不若我們到房內聊天，好嗎？」又橫了韓柏一眼道：「你不可進來！知道嗎？」

三女本擔心秦夢瑤身分尊貴，高傲難以親近，所以雖得浪翻雲解釋了情況，仍是心中惴惴，現在見到秦夢瑤如此地隨和，又甜又乖的喚她們作姊姊，都喜出望外，領著她興高采烈往柔柔的房間走去。

韓柏心中奇怪，柔柔那房間這麼窄小，眾女爲何不到他寬敞得多的專使房去？順口向范、陳兩人問道：「浪大俠呢？」

范良極道：「他受了點傷，須閉房三天潛修靜養。」

韓柏駭然道：「天下間有何人能令浪大俠和夢瑤都受了傷，難道龐斑出手了？」

范良極道：「這事說來話長，遲些再說，你先回房去，應付了白芳華，我們還要趕著開船呢！」

韓柏一震道：「甚麼？」

陳令方艷羨不已道：「兄弟對女人比我在行得多了，以老夫在年輕時的全盛期，仍沒有你的本領和艷福。」

范良極道：「她天才光就來了，似乎抵受不住單思之苦，又或是假裝出來的，你要小心應付，最好摸清楚她的底細和目的。」

韓柏現在的心神全放在秦夢瑤身上，暗悔那晚不應和白芳華玩火，玩出現在的局面來，硬著頭皮，到了自己的專使房外，敲了兩下，聽到白芳華的回應，推門進去。

白芳華從椅上站了起來，檢衽施禮，柔聲道：「專使安好！」

她今天換了一身湖水綠的曳地連身長裙，高髻淡裝，香肩披著一張禦寒的羊皮披肩，長身玉立，嬝嬝婷婷，風姿綽約，看得韓柏心中一顫，暗忖和這美女調情絕非甚麼痛苦的事，不過千萬不要說得太大聲，給隔鄰的秦夢瑤聽到就糟了。

韓柏直走過去，到了離這風華絕代，連站姿亦那麼好看的名妓前尺許近處，望著她的秀目壓低聲音道：「白小姐是否專誠來和我親嘴？」

白芳華抿嘴一笑，白他一眼道：「你怕人聽見嗎？說得這麼細聲？」

韓柏見佳人軟語，連僅有的一分克制都拋往九霄雲外，微微靠前，俯頭到她的耳旁，忍著要咬她那圓潤小巧的耳珠的慾望，輕輕道：「是的！我的四位夫人都在隔壁，所以我們只可偷偷摸摸，不可張揚。」

話才完，秦夢瑤的傳音已在他耳旁淡淡道：「韓柏莫怪我警告你，秦夢瑤並沒入你韓家之門，你不可隨便向你的情婦說我是你的夫人。」

白芳華全無所覺，愕然道：「爲何又多了一位？」

韓柏的頭皮仍在發麻，暗驚秦夢瑤隔了數層厚夾板造的房壁，仍能準確把握到他的位置，傳音入他耳內，不教近在咫尺的白芳華知道，自己眞是望塵莫及。

另一方面又暗暗叫苦，秦夢瑤語氣不善，當然是不滿他這樣拈花惹草，唯一安慰的是秦夢瑤這不理俗事的人會破例關心他，留意他在這裡的活動。

白芳華見他臉色微變，奇道：「你怎麼了？」

韓柏乾咳一聲，掩飾自己的手足無措，道：「剛才我出了去，就正……嘿！……你明白啦！所以多了……嘿……多了……你明白啦。」

白芳華仔細端詳他，奇道：「專使大人爲何變得如此笨口結舌，欲言又止？」

秦夢瑤的聲音又在他耳旁響起道：「唉！我的韓柏大人，放膽做你喜歡的壞事吧！只要你本著良心，不是存心玩弄人家，夢瑤怎會怪你。我現在到詩姊的房內靜修，到今晚才可見你了。」

韓柏豎起耳朵，直至聽到秦夢瑤離去的關門聲，才回復輕鬆自在，向白芳華道：「小姐是否到來要萬年參？」

白芳華正容道：「那會否令你為難呢？我知道萬年參的數目早開出清單，報上了朝廷去。」

韓柏大奇道：「你這麼為我著想，當初又為何要逼我送參給你？」

白芳華嫣然一笑道：「因為那時我還未認識你，又怎懂得為專使大人著想呢？」

韓柏心中一甜道：「不若我們坐下再說。」

白芳華道：「我們站著多說幾句吧！我不想官船因芳華致延誤了啓航的時間。」

韓柏有點失望道：「這麼快要走了嗎？」

白芳華道：「放心吧！很快我們可在京師見面，因為芳華亦要到京師去。」

韓柏到這時才省起范良極的吩咐，應探查她的底細，再又問道：「我還是那句話，當初你為何要向我討萬年參呢？」

白芳華道：「芳華只是想測試你是否貨眞價實的專使。」

韓柏一震道：「那你測試出來了沒有？」

白芳華道：「你是眞還是假，現在都沒有甚麼關係了，只要知道你和陳令方是一伙，與楞嚴作對，那便成了。」

韓柏愕然道：「你究竟是屬於哪一方的人？」

白芳華微笑道：「遲早會知道，好了！芳華走了。」

韓柏一驚，伸手抓著她兩邊香肩，急道：「我們的交易難道就此算了。」

白芳華嬌笑道：「假若你私下藏了幾株萬年參，送一株給我亦無妨，芳華自然不會拒絕。我歡喜你送東西給我。」

韓柏道：「只是看在白小姐昨夜幫我的情分上，使楞嚴那奸賊看不出我的腦袋受過傷，好應送你一株仙參，讓芳華永保青春美麗。何況我也想送東西給你。」

白芳華吐氣如蘭仰臉深望著他道：「不用親嘴了嗎？」

韓柏嘿然道：「我看不用人參交換，我朴文正怕也可以親到白小姐的小甜嘴兒吧。」

白芳華俏臉一紅道：「讓芳華老實告訴你吧！我忽然打消求參之念，就是怕了和你親嘴，因爲芳華從未試過和男人親嘴，害怕給你那樣後，都忘不了你，又不能隨你返回高麗，以後備受相思的煎熬，所以昨夜想了一晚後，終於忍不住趁早來見你，求你取消這交易。」

韓柏聽得心花怒放，原來查實她並不懷疑自己專使的身分，差點要告訴她自己只是假扮的，但又想起防人之心不可無，誰知道她是否再次試試自己呢？強壓下這衝動，挺起胸膛道：「如此就不須親嘴，我也送你一株仙參。」頓了頓，心癢癢終忍不住道：「現在你又可把我忘掉了嗎？」

白芳華幽幽看他一眼道：「那總容易一點吧！好了！芳華眞的要走了。」

韓柏道：「那株仙參要怎辦？」

白芳華道：「專使到了京師後，芳華自會派人向你討取。」

韓柏愕然道：「你不是說會來見我嗎？」

白芳華秀目閃過黯然神傷之色，低聲道：「我怕見到專使後，再離不開專使大人，但又終要分開，那芳華更慘了。」

韓柏抓起她的纖手道：「隨我回高麗有甚麼不好呢？」

白芳華只是搖頭，輕輕抽回纖手，垂下頭由他身側走到門處，停下來低聲道：「別了！專使大人，請勿送芳華了。」輕輕推門去了。

聽著足音遠去，韓柏幾次想把她追回來，告訴她眞相，始終壓下了那衝動，一天未清楚白芳華的眞正用意和身分前，他絕不可向她暴露自己的身世，因爲那已非他個人生死榮辱的問題，而是關係到中蒙的鬥爭，國運的興替，他只能把私情擱在一旁。

箇中滋味，令人神傷魂斷。

第十三章　道胎魔種

戚長征撇下了被譽爲江湖十大美女之一的寒碧翠後，找了間破廟睡了一晚，次晨上了就近一間餃子舖，揀了個角落，面牆而坐，當然是不想那麼惹人耳目，甚麼事也待醫好肚子才說。

他叫了碗特大號的菜肉餃，風捲殘雲吃個一點不剩。下意識地摸了摸接近眞空的錢袋，忍不住一咬牙再叫一碗，暗忖吃光了也不怕，待會讓我去典當他幾兩銀子，又可大吃特吃了。

這些天來差不多晚晚都和水柔晶顚鸞倒鳳，快活無邊，忽然沒有了她，只覺不習慣又難受，奇怪以前沒有她時，日子不都是那麼過了，但現在卻很想找個女人來調劑一下，洩去緊張拉緊了的情緒。

在敗於赤尊信手底前，他和梁秋末兩人最愛到青樓打滾，這三年多來因發奮苦練刀法，才裹足歡場，不知如何，現在竟很想去找個姑娘快活快活，待會典得了銀子後，撥部分作風流資，不算太過吧！這是否窮也要風流，餓亦要快活呢？

想到這裡，自然地往掛在胸前的玉墜摸去，立時臉色大變。

伸手把掛著玉墜的紅繩由襟口拉出來，玉墜竟變成了塊不值一文的小石片。

檢視胸口，衣衫已給人割開了一道小裂縫。

這是他闖蕩江湖多年從未遇過的窩囊事。

憑他的觸覺和武功，誰可把他貼身的東西換走而不讓他發覺？但畢竟這成了眼前的事實。

假若對方要暗算自己，豈非早得手了。

剛才進餃子舖前，曾和一位老婆子撞在一起，自己還扶了她一把，偷龍轉鳳的事必在那時發生。那婆子是在他身旁跌倒，他自然而然便加以援手，哪知卻是個陷阱。

至此不由搖頭苦笑，暗讚對方手法高明之極。

同時想到對方若偷襲他，卻可能躲不過自己對她殺氣的感應，生出警覺。但只是偷東西嘛！就是現在這局面。

戚長征氣苦得差點要痛罵一場。

唯一的「家當」沒有了。

唉！

怕應是那寒碧翠所爲，要報自己戲辱她之仇。況且亦只有她才知這玉墜對他是如何重要，是緣她知道目下的他是如何窮困。

黑道裡最擅偷東西的當然是黑榜高手「獨行盜」范良極；白道中以此出名的是一個叫「妙手」白玉娘的中年女人。這老婆子有九成是由她假扮的，否則怎能教他陰溝裡翻船。

可以推想當時她必是先把小石片握在手中，待它溫熱後，才換掉他的玉墜，否則只是兩者間不同的溫度，足可使他發覺出來。

聽說寒碧翠立誓永不嫁人，好！有機會就讓我抓著她打一頓屁股，看她怎樣見人。媽的！但眼前怎麼過日子，難道眞的去偷去搶嗎？

這時兩張檯外兩個人的對話聲把他吸引了，原因是其中一人提到「酬勞優厚」四個字，這對目下的他確有無比吸引力，立即豎起耳朵再聽個清楚。

另一人道：「想不到當教書先生都要懂點武功才成……」

先前那人哂道：「甚麼一點武功？懂少點也不行。聽說最近那個便曾學過黃鶴派的武術，還不是給那小公子打得横著抬了出來。唉！二兩銀子一天你當是那麼好賺的嗎？」

戚長征聽得疑心大起，往那兩人望去。

這兩個中年人都作文士打扮，一看便知是當不成官的清寒之士，除了有兩分書卷氣外，面目平凡，一點不惹人注目。

其中一人又道：「聽說黃孝華給兒子弄得心也灰了，只要有人夠膽管束他的兒子，教得似個人樣的，其他甚麼都不計較了，可是現在仍沒有人敢冒性命之險去應聘。」

戚長征心中冷笑，暗忖天下間哪有這種巧事，這兩人分明是寒碧翠的人，故意覷準他急需銀兩，引他入彀。

想到這裡，心中一動，横豎對方偷了自己的東西，不若就把這兩人的錢搶來，以濟燃眉之急，又可出一口鳥氣。

他心情轉佳，走了過去，毫不理會兩人驚異的眼光，坐到空出來的位子去，閃電般伸手，抓著兩人胸襟。

他故意忽然出手，因爲對方若是武林中人，在這種情況下，很自然會生出本能反應，露出武功底子，裝也裝不來。那時自己可揭破對方眞正身分，教對方被搶了錢亦要服氣。

豈知兩人呆頭鳥般被他抓個正著，顯是不懂絲毫武功的普通人。

戚長征心知出錯，還不服氣，送進兩道試探的內勁，豈知對方體內飄蕩蕩的，半絲眞氣均付闕如。

兩人瞠目結舌，給嚇得臉如土色。

戚長征大感尷尬，趁店內其他數桌的食客仍未發現這裡的異樣情況前，急忙鬆手，訕訕一笑道：「兩位兄台請勿怪小弟，我只是向你們一顯身手，讓你們知道我有賺那黃孝華銀兩的能力。」

兩人驚魂未定，望著他說不出話來。

戚長征這時哪還有半點懷疑，暗責自己魯莽，誠懇地道：「請問黃府在哪裡？」兩人定下神來，怒容泛起，眼看要把他痛罵一場。

戚長征忙道：「兩位仁兄請息怒，這一頓我請客，當是賠罪。」口中說得漂亮，心內卻爲自己的荷囊嘆息。

兩人容色稍緩。

其中一人道：「隔鄰福寧街最大那所宅院，門前有兩頭石獅子的就是，非常好辨認。」

另一人像怕戚長征反悔似的，站了起來，拉著那人走了。

戚長征苦笑搖頭，忍痛結了賬，走出店外，在附近的舊衣舖買了件最便宜的文士長衫，蓋在身上。

這時他身上剩下的錢只夠買幾個饅頭，眞是想不去做讓那小公子拳打腳踢的先生也不行。心想混他幾兩銀子也不錯，順便還可躲他一躲，仍算得是一舉兩得。

再苦笑搖頭，依著那人說的，往黃府走去。

白芳華才離開，范良極閃了進來，坐下後道：「爲何不親她的嘴？」

韓柏坐到他身旁苦笑道：「她說從未和人親過嘴，怕抵受不了我的魅力，連萬年參都差點不要了。」

范良極冷笑道：「人家說甚麼，你這獃子就信甚麼嗎？」

韓柏一震道：「甚麼？」

范良極兩眼一翻道：「你若能弄她到床上去，包保你發現她床上的經驗比你豐富上百倍。」

韓柏失色道：「可是人人都知她是賣藝不賣身的。」

范良極哂然道：「她不賣身又怎樣，那代表她不和男人上床嗎？我老范別的不行，但觀人之術敢說天下無雙，這妖女舉手投足都有種煙視媚行之姿，若她仍是處子，我敢以項上人頭和你賭一注。」

韓柏呆了一呆，他絕非愚魯之輩，細想白芳華的風情，果然處處帶著適度的挑逗性，尤其涉及男女之事時，說話不但毫不避忌，還大膽自然，絕不似未經人道的少女。

范良極神色出奇凝重地道：「此女可能比盈散花更難對付，最令人頭痛是不知她對我們有何圖謀，但手段卻非常厲害，把你這糊塗蟲弄得暈頭轉向，連秦夢瑤也差點忘掉了。她究竟是何方神聖呢？」

韓柏升起苦澀的味道，雖明知范良極說得非常合理，仍很難完全推翻他心中對白芳華的良好印象。

范良極見他仍不是完全相信，微怒道：「你試想一下，最初她似乎當親嘴是微不足道的小事，爲何突來個一百八十度的轉變，變得惜吻如金。她明知『直海』的名字是她提醒你才懂得回答楞嚴，又看到我打手勢要謝廷石替你解圍，她爲何又忽然一絲不懷疑地相信你眞是高麗來的朴文正，和你依依不捨要生喊死地分手，吊足你胃口，請用你那殘廢的小腦袋想想吧！」

韓柏苦笑攤手道：「死老鬼！我何時說過不相信你，只不過正如你所說，給她迷得昏天黑地、腦筋一時轉不過來罷了！給點時間可以嗎？」

范良極見他仍算肯受教，點頭悶哼道：「她到京師後，必會再來找你，因爲騙人是最易騙上癮的，你到時好自爲之吧。是了！剛才你和瑤妹到哪裡去？」

韓柏寒毛豎起失色叫道：「瑤妹！」

范良極面不改容道：「我既成了她的范大哥，自然可叫她作瑤妹。」隨著啐啐連聲道：「你這浪棍可以佔她身體的便宜，我老范佔佔她稱呼的便宜也可以吧？何必那麼看不開。」

韓柏深吸一口氣道：「你當著她面這樣叫過了她沒有？」范良極老臉一紅，坦言道：「剛才我在走廊碰到她往詩兒的房中走去，唉！不知爲甚給她看一眼後，連『夢瑤』這麼稀鬆平常的稱謂都叫不出口來，這妮子的仙眼確是厲害，有時眞禁不住佩服你這浪棍的本事。」

韓柏失聲大笑，倏地想起盈散花，忙向范良極和盤托出。

范良極聽完後直瞪著他。

韓柏大感不自在，舉手在他眼前掃了幾下，囁嚅道：「今次我又做錯了甚麼事？」

范良極伸手搭在韓柏肩上，語氣出奇地溫和道：「難怪我能和你這小子胡混了這麼久，因爲你這浪棍對付女人確有一手。你不知在我跟蹤盈散花那幾個月裡，見到只有男人給她像扯線公仔般擺布得神魂顛倒，甚麼機密都透露給她知道，只有你這浪棍除了開始時稍落下風外，第二次碰面便略佔上風，不過此女極是好勝，定會有厲害的反擊手段。還有一點莫怪我不提醒你，千萬不要誤以爲她愛上了你，因爲你若見過她對男人反臉無情的樣兒，包保你明白我不是胡謅。」

韓柏給白芳華一事弄得信心大失，點頭道：「唉！我曉得了。」反摟著范良極肩頭，道：「老鬼！你以後說話可否精簡一點，不要像死前囑託般，只要尚有一口氣在，就說個沒完沒了？」

范良極一把推開了他，走出房外道：「我是爲了你好，才多說幾句，眞不識好人心。」

韓柏捧腹忍笑追在他後面道：「你這叫作說話大便失禁，因爲以前忍得太苦了，哈！你的靜功到哪裡去了。」

兩人來到廊裡。

官船剛於此時離岸開出。

陳令方聽得兩人聲音，開門探頭出來道：「侍衛長大人！要不要來一局棋？」

范良極猶豫了片晌，搖頭道：「不！我下棋時定要吸著菸腦筋才靈光，現在天香草只剩下幾口，吸完了以後日子怎麼過？」

陳令方笑道：「你聽過『醉菸』沒有？」

范良極動容道：「是否大別山的醉草？」

陳令方點頭道：「正是此草，念在你對我有救命之恩，所以我特別囑咐知禮這菸鬼送了三斤來，給你頂癮！」

范良極歡呼一聲，衝進房去。

陳令方又向韓柏道：「專使大人，你那三位夫人到了艙底去釀酒，著我告訴你不可去騷擾她們，否則就向浪大俠告狀，說你阻礙她們釀酒呢！」

「砰！」

門關上，留下韓柏孤獨一人站在長廊裡。

韓柏嘆了一口氣。

浪翻雲要閉關三天，陳、范兩人捉棋去了，三女顯仍餘氣未消，不准自己找她們，想著想著，不覺到了秦夢瑤靜修的房門前。

想起秦夢瑤就在一牆之隔的裡邊，血液翻騰了起來。

進去看她一眼也可以吧！

伸手握上門環，輕輕一推，房門竟沒有關上，應手而開。

韓柏反嚇了一跳。

他本以爲秦夢瑤定會關上門栓，那時他只好返回自己房去，看看怎樣打發時光，豈知竟輕易把這扇門推開。

哪還忍得住，躡手躡足溜了進去，把門掩上。

床上幃帳低垂，隱見秦夢瑤盤膝端坐的身形。

韓柏心懷惴惴，戰戰兢兢走了過去，揭開帳角，偷看進去。

一看下，韓柏心神劇震，差點跪了下來，爲能目睹這樣的美麗景象感謝天恩。

秦夢瑤脫掉了外衣，身上穿的只是緊裹嬌軀的單薄內衣，雖沒有露出肩臂等部分，可是那曼妙至驚心動魄、鍾天地靈秀的線條，卻能教任何人看得目定口呆。

無領的內衣襟口開在胸項間，把她修美雪白的粉頸和部分特別嫩滑的豐挺胸肌，呈現在韓柏的眼睛下。

可是韓柏卻絲毫沒生出不軌之念。

秀目緊閉的秦夢瑤寶相莊嚴，俏臉閃動著神聖的光輝，晉入了至靜至極的禪境道界，沒有半分塵俗之氣。

連韓柏這具有魔種的人亦不能遐想邪思。

他只感到一種難以形容的寧美感覺，剛才無所事事的煩悶一掃而空，終忍不住跪了下來，兩手按在床沿，腦袋伸進了帳內，仰望著聖潔若觀音大士的秦夢瑤。

一串莫名的感動熱淚由他眼角瀉下來。

也不知跪了多久。

秦夢瑤秀長的睫毛一陣抖動，然後張開美眸，射出精湛的彩芒，深注韓柏猶見淚漬的臉上。

韓柏一生人從未試過像適才那種被震撼得難以自已的情緒，刻下仍未回復過來，口唇顫動得說不出半句話。

秦夢瑤臉上現出又憐又愛的神色，微俯往前，伸出纖柔雪白不屬塵凡的玉手，指尖輕輕揩著韓柏的淚痕。情深款款道：「韓柏！為何流淚了？」一點沒有責怪韓柏擅進她的靜室，看到穿著貼身內衣的她的莽撞。

韓柏靈台澄明若鏡，半絲歪念沒生出，將頭俯前，埋在她盤坐著芬芳醉人的小腿處，啞聲道：「夢瑤！我配不起你。」

秦夢瑤「噗哧」一笑道：「傻孩子！」

韓柏一震抬頭道：「你叫我甚麼？」

秦夢瑤嫣然一笑，白他一眼道：「聽不到就算了，吻了你的白姑娘沒有？」

韓柏泛起羞慚之色，搖頭道：「我差點給她騙了。」

秦夢瑤含笑道：「她是眞的怕你吻得她會情不自禁愛上你，因爲她騙你騙得很辛苦。」

韓柏愕然道：「你怎也知道她是騙我？」他這句話問得大有道理，因范良極能猜到白芳華騙他，是根據來龍去脈後作出的推論，而秦夢瑤對白芳華和他之間的事一無所知，甚至未和她碰過面，憑何而知她在騙他？

秦夢瑤恬然道：「你進房時，她身體內的血管立時收窄，心跳血行加速，而當她作違心之言時，體內的分泌卻大增，顯示她並不能以平靜心情去對付你。」

韓柏聽得目瞪口呆，並自愧大大不如，作夢也想不到秦夢瑤能以這樣的心法掌握另一個人的內在情緒，使其無所遁形。

秦夢瑤幽幽一嘆道：「你反要小心那盈姑娘，她的心志堅定無比，對你雖好奇，但爭勝之念卻強於一切，不會輕易對你屈服。」忽又抿嘴一笑道：「你跪在我床前幹嘛？坐上來吧！」

韓柏猶豫了片刻，才小心翼翼爬上床去，盤膝坐下。

秦夢瑤見他沒有藉機接觸她的身體，大感滿意，移轉嬌軀和他面對坐著，點頭讚道：「這才是乖孩子，我也想和你好好談談。」

被秦夢瑤甜甜地稱著「乖孩子」，韓柏渾身舒服，用鼻子大力吸了幾下，嘆道：「夢瑤眞香！」

秦夢瑤見他開始故態復萌，不知如何心中竟沒絲毫嗔念，還一邊享受著和他在一起時那去憂忘慮、清淨自如的感覺，微俯向前，柔聲道：「你既吻不到白姑娘，要不要夢瑤給你找那三位好姊姊來，補償你的損失。」

韓柏全身一震，瞪大眼睛不能置信地望著秦夢瑤，顫聲道：「這話眞是你說的嗎？」

秦夢瑤瀟灑地聳了聳香肩，調皮地道：「我倒看不出爲何我不可說出這種話。」

韓柏被她絕世嬌姿所攝，久久啞口無言，好一會兒才懂得道：「何不親由你補償給我？」

秦夢瑤知這小子魔性漸發，玉容微冷道：「我給人驚擾的清靜，誰來賠償我？」

韓柏頹然道：「是我不對，我走吧！」說完可憐兮兮地偷覷著秦夢瑤，卻絲毫沒有離開的動作。

秦夢瑤嘆了一口氣道：「夢瑤早知叫得你上床來，就很難把你趕下去，留下吧！因你可能對我的傷勢有莫大的好處。」

韓柏大喜，魔性大發，兩眼射出精芒，上下對秦夢瑤梭巡著，又伸手抓著秦夢瑤一對柔荑，輕搓細捏。道：「可以自動寬衣了嗎？看來夢瑤身上只有一千零一件單衣。」

秦夢瑤俏臉飛紅，嬌嗔道：「老實告訴我，你剛才功聚雙目，是否看透了我的身體。」

韓柏吃了一驚，暗忖自己實在無禮之極，竟蓄意飽覽了這天上仙子衣服內那動人至極的玄虛，集宇宙靈氣的仙體，眞是大大不該，囁嚅道：「夢瑤！對不起，韓柏的俗眼冒瀆了你。」

秦夢瑤見他坦然直認，紅霞延透至耳根，垂下螓首，輕輕道：「韓柏，夢瑤恨死你。」話雖這麼說，卻一點沒有把玉手從韓柏的魔手裡抽退回來的意思。

韓柏感應不到她的眞正怒意，色心又起，緩緩湊過嘴，往秦夢瑤的紅唇迫去，柔聲道：「讓我們用最好的方法互相賠償吧。」

秦夢瑤道：「你若這樣吻了我，事後我會好幾天不睬你。」

韓柏嚇得連忙坐直身體。

秦夢瑤乘機把手抽回來，看到他像待判死囚的樣子，心中不忍，幽幽道：「韓柏啊！千萬勿忘記這是一張床，我的衣服既單薄，你和我又非沒情意的男女，這樣親熱很難不及於亂，但現在仍未是適當的時候。」又嬌羞垂頭道：「吻已吻了，身體也看過了，還不滿足嗎？仍是那麼猴急。」

韓柏大樂道：「放心吧！只要我知道尚未是時候，就算夢瑤控制不了自己，我也保證能懸崖勒馬，所以親個嘴絕沒有問題。」

秦夢瑤甚麼劍心通明全給這小子搞亂了，大發嬌嗔道：「誰控制不了自己哩！我只是怕你強來，那時我便會爲遵守自己許下的諾言，離開你了。」

韓柏厚著臉皮道：「既然我們這對有情男女都有懸崖勒馬的能力，那麼親親摸摸應都沒有問題。」

秦夢瑤心叫完了，惟有指著房門佯怒道：「你這無賴給我滾出去！」

韓柏知道她心中半分怒意都沒有了，笑嘻嘻伸手往她繃著的臉摸去。

秦夢瑤俏臉忽地變得止水不波地平靜，然後像被投下一塊小石般惹起一個漣漪，逐漸擴大，化成嘴角逸出的一絲動人至不能言傳，超然於任何俗念塵想的飄然笑意。

韓柏一看下嚇得慌忙縮手，慾念全消，駭然道：「這是甚麼仙法？」

秦夢瑤淡淡道：「對不起，夢瑤因你慾念狂作，不得不以佛門玄功『拈花微笑』化解你的進侵，是不得已而爲之，否則絕不願對你出手。」語意溫馨，使人打心底感到她的溫柔體貼。

韓柏腦中仍留下她剛才微笑的強烈印象，一片清明，愧然自責道：「我惹怒夢瑤了，眞該死！」

秦夢瑤反伸出手來，主動摸上韓柏臉頰，愛憐地摩挲著，柔聲道：「你太不明白魔種和道胎貼體相觸時的後果，而一開始了，我們誰也不能停下來，若換了不是在床上，或者我們仍可勉強自持，但在這樣的氣氛下，最後必是男女歡好的局面。唉！你當夢瑤眞是不想和你好嗎？你可知我對你也是深有好感的。」

換了是平時，秦夢瑤這番話必會引來韓柏的輕薄，但這時被她以佛門最高心法化去了塵世慾念的韓柏，卻起不了半絲歪念，懇切地問道：「既然大家都想得發瘋了，我又要爲你療傷，爲何我仍不可和你相好？」

秦夢瑤俏臉更紅，縮手赧然道：「誰想得發瘋了？我說的忍不住，只是投入你懷裡，讓你擁抱憐愛，絕不是你想像中的羞人壞事。」

韓柏被她動人的嬌態惹得凡心再動，伸出雙手抓著她一對玉手，拉得貼在兩邊臉上道：「求求你告訴我，何時才是得親你香澤的適當時機？」

秦夢瑤眼中貫盈萬頃深情，檀口輕吐道：「夢瑤心脈已斷，等若半個死人，全賴自身先天眞氣和浪大哥輸入精純無匹的眞氣，接通心脈，若忽然與你進入熾烈的巫山雲雨裡，說不定會脈斷暴亡，所以只能按部就班，循序漸進。」

韓柏想不到她的傷勢嚴重若此，嚇得臉上血色退盡，放下她的玉手，肅然坐好道：「爲何不早告訴我，給個天我作膽，也不敢拈你半個指頭。」

秦夢瑤見他能如此違反魔性，相就自己，心生歡喜，身子移前，偎入他懷裡，後腦枕在他肩上，仰起俏臉向他道：「何況夢瑤仍未達到雙修大法裡有慾無情的境界，魯莽和你相好，會落於後天之境，不能臻至先天道境，那夢瑤將永無復元之望。」

韓柏不敢抱她，對抗著旖旎溫馨的醉人引誘，愕然道：「雙修大法？」

秦夢瑤點頭道：「是的！只是魔種和道胎，仍不足以使我的傷勢復元，還須雙修大法，才可誘發眞陽、眞陰，而大法最關鍵處，就是男的要有情無慾，女的要有慾無情。」

韓柏呆了半刻，猶豫地欲語還休。

秦夢瑤鼓勵道：「想到甚麼就說出來吧！我們間還有甚麼禁忌？」

韓柏道：「我怕說了出來，會污了你的耳朵。」

秦夢瑤舒適地在他懷裡擠了擠，兩人臀腿觸處產生出強烈的感應，才道：「在心理上，夢瑤早對你毫不見外，所以甚麼話也可向我透露。」

韓柏終忍不住，一把將她摟緊，俯頭在她唇上輕輕一吻，然後強迫自己離開，狂喜道：「得夢瑤這麼說，我感到自己是這世上最幸福的人了。」

秦夢瑤嗔道：「夢瑤對你的心意，只限於你我兩人間知道，若你讓第三者得知或在人前對我無禮，我會不再理睬你的。」

韓柏這時的手，摟在她腰腹處，給秦夢瑤吐氣如蘭，溫言軟語，淺嗔輕責，弄得意亂神迷，但又要強制著那股衝動，實在苦不堪言，皺眉道：「我這人對著夢瑤時總是方寸大亂，夢瑤要不時提點我。」

秦夢瑤道：「好了！說出剛才你想到的歪念吧！」

韓柏如奉仙諭，把嘴湊到她耳旁輕輕道：「假若我沒有慾念，怎可進入夢瑤的仙體裡？」

秦夢瑤羞得呻吟一聲，轉身把俏臉埋在他頭頸間，不讓韓柏看到她春潮氾濫的眉目。

韓柏「呵」一聲叫了起來，魔性大發，一對手雖仍未敢侵犯秦夢瑤，身體卻慾念狂作，起了最原始粗野的男性反應。

秦夢瑤和他貼體偎坐，怎會不清楚感到他的反應，再一聲嬌吟，渾身發熱軟乏，身心均無半分抗力。

慾火在兩人間燃燒起來。

韓柏猛地一咬舌尖，使神智回復清醒，發覺一對大手早放在秦夢瑤豐挺美麗的酥胸上去，嚇得連忙縮手，擺在身旁，一顆心劇烈跳動著。

秦夢瑤雖感到他慾火消退，但剛被他撫弄酥胸引起的反應仍強烈地存在著，渾身軟熱，嬌喘久久不能平復過來。

好一會兒後，秦夢瑤稍轉平靜，仍不敢抬頭看他，輕輕道：「你現在應知道夢瑤根本抗拒不了你的侵犯，所以全靠你的自制力了。」

韓柏顫聲道：「天呀！夢瑤怎能要我負起這樣的全責？」

秦夢瑤道：「夢瑤不理！總之就是這樣。」

韓柏從未想過秦夢瑤這仙子也會有這嗲媚嬌癡的一刻，慾火盛熾，一雙手又箍在秦夢瑤充滿彈力的小腹上，象徵男性情慾的反應再現。

秦夢瑤「喲」一聲叫了出來，責道：「韓柏！」

韓柏求道：「再施你那絕招吧！否則我怕會忍不了。」

秦夢瑤很想離開他懷裡，卻怎也辦不到，顫聲道：「這樣的情況下，教人如何出招？」

韓柏暗忖這下眞個乖乖不得了，忙藉想起她的傷勢來克制狂竄而起的慾念道：「夢瑤你還未答我早先的問題呢？」

秦夢瑤一想下心搖神蕩，呻吟道：「韓柏啊！求你把我推開，這樣下去，必然會弄出亂子的。」

韓柏憑著腦內半點靈明，把秦夢瑤整個抱了起來，放到床的另一端，然後以無上意志，爬到床的另一邊，才敢再往秦夢瑤望去。

秦夢瑤俏臉玉頸、美手纖足全泛起了奪人心神的嬌艷紅色，微微喘著氣，那誘人的樣兒，差點惹得韓柏爬了回去。

韓柏重重在腿上自扭一把，才清醒了點。

秦夢瑤逐漸回復平靜，感激地向韓柏點了點頭。

韓柏頑皮之心又起道：「夢瑤！我今次算乖吧！你應怎樣謝我？」

秦夢瑤給他挑起了情意，失去了往日矜持和自制的能力，只能嬌柔地輕責道：「這樣也要謝你嗎？你若只爲了快樂一次，夢瑤便捨身相陪吧！」

韓柏搖首道：「不！我不是這個意思，只是想以後你都喚我作柏郎罷了！」

秦夢瑤氣得瞪他一眼，道：「我絕不會在人前這麼叫你的。」

韓柏大樂道：「爲今沒有別人在側，你就試喚我一聲吧。」

秦夢瑤白了他一眼後，垂頭輕呼道：「柏郎！」

韓柏失魂落魄，身不由主爬了過去。

秦夢瑤嚇得一把推著他胸膛，卻忘了他的大嘴，嚶嚀一聲給他吻個正著，纖手竟由推拒改爲摟著對方的脖子。

在一番銷魂蝕骨的熱吻後，韓柏堅定地爬回床的另一頭，坐好後，心醉神迷地道：「夢瑤的小嘴定是這世上最甜的東西。」

秦夢瑤嬌羞地道：「不要亂說話，若讓你三位好姊姊知道，會不高興的。」

韓柏見她絲毫不怪責自己剛才的強攻猛襲，快樂得一聲長嘆道：「到現在我才眞正明白甚麼是只羨鴛鴦不羨仙，神仙怎及得我們快樂。」

秦夢瑤聽得全身一顫，如給冷水澆頭，眼神回復清明，盤膝坐好，柔聲道：「韓柏！容夢瑤回答你剛才的問題好嗎？」

韓柏見她回復正常，知道是因自己提起了仙道的事，使她道心復明，失落地道：「夢瑤說吧！」

秦夢瑤「噗哧」一笑道：「不要扮出那可憐樣子，你要夢瑤意亂情迷還不容易嗎？」

韓柏一想也是，回復歡容。

秦夢瑤雖是釵橫鬢亂，但神色回復了止水般的平靜，恬然道：「有念而舉和無念自舉，正是後天和先天的分別，韓柏你明白嗎？」

韓柏茫然搖頭。

秦夢瑤俏臉仍禁不住微紅，輕輕道：「道家修行的人，有所謂『活子時』，那就是男人在睡覺中，特別臨天明時，只要精滿神足，就會無念自舉，那是精足的自我現象，若能以適當功法導引採取，將可化精爲氣，是爲無念採取，可得先天之氣；若有念而作，採的只是淫念邪氣，有損無益。」

她一邊說著，玉臉由淺抹的淡紅逐漸轉爲深艷的玫瑰紅色，那種驚天動地的誘人秀色，柳下惠復生亦要把持不住。

秦夢瑤一生素淡，不但說話從不涉及男女之事，芳心裡連想也沒朝這方向想過，現在偏要在一張床上，向一個年輕男子，主動說及這種羞人之事，可眞是冥冥中的異數。

韓柏眼不眨地瞪著她，好一會兒才深吸一口氣道：「那容易得緊，夢瑤只須睡在我身旁，一見我有那種情況出現，立即引導採取，豈非大功告成，待你療好傷勢之後，我們才眞正快活，豈不美哉！」

秦夢瑤今次是徹底地吃不消，羞澀至差點要鑽進被內去，顫聲嬌嗔道：「你眞是狗口長不出象牙來，這樣的髒話虧你說得出口。」

韓柏最愛看她芳心大亂的樣兒，故作驚奇道：「你不是說過只有我們兩人時，甚麼話都可以向你說嗎？」

秦夢瑤哪裡是眞的怪他，只是受不住能淹死人的羞意，聞言嘆了一口氣，壓下波盪的情懷，點頭道：「人家並不是眞的怪你，不過你那方法是行不通的，因爲你……你若見到我……那……心中邪念一生，會由無念的先天，回到有念的後天，以致功敗垂成。」

韓柏頹然道：「我試著克制自己吧！只要想起夢瑤的傷勢，我哪敢泛起邪念。」

秦夢瑤感激地瞅了他一眼，垂首道：「你的問題可能還不大，我自有一套心法，可使你達到我的要求。問題出在夢瑤身上，試問我怎可對你只有慾沒有情，掉轉來我或可輕易辦到。」

韓柏搔頭道：「要你有慾我自問有辦法，但若要你對我無情，我想想便感難受。」

秦夢瑤閉上秀目，好一會兒後才張開道：「柏郎！讓夢瑤告訴你吧！夢瑤自幼清修，已斷了七情六慾，連女人家的月事亦早停下，對你動心只是受不住魔種的刺激，除了你外，絕沒有男人能使我動情。我要潛修靜室，不是為了療傷，只是希望能從至靜至極裡，與天心合為一體，想出解決的辦法，所以柏郎定要給夢瑤一點時間才成。」

給秦夢瑤連喚兩聲柏郎，韓柏感動得差點哭了出來，爬了過去，將秦夢瑤擁入懷裡，深情地道：「我的好夢瑤，無論要我做甚麼事，只要能令你復元，我也會全心全意去做，我會盡所有力量使你快樂，不教你受到任何傷害。」

秦夢瑤嘆了一聲，轉身倒入他懷裡，玉手按在他緊箍著小腹的大手上，微笑道：「我對著你，你對著我，都是非常危險的事，一個不好，將淪萬劫不復的境地，你可知道嗎？」

韓柏一震下往她望去道：「這話怎說？」

秦夢瑤道：「還不是道胎和魔種的關係，你的魔種會受到我道胎的壓抑，難作寸進；我的道胎亦因受到你魔種的刺激，使夢瑤不能保持劍心通明的道境。」

韓柏愕然道：「那怎辦才好？」

秦夢瑤道：「不要憂心，凡事均有正反兩面，若我們做得好，在魔道間保持平衡，我們將會突破目前的境界。到現在夢瑤才明白師父送我到凡塵歷練的深意，只有經過魔劫，夢瑤的道胎才能成長，臻至天人合一的至境，夢瑤真的幸運，遇上了你這個使我動心的男人，縱使過不了魔劫，亦死而目瞑。」

韓柏狂震道：「不！我絕不許你死的。」

秦夢瑤道：「那只是打個比喻，讓你知道夢瑤對你的心意。柏郎啊！你絕不能變成規行矩步的應聲蟲，否則你的魔種將會完全臣服在我的道胎之下，不但功力減退，還會救不了我。」

韓柏大喜道：「那即是說無論我對你如何放恣，你也不會怪我，也不會不理睬我了。」

秦夢瑤無奈地點頭含羞道：「看來是這樣了，這是一場愛的角力，你可放膽欺負我，不要留手。我亦要努力保持慧心，假設能以不分勝負作終結，我們便成功了，我們將會是這世上最好的一對。」

韓柏的目光不由從她的俏臉移往她在這角度下，襟口洩出來的無限春光裡，吞了一口涎沫道：「夢瑤的酥胸眞是仙界極品，那兩點嫣紅我這一生都不會有片刻忘記。」

秦夢瑤劇震下彈了起來，剛想逃開，已給魔性大發的韓柏俯前摟著，大嘴吻在她玉頸處，還一直沿下吻去。

秦夢瑤登時感到自己是這場比賽裡的弱者，偏又情迷意亂，眼看給這小子拉開衣襟，吻個痛快。敲門響起。

范良極的聲音傳入道：「韓柏！麻煩來了。」

第十四章　花刺美女

位於洞庭北端，長江之旁的岳州府，一所華宅內。

方夜羽、里赤媚、由蚩敵、強望生、柳搖枝五人，和一位宮裝華服美女，正在主廳內圍坐一桌，吃著燕窩美饌。

這美女長得俏秀無倫，眉如春山、眼若秋水，體態窈窕，可惜玉臉稍欠血色，略嫌蒼白了點，但卻另有一種病態美，形成異常的魅力。

六人默默吃過燕窩，方夜羽先向那美女溫柔一笑，而那美女亦以淺笑相報，玉臉泛起兩小片紅雲，在她蒼白的臉上分外動魄勾魂。

方夜羽看得呆了一呆，才收攝心神道：「強老！你的傷勢怎樣了？」

強望生平和地道：「最多三天，我將可完全康復過來。」

由蚩敵嘆道：「沒有了你的日子眞是難過，現在可好了。」

眾人皆現出欣然之色，這兩人合作慣了，聯手時威力倍增，連范良極也要給他們殺得落荒逃命，可知這兩人在一起時多麼厲害。那晚圍攻戚長征時，若有他在，包保戚長征逃不了。

方夜羽轉向柳搖枝道：「蒙大的毒傷有沒有起色？」

柳搖枝黯然道：「他的情況愈來愈壞，唉！我們確是低估了烈震北，他調校出來的毒怕是天下無人能解。」

里赤媚道：「他雖是我們的敵人，現在又死了，我仍對他的膽色、才智和武功佩服非常。」

柳搖枝續道：「刁項怕也是危在旦夕，萬紅菊現在率領門人往京師去，希望能求『鬼王』虛若無念在以前的交情，出手療治刁項，看來她經此一劫，已心灰意冷，再無爭雄江湖之意，況且乃兄又敗於浪翻雲劍下，魅影劍派怕從此一蹶不振。」

里赤媚搖頭道：「搖枝你看漏了眼，那叫刁辟情的小子能擋浪翻雲一劍，功力已臻第一流高手境界，現在身體康復了，怎會甘心蟄伏不出，這人終會成爲雙修府最可怕的敵人。」

方夜羽伸了個懶腰，微笑道：「戰場上總有人傷亡，橫豎人誰無死，只要能死得轟轟烈烈，就不枉活了一場。」

強望生現出興奮之色，道：「龜縮一角的日子太使人難受了，希望很快便可活動一下筋骨。」

那美女含笑聽著，教人感到她是個很好的聆聽者。

方夜羽微微一笑，道：「今次雖殺不了浪翻雲，但卻換了烈震北一命，兼且……唉！」眼中掠過深刻的苦痛，嘆道：「秦夢瑤怕亦捱不過百天之數，對中原武林的打擊，實是非常沉重。」

眾人均知他對秦夢瑤的情意，默然不語。

方夜羽轉向那宮裝美女道：「甄夫人會否因夜羽不能忘情，心生不快？」

甄夫人深深望他一眼後道：「若小魔師能忘情，妾身才會感到不快。」

方夜羽眼中射出感激之色，伸手過去輕輕一握對方玉手後，才放了開來，向各人道：「現在整個江湖分作了兩個戰場，一在京師，另一就是我們身處的洞庭湖，形勢雖說清楚分明，事實上又極端錯綜複雜，不知各位有何看法？」

眾人都望向里赤媚，顯是除方夜羽外，惟他馬首是瞻。

里赤媚舒服悠閒地挨在椅背處，嘆道：「我現在只想脅生雙翼，飛到朱元璋的大本營去，參與武林史上最大的集會，一嘗龍爭虎鬥的滋味，也與虛若無完成我們未分勝負之戰，看看是我的天魅凝陰厲害，還是他的鬼焰邪魂了得。」

眾人均泛起嚮往之色。

柳搖枝點頭道：「不知是否天助我也，鷹刀恰於此時出現，還給楊奉帶上了京師，弄至黑白兩道四分五裂，連八派聯盟也因各懷疑心，各派之內都不能團結，對我們大大有利。」

由蚩敵皺眉道：「年老師和法王他老人家都到了京師去，鷹刀最後會落到誰人手上，恐怕京師的神算子都算不出那結果呢！」

甄夫人黛眉輕蹙道：「妾身有一事不明，楊奉既得鷹刀，為何不遠遁域外，豈非自陷羅網裡？」

強望生恭敬地道：「夫人剛抵中原，難怪不清楚這裡的情況。」頓了頓續道：「就是因為人人都猜楊奉想逃出中原，於是所有布置，均針對這點做出，所以才累得楊奉不得不逃往京師，他是有苦自己知。哈……」

各人不禁莞爾。

方夜羽忽然岔開話題道：「剛接到師兄傳訊，說那高麗來的使節團沒有問題，可是我總覺他們有點不妥，除非我親自見過他們，否則難說他們不是韓柏和范良極。」

聽到韓柏之名，甄夫人的俏目忽地亮了起來。

里赤媚鳳目深注著她道：「夫人似乎對那韓柏很感興趣。」

甄夫人微笑道：「哪個女人能不對可令秦夢瑤鍾情的男子感到心動，有機會我定要會會他。」

方夜羽眼中掠過痛苦的神色，隱隱中感到是甄夫人對自己愛上秦夢瑤的反擊，苦笑不語。

柳搖枝想起花解語的前車之鑑，勸道：「這小子確有種接近龐老的攝人魔力，教人很難眞的不歡喜他，夫人切勿玩火自焚。」

里赤媚和方夜羽心中叫糟，柳搖枝如此一說，適得其反，更勾起甄夫人對韓柏的好奇心和好勝心，更增她想見見對方的渴望。

甄夫人確是怦然意動，不過卻知絕不可在這些人前顯露出來，淡然一笑道：「正事要緊，妾身尙未有閒情去理他，除非小魔師授命由我去對付他！」

里、方二人見她這樣說，才放下點心來。

由蚩敵有點苦惱地道：「我們明知浪翻雲要到京師去，爲何總把握不到他的行蹤？」

里赤媚失笑道：「你眞是白苦惱，若可把握到他的行蹤，那浪翻雲必是假扮的，反是韓柏仍欠火候，即管有范良極助他，亦應會出岔子，所以我很同意少主所言，那朴文正有七成是他冒充的，只是以大公子的才智、眼力，怎會看不穿他的僞裝，令人費解。」

方夜羽道：「假若我們眞能揭破他們的身分，再加好好利用，當可掀起軒然大波，牽連很多當權大官，甚至燕王棣亦難以免禍，使明室內部四分五裂。這樣看來，韓柏這小子反幫了我們一個天大的忙。事實上師兄亦非全無疑心，所以勸我派人上京一趟，看看他們究是何方神聖。」

里赤媚道：「誰應是那個人選？」眼睛掃向甄夫人。

甄夫人玉容恬靜，絲毫不透出內心的渴望，她眞的爲韓柏有點心動。她想不透能比方夜羽更有吸引力，又能在里赤媚手下逃生的男子，究竟是怎麼樣子的？

方夜羽道：「我想親自秘密上京，里老師陪我走一趟吧！」

甄夫人心中暗喜，方夜羽早視她爲他的女人，自應帶她回去。

豈知方夜羽道：「這裡對付怒蛟幫的事就由夫人主持大局，有三位老師，加上夫人和下面一眾高手，又有鷹飛助陣，怒蛟幫和戚長征還不是囊中之物。」

甄夫人心中一陣失望，表面卻不動聲色道：「怒蛟幫不知使了甚麼手法，全幫消失無形，就此點已可看出翟雨時這人極難對付，因爲若非深謀遠慮，平時早有布置，絕不能忽然潛藏匿隱，故對付怒蛟幫之責，妾身實無把握。」

里、方兩人知她才智、武功均高明之極，這樣說只是不滿方夜羽不帶她到京師去，交換了個眼色後，方夜羽柔聲道：「夜羽豈想和夫人分離，只是撲滅怒蛟幫事關要緊，不得不借助夫人的才智、武功和下面的如雲好手，京師事情一有眉目，夜羽會立即趕返來陪你。」

甄夫人低聲道：「小魔師是否想去見那秦小姐最後一面？」

方夜羽微感愕然，有種給對方看破了心事的不安。

眾人都感受到那異常的氣氛，可是又不知如何插口。

里赤媚心中一嘆，出言道：「正事要緊，兒女私情只好暫置一旁，若沒有少主首肯，我們亦不敢發動對秦夢瑤的攻擊，夫人應可由此明白少主的心意。」

甄夫人嘴角綻出一個動人的微笑，向方夜羽道：「小魔師請恕妾身壓不下的妒意，怒蛟幫的事可放心交給妾身。」頓了頓傲然道：「現在戚長征已成了鬥爭的關鍵，怒蛟幫將被迫現身出來加以營救，就算他們能擋得住展羽主持的屠蛟小組，亦將避不過我和鷹飛及三位老師的聯手圍剿，小魔師請放心。」

眾人得她答應，均露出欣然的神色，於此亦可見他們對她多麼有信心。

甄夫人心中卻在想，我定要製造機會見見韓柏，看這個能奪取秦夢瑤和花解語芳心的小子，能否也使自己愛上他。

因爲她有信心自己不會全心全意愛上任何人，包括方夜羽在內。

戚長征來到黃府的豪華大宅前，抖了抖破舊儒服上的塵屑，整整頭上文士冠，深吸一口氣壯壯膽子，才以他能扮出最斯文的姿態登上長階，排闥而入。

看門的兩個壯丁把他攔著。

戚長征本想打恭施禮，可是看到黃府家丁們鄙夷的眼光，傲氣升起，昂然道：「清遠縣舉人韓晶，應聘作貴公子教席來也！」

兩名家丁呆了一呆，眼中射出可憐同情之色，上下打量了他好一會兒，見他軀體雄健，又見他背掛大刀，想亦能多捱幾天毒打，其中一人點頭道：「你先進來坐坐，我們去通知老爺。」

戚長征大搖大擺踏進府內，待了半晌，一名管家模樣的人物走了出來，隨便問了他的學歷後，延他進內。

戚長征暗忖，這黃孝華眞是求才若渴，自己這麼容易便能見著他。

那管家帶著戚長征穿過正廳、偏廳，來到後進一個房間的門前，輕輕叩門道：「老爺！韓舉人來了。」

戚長征升起苦澀的味兒，自己衝口而出說是姓韓的，顯示心中對美麗溫柔的韓慧芷尚未能忘情，不知玉人近況如何呢？

房內傳出一把聲音道：「快請舉人老師進來！」

戚長征聽出對方語帶喜意，忙收攝心神，隨那管家進去。

入房後環目一掃，立即頭皮發麻，差點掉頭便走。

原來房內布滿書櫃，收藏了無數經史詩書。他自知斤兩有限，一看對方飽學之士的架勢，只要隨便問上幾句，便教自己無辭以對，怎不大驚失色。

這時一個圓球般的東西由大書桌後的椅子彈起來，「滾」到他身前，原來是個又矮又胖、滿臉俗氣的大商賈，看來就是那黃孝華了。瞧他敏捷的身手，應曾習過幾年拳腳，不過卻絕非高明。

黃孝華揮走了管家，繞著戚長征打了幾個轉，嘿然道：「韓舉人！看你身配長刀，尚習過武功，不知是何家何派的弟子？」

戚長征泛起荒謬之極的感覺，哪有應徵老師會被先問武功的怪事，順口胡謅道：「小生的鐵布衫乃家傳絕學，否則亦不敢來應聘。」

黃孝華的肥軀倏地再出現眼前，大喜道：「那你捱打的功夫必是一等的了，可否讓我打上兩拳看看。」

戚長征哭笑不得，點頭道：「老爺即管放馬過來。」

黃孝華毫不客氣，弓身立馬，吐氣揚聲，「蓬蓬蓬」在戚長征小腹處擂上三拳，比他所說的加多了一拳。

戚長征晃都不晃一下，微笑道：「老爺的拳頭眞硬。」

黃孝華老臉一紅，退回桌後的椅子裡，吃力地喘氣道：「請坐！」

戚長征知道過了武的一關，現在應是文的一關，暗嘆一口氣，硬著頭皮在他對面隔桌坐下。

黃孝華瞇眼細察戚長征是否有受了內傷跡象後，才滿意地點頭道：「韓兄家傳武功好厲害哩！比那甚麼黃鶴派的混蛋好得多了。」

戚長征聽他說話比自己還粗鄙不文，暗感奇怪，房內這些書難道只是擺樣子的？他既生疑心，立即功聚鼻孔，用神一嗅，絲絲幽香，傳入鼻裡。

黃孝華見他似滿有興趣觀覽室中藏書，低聲道：「這都是我夫人的藏書。我嘛！是它們認識我，我卻不認識它們。」

戚長征剛起的疑心又釋去，難怪會有女人的香氣縈繞室內，奇道：「尊夫人既才高八斗，爲何不親自教導貴公子認書識字？」

黃孝華臉上現出苦惱之色，道：「慈母多敗兒，我這夫人……嘿！樣樣都好，惟有對著我這寶貝兒子時，縱容放任，連我說他一句都不可以，所以……唉！先生明白啦！」

戚長征點頭表示明白，問道：「貴公子究竟是何派高人門下？」

黃孝華道：「唉！還不又是他娘教的，現在他娘到了西郊還神，待她回來考較過先生的文中之學後，先生便可正式在這裡當教席了。」

戚長征剛放下的心，立即提了起來，暗中叫苦，只要那夫人讀過一本這房內的藏書，足可教自己當場出醜。

黃孝華見他臉色不佳，猶豫地道：「在這裡當教席，還有一個規矩，就是當小兒頑皮時，絕不能還手。」偷望了他一眼後，輕輕道：「這是夫人主意，也是她答應讓外人教她兒子的唯一條件。不過以先生的鐵布衫，自然沒有問題。」

戚長征眉頭一皺，計上心頭道：「我也有個規矩，就是學費必須預付。」

黃孝華皺眉道：「我是做生意的人，先生的貨樣還未見到，教我怎知應否付款？」

戚長征啼笑皆非，暗想橫豎夫人回來後，自己即要捲蓆竄逃，不若現在硬撐到底，最多一拍兩散，冷然道：「老爺隨便問吧！甚麼諸子百家，無不在韓某腹內，你一問便知小生是甚麼貨色。」

黃孝華微怒道：「我不是說過大字不懂一個嗎？要夫人回來後才可考較你。」

戚長征哈哈一笑道：「甚麼考較都不成問題，以韓某的才學難道應付不了……」

一陣急驟的步聲由遠而近，一個胖嘟嘟十來歲的小子旋風般衝了進來，走到戚長征身後，伸手便來拏戚長征的肩頭。

戚長征自然伸手擋住，一拉一拖，那小子立足不穩，整個人翻上了書桌，滑過檯面，滾進黃孝華懷裡。

這小胖子最少有百斤之重，衝力何等厲害，黃孝華的椅子立即往後翻倒，兩父子同作滾地葫蘆。

小公子先跳了起來，不敢過來，隔桌戟指喝道：「你怎可還手？」他聲音雖是尖銳，卻非常好聽。

黃孝華到這時才爬得起來，大怒道：「你怎可對我的寶貝動手動腳，想夫人要我的命嗎？」

戚長征悠然道：「學費先付。」

黃孝華一愣道：「好！先付三天。」

戚長征搖頭道：「一個月。」

黃孝華臉上肥肉一陣顫動，肉痛地道：「七天！」

戚長征伸手道：「十五天！不成就拉倒。」

黃孝華遲遲疑疑地探手懷內，取出十五兩銀，狠狠瞪了戚長征一眼後，放在他手裡。

戚長征一把抓著銀兩，以最快速度塞入懷裡，道：「這是你情我願的交易，縱使你的夫人不聘請我，那只是你夫人自己的問題，與這交易無關，絕不能要我還錢。」

黃孝華的臉立時漲紅，待要和戚長征理論，那公子歡天喜地道：「阿爹！這先生好玩得緊哩！你快出去，讓他立即給我上課。」接著又拉又扯，把他老子趕出房外，還關上了門。

戚長征心中好笑，喝道：「小子！你若不想我揍你，快乖乖坐到對面去。」

小公子跺腳道：「你若敢動手，破壞規矩，須立刻原銀奉還。」

戚長征暗忖這小子倒不笨，懂得覷準自己弱點，加以威脅，無奈道：「小子！你想怎樣？」

小公子嘻嘻一笑道：「站起來讓我打三拳，看看你有沒有資格當我老師！」

戚長征心道，這還不易。昂然起立，來到房中站定，笑道：「來吧！讓你見識甚麼是眞正的高手。」

身後風聲響起。

戚長征暗忖這小子剛才定是給自己打怕了，竟不敢在前面出手。

這個想法還未完，對方的手掌化狂猛爲輕柔，由緩轉速，剎那間在他身後拍了十八掌。

戚長征心才叫糟，大力催來，整個人凌空飛跌，仆往十步之外的地面上，爬不起來，全身痠麻，卻沒受傷，可見對方用勁非常有分寸。

那小公子掠了過來，一腳把他挑得翻過身來，十指點下，連制他五處大穴，才一聲嬌笑，傲然而立。

戚長征窩囊得差點哭了出來，這事若傳了出去，他還有臉兒見人嗎？不過對方這陷阱確是高明之極，教他自願給人制住。

這胖小子得意之極地看著他，緩緩脫下長袍，鬆開綁在身上層層疊疊的棉布，最後露出窈窕動人的纖長女體，又伸手把黏在臉上的特製「肉塊」一片片撕下，最後現出一張千嬌百媚的俏臉來。

戚長征心中暗叫，她生得眞美！

美女眼中閃著歡喜的彩芒，卻故作淡然道：「我的戚舉人，這回沒得說了嗎？」

戚長征俯躺地上，苦笑道：「想不到堂堂丹清派的寒大掌門，也會使這種見不得光的卑鄙手段！」

寒碧翠絲毫不以爲忤，俯視著他微笑道：「你不是說過武家爭勝之道，只有成敗之分，不拘手段嗎？現在爲何來怪本掌門？」

戚長征爲之語塞，可仍是不服氣之極，道：「你想怎樣？」

寒碧翠冷冷道：「放心吧！我總不會傷害你的，最多當你是條豬般運走，教你不能在方夜羽面前逞英雄。」

戚長征發覺身內真氣一點都提不起來，暗驚這寒碧翠的點穴手法厲害，長嘆一聲道：「你最好殺了我，否則若讓我回復自由，必要拏你上床睡覺，再把你賣到窰子裡，賺回玉墜的銀子來。」

寒碧翠俏臉一寒，纖手凌空一揮。

「啪！」

勁氣刮在戚長征臉上，立時現出五道血痕，鼻嘴溢出血絲。

戚長征待劇痛過後，又笑嘻嘻看著她，道：「你不守不傷害我的諾言，我更會把你賣到窰子裡去當姑娘，興起時就多光顧你一次。」

寒碧翠眼中射出森寒的殺機，以冷勝冰雪的聲音狠狠道：「你想找死嗎？」

戚長征哂道：「惡活不若好死，與其受你氣，死了還落得個痛快。」

寒碧翠明知他是故意激怒自己，可是仍是心中有氣，劈空一掌照他肩頭擊去。

「哎呀！」

戚長征慘叫一聲，往旁翻滾開去，直至「砰」一聲碰到一個書櫃腳處，才停了下來。心中不怒反喜，原來他一直引寒碧翠出手，是要藉先天真氣的特性來解開穴道。

先天和後天真氣的最大分別，就是前者能天然運轉，自動生出抗力，以剛才寒碧翠雖制著他的穴道，體內先天真氣自然生出抗力，使她的制穴並不徹底，絕非無可解救。

就算戚長征甚麼都不做，穴道亦會自動解開來。不過那可能要十多個時辰才成。

戚長征實在連一刻都待不下去，所以要引寒碧翠出手，藉她透體而入的氣勁刺激起他體內的先天真氣。所以這隔空掌雖打得他齜牙咧嘴，但一絲微弱的真氣，已成功地在丹田內凝聚了起來。

他估計寒碧翠武功雖高明，仍未臻先天境界，應看不破他的計謀。

寒碧翠氣消了一半，走了過來，腳尖一挑，戚長征滾回房心處，大字躺著，眼、耳、口、鼻全溢出血絲，形狀可怖。

寒碧翠升起不忍心的情緒，皺眉道：「爲何迫我出手呢？你不知我是幫助你的嗎？」語氣大見溫和，事實上她亦不知爲何動了前所未有的眞怒，意氣稍平立即心生悔意。

戚長征把心神鬆弛下來，苦候丹田內的眞氣逐漸積聚，哪還有閒情跟她說話，索性閉上眼睛，來個不理不睬。

寒碧翠無名火又起，在他背後抽出天兵寶刀，指著他咽喉道：「你若不張開眼睛，就一刀把你砍死。」

戚長征閉目應道：「我才不信你敢殺死我老戚。」

寒碧翠聽到他自稱老戚，登時心頭火發，冷笑道：「那麼有自信嗎？看我把你的手每邊斬下一根指頭，教你以後都不能用刀。」

戚長征睜眼大笑道：「看！那你還不是不敢殺死我嗎？」

寒碧翠針鋒相對道：「你不也張開了眼睛嗎？是否怕死？」

戚長征瞇著眼上下打量她，嘖嘖哂道：「我當然怕死！不過還是爲你著想，老戚死了，還有誰敢陪你這潑辣婆娘睡覺。」

寒碧翠一聲怒叱，閃電般踢出一腳，正中他的臀側，其實已是腳下留情。

戚長征凌空飛起，不偏不倚，「蓬」一聲四腳朝天，落到大書桌上，跌個七葷八素，但體內先天眞氣倏地強盛起來。

正要運氣衝穴。

寒碧翠移到檯旁，嚇得他不敢運氣，怕對方生出感應。

她杏目圓瞪，酥胸不住起伏著，有種不知如何對付他才好的神態。

忽地伸手搭在戚長征腕脈處，好一會兒後才鬆了一口氣道：「我也知你沒有解開我丹清派獨門鎖穴手法的本領，來！我們談談條件，只要你答應和我合作，我立即放了你。」

戚長征微笑道：「除非大掌門肯陪我上床，否則甚麼都不用談。」

寒碧翠看得呆了一呆，滿臉血污竟不能掩去他那陽光般攝人的瀟脫笑容，一時使她忘了生氣。

戚長征看得虎目一亮，哈哈一笑道：「原來大掌門愛上了我，難怪苦纏不捨，又因愛成恨，對我拳打……喲！」

「啪」一聲清響。

寒碧翠結結實實打了他一巴掌，猶幸沒有運起內勁，否則他以後笑起來時，雪白的牙齒將不會像現在般齊整了。

她眼中寒芒電閃，冷然道：「見你的大頭鬼，我寒碧翠早立志不嫁人，更不會看上你這種滿嘴污言穢語的黑道惡棍，若不是爲了對付蒙古人，並教別人知道白道除了爭權奪利之徒外，還有懂得分辨是非的人，本姑娘看多你一眼也怕污了眼睛。」轉頭向外喝道：「人來！給我把這小子關在牢裡，綁個結實，看他能口硬多久。」

第十五章　道魔決戰

韓柏放開滿臉紅暈的秦夢瑤，迅速多吻了兩口，才依依不捨住房門走去。

秦夢瑤躺在床上，閉上美目，出奇地平靜自若，唇角含著一絲高深莫測的笑意。

韓柏推門外出，見到范良極正笑嘻嘻望著他，登時無名火起，不悅道：「若你是騙我出來，我定不放過你。」

范良極嘿然道：「你算甚麼東西？我哪有閒情騙你。看！」伸手在眼前迅快揚了一揚，又收到身後去。

韓柏眼力何等銳利，看到是個粉紅色的信封，上面似寫著「朴文正大人專鑑」等字樣，大奇道：「怎會有人寄信給我，這處是四處不著岸的大江啊！」

范良極將信塞進他手裡，同時道：「有人從一隻快艇上用強弓把信縛在箭上射來，還插正你專使的房間，顯示了對船上情況的熟悉，唉！你說這是否麻煩？」

韓柏好奇心大起，拏起信封，見早給人撕開了封口，愕然道：「這是指名道姓給我的私人信件，誰那麼沒有私德先拆開了來看？」

范良極怒道：「莫要給你半點顏色便當是大紅大紫，你這朴文正只不過是我恩賜與你的身分，我這專使製作者才最有資格拆這封信，再抗議就宰了你來釀酒。」

韓柏失笑道：「你這老混蛋！」把信箋從封內抽出。

一陣淡淡的清香鑽進鼻孔裡去。

信上寫道：

「文正我郎，散花今晚在安慶府候駕，乘船共赴京師，雙飛比翼。切記。否則一切後果自負。」

韓柏一看下立時小腦大痛。

范良極斷然道：「不要理她！若她見我們受她威脅，定會得寸進尺。」

韓柏嘆道：「若她到處宣揚我們是假冒的，那怎麼辦才好？」

范良極沉聲道：「這叫權衡輕重，若讓這奸狡女賊到船上來，不但等於承認了我們是假貨，說不定還會給她發覺浪翻雲和秦夢瑤都在這裡，那時我們將會被她牽著鼻子走，受盡屈辱。所以寧願任她造謠，不過若她是聰明人，這樣損人不利己的行爲，怕亦有點躊躇吧！」

韓柏點頭道：「她應知我的武功不比她遜色，何況她曾被夢瑤的氣度所懾，該知壞了我們的事，絕不會有好日子過。」

「咿呀！」

秦夢瑤推門而出，俏臉回復平時的恬靜飄逸，清澈澄明的眼神掃過二人，淡然一笑道：「你們太不明白女人了，當她們感到受辱時，甚麼瘋狂的行爲都可以做出來，完全不會像男人般去思索那後果。」

范良極見到秦夢瑤，就像老鼠見到了貓，立即肅然立正，點頭道：「夢瑤說的是。」

韓柏故作愕然道：「你不是要叫夢瑤作瑤……」

范良極色變，側踢他小腿。

他以腳對腳，擋了范良極含恨踢來的凌厲招數，卻避不了秦夢瑤往他瞪來那一眼。

那是深邃難測的眼神，含蘊著無盡無窮的愛，而在那愛之下，又有更深一重的愛，那不單包含了男女的愛戀，還含蘊著廣被宇宙的深情。

韓柏猛地一震，感到秦夢瑤這扣人心弦的目光，像冰水般灑在他火熱的心上，把他的精神送往一個妙不可言的層次，塵念全消，竟渾忘了嘲弄范良極。

同一時間，心中升起一種明悟，知道由這刻起秦夢瑤正式向他挑戰，若他不戰而降，秦夢瑤將會因看不起他，以致對他的愛意減退。

所以唯一贏得她芳心的方法，就是勝過她。看看誰的吸引力大一點，換句話說，究是魔種向道胎投降，還是道胎向魔種屈服？

唉！

這是多麼大的挑戰！

秦夢瑤極可能是武林兩大聖地有史以來最出色的女劍手和修行者，他自問在才智、武功兩方面均望塵莫及。

憑仗的只有與他難分彼我的魔種，和秦夢瑤對他明許的芳心。

不！

我定要勝過她，收攝心神，微微一笑，不再言語，沉思對策。

范良極看了看韓柏，又望往秦夢瑤，皺起眉頭道：「不知是否我多疑，似乎有些微妙的事發生在夢瑤和小柏之間。」在秦夢瑤面前，他的說話態度都多了他老人家一向欠奉的禮貌和客氣，只看他「尊稱」韓柏作小柏，即可見一斑。

秦夢瑤只是盈盈俏立，嘴角含笑，不知如何，已給人一種恬靜祥洽的感覺；那遺世獨立、超乎塵凡的氣質，尤勝從前。

韓柏忽地覺得盈散花的問題微不足道起來。笑道：「夢瑤是否在考較柏郎的智慧？」他故意在范良極這第三者前自稱柏郎，擺明不把秦夢瑤先前的警告放在心上。

范良極失聲尖叫道：「柏郎？我的天！夢瑤要不要你大哥出手代你教訓這口出狂言的小子。」

秦夢瑤瞪他一眼道：「你不是一直在偷聽我和韓柏說話的嗎？否則怎會被陳老殺得全無還手之力，困著了整條大龍給一截截地蠶食。現在還假扮不知我在房中早被他誘迫下喚了他作柏郎。」她娓娓道來，似若含羞，又似若無其事，神態誘人之極！

韓柏心中狂震，原來剛才在房內，秦夢瑤一直在「反偷聽」范良極的「變態行爲」，自己不但懵然不知，還以爲完全俘擄了她的心神，落了在下風還如在夢中。

范良極老臉一紅，尷尬萬分道：「夢瑤又不像這小子般大叫大嚷，我只聽到你斷斷續續的其中幾句話。」接著渾身一震，駭然望向秦夢瑤，色變道：「你原來是特意教我聽到那幾句話的，其他你不想我聽到的，都以無上玄功弄得模糊不清了。」

韓柏大叫糟糕，原來秦夢瑤一直保持著慧心的通明，看來除了自己在對她動手動腳時，才能使她亂了方寸。

秦夢瑤白了韓柏千嬌百媚的一眼，道：「夢瑤只讓大哥聽到了的那幾句話是『夢瑤對你的心意，只限於你我兩人之間』、『總之是這樣』、『韓柏啊』、『夢瑤便捨身相陪吧』、『不要扮出那可憐樣兒』、『韓柏你明白嗎』、『這是一場愛的角力』、『我們將是這世上最好的一對』。總共九句話，九乃數之極，亦是愛之極。」

韓柏和范良極兩人愕然以對，秦夢瑤竟以這樣玄妙不可言喻的方法，耍了他們。亦教他們輸得口服心服，差點要請浪翻雲出關來助他們對抗這美若天仙的「大敵」。

秦夢瑤「噗哧」一笑，若千萬朵鮮花同時盛放，把嬌軀移貼韓柏懷裡，忽然一肘打在韓柏的小肚上。

秦夢瑤若無其事地向范良極道：「范大哥！我由昨晚給這小子強吻了後，一直都想揍這小子一頓，舒洩被他欺負之氣，所以不想讓你獨享這快樂。」

范良極爲之瞠目結舌，啞口無言。

她接著向韓柏嫣然一笑道：「韓柏大甚麼的，你輸了第一回合。」

這時再沒有人想起盈散花了，因爲韓、范兩人全給這慈航靜齋三百年來首次踏足江湖的美女吸攝了心神。

范良極一聲不響，拔出旱煙管，塞進剛得來的醉草，燃火打著，呼嚕呼嚕猛吸了十多口，一時廊道煙霧瀰漫，香氣滿鼻。

韓柏和秦夢瑤清澈的眼神對視著，嘆道：「這多麼不公平！我不知道夢瑤一直把這視作一場魔種和道胎的愛情決戰。」

秦夢瑤眼中射出如江海無盡般的情意，幽幽道：「你是男兒漢，讓著夢瑤一些吧！我就是要你輸得不服氣，才會激起你爭雄的壯志，不會只是以無賴手段來對付夢瑤。」

韓柏一震後，雙目奇光迸射，沉聲道：「媽的！我韓柏定要勝個乾脆俐落、正大光明。由現在起，我絕不沾半根手指到你的仙體去，你也當沒有給我吻過、摸過你，我定要教你情不自禁，對我投懷送抱。」

范良極喝采道：「他奶奶的好小子！范某佩服之極。嘿！我買你贏！因爲我希望你贏。」

秦夢瑤嗔道：「大哥！爲何你忽然幫起這小子來？」

范良極深吸一口菸後，由雙耳噴出來，一瞬不瞬瞧著秦夢瑤道：「因爲現在的瑤妹才是最可愛的，屬於人間的仙物。」他終於叫出了「瑤妹」。

秦夢瑤知道范良極正在助攻，這盜王的智計非同小可，一出言便擊中她的要害，就是虛無縹緲的仙道，怎及得上男女熾熱的相戀。這亦是范良極眞心的想法，故說出來特別具威脅力。

秦夢瑤恬然淺笑，不置可否。

韓柏對秦夢瑤眞是愈看愈愛，愈相處得久，愈感到她的蘭根蕙質。只想把她摟進懷裡，蜜愛輕憐，可恨自己剛誇下不再碰她的海口，惟有以第二種方式和她玩這愛情的遊戲，微笑道：「夢瑤你有沒有膽量答我一個問題？」

秦夢瑤瞅他一眼，平靜地道：「不用說了！我知你想問夢瑤，和你在一起時，是否最快樂的時刻，告訴你吧！答案是肯定的，韓柏大甚麼的愜意了嗎？」

韓、范兩人心中叫苦，秦夢瑤顯然沒有受到兩人說話的影響，仍保持著澄明的慧心。

范良極移到韓柏的另一邊，腳尖豎起，手肘枕在韓柏的寬肩上，同情地道：「小柏兒！看來我們聯手都鬥不過我的瑤妹和乖寶貝的了。」

秦夢瑤笑道：「范大哥幫他也不用幫得這麼落力的吧！」

韓柏伸手過去摟著秦夢瑤的蠻腰，感動地道：「其實夢瑤並非想和我角力情場，只是不得已而爲之，因爲你要全面刺激起我的魔性，使魔種能揮發盡致，達到你的要求，始能救得夢瑤你。故此才會大發慈悲招呼我上床。唉！爲了救你，我定要徹底擊敗你。」接著湊到她耳旁傳音道：「教你慾火焚身下和爲夫顛鸞倒鳳。」

秦夢瑤白他一眼道：「又說不沾我半根指頭，現在爲何摟著人家的腰呢？是否因明知我鬥不過你的無賴作風。」

韓柏步步進逼道：「禁制既是我自訂的，當然可隨時解開，讓你更感被吊胃口的滋味。」

秦夢瑤跺腳道：「你在耍弄人家！」

浪翻雲的聲音由房內悠悠傳來道：「夢瑤這回合輸了，因爲你守不住心田，給大哥感應到你的心意。」

秦夢瑤俏臉一紅，嬌嗔道：「大哥偏幫韓柏！」

浪翻雲在房內失笑道：「當然！難道我會幫你嗎？誰不想欣賞到仙子下凡的動人美景，大哥從未見過你如此快樂。」

范良極嘆道：「浪翻雲！你要不要嚐嚐未夠時間的清溪流泉？」

秦夢瑤乘機從韓柏的大手裡脫身而去，道：「讓我去看看酒釀得如何了。」又扭頭向韓柏甜甜一笑道：「韓柏！今次算你勝回一局，可不要得意，因爲有兩個大壞人助你。」言罷盈盈去了。

兩人目定口呆地送著她動人的背影，直至消失不見，范良極嘆道：「眞厲害！竟教我首次連雲清都忘記了。」

韓柏強壓下追在她背後的強烈衝動，因爲若那樣做了，便等於抵受不住她的魅力。

范良極喃喃道：「幸好很快就可見到雲清，否則愛上了自己的義妹，就眞慘了！」

韓柏一呆道：「爲何你可以很快見到雲清，約好她了嗎？」

范良極興奮起來，搭著他肩頭道：「八派聯盟即將在京師舉行元老會議，所有種子高手均須赴會，到時不但雲清會去，連她的小師妹那小尼姑都會去，這麼美麗的小尼姑，包你會魔性大發，不擇手段去奪人家的貞操。」

韓柏恍然道：「難怪你一點不急著去找雲清，原來早知會在京師和她踫面。」

范良極嘿然怪笑，傳音向房內的浪翻雲道：「趁瑤妹不在，浪翻雲你教小柏應付妖女盈散花的辦法，否則瑤妹會看不起韓柏的。」

浪翻雲的聲音傳出來笑道：「我和你是小弟的當然軍師，但卻不可以這種犯規的方法助他，必須讓小弟全面引發魔種，突破他現在的境界，使他能有足夠的力量，續回夢瑤斷了的心脈。」頓了頓續道：「小弟只要謹記『無拘無束、率性而行』八個字，即可穩操勝劵，因爲無論夢瑤如何高明，甚至比我們三人加起來更厲害，終是對你有情，所以只要你能挑起她遏不住的情火，早晚會向你投降的，不過那就要看你的魅力能否達致那程度了。」

韓柏呆了半晌，忽地闊步往到下艙的階梯走去，道：「小弟明白了，這就去和夢瑤再戰一場。」

范良極道：「那我們要否在安慶泊岸停船？」

韓柏回頭高深莫測一笑：「我自有應付這女飛賊的辦法。」

看著他雄偉的背影，范良極喃喃道：「這小子開始有點道行了。」

第十六章　愛的角力

戚長征被淩空吊在地牢裡，手足均被粗若兒臂，經藥水浸製過的牛筋編結而成的繩綁得緊緊，縱使內功再好的高手，亦弄它不斷，更何況四肢給裝在兩壁的絞盤扯得大字形張開來，不但用不上絲毫力道，還痛苦不堪。

起始時戚長征本是全身肌肉寸寸欲裂，痛不欲生。

不過他的意志堅強至極，咬牙苦忍，不一會兒竟能逐漸晉入日映晴空的先天境界。

先前積聚的先天眞氣，逐漸強大起來，在一個時辰內連續衝開四個被寒碧翠制著的穴道，到了最後的尾椎穴時，始遇上困難。

原來寒碧翠點這穴道的手法非常奇怪，每當體內眞氣衝擊這閉塞了的穴道時，都牽連到整條脊椎，生出利針刺背的劇痛。

不一會兒戚長征痛得汗流如雨，全身衣衫濕透，差點便想放棄。

可是想起寒碧翠，他就心頭火發，惟有咬緊牙根，以意御氣，一波一波地向脊椎大穴衝擊。很快他已痛得全身麻木，意志昏沉，可是脊椎穴仍毫無可被衝開的跡象。

而被激盪回來的先天眞氣，流竄往其他經脈裡，逆流而去，造成另一種痛苦。

戚長征咬牙苦忍，誓死要衝開這被制的最後一個要穴。

「戚少俠！」

戚長征嚇了一跳，暗忖自己全副精神放在解穴方面，竟不知有人進入囚室，嘆了一口氣，暫緩衝穴之舉，緩緩張開眼來。

身下立著兩個人，正關切地望著自己。

一個是年約六十的老人，長相慈祥，留著一撮山羊鬚，一對眼精靈非常。

另一人是個相貌堂堂的中年大漢。

兩人都腰插長劍，氣度不凡，想是丹清派的高手。

老人道：「老夫是『飄柔』工房生，這位是『閃電』拿廷方，見過少俠。」

戚長征亦聽過兩人之名，知道是丹清派的著名人物，那工房生還是寒碧翠的親舅，對自己倒相當客氣。

工房生乾咳一聲，有點尷尬地道：「這其中實在有點誤會，敝掌門本對少俠一番好意，不知如何會弄至如此田地。」

中年大漢拿廷方以他雄壯的聲音接著道：「少俠眞是條好漢子，這『凌吊』之刑，從沒有人能捱過一個時辰而不求饒，現在過了兩個時辰，少俠仍悶聲不哼，我們兩人實不欲誤會加深，所以瞞著掌門，想放少俠下來。」

戚長征這時停止了運氣，反而體內眞氣迅速在丹田凝聚，逆流入其他經脈裡的眞氣，亦千川百河般倒流而回，渾體舒泰，功力似尤勝從前，正在吃緊要關頭，聞言吃了一驚，喝道：「不！要放我下來，叫寒碧翠來，我要她親自用手爲我解縛，還要爲我按摩才成，否則怎消得這口鳥氣。」

兩人想不到他有此條件，愕在當場。

就在此時，戚長征隱聞背後傳來一絲輕微的嬌哼，心中暗笑，原來這二人是寒碧翠差來作和解的說客，好讓她可以有下台階。

工房生眼珠一轉道：「少俠息怒，由敝掌門解縛一事還可商量，至多我們兩人跪求她答應，但按摩一事卻有點問題，敝掌門終是女兒家，不若由我兩人代勞，少俠意下如何？」

戚長征體內眞氣條地狂旋起來，肚腹脹痛，以他的堅毅意志亦抵受不了，慘哼一聲，閉上雙目。兩人以爲他受不住這「凌吊」的活罪，慌忙撲往兩旁，想把絞盤轉動放他下來。

戚長征一聲狂喝，制止了兩人。

同一時間丹田的眞氣驀地擴張，不但衝開了脊椎穴，還湧往全身經脈，連以前眞氣未達的經脈亦一併衝開，全身融融渾渾，眞氣生生不息，循環往復，說不出的舒服。

和剛才相比，就是地獄和天堂的分別。

戚長征隱隱感到，這番痛苦並不是白捱的，他的先天眞氣又深進了一層。

一般來說，以身體的痛苦來激發潛力，只是下焉者所爲，修煉心性和意志實有很多更佳的方法。達至先天境界的高手，更無須藉苦行來提升層次。

但今次戚長征的情況卻是非常例外的情況，他的目的只是爲了解穴，若他繼續以意運氣，說不定會走火入魔，全身經脈爆裂而亡。這是因爲先天眞氣講求任乎天然，蓄意爲之反落於下乘。

偏在這危急關頭，這兩個丹清派高手引開了他的注意力。體內膨脹的眞氣自然而然一緊一放，反打通了幾條練武之人夢寐以求想要衝破的經脈，因禍得福，由此亦可知戚長征的福緣是何等深厚。

戚長征感到全身充盈著前所未有的力量，清靈暢活，向兩人道：「快叫寒碧翠來給我解縛，否則甚麼也不用談了。」言罷閉目靜養，享受著體內暢快無比的感覺。

他生性不愛記恨，尤其是對美女，無論對他做了甚麼壞事，他都很難擺在心頭。那並不是說他會放過寒碧翠，但他只會以玩耍的方式，舒洩一口污氣。

兩人默然半晌，對望一眼後，退出室外。

不一會兒寒碧翠出現在他身前。

兩人銳利的眼光一點不讓地對視著。

戚長征咧嘴一笑，露出他好看的牙齒和笑容，柔聲道：「記得我老戚說過要怎樣對付你嗎？爲何進來見我也不帶劍，你拿了我的寶刀到哪裡去了？」

寒碧翠微感錯愕，想不到這惱人的男子成了階下之囚仍如此口硬從容，冷哼一聲道：「你再是這樣子，我只好被迫把你殺了。」

戚長征哂道：「這就叫懂得分辨是非的白道正派嗎？」

寒碧翠氣得跺腳道：「你既不肯講和，人家放了你又要賣人到窰子裡，你要人家怎麼辦？」

這幾句話一出，不但寒碧翠呆了起來，連戚長征亦瞪大眼愕然望著她。

這哪還像一對敵人，直是女子向自己的情郎撒嬌。

寒碧翠俏臉一紅，自己都不明白爲何衝口而出說了這麼示弱的話。

戚長征仔細打量她，緩緩道：「都說你愛上我了，又偏不肯承認。」

寒碧翠俏臉更紅了，卻沒有像先前般立即發怒出手教訓他，瞪他一眼毅然道：「好！我親自放你下來，按摩卻是休想，最多和你公平決鬥，若我勝了，你須乖乖與我合作。」

戚長征嘿然道：「大掌門輸了又怎麼樣？」

寒碧翠俏臉一紅道：「任你如何處置。」

戚長征哈哈一笑道：「你若不想被賣到窰子裡，最好立即殺死我。」

寒碧翠叱道：「你這狂徒眞不知天高地厚，勝過了我再說吧。」

戚長征嘻嘻一笑道：「寒小姐究竟是故意，還是眞的忘了否認愛我。」

寒碧翠大怒，衝前一巴掌往戚長征刮去。

戚長征一聲長笑，中氣充足，哪還有穴道被制之象，四肢牛筋寸寸碎裂，一把抓著寒碧翠的手腕。

寒碧翠的武功本來非常高明，即管勝不過戚長征，亦所差無幾，這次失手，只是輸在事出意外。

戚長征的內勁沿腕透入，寒碧翠驚叫一聲，嬌軀乏力，倒入戚長征懷裡。

戚長征將她摟個結實，在她唇上重重吻了一口，才放開她，並解開了她的穴道。

寒碧翠俏臉通紅，玉掌翻飛，往他擊來。

戚長征見她像喝醉了酒般，連站穩也有問題，便對自己出手，哈哈一笑，使了下精妙手法，又把她一對玉掌握在手裡。

寒碧翠恨得咬碎銀牙，曲膝往他小腹頂過來。

戚長征功聚小腹，「砰」的一聲，硬受了她一記勁道不足的膝撞，笑道：「還說不愛我，這是天下間最有情意的膝撞。」

寒碧翠氣得差點哭了起來，竟嬌嗔道：「放開我！」

戚長征聽話得緊，立即鬆開她的手。

寒碧翠退到門旁，面寒如冰道：「戚長征！你敢否和我決鬥？」

戚長征往她迫過去，到了兩人相距不足兩尺的近處，搖頭道：「我的刀是用來殺敵人，並不是用來玩耍的。」

寒碧翠顯已方寸大亂，氣苦道：「你這人究竟是怎樣弄的，這不成，那又不成，究竟想怎樣？我這樣對你，還不算是敵人嗎？」

戚長征含笑搖頭道：「你對我只是因愛成恨罷了！怎算是敵人？」

寒碧翠差點當場氣昏，自知心神大亂，使不出平日的五成功夫，絕非這堅毅不拔的年輕男子的對手。動手既行不通，難道竟任由對方如此調戲自己嗎？

剛進來前，她曾吩咐門人離開地牢，不過就算可喚人來幫手，她亦不會那樣做，這種矛盾的心情，使她更是手足無措。

她從未想過會給一個男人弄至這般進退維谷的情狀。

戚長征忽地探出雙手，抓著她香肩。

寒碧翠嬌體一顫，茫然往他望去，忘了叫他放手。

戚長征誠懇地道：「我們的遊戲到此爲止，我的玉墜就當送了給你，你則給回我百兩銀子以作盤纏之用，我們的舊賬一筆勾銷，你說這交易是否划算？」

寒碧翠輕聲道：「你不要把我賣到窰子裡去了嗎？」

戚長征放開雙手，大笑道：「寒掌門怎會對老戚的戲言如此認眞，就算你心甘情願，老戚也捨不得。好了！寶刀和銀子在哪裡？」

寒碧翠回復正常，幽幽一嘆道：「戚長征啊！爲何你總不肯接受人家幫助呢？不過這樣一鬧，我也無顏誇言可助你。好吧！我接受這交易了。」

戚長征大喜道：「這才乖，異日有閒，老戚必來探看你。」

寒碧翠美目一轉，首次露出笑臉，點頭道：「是的！我們必有再見的機會。」

戚長征貪婪地看著她的俏臉，暗忖這樣嬌美的尤物，竟立定主意不嫁人，實在可惜。若非如此，自己可能禁不住向她展開追求，不過強人所難，實非己願，暗嘆一聲道：「再見了！」

韓柏走到階梯的最上端，聽到左詩等和秦夢瑤的談笑聲和足音，由下面傳上來。

韓柏迎了下去，張開雙手，嬉皮笑臉地把四女攔著。

左詩、朝霞和柔柔立時冷起俏臉，顯然對他餘氣未消。

秦夢瑤嘴角含笑，倚壁俏立，環抱雙手，一副隔岸觀火的神情。

韓柏心中暗笑，待我展開挑情手段，看你這仙子是否仍能保持這副超脫的模樣，微微一笑道：「誰想過關，就給我親個嘴兒！」

左詩扠起蠻腰，大發雌威道：「立即滾開，否則我尖叫一聲，讓范大哥來收拾你。」

柔柔則向秦夢瑤道：「夢瑤小姐不會袖手旁觀吧！」

韓柏笑道：「柔柔喚她作夢瑤或瑤妹吧！她已答應嫁我韓柏爲妻了。」

三女愕然，望向秦夢瑤。

秦夢瑤淡淡一笑道：「你這小子除了無賴手段，還有甚麼絕活本領呢？」

韓柏哈哈一笑道：「你們三人不要看夢瑤如此從容淡定，其實她芳心暗驚，怕我當著你們吻她時，給你們看到她情不自禁的羞樣兒。」

秦夢瑤心中暗懍，知道韓柏正全神運起魔種的靈覺，測探到她內心的情況，忙壓下既驚又喜的情緒，皺眉道：「韓柏你若強來的話，我雖無力反抗你，但卻會怪你不守信用，勝之不武。」

左詩聽得糊塗起來，不知兩人在搞甚麼鬼，不過卻清楚感到韓柏和平時不同了，起碼顯得精神集中，不像以前般容易分心，連搔頭的動作也沒有了。

韓柏正容道：「放心吧！我韓柏怎會是沒有骨氣的人，而且自知魔種未到火候，否則你早對我投懷送抱。但現在我要幹甚麼，卻絕不會告訴你。」

秦夢瑤忽地對韓柏泛起一種非常新鮮刺激的感覺，特別是他的眼神有種變幻難測的異芒，似能直看進她心底裡，而自己對他卻完全無法捉摸和測度，登時生出想向他投降的感覺。

然而這衝動並不強烈，自己仍有自制的能力。

暗自收攝心神，進入止水無波的心境，溫柔地道：「柏郎啊！夢瑤多麼希望能立即情不自禁投入你懷裡去。」

韓柏聽得色心大動，心神立亂，眼中異芒驟減，嚇了一跳，知道自己攻勢給她以巧妙的誘詞化解了。同時亦知道秦夢瑤是想藉自己誘發她的情慾。

這的確是場非常玄妙的競賽。

說到底，就是如何能續回秦夢瑤斷了的心脈。

在一般情況下，這是完全沒有可能做到的事，所以紅日法王才會誇下海口，說秦夢瑤若能於百日內不死，便當他敗北論。

秦夢瑤本亦心灰意冷，想見韓柏一面後，立即趕返靜齋，埋骨塵土。卻給浪翻雲想了個妙想天開的方法，就是以雙修大法加上魔種道胎，看看能否回天有術。至於是不是眞的行得通，連浪翻雲本人亦不知道。

而要達到最佳療效，橫亙在秦夢瑤、韓柏兩人之前還有兩道難關。

首先就是雙修大法裡男的須有情無慾，女的有慾無情，大法才有望成功。

若掉轉過來，要韓柏有慾無情，秦夢瑤有情無慾，兩人均可輕易辦到，因爲魔種根本是以慾爲導，所以韓柏一見到漂亮女人便想和對方上床；反之，秦夢瑤因修煉道胎，則須戒絕肉慾。

由此可知這一關如何難過。

第二個難關是韓柏的魔種雖成功與他結合爲一，魔力仍未能完全發揮，即管和秦夢瑤合體雙修，恐仍不能續回秦夢瑤的心脈。

於是秦夢瑤從至靜中沉思冥想，以無上智慧構想出一場愛的角力，就是以身爲餌，全面激發韓柏的魔種，使韓柏的魔功突飛猛進，臻至她的要求。

最微妙處是秦夢瑤是要藉韓柏的魔力和自己對他的情意，引發她古井不波的道心，生出熾烈的肉慾。

這並非單方面的事情，若韓柏魅力不足，絕不能挑起秦夢瑤眞正的愛慾。

巧妙的地方，就是韓柏若要證明他的魅力足以使秦夢瑤不能自禁，必須不倚賴肉體的接觸，純以精神的互相吸引，使秦夢瑤失去自制，投懷送抱，因爲道胎本身是純精神的產物，故必須形而上的挑引，才能眞正使秦夢瑤道心失守。只是肉體的引誘，只會落於下乘和後天的境界。

他若想成功做到這點，最關鍵處必須壓下魔種的慾性，發揮魔種純靈性精神的誘力。換句話說，他要晉入有情無慾的境界，才可使魔種更上一層樓，也達到雙修大法的基本要求。

當被克制的慾火爆出來時，始可將魔種的威力發揮盡致，續回秦夢瑤心脈。

所以現在秦夢瑤一再挑起韓柏的慾念，使他的注意回到肉體的層次，他魔種的精神力量立時減退，對秦夢瑤構不成威脅。

這愛的角力的是玄妙難言的。

除了情慾上的挑引，要使秦夢瑤眞正降伏在他的魔力下，韓柏還須表現出他的智慧和魔功。如何對付盈散花，正是秦夢瑤給他開出的考題。假設他應付不了，秦夢瑤將會感到他仍遠比不上自己，令她「馴服」之心減退，更難甘心委身於他。

所以這是場「眞刀眞槍」，毫無花假的拚賽，兩方面均不可以絲毫容讓。

這時秦夢瑤回復了通明的慧心，三女卻全不是那回事。

她們忽地發覺攔在樓梯上的愛郎，像脫胎換骨般變了另一個人，雙目精光攝人，渾身散發著前所未有，比以前強大百倍的魅力，弄得心中湧起強烈的愛慾，恨不得立時投進他懷裡。後來韓柏雖魔力驟減，三女仍不克自持，三對秀眸射出情火，牢牢盯著韓柏。

韓柏亦知道自己落在下風，因爲他對秦夢瑤的道胎能生出微妙感應，早知問題出在何處，只不過硬是不能消去被秦夢瑤的媚態惹起的慾火，暗叫聲厲害，立即籌謀對策。

第一個忍不住向他投降的是左詩，她登階而上，來至低韓柏一級處，昂首道：「柏弟！你把我吻個飽吧！」

韓柏呆了一呆，心神由秦夢瑤身上收回來，望往左詩，只見這位義姊嬌妻眉目含情，含羞答答俏立身下，慾火登時燃燒起來。

偷眼往秦夢瑤望去，伊人早回復了那凜然不可侵犯的仙姿，心知問題所在，深吸一口氣，再晉無慾之境，微笑向左詩道：「詩姊不惱弟弟了嗎？」

左詩嗔道：「人家現在任你擺布了，還要在言語上欺負人嗎？」

韓柏靈機一觸，暗忖自己雖不可直接以肉體手段挑逗秦夢瑤，卻可藉三女使魔功增強，並以那誘人犯罪的情景，間接向秦夢瑤進攻，想到這裡，傳音向秦夢瑤道：「夢瑤你好好看著爲夫怎樣逗弄詩姊，那就是你將來會遇上的情況。」

秦夢瑤聞言淺淺一笑，大感興趣地看著。

韓柏深深望進左詩眼內，道：「詩姊生得眞美！」

左詩被他看得芳心忐忑狂跳，聞他稱讚更是無限歡欣，早忘了昨夜惱怒的事，跺腳嬌嗲地道：「還不吻我！」

朝霞和柔柔兩女催促道：「快點吧，站得人家都累了。」

韓柏嘻嘻一笑，把手收到背後，低頭吻在左詩鮮潤的紅唇上。

他是故意要秦夢瑤看到左詩動人的情態，要她回想起那夜被吻的醉人情景。

魔種和道胎的鬥爭是無所不用其極的。

左詩立即咿唔作聲，嬌軀顫震，情動至極點。

韓柏晉入魔種在交合時至靜至極的心境裡，一念不動，只是專心地以舌頭逗弄左詩的香舌。

左詩猛地狂震，情不自禁伸出玉手摟緊韓柏的脖子，不讓韓柏離開。

朝霞和柔柔固是看得面紅耳赤，連秦夢瑤本是清冷的玉容，亦飛起了兩朵紅雲。

韓柏享受著心中對左詩的無限深情，首次感到有情無慾的境界亦是如此使人傾醉。

左詩全身泛紅，不住發出使人心跳魄動的銷魂吟叫，看樣子就算韓柏和她就地歡好，她亦不會反對。

韓柏見好即收，停止了吸啜左詩的丁香，緩緩離開她的香唇，迅快地望了滿臉紅暈的秦夢瑤一眼，向秀目都張不開來的左詩道：「滋味如何了？」

秦夢瑤知道這小子此話的對象實是自己，又羞又氣，偏拿他沒法，不過仍未致於投降的地步，垂下頭去，竟不敢望向變得渾身散發著誘力的韓柏。

左詩「呀」一聲醒轉過來，放開了摟著韓柏的手，嗔道：「還不讓開？」

韓柏傲然挺立，顧盼自豪道：「尚有三張小嘴未親過，怎可輕易讓開。」

朝霞顫聲道：「可否到房內才吻我們？」

韓柏望向柔柔。

柔柔給他深情的目光看得神魂顛倒，白了他一眼道：「你這麼凶霸霸的，誰敢拂逆你。」

韓柏運聚魔功，形相立時變得狂猛無倫，充滿攝心的男性魅力，哂道：「若不是心甘情願，就不要勉強。」

柔柔跺足道：「你是否想迫死人家。」

韓柏慌忙賠罪，才向秦夢瑤發動攻勢道：「夢瑤怎說？」

秦夢瑤看到他那滿有把握的樣子，心中一軟道：「你要夢瑤到哪裡去，我便到哪裡去，可以了嗎？韓大爺！」

韓柏見挑情之計得逞，柔聲道：「這樣說當然還不行，你要答應我到時會自動送上小嘴，我才可以放過你。」

秦夢瑤嬌憨一笑道：「我可以答應你，但你只能像吻詩姊那樣吻我，不可摟摟抱抱，動手動腳。」

韓柏知道乘勝追擊下，已佔著上風，待會若吻她時不動慾念，或可一舉便將秦夢瑤的抗戰能力粉碎，以後任由自己擺布。

想到這裡，登時慾念大作。

第十七章　撒下魚網

岳州府。

華宅內的主廳裡，對著門的粉壁有幀大中堂，畫的是幅山水，只見煙雲渺渺裡，隱見小橋流水，是幅平遠之作。

中堂的條几前有一張鋪著虎皮的太師椅，美麗高雅的甄夫人正悠閒地坐在椅上，輕逸寫意的樣兒。

四下陳設富麗堂皇，條几兩旁的古董櫃內放滿了古玉、象牙雕、瓷玩、珊瑚等珍品，都屬罕見奇珍。

這時甄夫人的右側站著四個人，全是形相怪異，衣著服飾均不類中土人士，顯是隨甄夫人來中原的花刺子模高手。

站在首位的五十來歲老者，高鼻深目，尤使人印象深刻是那頭垂肩的銀髮，形相威猛無倫。深邃的眼睛外緣有一圈奇異的紫紅色，使人想到他的武功必是邪門之極。

此人在域外眞是無人不曉，聲名僅次於里赤媚等域外三大高手，人稱「紫瞳魔君」花扎敖，智計、武功除甄夫人外，均爲全族之冠，乃甄夫人的師叔。

站於次位者是個凶悍的中年壯漢，背負著一個大銅鎚，只看這重逾百斤的重型武器在他背上輕若無物的樣子，已知此人內功、外功，均臻化境。

這人叫「銅尊」山查岳，以凶殘的情性和悍勇名揚大漠，即管武功勝他的人，在生死決戰時，亦因不及他的凶悍致含恨而死。

只是此兩人，已足使甄夫人橫行中原，除非遇上浪翻雲、秦夢瑤或虛若無這類超級高手，否則連中原的一派宗主，又或黑榜高手，要戰勝他們亦絕非易事。

另兩人是一對年輕男女，只看他們站在一起時的親密態度，當知兩人必是情侶的關係。男的背上掛著一把長柄鐮刀，容貌獷野，予人飽歷風霜的感覺；女的生得巧俏美麗，腰配長劍。兩人的形相氣質截然不同，但站在一起卻又非常匹配。

事實上這對男女最擅合擊之術，一剛一柔，男的叫廣應城，女的喚雅寒清，域外武林稱他們為「獷男俏姝」，聲名甚著。

有這四人爲甄夫人賣力，雖怪方夜羽對她如此放心，把對付怒蛟幫的事託付到她手裡。

另一邊站的除了由蚩敵、強望生和柳搖枝外，還有一個一身黑衣、身材清瘦高挺的老者。

這有若竹竿般的人，皺紋滿臉，年紀最少在七十開外，深凹的眼睛精光炯炯，脅下挾著一支寒鐵杖，支在地上。

這人在域外與「紫瞳魔君」花扎敖齊名，乃「花仙」年憐丹的師弟，慕其名邀來助陣，人稱「寒杖」竹叟。

只看這群域外頂尖高手對安坐椅上的甄夫人那恭敬的情狀，便知這甄夫人並非只單憑尊貴的身分，而是智計、武功均有服眾的能力。

於此亦可推想甄夫人的可怕。

柳搖枝乾咳一聲，發言道：「各地的消息已先後收到，仍未發覺戚長征和水柔晶的行蹤。」

甄夫人微微一笑道：「鷹飛的情況怎樣了？」

強望生向這新來的女主人答道：「飛爺爲戚長征所傷，現正隱避潛修，看來沒有幾天工夫，亦難以動手對付敵人。」

由蚩敵狠狠道：「水柔晶這賤人，竟然背叛魔師宮，我誓要將她碎屍萬段。」

甄夫人搖頭嘆道：「我早警告過鷹飛，不要碰自己人，看！這就是他惹來的後果。」

眾人默言無語，都知道甄夫人這見解極有道理，若水柔晶不是因愛成恨，絕不會那麼容易投進戚長征懷抱裡。

由此亦可看出鷹飛對水柔晶動了眞情，否則豈會不顧甄夫人的警告，弄上了水柔晶。

甄夫人向「寒杖」竹叟道：「竹老師對這兩人的忽然失蹤，有何看法？」

眾人中以這「寒杖」竹叟和「紫瞳魔君」花扎敖聲望、身分最高，不過花扎敖是她的自己人，所以先出言請教族外人竹叟，以示禮貌和客氣。

竹叟和花扎敖交情甚篤，聞言笑道：「有老敖在，哪用到我動腦筋。」

花扎敖「呵呵」一笑道：「竹兄太懶了！」望向甄夫人，眼中射出疼愛之色道：「愚見以爲戚長征此子既能從鷹公子手上救回叛徒水柔晶，才智、武功自應與鷹公子不相伯仲。只從這點推斷，他應懂得避重就輕，不會盲目逃往洞庭，致投進我們布下的羅網裡。」

眾人齊齊點頭，表示同意他的說法。

甄夫人從容道：「師叔說的一點沒錯，他極可能仍留在長沙府內，因那是這附近一帶唯一容易藏身之處。」

「銅尊」山查岳操著不純正的漢語道：「若換了是我，定會是避開耳目眾多的大城市，在荒山野地找個地方躲起來，那不是更安全嗎？」

眾人裡除了柳搖枝、竹叟和那美女雅寒清外，眼中都露出同意的神色，只差沒有點頭吧！因爲那將代表了不認同甄夫人的說法。

甄夫人胸有成竹道：「首先這與戚長征的性格不合，這人敢作敢爲，要他像老鼠般躲起來，比殺了他還難受。」頓了頓，察看了眾人的反應後，微笑續道：「這人把義氣放在最重要的位置，生死毫不放在心上，所以必會以己身作餌，牽引我們，所以很快我們便會得到他主動洩出來有關他的行蹤消息。」

竹叟冷哼一聲：「這小子燈蛾撲火，我們定教他喋血而亡。」

那年輕花刺子模高手廣應城愼重地道：「他既能和飛爺鬥個平分秋色，甚至略佔上風，我們亦不可大意輕敵。」

甄夫人幽幽一嘆道：「既提起這點，我須附帶說上一句，鷹飛並不是輸在才智、武功，而是因爲未能忘情水柔晶，所以才失了先機，落得縛手縛腳，不能發揮他的眞正力量。當他痛定思痛時，就是戚長征遭殃的時刻了。」

假若戚長征和鷹飛在此，定要嘆服甄夫人觀察入微的準確分析。因爲鷹飛若是一心要殺死戚長征，早已成功。

甄夫人嬌笑道：「戚長征如此做法，反幫了我們一個大忙。我們立即將他仍在長沙府的消息，廣爲傳播，怒蛟幫的人接到訊息，必會由藏身處走出來應援，那亦是他們末日的來臨。他們就算過得展羽那一關，也將逃不出我的指隙。」接著心滿意足一嘆道：「嘗聞翟雨時乃怒蛟幫第一謀士，便讓奴家會一會這再世的活諸葛吧！」

柳搖枝皺眉道：「雖說我們的攔截集中在通往洞庭湖的路上，但戚長征要瞞過我們布在長沙府的耳目，仍是沒有可能。會否他眞的沒有到長沙府去呢？」

甄夫人淡然道：「妾身早想過這問題，首先我肯定他仍在長沙府內，是以他既能躲過我們的耳目，必定得到當地有實力的幫派爲他隱瞞行藏，你們猜這會是哪一個幫派呢？」

眾人裡以柳搖枝最熟悉中原武林的事，暗忖小幫小派可以不理，與怒蛟幫有嫌隙的黑道亦可以不理，剩下來的屈指可數，恍然道：「定是丹清派，尤其它的女掌門寒碧翠一直想幹幾件轟動武林的大事，以振丹清派之名，與八大門派分庭抗禮，若有人敢幫戚長征，非丹清派莫屬。」

甄夫人一陣嬌笑道：「這正合我的想法與計劃，我們先放出風聲，明示要把丹清派殺個雞犬不留。戚長征若知此事，無論丹清派是否曾幫過他，亦不肯置身事外，如此我們就把他們一併除掉，立威天下。」

眾人無不拍案叫絕。

甄夫人微笑道：「只有這方法，我們才能集中實力，由被動取回主動，予敵人重重打擊，我倒想看看戚長征今次如何脫身。」沉吟半晌後續道：「鷹飛何時復元，就是我們攻襲丹清派的時刻，怒蛟幫則暫由展羽對付，上了岸的怒蛟幫，就像折了翼的雄鷹，飛也飛不遠。」

眾人至此無不嘆服。

柳搖枝道：「既是如此！我立即傳令著『尊信門』的卜敵、『山城』毛白意、『萬惡沙堡』的魏立蝶、對怒蛟幫恨之入骨的『逍遙門主』莫意閒，率領手下把長沙府重重包圍，來個甕中捉鱉，教丹清派和戚長征這些小魚兒一條都漏不出網外去。」

甄夫人俏目一亮道：「記得通知鷹飛，無論他多麼不願意，我也要他立即殺死戚長征，免得夜長夢多！」

韓柏笑嘻嘻跟在秦夢瑤四女身後，回到他的專使房中，正待推房而入，給范良極在後面推著他背心，到了長廊的另一端，進入他范良極房內。

韓柏對剛才范良極拔刀相助的感激仍在心頭，破例沒有表示不滿，道：「有甚麼事？」

范良極臉色出奇凝重，嘆道：「收到妖女第二封飛箭傳書，你看！」

韓柏失聲道：「甚麼？」接過信函打開一看，只見函中寫道：

「文正我郎：若你負心，不顧而去，賤妾將廣告天下，就說楊奉和鷹刀都是藏在貴船之上，還請三思。」

韓柏嚇了一跳，駭然道：「這妖女為何如此厲害，竟像在旁邊聽著我說話那樣。」

范良極有點興奮地道：「我早說這妖女夠狡夠辣的了，怎麼樣？要不要索性弄她上船來大鬥一場。」

韓柏呆看了他一會兒後道：「她信上這麼寫，顯是不會隨便揭破我們的身分，又或知道即使揭穿我們，別人也可能不信，為何你反要向她就範呢？」

范良極曲指在他的腦殼重重敲了幾下，道：「你若仍像往日般不動腦筋，怎能使瑤妹心甘情願向你投降，快用心想想看，爲何盈散花會給你寫這樣的情書。」

韓柏這次聽話得緊，專心一想，立時想出了幾個問題。

假若他們眞的是來自高麗的使節團，這個威脅自然不能對他們生出作用，甚至他們應對「楊奉」和「鷹刀」是甚麼一回事也不該知道。

所以若他們接受威脅，只是換了另一種形式承認自己是假冒的。

但這可是非常奇怪，爲何盈散花仍要測試他們的眞假？

唯一的解釋是在她作了調查後，得悉了昨晚宴會所發生的事，見連楞嚴亦不懷疑他們，所以動搖了信心，才再以此信試探他們。

想到這裡，心中一震道：「糟了！這妖女可能猜到我和夢瑤的身分。」

范身極眼中閃過讚賞之色，道：「算你不大蠢，這妖女眞厲害，消息這麼靈通，所以這先後兩封情書，看來毫不相關，其實都是同一用意，只不過更使我們知道她有威脅我們的本錢，教我們不得不屈服。」

韓柏透出一口涼氣道：「那現在怎辦才好？」

范良極瞪他一眼道：「我又不是活神仙，哪知怎辦才好！你剛才不是很有把握的樣子嗎？」

韓柏兩眼閃過精光，冷哼道：「她不仁我不義，我剛才早決定了離船上岸和她大鬥一場，看看她如何厲害，若收服不了她，索性把她幹掉算了，沒有了她，縱使他人奉她之命造謠生事，應付起來亦容易得多了。」

范良極嘆道：「在接到這第二封信前，我定會同意你這法，不過若『謠言』裡點明這使節團是由你浪棍大俠和我這神偷假扮，又有天下第一俠女秦夢瑤在船上，我們就絕不容易過關，一番辛苦努力盡付東流。這妖女厲害處正在於此，就是教我們不能對她動粗。」

韓柏愕然半晌，忽地興奮起來，呑了一口涎沫進喉嚨，充滿信心地笑道：「既不能動粗，我便動柔，看這妖女如何應付？最大不了便暫時裝作受她威脅，先穩住她。」接著忽地皺眉苦思起來。

范良極點頭道：「這是沒有辦法中的辦法，喂！你在想甚麼？」

韓柏的神色有點古怪道：「我隱隱覺得對付這妖女的最佳人選，不是我而是夢瑤。因爲我們三個人在一起時，她似乎對夢瑤的興趣比我還大。」

范良極一震道：「她愛上了瑤妹。」

韓柏應聲道：「甚麼？」

范良極搖頭苦笑道：「本來我也不想告訴你這秘密，怕會影響了你對這妖女的興趣。」

韓柏想起當日在山瀑初遇盈散花時，她的拍檔秀色對他露出明顯的敵意，恍然大悟道：「難怪秀色那天明知我是誰，還對我如此凶惡，原來是怕我搶走了她的『情郎』或『情婦』。」

范良極點頭道：「秀色是姹女派傳人，自然對你的魔種生出感應，知道你是唯一有能力改變盈散花這不愛男人、只愛女色的生理習慣的人。」

韓柏微怒道：「你這死老鬼，明知她們的關係，仍明著來坑我，還算甚麼朋友？」

范良極哂道：「你這淫棍眞會計較這點嗎？想想吧！若你能連不歡喜男人的女人也收個貼服，不是更有成就感嗎？」

韓柏暗忖自己確不會眞的計較這種事，喜上眉梢道：「這兩個妖女最大的失算，就是不知道你老兄深悉她們兩人間的秘密，只要針對這點，說不定我們可扭轉整個形勢，眞的把她們收個貼服，乖乖聽話。」

范良極道：「所以我才想到不若任她們到船上來，再讓你這淫棍大甚麼的把她們逐一擊破。」

韓柏胸有成竹道：「不！她們絕不可到船上來，但我自有方法對付她們。」

范良極愕然道：「甚麼方法？」

韓柏往房門走去道：「現在只是有點眉目，實際的辦法仍未有，關鍵處仍是兩個妖女間的關係。」推開房門，回頭笑道：「待會我到岸上一趟，活動一下筋骨，你們就在安慶等著我凱旋而歸吧！」

話完步出房外，往自己的專使臥房走去。

推門而入，房中只剩下秦夢瑤站在窗前，出神地凝望著岸旁的秀麗景色。

韓柏心中奇怪左詩等三女到了哪裡去，秦夢瑤頭也不回輕輕道：「她們到了膳房去弄晚飯，你若壓不下慾火，可去找她們。」

韓柏聽出語氣中隱含責怪之意，知道不滿自己剛才對她慾念之作，暗生歉疚，自忖若不能控制體內魔種，變成個只愛縱慾的人，無論基於任何理由，只會教她看不起自己，暗下決心，才往她走去。

到了她身旁，強忍著挨貼她芳軀的衝動，把心神收攝得清澈若明鏡，才和她並肩站著，望往窗外。

心中同時想到，每逢和左詩等三女歡好，當魔種運行到至高境界時，都會晉入靈清神明、至靜至極，似能透視天地萬物的地步，顯然那才是魔種的眞正上乘境界，而非色心狂作、沉溺肉慾的下乘狀態。假若自己能持之以恆，常留在那種玄妙的道魔之境裡，豈非眞正發揮出魔種的威力。也等若無想十式裡最後一式的「內明」。

想到這裡，一種強大的喜悅湧上心頭，忙依「內明」之法，一念不起，緊守靈台一點清明。

連他自己也不知道，這因秦夢瑤幾句話帶來的「頓悟」，對他是如何重要。

道心種魔大法的精要正是由道入魔，再由魔入道，直至此刻，韓柏才從過往的「修煉」裡，體悟到魔種內的道心。

秦夢瑤頓生感應，嬌軀微顫，往韓柏望去，眼中射出前所未有的彩芒。

韓柏心中沒有半絲雜念，心神投注在窗外的美景裡，平靜道：「外面原來是這麼美麗的！」

秦夢瑤聽出他語意中的訝異，感受到他那顆充滿了好奇和純眞無瑕的赤子之心，心神油然提升，在一個精神的淨美層次與韓柏甜蜜地連結在一起。重新感受到那次和韓柏在屋脊上監視何旗揚時，當她知悉師父的死訊後，與韓柏心靈相通時那剎那的昇華。

就是在那一刻，她對韓柏動了眞情。

這種玄妙的心曲款通，比之和韓柏在一起時那種忘憂無慮的境界，又更進一層樓，微妙至乎不能言傳。

她不自覺地移到韓柏身前，偎入了能令她神醉的懷裡。

韓柏似對她的投懷渾然不覺，亦沒有乘機摟著她大佔便宜，眼中閃動著奇異的光芒，讚嘆道：

「爲何我以前從來看不到大自然竟有如許動人的細節和變化？夢瑤啊！我多麼希望能拋下江湖之事，

和你找片靈秀之地，比翼雙飛，過過神仙鴛侶的生活，每天的頭等大事，就是看看如何能把你逗得歡天喜地、快樂忘憂。」

秦夢瑤享受著韓柏那一塵不沾的寧美天地，閉上美目，陶醉地道：「若你能那樣待夢瑤，夢瑤便死心塌地伴在你身旁，做你的好妻子。」

韓柏一震望往秦夢瑤，心神顫蕩，呼吸困難地道：「除了和我在床上快樂的時刻外，夢瑤可用其他時間修你的仙道大業，那不是兩全其美嗎？」

秦夢瑤搖頭微笑道：「不！」扭轉身來，纖手纏上他的脖子，嬌軀緊緊抵著他雄偉的身體，仰起俏臉，深情地看著韓柏，嘴角逸出一絲平靜的喜意，輕輕道：「夢瑤要把所有時間全獻給我的好夫君，唉！到現在我才明白浪大哥之言，和你在一起，對我在仙道上的追求，實是有益無害。夢瑤多想立即便和你共赴巫山。」

韓柏感動得差點掉下淚來，無限愛憐地道：「萬萬不可！我現在只能克服自己，並未能成功挑起你發自眞心的肉慾。不過夢瑤放心吧，由現在起，你的身心再無抗拒我之能力，所以放心將主動交給我，任我爲所欲爲，我自有方法弄到你不克自持，不像現在般你的慧心比之以往更是清明，連半點慾念都沒有。」

秦夢瑤默然垂頭，咬著唇皮低聲道：「對不起！」

韓柏愕然道：「這有甚麼須說對不起的？」

秦夢瑤微嗔道：「夢瑤不是爲不能生出慾念而道歉，而是因一向低估了你感到羞慚。夢瑤素來自負，想不到你的天分一點不遜於我，難怪赤尊信他老人家見到你，亦忍不住犧牲自己來成就你。」

韓柏道：「我之所以忽然能突破以前的境界，全因著夢瑤的關係，若不是你以無上智慧，用種種手法刺激我的魔種，我怎能達至現在的層次，再不是只爲肉慾而生存的狗奴才。夢瑤！我愛你愛得發瘋了。」接著又「呵」一聲叫了起來，道：「我明白了！」

秦夢瑤奇道：「明白了甚麼？」

韓柏眼中射出崇慕之色道：「當日在牢房裡，赤尊信他老人家特別關心你，可見他那時早想到你的道胎會對我有很大的作用，只是沒有說破罷了！」

秦夢瑤還想說話，韓柏的大嘴吻了下來，封緊她的香唇。

秦夢瑤門禁大開，還送出芳舌，任由他爲所欲爲。

無盡的情意，把她淹沒在那美麗的愛之汪洋裡，一股清純無比的先天眞氣，透脈而入，緩慢而有力地伸展至她斷了的心脈處，和她自身的先天眞氣融合銜接合而爲一，使她原本漸趨枯竭的眞氣，驀然回復了生命力，加強了斷處的連繫。

兩股眞氣就像男女交配般結合，產生出新的生命能量，延續著秦夢瑤的生命。

韓柏離開她的檀口，輕柔地把依依不捨的她推開，忽地捋高衣袖，兩手扠在腰側，目光灼灼上下打量著她。

秦夢瑤從沉醉裡清醒過來，只覺對方目光到處，自己的身體都生出羞人的反應，駭然道：「你想幹甚麼？」

韓柏回復了嬉皮笑臉，不懷好意地道：「夢瑤應相信我現在有克制自己的能力，現在夢瑤又擺明委身下嫁於我，自不會反對我一償手足之慾，我是思量著應由哪部分開始摸你。」

秦夢瑤感應到他的魔功有增無減，明知他是蓄意逗引自己，亦大感吃不消，又見他的眼睛盯在自己秀挺的酥胸處，更感消受不了，手足無措道：「人家自幼清修，你就算想欺負人家，也須循序漸進，多和人家說些情話，不要一下子便對人家使出這種賴皮手段。」

韓柏感覺到自己晉入一個無可比擬的圓通境界，絕不受人間任何成法約束，任何事都可暢所欲爲，即管對著秦夢瑤這仙子亦不例外。故作驚訝道：「循序漸進？我們連床也上過了，除了眞正的合歡外，甚麼事未曾做過，摸摸有甚麼大不了？」

秦夢瑤聞言更是霞燒雙頰，跺足嗔道：「那怎麼相同，今早在床上時……今早在床上時……噢！夢瑤不懂說了，總之現在還不行，莫忘了你曾答應過不主動碰人家的。」

韓柏當然知道自己與秦夢瑤的關係雖跨越了原本橫亙在兩人間的一道鴻溝，但離眞正征服秦夢瑤則尚有一條長路，便再不迫她，環抱雙手，好整以暇地笑吟吟看著她。

一股著名的喜悅狂湧上秦夢瑤的慧心，她忽然寧靜下來，幽幽瞅了韓柏一眼，投進韓柏懷裡，把小嘴湊到韓柏耳邊低笑道：「你這樣蓄意聚音和夢瑤說話，小心待會范大哥會找你算賬。」

韓柏哂道：「哪理得他這麼多！夢瑤你先告訴我，可以對你動手動腳了嗎？」

秦夢瑤輕嘆道：「當日我離開靜齋時，師父曾問夢瑤，究竟會否有男人能令我動心？我回答除了仙道之外，天下間再沒有能使我動心的事物。唉！當時師父還誇獎了我。所以希望柏郎能體諒我的心境，該給夢瑤多點準備的時間，噢！天啊！你幹甚麼？」

原來韓柏一對大手已探進了她的衣服裡，隔著雪白的內衣，在她胸前雙丸一陣摸索。

「嗤嗤！」

韓柏略一用力，將她的內衣撕下一截出來，然後遞給嬌喘不已的秦夢瑤微笑道：「來！給我紮在頭上。」

秦夢瑤深吸一口氣，似嗔似喜地白了這剛正肆無忌憚輕薄了她神聖酥胸的男子一眼，接過他從她內衣撕出來仍帶著她體溫和香氣的布條，紮在他頭上，把他的頭臉全遮蓋了，柔聲道：「你若用我的絲巾蒙面，小心不要掉失了。」接著又低聲道：「快點回來，不要讓人家掛心了。」

韓柏欣悅地道：「和夢瑤相處真是痛快，不用說出來你已知我想幹甚麼了。」

包紮好頭臉後，秦夢瑤退後兩步，打量他的模樣，「噗哧」一笑道：「你若想以這樣的裝扮瞞過盈散花，只怕要白費心機了，誰也可從你的氣度把你認出是誰來。」

韓柏看著她嬝嬝婷婷的女兒家神態，四下流盼嫵媚明亮的眼睛，禁不住想起了她衣服內那似象牙般光滑的胴體，她的紅唇香舌、婉態嬌姿，差點又「魔心」失守，不自覺運起無想十式的第一式「止念」，立時一念不起，合十喧了一聲佛號，肅容道：「女施主，貧僧有東西給你看。」

秦夢瑤見他整個人似忽然變化了氣質，芳心一顫，知道他已開始能把握到魔種變化萬千的特質。要知魔與道實是兩個完全相反的極端。

魔功於死，道功於生；魔主千變萬化，道主專一無二。

韓柏現在忽然變成不折不扣的有道高僧，正因他能發揮魔種的特性。更重要的是，他具有「道心」。

秦夢瑤脫口道：「有甚麼好看的？」

韓柏的眼神忽變得深邃難測，微微一笑後，開始解開襟前的衣鈕。

秦夢瑤心中一顫，難道這小子竟要當著自己脫光衣服，以他的裸體來引誘自己？

韓柏再笑了一笑，吐氣揚聲，一把掀開身上那高麗官服，露出裡邊一身勁裝。

只見他肩闊腰細，身形完美無倫，形態威武之極，攝人的男性魅力直迫秦夢瑤而來。

秦夢瑤從未試過這樣被一個男性的身體吸引著，呆看著他，一時忘了說話。

韓柏使盡「魔法」，先侵犯了她胸前雙丸，破了她的劍心通明，又化成道貌岸然的高僧，再以解衣動作惹起秦夢瑤的羞怯，最後運起魔功向她展現肉體的力量，諸種施爲，無不是要把自己的形象，深種入秦夢瑤的道心裡，那種天馬行空、意到而爲的方式，就算浪翻雲、龐斑之輩，亦要大加讚嘆。於此亦可見魔種的厲害。

韓柏張開雙手，眼中神光射出，罩定這天下第一美女。

秦夢瑤瞅了他無比幽怨的一眼，失去了一向的矜持，撲入他懷裡，嬌羞地道：「韓柏啊！夢瑤要向你撒嬌了。」

韓柏將她抱個滿懷，失笑道：「撒甚麼嬌？」

秦夢瑤扭動著嬌軀不依道：「人家不爭氣要向你投降。」

韓柏以無上意志把她推開，在她左右臉蛋各香一口，深情地道：「你乖乖地在船上待我回來，並好好思索一個問題，想好了後給我一個答案。」

以秦夢瑤的慧根，亦看不透韓柏的葫蘆裡賣的是甚麼藥，蹙起黛眉柔聲地道：「柏郎要夢瑤想甚麼呢？」

韓柏正容道：「我要你想出自己最討厭的男人會是甚麼樣子的。」

秦夢瑤跺足嗔道：「柏郎啊！無論你扮作甚麼樣子，也不會改變我對你的情意，你是白費心機了。」

韓柏嘆道：「我剛才探測過你心脈的情況，若不能在十日內把它初步接上，一旦萎縮，將永無重續之望。所以我們甚麼方法也要試試看。乖點吧，聽我的話去做，好嗎？」

秦夢瑤橫他一眼，默默點頭。

韓柏在她唇上輕吻一口後道：「我要去對付那妖女了，你除了想這事情外，莫忘了回味給我公然侵犯你那醉人酥胸時的感覺。」

秦夢瑤俏臉飛起兩朵動人心魄的紅暈，垂下螓首，輕柔地道：「放心吧！夢瑤想忘了也辦不到。」

韓柏滿意道：「我還要找頂帽子和向范良極要一件東西，我去了。」

第十八章　賭卿陪夜

長沙府。

華燈初上。

戚長征離開丹清派的巨宅，踏足長街，環目一看，不由暗讚好一片繁華景象。在寒碧翠的提議下，她在他臉上施展了「丹清妙術」，把他的眉毛弄粗了點，黏上了一撮鬍子，立時像變了另一個人似的，教人不由不佩服寒碧翠的改容術。

大街上人車爭道，燈火照耀下，這裡就若一個沒有夜晚的城市。

他隨著人潮，不一會兒來到最繁榮喧鬧的長沙大道，也是最有名的花街。

兩旁妓寨立林，隱聞絲竹絃管，猜拳賭鬥之聲。

戚長征精神大振，意興高昂下，朝著其中一所規模最大的青樓走去，暗忖橫豎要大鬧一場，不若先縱情快活一番，再找一兩個與怒蛟幫作對的當地幫會，好好教訓，才不枉白活一場。

戚長征邁步登上長階，大搖大擺走進窰子裡，一個風韻猶存的徐娘帶笑迎來，還未說話，戚長征毫無忌憚地拉開她的衣襟，貪婪地窺了一眼，將一兩銀子塞進她雙峰間，沉聲道：「這裡最紅的故娘是誰，不要騙我，否則有你好看！」

那鴇婦垂頭一看，見到竟是真金白銀的一兩銀子，暗呼這大爺出手確是大方闊綽，被佔便宜的少許不愉快感立即不翼而飛，何況對方身材健碩，眉宇間饒有黑道惡棍的味道，更哪敢發作，忙挨了過去，玉手按在對手的肩頭處，湊到他耳旁昵聲道：「當然是我們的紅袖姑娘，只不過喲！你知道啦……」

戚長征不耐煩地打斷她的話，斷然道：「不必說多餘話，今晚就是她陪我度夜，先給我找間上房，再喚她來侍酒唱歌。」

鴇婦駭然道：「紅袖不是那麼易陪人的，我們這裡有權有勢的黃公子，追了她三個月，她才肯陪他一晚，你……」一驚下忘了挺起胸脯，那錠銀子立時滑到腰腹處，令她尷尬不已。

戚長征大笑道：「不用你來擔心，只要你讓我見到她，老子保證她心甘意願陪我上床。」

鴇婦面有難色道：「紅袖現在陪了長沙幫的大龍頭到吉祥賭坊去，今晚多數不會回來了。」

戚長征冷哼一聲，暗忖這長沙幫怕是走了霉運，好！就讓我順便尋他晦氣，把紅袖搶回來，今晚她是我的了。

當下問明了到賭場的路徑，弄清楚了紅袖今晚所穿衣服的式樣、顏色，大步走去了。

鴇婦暗叫不妙，忙著人抄小徑先一步通知長沙幫的大龍頭「惡蛇」沙遠，以免將來出了事，自己逃不了罪責。

戚長征夜市裡悠然漫步，好整以暇地欣賞著四周的繁華景象。

他走起路來故意擺出一副強橫惡少的姿態，嚇得迎面而來的人紛紛讓路，就算給他撞了，亦不敢回罵。

這時他心中想到的卻是寒碧翠，在他所遇過的美女裡，除了秦夢瑤外，就以她生得最是美麗，韓慧芷與水柔晶都要遜她一籌，可惜立志不肯嫁人，真是可惜至極點。同時心中暗罵自己，三年來不曾稍沾女色，可是和水柔晶開了頭後，只不過分開了兩天，便難捱寂寞，一晚沒有女人都似不行，真是冤孽。

這時他轉入了另一條寬坦的橫街，兩旁各式店舖妓院林立，尤以食肆最多，裡面人頭湧湧，熱鬧非常。

「吉祥賭坊」的金漆招牌，在前方高處橫伸出來，非常奪目。

戚長征加快腳步，到了賭坊正門台階處，拾級而上，待要進去時，四名勁服大漢打橫排開，攔著了進路。

其中一人喝道：「朋友面生得緊，報上名來。」

另一人輕蔑地看他背上的天兵寶刀，冷笑道：「這把刀看來還值幾吊錢，解下來作入場費吧！」

戚長征跑慣江湖，哪還不心知肚明是甚麼一回事，微微一笑，兩手閃電探出，居中兩名大漢的咽喉立時給他捏個正著，往上一提，兩人輕若無物般被揪得踮起腳尖，半點反抗之力也沒有。

外圍的兩名大漢怒叱一聲，待要出手，戚長征左右兩腳分別踢出，兩人應腳飛跌，滾入門內。

戚長征指尖發出內勁，被他捏著脖子的大漢四眼一翻，昏死過去，所以當他放手時，兩人像軟泥般癱倒地上。

他仰天打個哈哈，高視闊步進入賭坊內。

門內還有幾名打手模樣的看門人，見到他如此強橫凶狠，把四名長沙幫的人迅速解決，哪還敢上來攔截。

賭坊的主廳陳設極盡華麗，擺了三十多張賭桌，聚著近二百多人，仍寬敞舒適，那些人圍攏著各種賭具，賭得昏天昏地、日月無光，哪還知道門口處發生了打鬥事件。

戚長征虎目掃視全場，見到雖有十多個打扮得花枝招展的窰子姑娘在賭客裡，卻沒有那鴇婦描述的紅袖姑娘在內，忙往內進的偏廳走去。

離通往門仍有十多步時，一名慓悍的中年大漢在兩名打手陪同下，向他迎了過來，向他喝道：「朋友止步！」

戚長征兩眼上翻，理也不理，逕自往他們邊去。

那中年大漢臉色一變，打個眼色，三人一齊亮出刀子。

戚長征倏地加速。

這時附近的賭客始驚覺出了岔子，紛紛退避，以免被殃及池魚。

「叮叮叮！」

連響三聲，三把刀有兩把脫手甩飛，只有當中的中年人功力較高，退後兩步，但卻因手臂痠麻，不但劈不出第二刀，連提刀亦感困難。

戚長征得勢不饒人，閃到沒了武器的兩名打手間，雙肘撞出，兩人立時側跌倒下，同時飛起一腳，把中年人踢來的腳化去，「啪啪」便給對方連續刮了兩記耳光。

那人口鼻濺血，踣踉後退。

戚長征再不理他，踏入內廳。

這裡的布置更是極盡豪華之能事，最惹他注目的是待客的不像外廳般全是男人，而是十多個綺年玉貌、衣著誘人的女侍，拏著水果、茶點、美酒，在八張賭桌間穿梭往來，平添春色，顯出這裡的數十名客人，身分遠高於外面的賭客。

這裡的人數遠較外廳爲少，但陪客的窰子姑娘的數目，較外邊多上了一倍有多。

打鬥聲把所有人的眼光都扯到戚長征身上來。

那被他刮了兩巴掌的中年人，直退回一名坐在廳心賭桌上四十來歲、文士打扮的男子身後。

那男子生得方臉大耳，本是相貌堂堂，可惜臉頰處有道長達三寸的刀疤，使他變得猙獰可怖。

男子旁坐了位長身玉立的美女，眉目如畫，極有姿色，尤其她身上的衣服剪裁合度，暴露出飽滿玲瓏的曲線，連戚長征亦看得怦然心跳。

那刀疤文士身後立了數名大漢，見己方的人吃了大虧，要撲出動手，刀疤文士伸手止住。

戚長征仰天哈哈一笑，吸引了全場眼光後，才瀟灑地向那艷冠全場的美女拱手道：「這位必是紅袖姑娘，韓某找得你好苦。」

旁觀的人爲之愕然，想這名莽漢眞是不知死活，公然調戲長沙幫大龍頭的女人，視「毒蛇」沙遠如無物，實與尋死無異。

那紅袖姑娘美目流盼，眼中射出大感有趣的神色，含著笑沒有答話。

沙遠身後大漢紛紛喝罵。

反是沙遠見慣場面，知道來者不善，只是冷冷打量著戚長征。

戚長征大步往沙遠那一桌走過去。

與沙遠同桌聚賭的人，見勢色不對，紛紛離開賭桌，避到一旁。

這時廳內鴉雀無聲，靜觀事態的發展。

戚長征來到沙遠對面時，除了沙遠、紅袖和背後的五名手下外，只剩下瑟縮發抖、略具姿色，在主持賭局的一名女攤官。

戚長征兩眼神光電射，和沙遠絲毫不讓地對視著。

沙遠給他看得寒氣直冒，暗忖這人眼神如此充足，生平僅見，必是內功深厚，自己恐加上身後的手下亦非其對手，不由心生怯意。只恨在眾目睽睽下，若有絲毫示弱，以後勢難再在此立足，硬著頭皮道：「朋友高姓大名？」

戚長征傲然不答，眼光落在那紅袖姑娘俏臉上，由凶猛化作溫柔，露出動人的笑容，點了點頭，才再向沙遠道：「你不用理我是誰，須知道我在你地頭找上你，定非無名之輩，只問你敢否和我賭上一局。」

沙遠爲他氣勢所懾，知道若不答應，立時是反臉動手之局，勉強一聲乾笑，道：「沙某來此，就是爲了賭錢，任何人願意奉陪，沙某都是那麼樂意。」他終是吃江湖飯的人，說起話來自能保持身分、面子，不會使人誤會是被迫同意。

那紅袖兜了沙遠一眼，鄙夷之色一閃即逝。

戚長征悠閒地挨在椅背處，伸了個懶腰，先以眼光巡視了紅袖的俏臉和高挺的雙峰，才心滿意足地道：「我不是來賭錢的。」

全場均感愕然。

那紅袖對他似更感興趣了。

剛才被他打量時，紅袖清楚由對方清澈的眼神，感到這充滿男性魅力的年輕人，只有欣賞之意，而無色情之念，絕不同於任何她曾遇過的男人。

沙遠皺眉道：「朋友先說要和我賭一局，現在又說不是來賭錢，究竟甚麼一回事？」

戚長征虎目射出兩道寒霜，罩定沙遠，沉聲道：「我是要和沙兄賭人。」

沙遠色變道：「賭人？」

戚長征點頭道：「是的！假若我贏了，今晚紅袖姑娘就是我的了。」

全場立時為之譁然，暗忖這樣的條件，沙遠怎肯接受。

紅袖姑娘首次作聲，不悅道：「紅袖又不是財物，你說要賭便可以賭嗎？」

戚長征向她微微一笑，柔聲道：「姑娘放心，本人豈會唐突佳人，若我勝了，姑娘今晚便回復自由之身，至於是否陪我聊天喝酒，又或過夜度宿，全由姑娘自行決定，本人絕不會有絲毫勉強。」

紅袖呆了一呆，暗忖這人眞是怪得可以，明是為了自己來此，不惜開罪沙遠，竟然不計較能否得到自己。

這時全場的注意力齊集沙遠身上，看他如何反應。

沙遠是有苦自己知，對方雖隔著賭桌凝坐不動，但卻針對著他催發著令人心寒膽碎的殺氣，那是第一流高手才可做到的事，他自問遠不及對方，心想今晚想一親芳澤的事，看來要泡湯了。一個不好，可能小命也要不保，深吸一口氣後道：「若朋友輸了又是如何？」

戚長征仰天長笑，聲震屋瓦，意態飛揚道：「若我輸了，就把命給你。」

全場默然靜下，暗忖這人定是瘋了。

紅袖見到他不可一世的豪雄氣概，一時間芳心忐忑亂跳，知道若他勝了，自己眞會心甘情願讓他擺布。這種英雄人物，她雖閱人甚多，還是首次遇上。

沙遠暗叫一聲謝天謝地，立即應道：「就此一言爲定，朋友既有如此膽色，又不會強迫紅袖小姐幹她不願的事，我就和你賭一次，輸了的話，絕不留難。」

他這番話說得漂亮之極，教人看不出他是自找下台階，反覺他也是縱橫慷慨之士。

兩人同時望向那女攤官。

這桌賭的原是押寶，由攤官把一粒象牙骰子，放在一個小銅盒內，把盒蓋套了上去，搖勻和旋動一番後開蓋，向上的顏色或點數，就是這局賭的寶，押中者勝。若兩人對賭，又可押雙押單，或賭偏正和顏色，非常簡單。

沙遠自問武功不及對方，但對賭卻非常在行，向戚長征道：「這位朋友若不反對，我們可不玩押寶，改以三粒骰子賭一口，未知意下如何？」

戚長征暗罵一聲老狐狸，知道他怕自己以內勁影響骰子的點數，故要用上三粒骰子，使難度大增，不過對方豈會知道自己功力已臻先天之境，毫不猶豫道：「使得！就擲三粒骰子吧！」

當下女攤官另外取出三粒骰子，非常鄭重地送給兩人驗看，然後熟練地擲進大瓷盆裡。

骰子沒有在盆內蹦跳碰撞，只是滴溜溜打著轉，發出所有賭徒都覺得刺激無比的熟悉聲響。

女攤官高唱道：「離檯半尺！」

沙遠和戚長征同時收回按在檯上的手，以免教人誤會藉著檯子動手腳。

全場各人的心都提到咽喉處，感到刺激之極。

紅袖美目異采連閃，注目戚長征身上。

女攤官將盆蓋套上，把載著骰子的盆子整個提了起來，嬌叱一聲，迅速搖動。

骰子在盆內發出一陣清脆的響聲，扣緊著全場的心弦。

「蓬！」

盆子重重放回桌心處。

紅袖緊張得張開了美麗的小嘴，暗忖這年輕的陌生男子若輸了，是否眞會爲她自殺呢？

沙遠和戚長征對視著。

「且慢！」

全場愕然，連戚長征亦不例外。

各人循聲望去，只見場內不知何時多了位風度翩翩的貴介公子，生得風流俊俏，龍行虎步來到賭桌旁，以悅耳之極的聲音道：「這賭人又賭命的賭局，怎可沒有我的分兒。」

戚長征一眼便認出「他」是寒碧翠，心叫不妙，自己費了這麼多工夫，又巧妙地向紅袖施出挑情手段，可能都要給此姝破壞了，苦惱地道：「你有興趣，我可和你另賭一局。」

寒碧翠大模大樣地在兩人身側坐下，道：「你們先說何人押雙？何人押單？我才說出我的賭法和賭注。」她無論說話神態，均學足男兒作風，教人不會懷疑她是女兒身。

沙遠這時因不用和戚長征動手，心懷放開，亦感到這賭局刺激有趣，盯著那密封的瓷盆子，故作大方道：「這位朋友先揀吧！」

戚長征對著寒碧翠苦笑一下，轉向紅袖道：「紅袖姑娘替我揀吧。」

紅袖俏臉一紅，垂頭低聲道：「若揀錯了！怎辦才好。」

她如此一說，眾人都知她對戚長征大有垂青之意。

沙遠亦不由苦澀一笑，大感顏面無光，不過紅袖乃全城最紅的姑娘，他儘管不滿，事後亦不敢向她算賬。說到底仍是自己保護不周之過。

戚長征瀟灑地道：「生死有命，姑娘放心揀吧！」

紅袖美目深注著盆蓋，輕輕道：「雙！」

戚長征長笑道：「儷影成雙，好意頭，我就押雙吧！」

他押雙，沙遠自然是押單。

眾人眼光落到扮成貴介公子的寒碧翠身上，看「他」有何話說。

寒碧翠不慌不忙，先得意地盯了戚長征一眼，才從容道：「我押十八點這一門。」

眾人一齊譁然。

要知三粒骰子，每粒六門，共是十八門，寒碧翠只押十八點，就是所有的骰子全是六點向上，機會少無可少，怎不教人驚駭。

只有戚長征心中暗嘆。

他生於黑道，自幼在賭場、妓寨打滾，怒蛟島上便有幾間賭場，浪翻雲、凌戰天全是賭場高手。年輕一輩裡，以他賭術最精，只憑耳朵即可聽出骰子的正確落點，故他早知盆內是全部六點向上，只是想不到寒碧翠亦如此厲害。

剛才他請美麗的紅袖爲他選擇，其實只是騙術裡的掩眼法，縱管紅袖選的是單數，他大可推作意頭不好，不喜形單影隻，改選雙數，亦不會影響輸贏。現在紅袖既選對了，自是最爲完美。

沙遠定了定神，向寒碧翠道：「公子以甚麼作賭注呢？」

寒碧翠橫了戚長征一眼，意氣飛揚道：「若在下輸了，要人又或是足兩黃金百錠，悉隨尊便。」眾人又再起鬨。

這樣的百錠黃金，一般人數世也賺不到那麼多錢，這公子實在豪氣之極。

戚長征心知肚明寒碧翠是存心搗亂，破壞他和紅袖的好事，眞不知她打甚麼主意？若她不是立志不嫁人，他定會猜想她在吃醋。

沙遠好奇心大起，問道：「公子若贏了呢？」

寒碧翠瞪著戚長征道：「今晚誰都不可碰紅袖姑娘，就是如此。」

眾人一齊譁然，都想到「他」是來搗戚長征的蛋，壞他的「好事」。

戚長征一聲長笑，道：「我不同意這賭注。」

寒碧翠狠狠瞪著他橫蠻地道：「那你要甚麼條件？」

戚長征微笑道：「我要和你另賭一局，你敢否應戰？」

寒碧翠皺眉道：「你這人爲何如此婆媽，一局定勝負，不是乾脆俐落嗎？」

戚長征淡淡道：「我只說和你另賭一局，但仍是此局，何婆媽之有？」

不但寒碧翠聽得一頭霧水，沙遠、紅袖等亦是大惑不解，只覺這人每每奇峰突出，教人莫測高深。

戚長征眼中射出凌厲之色，望進寒碧翠的美眸裡，一字一字地道：「賭你贏，盆內三粒骰子都是六點向上。若你輸了，只有兩個選擇，一是讓紅袖姑娘視其意願肯否陪我，一是你自己陪我過夜。」

接著伸個懶腰，打個呵欠懶洋洋道：「沒有女人，找個像女人的男人來陪我也不錯。」

眾人一齊愕然相對，面面相覷，想不到他有此「偏好」。

寒碧翠玉臉刷地飛紅，胸脯氣得不住起伏，忽地一跺腳，旋風般橫越賭場，閃出門去。

場內稍懂武功的人，看到她鬼魅般迅快的身法，都倒抽了一口涼氣。

戚長征向那女攤官點頭，示意可以揭蓋。

風聲又起。

人影一閃，寒碧翠竟又坐回原處，俏臉寒若冰雪，鼓著氣誰也不看。

女攤官猶豫了半晌，手顫顫地揭開盆蓋。

這時場內諸人對戚長征畏懼大減，一窩蜂圍了過來，看進盆內，齊聲譁然。

當然三粒骰都是六點朝天。

沙遠早猜到如此結局，長身而起向戚長征抱拳道：「沙某輸了，自是以紅袖姑娘拱手相讓，朋友雖不肯賜告姓名，但沙某仍想和閣下交一個朋友。」

戚長征冷冷看了他一眼道：「是友是敵，還須看沙兄以後的態度。」

沙遠聽出他話中有話，沉吟片刻，再抱拳施禮，領著手下抹著冷汗，逕自離去。

戚長征向團團圍著賭桌的眾人喝道：「沒事了，還不回去賭你們的錢。」

眾人見他連長沙幫也壓了下去，哪敢不聽吩咐，雖很想知道寒碧翠作何種選擇，亦只好依言回到本來的賭桌上。不一會兒又昏天昏地賭了起來，回復到先前的鬧哄哄情況。

戚長征向那女攤官微笑道：「這位姑娘可退下休息了。」

女攤官如獲大赦，匆匆退下。

只剩下一男「兩女」品字形圍坐賭桌。

這情景實在怪異之極，整個賭廳都賭得興高采烈，獨有這桌完全靜止下來。

坐在中間的寒碧翠咬著唇皮，忽向紅袖道：「姑娘若今晚肯不理這江湖浪子，在下肯為姑娘贖身，還你自由。」

戚長征失聲笑了出來。

寒碧翠凶霸霸地瞪他一眼，輕叱道：「笑甚麼？」再扭頭向紅袖道：「姑娘意下如何？」

紅袖含笑道：「那明晚又如何呢？」

戚長征聽得心中一酥，這紅袖擺明對他有情，這在一個男人來說，是沒有比這更好的「奉承」了。

寒碧翠狠狠道：「我只管今晚的事，明晚你兩人愛幹甚麼，與我沒有半點關係！」

紅袖「噗哧」一笑，兜了戚長征一眼，才柔聲向寒碧翠道：「公子為何這麼急躁？假若我根本沒有興趣陪這位大爺，你豈非白賠了為我贖身的金子，那可是很大的數目啊！」

寒碧翠冷冷：「只要不是盲子，就知道你對這惡少動了心，在下有說錯了嗎？」

紅袖抿嘴笑道：「公子沒有說錯，我確有意陪他一晚，至於贖身嘛！不敢有勞了，我自己早賺夠了銀子，隨時可為自己贖身，回復自由。」

這次輪到戚長征感到奇怪，問道：「那你為何仍留在窰子裡？」

寒碧翠眼中射出鄙夷之色，顯然覺得紅袖是自甘作賤。

紅袖幽幽一嘆道：「正因為我每晚都接觸男人，所以最清楚他們，例如那些自命風流的色鬼，只是那副貪饞的嘴臉，紅袖便受不了。如是老實的好人，我又嫌他們古板沒有情趣，最怕是更有假道學的人，外表正氣凜然，其實腦袋內滿是卑鄙骯髒的念頭，稍給他們一點顏色，立時原形畢露。」再嘆一口氣道：「若有能令紅袖從良的人，我怎還會戀棧青樓，早做了歸家娘了。」

寒碧翠一呆道：「我不信，總有人會具有令你傾心的條件。」

紅袖淡然道：「我承認的確遇過幾個能令我傾情的男子，其中有個還是此地以詩詞著名的風流名士，可是只要想起若嫁入他家後，受盡鄙夷，而他對我熱情過後，也把我冷落閨房的情景，倒不若留在青樓，盡情享受男人們的曲意奉承。將來年老色衰，便當個鴇母，除此外我還懂做甚麼呢？」

她說出這一番道理，不但戚長征向她另眼相看，連寒碧翠亦對她大爲改觀。

紅袖轉向戚長征道：「紅袖閱人無數，還是第一次遇上公子這種人物。」俏臉一紅，垂下頭去。

寒碧翠暗叫不妙，試探道：「那他是否你願意從良的人呢？」

戚長征哂道：「從甚麼鬼良？我才不要甚麼賢妻良母，除了不可偷男人外，我可要她天天都像窰子姑娘般向我賣笑，那才夠味兒。」

寒碧翠氣得俏臉發白，嬌喝道：「你閉嘴！我不是和你說話。」她一怒下，忘了正在扮男人，露出本來的神態和女兒聲。

紅袖呆了一呆，恍然掩嘴笑道：「這位姊姊放心吧！我還要試過他後，才可決定是否從他，有很多人是中看不中用的銀樣蠟槍頭呢！」

寒碧翠驀地面紅耳赤，怔在當場。

戚長征捧腹狂笑道：「不要笑死我了，寒大掌門快下決定，究竟我是要向你們何人證實不是蠟槍頭呢？我憋得很辛苦了。」

寒碧翠勃然大怒，二話不說，一巴掌朝戚長征沒頭沒腦刮過去。

第十九章　大戰妖女

韓柏全速沿岸奔馳，並全神注意江上的船隻。

盈散花和秀色會在哪裡呢？

若是一般人，自會猜她們應早一步到安慶去，待他們的船到來，立時登船。

可是韓柏知道盈散花絕不會這麼做。因爲若是如此，行蹤將全落到他掌握裡，要對付她們實是易如反掌。

而更有可能的是她們根本不會登船，只是要看看他們的反應，探測他們受威脅的程度，然後再謀設下一步對付他們的計策。

黑道人物都知道，凡事最難是開始，只要成功地把對方屈服了一次，再作威脅時便容易多了。

想到這裡，韓柏再不分神去找尋盈散花二女的行蹤，把速度提至極限，往安慶掠去。

他感到體內魔功源源不絕，來回往返，生生不息，大勝從前，更不同者，是精神無比凝聚，遠近所有人事沒有半點能漏過他的靈覺。

他一邊分神想著秦夢瑤。

人的確是很奇怪的，尤其是男和女。當尚未發生親密關係前，大家都劃清界線，不准逾越。更有甚者，還擺出驕傲、冷淡、倔強等種種面目。可是一旦闖越邊界，便是完全迥異的一番態度，變成截然不同的兩回事。

秦夢瑤當然是不會矯揉作態的人，可是自從吻了她後，她便向韓柏露出深藏的另一面，竟可變成那麼迷魂蕩魄，體貼多情。那種欲拒還迎的神態，確是動人至極點。

難怪自己的魔種被她全面誘發出來。

她的一顰一笑，舉手投足，都使他難稍忘懷，唉！眞想拋開盈散花的事，掉轉頭回去找她。

此時早日落西山，天色轉黑，他雖是沿岸狂奔，亦不怕驚世駭俗。

但以正事要緊，便不敢再胡思亂想，集中精神探測江上往安慶去的船隻。

一個時辰後，他終抵達安慶，卻始終找不到兩女的芳蹤。

韓柏毫不氣餒，環目四顧，只見兩岸雖是燈火點點，但碼頭一帶卻沒有民居，最近的房舍亦在半里之外，實在沒有藏身的好地方。

想到這裡，一拍額頭，望往對岸，暗忖最好觀察他們的地方，自是對岸無疑。

哪還猶豫，就近取了些粗樹枝，擲往江上，藉著那點浮力，橫越江面，迅速掠往對岸。同時運轉魔功，施起縮骨之術，硬是把身體減低了兩寸的程度。

尚未上岸時，心中便生出感應，知道正有兩對明眸，在一個小石崗上，灼灼地對他做著監視。

韓柏心中暗笑，躍上岸後，取出以前在韓府時那類戴慣的小廝帽子，蓋著了由秦夢瑤內衣撕下那香艷條幅包紮著的大頭，把帽緣壓低到連眉毛亦遮掩起來，又取出絲巾，蒙著面孔，只露出一雙眼睛。

要知縱是武林一流高手，除非到了浪翻雲、龐斑那級數的頂尖人物，否則誰在黑暗裡觀物的能力亦要打個折扣。所以他包紮好的腦袋，落在盈散花眼中，會因其反光而使她誤以爲看到的是一個光頭，兼之看到他戴帽的動作，自然以爲他是蓄意掩藏那個「假光頭」，這種詭計，也虧他想得出來。

韓柏身形毫不停滯，沒進岸旁一個疏林裡去，又待了半晌後，才由另一方往那小石崗潛過去。

來到崗頂，兩女蹤影渺茫，只有從大江上拂過來的夜風，帶著這些日子來親切熟悉的江水氣味。

韓柏見不到她們，絲毫不以爲異，仰首望天。

剛好烏雲飄過，露出圓月皎潔的仙姿。

不由想起了秦夢瑤。

她正像被烏雲掩蓋了的明月，若自己治好她的致命內傷，她不但會回復以前的亮光，還會更皎美照人。

只爲了這原因，他就算拚了老命都要救回她。

「颼！」

身後破空聲驟響。

韓柏拋開雜念，暗運「無想十式」的起首式「止念」的內功心法，心內正大平和，手往後拂，曲指一彈。

「噗」的一聲，向他激射而來的小石子立時化成碎粉，而他仍是背對著敵人。

盈散花和秀色的驚咦聲同時叫起來。

風聲飄響。

香氣襲來。

兩女分由後方左右兩側攻來。

韓柏凝起「無想十式」第二招「定神」的心法，兩手擺出法印，倏地轉身。秀色的兩把短刃化作一片光網，反映著天上月色，就像無數星點，以驚人的速度，照著他頭臉罩過來，寒氣逼人。

韓柏想不到她那對短刃竟可發出如此驚人的威力，比之雲清的雙光刃有過之無不及，心下懍然，輕敵之心盡去。

另一邊的盈散花並不像秀色的玉臉生寒，仍是那副意態慵懶、巧笑倩兮、風流嬌俏的誘人樣兒，兼之在江風裡逆掠而至，一身白衣飛揚飄舞，那種綽約動人的風姿，看得韓柏的心都癢了起來。暗忖無論自己的魔功達到何種境界，仍是見不得這般動人的美女。

甚至連她攻過來幻出漫天掌影的一對玉掌都是那麼好看，半點殺意都沒有，就像要來溫柔地爲他寬衣解帶似的。

韓柏這時才明白范良極爲何對此女如此忌憚，因爲她的功力已臻先天之境，才能生出這種使人意亂神迷的感覺。

當日在酒樓自己能擰了她的臉蛋，不用說也是她蓄意向他隱藏起眞正實力，好讓自己低估了她。這對好拍檔，一出手便是驚天動地的攻勢。

韓柏倏地移前，兩手探出。

「叮叮噹噹」和「蓬蓬」之聲不絕於耳。

三道人影兔起鶻落，穿插糾纏，在窄小的空間內此移彼至，眨眼間交手了十多招。

無論秀色的一對短刃以何種速度、角度向韓柏刺去，他總能在最後關頭曲指彈中刃鋒，把短刃以氣勁震開。而盈散花則在無可奈何裡，被迫和他拚鬥十多掌。

三條人影分了開來，成品字形立著。

秀色和盈散花美目寒光閃爍，狠狠盯著韓柏。

韓柏像入定老僧，運起「無想十式」第三式心法「去意」，兩眼變得深邃無盡，自有一種至靜至寂的神氣。

盈散花一陣嬌笑道：「大師如此高明，當不會是無名之輩，請報出法號。」

韓柏功聚咽喉，改變了喉結的形狀，以低沉無比，但又充滿男性磁力的聲音道：「盈小姐不須知道我是何人，只須知道我對你們的圖謀瞭如指掌便可以了。」他其實哪知她們有何意圖，只不過目的是要把兩人弄得糊裡糊塗，那就夠了。

秀色一雙短刃遙指著他，冷哼道：「想不到以大師的武功，仍甘心做那朴文正的走狗，你最好回去告訴他，若以為殺人滅口，就可遂他之意，實是妄想，就算我們死了，也有方法把他的身分揭露出來。」

盈散花笑吟吟道：「何況憑你的武功，仍未能殺死我們，所以你最好叫他親自來見我們，或者事情還有得商量。」

韓柏心中叫苦，兩女武功之高，大出他意料之外，自己或可在十招內勝過秀色，但和盈散花恐怕百招之內仍分不出勝負。以一人對著這合作慣了的兩女，更不敢穩言可勝，要殺她們則更屬妄想，唯一之法就是以策略取勝，不過看來盈散花比他還更狡猾，確使他煞費思量，口中卻平淡地道：「兩位姑娘眞是大禍臨頭也不知，我並不是出家人，亦和甚麼朴文正絲毫關係都沒有，只是奉了密令來調查兩位，自三年前便一直吊在兩位身後，只不過你們武功低微，未能覺察吧！」

秀色一呆道：「密令？」

韓柏見她神氣，顯是對「密令」這名詞非常敏感，心中一動，暗忖這胡謅一番，竟無意中得到如此有用的線索。

盈散花叱道：「不要聽他胡說，讓我們幹掉他，不是一了百了嗎？我才不信他不是朴文正的人。」

韓柏嘆道：「我對兩位實是一片好心，所以曾向盈小姐作出警告，希望兩位能知難而退，豈知盈小姐無動於衷，使本人好生爲難，不知應否將實情回報上去。」

這次輪到盈散花奇道：「甚麼警告？」

韓柏心中暗笑，探入懷裡，取出范良極由她身上偷來的貼身玉珮，向著盈散花揚了一揚，又迅快收入懷裡。

盈散花看得全身一震，失聲道：「原來是你偷的。」

秀色一聲嬌叱，便要出手。

盈散花喝停了她，眼中射出前所未有的寒光，俏臉煞白道：「你既一直跟著我們，爲何不乾脆把我們殺了。」

韓柏心中叫苦，他只是想讓她們相信自己與「朴文正」沒有關係，哪曾想到爲何不殺死她們，難道說閒著無聊，愛跟著她們玩兒嗎？惟有再以一聲長嘆，希望胡混過去。

黑暗裡，盈散花的手微動了一下。

韓柏知道不妙，凌空躍起，幾不可察的冰蠶絲在下面掠過，若給這連刀刃都斬不斷的冰蠶絲纏上雙足，明年今夜便是他的忌辰。

韓柏落回地上。

盈散花收回冰蠶絲，點頭道：「你能避我寶絲，顯然眞的一直在旁觀察我們，快說出你是誰？爲何不對付我們？誰指示你來跟蹤我們的？」

韓柏心神略定，腦筋回復靈活，沉聲道：「你要對付的是甚麼人，就是那甚麼人派我來的。至於我爲何會對你們憐香惜玉，唉！眞是冤孽，因爲我愛上了你們其中一個，竟至不能自拔，違抗了命令。」

兩人齊齊一愕，交換了個眼色。

要知兩人深信他是出家的人，除了誤以爲他帽內是個光頭外，更重要的是他所具方外有道高僧的氣質和正宗少林內功心法。

偏是這樣，才能使她們更相信若這樣的人動了眞情，會比普通人更瘋狂得難以自制。

官船終於駛抵安慶，緩緩泊往碼頭處。

三人不敢分神看視，只是全神貫注對方身上。

韓柏心中一動，淡然道：「兩位等的船到了，不過本人可奉勸兩位一句，不要迫我把你們的事報上去，到了皇宮你們更是無路可逃。」

秀色怒叱道：「你這禿奴賊走狗，看我取你狗命！」

韓柏心中暗笑，知道她們已對他的身分沒有懷疑。

盈散花向他露出個動人笑容，柔聲道：「大師好意，散花非常感激，只是……」

韓柏知她說得雖好聽，其實卻是心懷殺機，隨時出手，忙道：「盈小姐誤會了，我愛上的是秀色姑娘。」

盈散花不能置信地尖叫道：「甚麼？」

韓柏差點暗中笑破了肚皮，強忍著喟然道：「秀色姑娘很像本人出……噢！不！很像我以前暗戀的女子，不過比她動人多了，貧……噢！」

盈散花趁他分神「往事」，冰蠶絲再離手無聲無息飛去，纏上他左腳。

韓柏這次是故意讓她纏上，其實左腳早橫移了少許，只給黏在腳上，沒繞個結實。

內勁透絲而至。

韓柏故作驚惶，當內勁透腳而上時，運起由「無想十式」悟來的「捱打功」，把本能令他氣脈不暢的眞氣化去，卻詐作禁受不起，一聲慘哼，往秀色方向踉蹌跌去。

冰蠶絲收回盈散花手裡。

盈散花如影附形，追擊過來。

秀色的短刃由另一方分刺他頸側和腰際，絕不因被他愛上而有絲毫留手。

若不殺死這知悉她們「秘密」的人，甚麼大計都不用提了。

哪知韓柏對她們的事其實仍一無所知。

韓柏裝作手忙腳亂，兩手向秀色的手腕拂去。

秀色見盈散花的一對玉掌眼看要印實他背上，暗忖我才不信你不躲避，猛一咬牙，略變刃勢，改往他的手掌削去。

豈知韓柏渾然不理盈散花的玉掌，驀地加速，兩手幻出漫天爪影，似要與秀色以硬碰硬。

「蓬蓬！」

盈散花雙掌印實韓柏背上。

韓柏立時運轉挨打奇功，順順逆逆，勉強化去對方大半力道，仍忍不住口中一甜，噴出一口鮮血，朝秀色俏臉灑去。

秀色大吃一驚，心想怎能讓這淫禿驢的髒血污了自己的玉容，又想到對方便要立斃當場，當下收刃橫移。

哪知人影一閃，不知如何韓柏已來到了身側，自己便像送禮般把嬌軀偎到對方懷裡。

盈散花驚叫道：「秀色小心！」

韓柏一聲長笑，欺到秀色身後，避過了倉卒刺來的兩刃，同時拍上秀色背心三處要穴。環手一抱，把她摟個結實，迅速退走。

盈散花驚叱一聲，全速追來。

韓柏再一陣長笑，把美麗的女俘虜托在背上，放開腳步，以比盈散花還快上半籌的速度，沒進崗下的密林裡。

第二十章　藉卿療傷

「啪！」

一聲清響，全場側目。

戚長征臉上露出清晰的指印，若非寒碧翠這一巴掌沒有內勁，他恐怕只剩下半張臉孔了。

紅袖心痛地道：「你爲何要動粗打人？」

寒碧翠吃驚地以左手捉著自己剛打了人的右手，尷尬地道：「我怎知他不避開呢？」

戚長征先用眼光掃視向他們望過來的人，嚇得他們詐作看不見後，才微笑道：「可能我給你打慣了，不懂得躲避。」

寒碧翠「噗哧」一笑道：「哪有這回事？」

紅袖道：「春宵苦短，看來姊姊都是不肯陪這位大爺度宿，今晚便讓紅袖好好伺候他吧！」

寒碧翠咬著唇皮道：「要我陪他上床，是休想的了，但我可以與他逛一整晚。」指著戚長征道：「好！由你來揀，我還是她！」

戚長征愕然道：「願賭服輸，怎可現在才來反悔，今晚我定要找個女人陪我，你若不肯，我便找紅袖。」

寒碧翠氣得差點哭出來道：「你這是強人所難！」

紅袖大奇道：「姊姊明明愛上了這位大爺，爲何卻不肯答應他的要求？而你阻了我們今晚，也阻不了明晚，這樣胡鬧究竟有甚麼作用？」

寒碧翠事實上亦不知自己在幹甚麼，自遇到戚長征後，她做起事來全失了方寸，既答應不再理戚長征的事，但忍不住又悄悄跟來。見到戚長征公然向沙遠爭奪紅袖，竟插上一手加以破壞，只覺一切都是理所當然，給紅袖這麼一說，呆了一呆，霍地站起道：「我絕不是愛上了他，只是爲了某些原因不想他在這時候尋花問柳，壞了正事，若他把事情解決了，我才沒有理他的閒情。」

這番話可說強詞奪理之極，她說出來，只是爲自己的失常行爲勉強作個解釋而已。

戚長征站了起來，到了紅袖身後，伸手抓著她香肩，湊到她耳旁輕輕道：「小乖乖！你好好等待我，我一找到空檔，立即來向你顯示眞正的實力，教你一生人都忘不了。」

紅袖笑得花枝亂顫道：「我也有方法教你終身都離不開我，去吧！與這位姊姊逛街吧！」

戚長征順便在她耳珠嚙了一口，走到因見他們打情罵俏氣得別過臉去的寒碧翠身旁，向她伸出大手道：「小姐的玉手！」

寒碧翠嚇得忘了氣苦，收起雙手道：「男女間在公開場合拉拉扯扯成甚麼體統。」

戚長征一嘆道：「偏是這麼多的顧忌，算了！走吧！」向紅袖眨了眨眼睛，便往外走去。

寒碧翠俏臉一紅，追著去了。

秀色的帽子掉到地上，烏亮的長髮垂了下來。

韓柏摟著她的纖腰，暗忖這秀色平時穿起男裝還不怎樣，可是現在回復秀髮垂肩的女兒模樣，原來竟是如此艷麗。

尤其這時他摟著她疾奔而行，做著種種親密的接觸，更感到她是絕不遜色於盈散花的尤物，只不過平時她故意以男裝掩蓋了艷色罷了！

而事實上盈散花有一半的艷名是賴她賺回來的。

例如她的腰身是如此纖細但又彈力十足，眞似僅盈一握，可以想像和她在床上顚鸞倒鳳時的滋味，難怪能成爲每代只傳一人的「奼女派」傳人。

他摟著秀色最少跑了二十多里路，在山野密林裡不住兜兜轉轉，卻始終甩不脫那女飛賊，心中苦惱之極。

忽地停下，將秀色摟個滿懷。

秀色毫無驚懼地冷冷瞪著他，眼中傳出清楚的訊息就是：你定逃不掉的。

韓柏一陣氣餒。

盈散花剛才那兩掌差點就要了他的小命，想不到這妖女功力如此精純，連他初學成的捱打功亦禁受不了。

這一番奔走，使他的內傷加重，所以愈跑愈慢，若給她追上來，定是凶多吉少。

唯一方法就是迅速恢復功力。

而「藥物」就是眼前這精擅奼女採補之術的絕色美女。

所以他定要爭取一點空隙時間。

韓柏不懷好意地笑了笑。

秀色當然看不到絲巾下的笑容，但卻由他眼裡看到這有某種吸引她的魅力的神秘男子，有著不軌的企圖。

「嗤！」

秀色上身的衣服，給他撕了一幅下來，露出雪白粉嫩的玉臂和精繡的抹胸。

韓柏並不就此打住，還撕下她的褲子，把她修長的美腿全露了出來。

秀色皺眉不解，暗忖這人既受了傷，又被人追得像喪家之犬，難道還有侵犯她的閒情嗎？

韓柏把她的破衣隨意擲在地上，然後把她也放在地上。

嘻嘻一笑，忽地橫掠開去。

「劈劈啪啪」聲裡，也不知他撞斷了多少樹枝。

好一會兒後，韓柏凌空躍來，攔腰把她抱起，縱身一躍，升高三丈有多，落在丈許外一株大樹的橫椏處，又再逢樹過樹，不一會兒藏身在濃密的枝葉裡，離地約兩丈許處。

秀色給他以最氣人的男女交合姿勢，緊摟懷裡，感覺著對方的熱力和強壯有力的肌肉緊迫著她，心中忽地升起奇怪的直覺。

這是個年輕的男子。

難道是個年輕的和尚？

想到這裡，她芳心湧起強烈的刺激，有種要打破他戒律的衝動。

風聲在剛才兩人停留處響起。

盈散花停了下來，顯然在檢視韓柏從秀色身上撕下來的碎布。

盈散花怒叱一聲，罵道：「死淫禿！」

風聲再起，伊人遠去。

這正是韓柏期待的反應。

他要利用的正是盈散花和秀色間畸形的愛戀關係。

盈散花眼見「愛侶」受辱，無可避免急怒攻心，失去狡智，無暇細想便循著痕跡追去。

韓柏毫不客氣，一把撕掉秀色的褻衣褲，又給自己鬆解褲帶。

雖說這與強姦無異，他卻絲毫沒有犯罪的感覺。

因爲姹女派的傳人怎會怕和男人交合，還是求之不得呢！

而他則確需要藉秀色的姹女元陰療治傷勢。

秀色雙眼果然毫無懼色，只是冷冷看著他，直至他闖進了她體內，眼中才射出駭然之色，因爲她這時才發覺到對方是她前所未遇過的強勁對手。

月夜裡，樹叢內春色無邊。

韓柏依著從花解語處學來的方法，施盡渾身解數，不住催逼秀色的春情。

秀色雖精擅男女之術，但比起身具魔種的韓柏，仍有段遙不可及的距離，兼之穴道被制，根本沒有能力全面催發姹女心功，不片晌已大感吃不消，眼內充滿著情慾，把元陰逐漸向韓柏輸放，任君盡情採納。

韓柏趁機把元陰吸納，又把至陽之氣回輸秀色體內。

每一個循環，都使他體內眞氣凝聚起來，靈台更趨清明。

那種舒暢甜美，教兩人趨於至樂。

秀色雖對男人經驗豐富，還是首次嘗到這種美妙無倫的滋味。

破空聲由遠而近。

盈散花急怒的聲音在下面叫道：「我知你在上面，還不給我滾下來。」

韓柏嘆了一口氣，拉好褲子，湊到秀色耳旁道：「我知你還是未夠，我亦未夠，遲些我再來找你。」

風聲響起，盈散花撲了上來，兩掌翻飛，往他攻來。

一時枝葉碎飛激濺，聲勢驚人。

韓柏功力盡復，摟著秀色使了個千斤墜，往下沉去。

盈散花嬌叱一聲，冰蠶絲射出，往兩人捲去。

韓柏重重在秀色香唇吻了一口，不敢看她令人心顫的眼神，將秀色赤裸的嬌軀送出，任由冰蠶絲把她繞個結實，他則往後疾退，迅速沒進黑暗裡。

第二十一章 曉以大義

戚長征才踏出賭坊，立時停步。

寒碧翠追到他身旁，亦停了下來。

只見外面密密麻麻攔著過百名大漢，全部兵器在手，擋著了去路。

戚長征回頭一看，賭坊的石階處亦站滿了武裝大漢，人人蓄勢待發。

想不到才踏出賭坊，便陷入重重圍困裡。

戚長征仰天長笑道：「好一個沙遠，我放過你也不識趣，便讓我們見過眞章吧。」

一名手搖摺扇、師爺模樣的瘦長男子，排眾而出，嘻嘻一笑道：「戚兄誤會了，這事與沙幫主絕無半點關係，我乃湘水幫的軍師吳傑，奉幫主尙亭之命，到來請戚兄前往一敘，弄清楚一些事。」

戚長征一拍背上天兵寶刀，冷然道：「想請動我嗎？先問過我背後的夥伴吧！」

兵器振動聲在四周響起。

吳傑伸手止住躍躍欲試的手下，慢條斯理地道：「戚兄還請三思，所謂雙拳難敵四手，何況這裡共有二百零六對手，只要戚兄放下武器，隨我們去見幫主一趟，即管談不攏，我們亦不會乘人之危，還會把兵器交回戚兄，事後再作解決。」

戚長征哂道：「要我老戚放下寶刀，你當我是三歲孩兒嗎？有本事便把我擒去見你的幫主吧！」

吳傑面容一變道：「敬酒不吃吃罰酒，便讓你見識一下我們湘水幫的眞正力量。」言罷往後退去，沒入人叢裡。

寒碧翠一聲清叱，攔在戚長征身前。

吳傑見狀，忙下令暫緩動手。

戚長征愕然望向寒碧翠道：「你若不歡喜介入這事，盡可離開，我才不信你亮出身分，他們仍敢開罪你。」

寒碧翠嘆道：「戚長征你若大開殺戒，不是正中敵人圈套嗎？」

戚長征苦笑道：「有甚麼圈套不圈套，湘水幫早公然與我幫作對，我殺他們百來二百人有甚麼大不了。」

眾人漢一齊喝罵，形勢立時緊張起來。

吳傑撮唇尖嘯三聲，眾漢才靜了下來。

吳傑道：「這位公子是誰？」

寒碧翠索性一把扯掉帽子，露出如雲秀髮，答道：「我就是丹清派的寒碧翠。」

吳傑吸了一口涼氣，一時間竟說不出話來。

寒碧翠向戚長征道：「戚長征啊！聽碧翠一次吧！你若胡亂殺人，不止影響了你的清名，還使你揹在背上的黑鍋永遠都卸不下來，現在他們是請你去說話，又不是要立即殺你。」

戚長征嘆了一口氣，搖頭道：「還是不成！你讓開吧，我對他們既沒有好感，也不著緊別人怎樣看我。」

吳傑在眾手下後邊高叫道：「他既執迷不悟，寒掌門不用理他了，讓我們給點顏色他看看。」

寒碧翠道：「閉嘴！我只是爲你們著想。」才又向戚長征勸道：「當是碧翠求你好嗎？」

戚長征仰天一陣悲嘯，手探後握著刀把，殺氣立時往四周湧去，大喝道：「不行！我今夜定要殺他們片甲不留，讓人知道怒蛟幫不是好惹的。」

眾大漢受他殺氣所迫，駭然後退，讓出以兩人爲中心的大片空地來。

寒碧翠知道血戰一觸即發，跺足道：「好吧！今晚我依你的意思，這該可以了吧！」

戚長征虎軀一震，不能置信地望向寒碧翠道：「你眞肯陪我……」頓了頓傳音過去道：「上床？」

寒碧翠霞燒雙頰，微微點了點頭，嬌羞不勝地垂下頭去。

戚長征移到她前，低聲問道：「你不是曾立誓不嫁人的嗎？」

寒碧翠嗔道：「人家只答應讓你使壞，並沒有說要嫁你，切不要混淆了。」

戚長征仰天長笑，一言不發，解下背後天兵寶刀，往遠處的吳傑拋過去，叫道：「好好給我保管，若遺失了，任你走到天涯海角，我老戚也要你以小命作賠。」

吳傑接過天兵寶刀，叫回來道：「還有寒掌門的長劍。」

寒碧翠垂著頭，解下佩劍，往前一拋，準確無誤落到吳傑另一手裡，然後嫣然一笑挽起戚長征的手臂，柔聲道：「戚長征！我們去吧！」

洞庭湖畔。

梁秋末來到碼頭旁，走入一艘狹長的快艇裡。

兩名早待在那裡，扮作漁民的怒蛟幫好手一言不發，解纜操舟。

快艇先沿岸駛了半個時辰，才朝湖裡一群小島駛去，穿過了小島群後再轉往東行，不一會兒抵達洞庭東岸。

他們緩緩進入一個泊滿漁舟的漁港裡，快艇輕巧自如地在漁舟群中穿插，當快艇離開時，早失去了梁秋末的蹤影。

縱使有人一直跟蹤著他們，到這刻亦不知他究竟到了湖上哪條漁舟裡。

假若敵人有能力把整個漁港團團圍住，逐船搜查，亦阻不了他們由水底離去。說到水上功夫，江湖上沒有人敢和怒蛟幫相比的。

這樣的大小漁港、漁村，在煙波浩蕩的洞庭湖，怕不有上千之多。於此亦可見縱使憑方夜羽和楞嚴兩方面的力量，想找到怒蛟幫的人是多麼困難。

此時梁秋末登上其中一艘漁舟裡，與上官鷹、翟雨時和凌戰天會面。

梁秋末道：「胡節派出了水師艦隊封鎖了通往怒蛟島的水域，又派人登島布置，顯有長期駐守的意思，近日更把大量糧食運到島上，教人憤恨之極。」

上官鷹微笑道：「不用氣憤，只要我們人還在，就有東山再起的機會。」

梁秋末奇怪地看他一眼，暗忖一向以來這幫主兼好友的上官鷹，最著重父親留下給他的幫業，爲何今天能比自己更淡然處之呢？

凌戰天向他眨眨眼睛，笑道：「秋末定會奇怪爲何幫主心情這般好，我向你開盅揭蓋吧……」

上官鷹俊臉一紅打斷道：「二叔！」

凌戰天哈哈一笑道：「好！我不說了，秋末你自己問他吧！」

梁秋末一見這情況，立知是與男女之事有關，心中代上官鷹高興，續道：「現在搜索得我們最緊的是展羽率領來自黑白兩道百多高手組成的所謂『屠蛟隊』，實力不可小覷，據我所知，其中最少有十多個是龍頭和派主級數的人物。」接著說了一大堆名字出來。

翟雨時從容一笑道：「若非如此，我們才會奇怪。我雖沒有輕敵，但一直不大把展羽放在心上，原因並非我認爲他不夠斤兩，而是認爲他不敢全力對付我們。」

眾人一點便明。

要知中原武林裡，任何人無論奉蒙人又或朱元璋之命來對付怒蛟幫，都不能不考慮到浪翻雲這問題，尤其像「矛鏟雙飛」展羽這類首當其衝的出名人物，怒蛟幫若出了事，浪翻雲算賬時第一個找上的必是他無疑。那時無論因功賺來了任何權力富貴、金錢美女，都只能落得一場空歡喜。

翟雨時續道：「所以可以推想楞嚴在說動展羽和其他有身分勢力的人來對付我們前，必有先解決了浪大叔的先決條件，而觀乎眼下展羽等按兵不動，應知雙修府之戰，浪大叔再度威懾天下，直接粉碎了楞嚴組織起來對付我們的江湖力量。」

梁秋末道：「不過只是胡節的水師，在我們失去了怒蛟幫的天險後，已是令人頭痛。」

上官鷹道：「這樣說來，楞嚴爲了重振聲威，將不得不再想辦法對付大叔，這可實在教人擔心。」

凌戰天英俊的面容抹過一絲充滿信心的笑容道：「方夜羽手中的實力，只是已知的部分，誠然強大非常，不過大哥現在身旁既有范良極、韓柏這種頂級高手，又有天下白道無不要敬她七分的秦夢瑤，除非龐斑親自率眾強攻，我倒想不到有任何人能對上他是不吃大虧而回的。」

翟雨時道：「楞嚴處心積慮要引大叔到京師去，當然包藏禍心，不過大叔甚麼風浪不曾見過，我對他有著絕對的信心。」

凌戰天向梁秋末問道：「有了長征這傢伙的最新消息嗎？」

梁秋末露出振奮之色道：「這小子果然是了得，屢屢逃出方夜羽的羅網，現在已成了江湖上注目的對象。據最新的情報，他現正在長沙府大搖大擺過著日子，看來是要牽制著方夜羽的力量。」

上官鷹又喜又憂道：「這小子真不知天高地厚，當足自己是大叔的級數，也不秤秤自己的分量。雨時！我們定要想辦法接應他。」

翟雨時長嘆道：「誰不想立即趕往長沙，和他並肩抗敵，但若如此做了，便會落在敵人算中，那時不但有全軍覆沒的危險，亦影響了大叔赴京的艱鉅任務，所以萬萬不可如此做。」

上官鷹色變道：「我們豈能見死不救？」

凌戰天平靜地道：「小鷹切勿因感情用事失了方寸，若我們不魯莽地勞師遠征，長征反有一線生機。」

翟雨時點頭道：「二叔說得對極了。長征孤軍作戰，看來凶險，但卻毫不受牽制，發揮敵弱則進，敵強則退，避重就輕的戰術。觀乎方夜羽直到此刻仍莫奈他何，可知我所言非虛。若一旦因我們的介入，他便會失去了這種形勢，末日之期亦不遠了。」

上官鷹欲語還休，最後也沒有再說出話來。

梁秋末道：「雙修府之戰，里赤媚等域外高手都吃了大虧，把整個形勢扭轉過來。假若長征能牽制著方夜羽，展羽又按兵不動，我們豈非可以和胡節好好打一場硬仗，把怒蛟島奪回來？」

翟雨時微笑道：「這是個非常誘人的想法，不過大叔曾傳訊回來，著我們非到萬不得已，絕不可和敵人打任何硬仗，萬事待他上京後再說，所以我們現在最要做的事，就是秘密練兵，閒來和這裡的美女風花雪月一番。」言罷，瞅了上官鷹一眼。

梁秋末終憋不住，向臉色有點尷尬的上官鷹道：「幫主是否有了意中人？」

上官鷹一拳擂在翟雨時肩上，笑罵道：「小子最愛耍我。」

凌戰天笑道：「小鷹不若早點成親，這樣動人的漁村美女，確是可遇不可求。」

翟雨時撫著被打的地方笑道：「二叔語含深意。因爲方夜羽一旦知道我們仍躲藏不出，定會集中力量來找尋我們，那時我們又要東躲西避，沒有時間顧及其他事了。」

梁秋末以專家身分道：「情場變化萬千，但有一不變的眞理，就是要把生米煮成熟飯，幫主請立下決定。」

翟雨時笑罵道：「你這小子也懂愛情嗎？你和長征都是一籃子裡的人，長征這些年來還懂得絕足青樓，你則仍夜夜笙歌，偎紅倚翠，究竟何時才肯斂起野性。」

梁秋末笑道：「你這老古板當然看我和長征不順眼，待我帶你去快活一次，包保你樂而忘返，跪地哀求也要我再帶你去第二次呢！」

凌戰天看著這幾個小輩，心中洋溢著溫情，向梁秋末道：「你這傢伙負起整個情報網的責任，最好少涉足青樓，尤其不可找相熟的姑娘，否則敵人可依循你的習慣，針對你而設下必殺的陷阱，知道嗎？」

梁秋末苦笑一下，點頭應諾。

凌戰天站起來道：「小鷹你隨我走一趟，我將以你尊長的身分，向你的未來岳丈正式提親，不准你再扭扭捏捏了。」

眾人一齊拍腿贊成。

上官鷹心中掠過乾虹青的倩影，暗嘆一口氣道：「一切由二叔爲小鷹作主吧！」

第二十二章 十八連環

泊在長江旁安慶府碼頭的官船上。

專使房內。

范良極聽得拍腿叫絕，怪叫道：「我眞想目睹當你說愛上了秀色而不是盈妖女時，那女賊臉上的尷尬表情。這妖女玩弄得男人多了，你眞的爲我們男人出了一口氣，不愧浪棍大俠。」

敲門響起，左詩在門外不耐煩道：「大哥！我們可以進來了嗎？」

范良極皺眉道：「可以進來我自然會喚你們，妹子們給多點耐性吧！我們男人間還有些密事要商討。」

韓柏亦心急見她們，尤其是秦夢瑤，不知她在靜室裡潛修得如何呢？

范良極沉吟道：「現在看來盈妖女一天未找到你假扮的淫和尙，亦不會到船上來尋找我們麻煩。不過亦不要低估她們，盈妖女失於不知你身具魔種，才會吃了這個大虧。」頓了頓陰笑道：「你猜秀色會否因此愛上了男人，對盈妖女再沒有興趣呢？」

韓柏春風得意道：「那還用說嗎？後來她不知多麼合作哩！否則我的傷勢亦不能如此迅速復元過來。」想了想道：「爲何我們不乘夜開船？」

范良極道：「當然不可以，若你回來後立即開船，盈妖女會猜出你這淫禿和我們定有關係。若待上一段時間才走，她又會誤以爲我們受了她威脅待她登船。所以索性留上一晚，就像不想在晚間行船那樣，教她們摸不透我們。」

韓柏愈想愈好笑，嘆道：「我眞想跟在她們身旁，看看她們會怎樣說我。」

范良極拍拍他肩頭道：「你知道這種渴望就好了，以後你說話時若再蓄意凝聚聲音，不讓我聽到，我會要了你的小命。」

韓柏失聲道：「那我豈非全無私人生活和隱秘可言嗎？」

范良極道：「私人隱秘有甚麼打緊，只有讓我全盤知悉事情的發展，才能從旁協助你。好吧！給你一件好東西，你就明白了。」

韓柏看著他從懷裡掏出一個精緻的錦盒，奇道：「這是甚麼鬼東西？」

范良極神秘一笑，打開錦盒，原來竟是一本精美巧緻的珍本冊頁，寫著「美人秘戲十八連環」八個瘦金字體。

韓柏愕然望向范良極道：「原來你才是眞正的老淫蟲，希望你不是一直聽著我和嬌妻們在巫山銷魂時，一邊在看這些春宮畫。」

范良極怒刮他的大頭一記，惡兮兮道：「不要胡亂猜想，我剛才特地走了近百里路，到我分布天下的二十個寶庫之一取來了這春畫藝術的極品，拿來給你暫用，你不但毫不感激，還以淫棍之心，度我聖人之腹，小心你的小命。」

韓柏連忙賠個不是，好奇心大起，翻了幾頁，立時慾火大盛，「呵」一聲叫了起來，臉紅過耳。

范良極道：「不要感到不好意思，當日我看這畫冊時，情況只比你好了一點點。唉！這眞是天下極品，稀世之珍，只不知出於前代哪個丹青妙手的筆下，不過這人定是對男女情慾有極高的體會和品味，否則怎能繪得如此具挑逗性，又不流於半點淫褻或低下的味兒。」

韓柏著了迷般一幅幅翻下去。

這十八幅彩畫全是男女秘戲圖，畫中女的美艷無倫，男的壯健俊偉，尤其厲害的是其連續性發展，由男女相遇開始，把整個過程以無上妙筆栩栩如生地描繪出來。

更引人入勝處是始終看不到那男人的正面，更強調了畫中艷女的眉眼和肉體洋洋大觀的各種欲仙欲死的浪態春情。

兼之顏色鮮艷奪目，予人視覺上極度的刺激。

韓柏看完後閉目定了一會兒神，才張開眼道：「不管你願意不願意，這冊子由今夜起歸我所有，你若要讓雲清看，我可忍痛借你一會兒。」

范良極色變道：「這算是強搶嗎？」

韓柏珍而重之地把冊頁藏入懷裡，哂道：「誰可搶你的東西，莫忘記我成功使你多了個瑤妹，你還未向我斟茶道謝哩！你把這冊頁送我，我們間的壞賬亦算扯平了。」言罷站了起來，不理瞪著他的范良極，推門而去。

韓柏來到走廊裡，拍拍懷中那冊寶貝，暗忖天下間竟有如此妙品，肯定連秦夢瑤這仙子亦要吃不消，現在她正靜室潛修，不知又會想出甚麼方法來對付他的魔功？對這點他卻非常放心，正如浪翻雲所言，只要她對自己情根深種，任她智慧通天，仍將逃不出他的「魔爪」之外。趁現在有點時間，不如先和三位美姊姊鬧鬧，亦是人生快事。

當下再不遲疑，功聚雙耳，找到三女的房間，推門直入。

三女在柔柔房內正心焦苦候，見他來到，喜不自勝地圍了上來。

左詩怨道：「你爲何到現在才來？」

柔柔嗔道：「以後你若離開我們，必須親自告訴我們，你當我們是甚麼呢！」

朝霞道：「聽說你受了傷，現在好了點嗎？」

韓柏慌忙賠罪，跟著又哄又騙，憑他口甜舌滑，才把三女安撫下來，陪著他坐到床上去。

韓柏從懷裡恭恭敬取出錦盒，平放床心。

三女好奇地瞧著。

韓柏嘻嘻一笑道：「你們猜猜裡面是甚麼好寶貝。」

左詩猜道：「定是我們女兒家胭脂水粉那類東西。」

柔柔搖頭說：「不！柏郎從沒有留意人家這種心事，他自己這麼饞嘴，應是可以吃的東西。」

朝霞遲疑道：「不是偷來的寶物吧！」

韓柏笑道：「是十八張精繪的圖畫。」

三女齊感愕然，她們這夫君一向都對詩書字畫全無興趣，爲何忽然拏了本畫冊來和她們共賞？

朝霞伸手打開錦盒，一看冊頁封面上的八個字，立即俏臉霞生，啐道：「你這頭號大壞蛋。」

左詩還是首次接觸到春宮畫，一時間不明所以，向朝霞奇道：「爲甚麼要說他壞？」

柔柔跟隨莫意閒時不知看過多少這類畫冊，若無其事道：「讓我看看畫工好不好。」揭開了第一頁。

這一頁男女均是衣著整齊，圖中美女神態端莊，一副凜然不可侵犯的模樣。

三女齊聲讚嘆。

朝霞還以為自己誤會了韓柏，不好意思地道：「我還錯怪了柏郎，這幅畫真夠生動，顏色又美。」

左詩愛不釋手道：「你們看，連衣服上的刺繡和摺紋都一點不漏繪了出來，這樣精美的彩畫，我還是第一次見到呢！」

柔柔道：「臉上的表情才生動哩，夢瑤很多時候都是那種神情的，亦只有她的美麗才能勝圖中這美女。」

韓柏道：「不！三位姊姊都比她美。」

三女得他稱讚，興奮起來，爭著去揭開第二頁。

這頁和先前變化不大，只是男的去拉女的纖手，而那美女則是欲拒還迎，無論表情和體態都清楚呈現出那種反應，確是巧奪天工。

三女看得呆了，俏臉開始紅了起來，也開始明白「連環」的意思，但已深被吸引，明知另外那十六頁會愈來愈不堪入目，亦捨不得放棄不看。

韓柏雖是第二次看，仍禁不住心旌搖蕩，揭到第三頁去。

畫內的男子到了美女身後，頭埋在她頸後，看不到容貌，只見他一手緊摟美女的小蠻腰，另一手探進了女子襟袍裡，連在袍內那手指活動的情況，也藉衣服隆起的皺摺呈示出來，教人嘆為觀止。

三女看得面紅耳赤，偏是移不開目光，可知這秘戲圖是如何具有吸引力。

左詩嬌吟一聲，倒入韓柏懷裡。

韓柏哈哈一笑，道：「今晚看三頁，若你們乖乖聽話，明天再給你們看下三頁。」蓋好畫冊，放在檯旁几上。

當他再鑽進帳內時，三女主動向他投懷送抱，箇中美景，即使妙絕天下的筆，亦難以盡述。

韓柏本想和三女歡好一番後，便去撩撥秦夢瑤，豈知三女意興高漲下，直纏著他不放，臨天明時，范良極又來拍門。

三女睡得像三堆軟泥，連韓柏爬起身來亦不發覺。

韓柏摸出門外，范良極神色凝重道：「盈妖女和秀色來找你了！」

韓柏駭然道：「甚麼？」

戚長征和寒碧翠在一所大宅裡見到湘水幫的第一號人物尙亭。

這尙亭作文士打扮，身材瘦削，神氣穩重，一對眼神光內蘊，顯得內外兼修之士，難怪湘水幫能成爲洞庭湖附近僅次於怒蛟幫的另一大幫。

尙亭只是孤身迎接兩人，其他手下都被揮退廳外，教兩人大感奇怪。

他和兩人禮貌地說了幾句客氣話後，領著兩人往內堂走去，最後到達一間幽雅的房子裡，他的夫人褚紅玉躺在床上，容色平靜，像熟睡不醒的樣子。

尙亭把服侍褚紅玉的兩個丫鬟遣走，仔細看著戚長征的表情。

戚長征眼中射出憐惜歉疚的神色，嘆道：「是我累了她！」

尙亭平靜地道：「我只想要戚兄一句話，這是否你幹的？」

戚長征坦然望向他道：「不是！」

尙亭毫不驚異道：「我早知答案。紅玉明顯有被姦污的痕跡，而制著她穴道的手法卻非常怪異，不類中原家派的手法，我曾請了各地名家到來給她解穴，竟無一人敢驟然出手，怕弄巧成拙。今次請戚兄來，就是想問戚兄，這究竟是哪個淫徒的惡行？」

寒碧翠大感意外道：「尙幫主絕不會只因制貴夫人者的手法奇怪，就不懷疑戚長征，也許他機緣巧合下，又或憑自己的才智，練成這種手法亦說不定。」

尙亭眼中射出悲痛憤怨之色，點頭道：「當然！不過人總不會突然轉變的，戚兄雖是風流，但江湖上誰不知他是情深義重的好漢子，只是爲了怒蛟幫的清譽，就不肯做這種事。況且若他眞的如此做了，只是浪翻雲和淩戰天就不肯放過他，所以我絕不信戚長征會這樣做。」

寒碧翠走到床沿，伸手搭到褚紅玉的腕脈上，默然沉思。

戚長征冷哼一聲道：「幫主既對我幫有如此評價，爲何又助朝廷和方夜羽來對付我們，難道不知狡兔死走狗烹之理。」

尙亭兩眼射出寒光，冷笑道：「若換了往日，戚兄暗諷尙某爲走狗，我定會和你見個眞章。」忽默然下來，望往褚紅玉，沉聲道：「但現在我忽然失去了爭霸江湖的雄心，只想和紅玉好好地過這下半世就算了。」

戚長征愕然道：「幫主又不是未曾遇過風浪的人，爲何如此意氣消沉。」

尙亭嘆道：「實不相瞞，今次尙某肯應楞嚴之邀出手，實因楞嚴保證能殲滅浪翻雲，可是雙修府一戰後，浪翻雲聲勢更盛，直迫龐斑，起始答應對付貴幫的人，誰不在打退堂鼓。說實在的，除了魔師宮外，誰惹得起浪翻雲？尚某仍有這點自知之明，所以才禮請戚兄到此一會，問明姦污紅玉的究是何人後，立即退出這是非之地。」

戚長征哂道：「二百多人聲勢洶洶將我圍著，算甚麼禮請？」

尚亭道：「戚兄見諒，當時我藏在暗處，暗中觀察戚兄的反應，見戚兄怨憤填膺，更證實了我的看法。若眞動上手時，我自會出來阻止。」

戚長征心中暗懍，想不到尚亭亦是個人物，看來自己是低估他了。

寒碧翠向他們望來道：「這點穴的人肯定是第一流的高手，竟能以秘不可測的手法，改變了經脈流動的情狀，本來人身內經氣的循環都是上應天時，盛衰開闔，氣血依著時辰，在十二經內隨著某一節韻，周期性地流動，寅時至肺經、卯時大腸經、辰時胃經、巳時脾經、午時心經、未時小腸經、申時膀胱經、酉時腎經、戌時心包經、亥時三焦經、子時膽經、丑時肝經，循環往復。這人的厲害處，就是減慢了這速度，所以尚夫人才會沉睡不醒，非經二十八天之數，待經流再次上到正軌，才可甦醒過來，手法之妙，教人深感嘆服。」

尚亭動容道：「寒掌門不愧穴學名家，你還是第一個看穿對方的手法的人。」

戚長征苦笑道：「沒有人比我更清楚寒掌門點穴手法的厲害了，只不知寒掌門有否解決之法。」

寒碧翠白了他一眼，才道：「這手法對尚夫人沒有大害，醒來後只會感到疲倦一點，幾天後可完全復元，但若冒險救她，則可能會弄出岔子，這人的確厲害之極，算準即管有人能破解他的手法，亦因這理由不願冒險出手。」

戚長征自知穴學上的認識，遠及不上寒碧翠，惱恨地道：「鷹飛這混蛋如此費工夫，其中定有陰謀。」

尙亭眼中厲芒一閃道：「鷹飛？」

戚長征趁機把鷹飛的事如盤托出，然後道：「雖然我知道不應這樣說，還是要勸幫主忍這一口最難忍的鳥氣，起碼待夫人醒來後，才決定怎樣去對付他。」

尙亭臉色難看之極，好一會兒後忽地像蒼老了十多歲，頹然道：「戚兄說得對，我們現在仍惹不起方夜羽，不過辱妻之仇，豈能不報，惟望貴幫終能可得勝，浪翻雲能擊敗龐斑，那時我會看看能否報這深仇。」頓了一頓道：「由今天起，本幫將全力助戚兄對付鷹飛，務使戚兄能逃出他的魔掌，我亦算間接出了一口氣。」

戚長征大喜道：「尙兄只須在情報上匡助小弟，老戚已心滿意足。」

兩人當下交換了聯絡方法，又商議了一會兒後，戚、寒兩人才告辭離去。

他們離開時，天已大亮。

戚長征用肩頭碰碰寒碧翠道：「寒掌門！我們該到哪間旅館去風流快活，你對這裡比我熟一點。」

寒碧翠若無其事道：「大白天到旅館幹嘛？」

戚長征失聲道：「當然是做你答應了做的事。」

寒碧翠「哦」一聲道：「我只是答應陪你過夜，卻沒有說『過日』，最好弄清楚這一點。」

這時街上行人逐漸多了起來，充滿了晨早的朝氣。

戚長征霍地立定，苦澀一笑，轉過來看著寒碧翠道：「縱是給你騙了，我也絕不會怪你，勉強亦沒有意思，不過自今以後，你走你的陽關道，我走我的獨木橋，以後各不相干。」

寒碧翠垂頭低聲道：「說出這樣的絕情話來，還說不怪碧翠嗎？」

戚長征忽地捧腹大笑起來，惹得行人駐足側目。

寒碧翠嗔道：「有甚麼好笑的哩！」

戚長征瀟灑地轉身大步前行，不再理她。

寒碧翠憤然追到他身旁，大發嬌嗔道：「戚長征，你若再以這種態度對我，碧翠會惱你一輩子的。」

戚長征微笑停下，忽地伸手抓著她香肩，凝視著她道：「坦白點吧！你根本是愛上了我，喜歡和我在一起，且不惜爭風吃醋，爲何仍要騙自己。」

寒碧翠雙頰升起動人心魄的玫瑰紅霞，垂下頭去，輕輕道：「罷了！這裡轉入橫街，最後的一間小屋是我的秘密物業，帶我到那裡去，你要怎樣便怎樣吧！」

范良極和陳令方兩人進入專使房旁的鄰房裡，另一邊就是柔柔的房間。

陳令方看著范良極取出一枝錐子，在板牆鑽了個小洞後，忙移到小洞前，試著對小洞說了一句話後，回頭向范良極懷疑地道：「要不要大聲一點？」

范良極道：「低聲點才對。」伸掌按在陳令方背上，內力源源輸出。

陳令方的耳目，甚至皮膚都靈敏起來，聽到三個人的步聲由遠而近，接著隔鄰專使房的門被推了開來。

范豹的聲音道：「兩位小姐請坐一會兒，專使立即來了。」

接著他便關門離去。

房中響起一女坐進椅內的聲音，另一人則步至窗前。

陳令方大感有趣，雖說是借了范良極的功力，仍是能一嘗當上高手的滋味，完成了畢生人憧憬著的其中一個夢想。

韓柏這時推門而入。

秀色回復女裝，垂著頭坐在靠窗的椅子裡，艷麗無倫，竟一點不比盈散花遜色。

盈散花則屈著一膝跪在椅上，兩手按著椅背，背著他凝視窗外岸旁的景色。

韓柏的心忐忑跳了起來，硬著頭皮來到兩女之前，先低頭審視秀色，嘻嘻一笑道：「原來你不扮男人時是這麼漂亮的。」

秀色俏臉一紅，卻沒有抬頭看他。

韓柏心中叫糟，看情況定是自己出了漏子，給秀色看穿了昨夜強姦她的人就是自己。

盈散花回過身來，發出銀鈴般悅耳動聽的笑聲，好一會兒後才道：「專使爲何不在樓下的大廳接見我們，卻要我們到這裡來會你？是否想殺人滅口呢？」

韓柏聳肩道：「姑奶奶要見我，自然要犧牲色相，讓我佔佔便宜，在大廳怎及房內方便，這處起碼多了張大床。」言罷走到床旁，坐了下來，身後正是那個小洞。

盈散花笑吟吟坐了下來，看了垂著頭的秀色一眼，淡淡道：「韓公子打算怎樣安置我們姊妹？」

韓柏差點嚇得跳了起來，幸好表面仍能不動聲色，愕然道：「你喚我甚麼？」

盈散花嬝嬝婷婷，來至他旁挨著他親熱地坐下，兩手交疊按在他的寬肩上，又把嬌俏的下頷枕在手背上，脈脈含情看著他道：「韓柏不用騙散花了，那天和你在一起的絕色美女定是秦夢瑤，昨晚的淫禿亦必是你這無情浪子，散花心悅誠服你裝神扮鬼的本領，不過你卻犯了個最大的錯誤，就是藉秀色來療傷，天下間只有身具魔種的人才有征服秀色的能力，何況你不覺得在這時間找上我們是太巧了點嗎？幾方面拼起上來，你還不承認是韓柏嗎？」

韓柏暗暗叫苦，若讓這妖女坐在這位置，空有陳令方亦發揮不出作用了。轉臉往盈散花望去，兩人的嘴相隔不及一寸，氣息可聞，那種引誘力差點使他不克自持。

他皺眉道：「我眞不知弄甚麼鬼？誰是韓柏？」

盈散花其實並非那麼肯定他是韓柏，尤其知道秦夢瑤乃深有道行的人，應不會和韓柏那麼毫不避男女之嫌，只是在秀色堅持下，才姑且一試，但當然亦不會如此輕易死心，淺笑道：「好！既然你不認，那你是誰？不要告訴我你是來自高麗但又不懂高麗話的專使。」

韓柏嘆了一口氣道：「姑奶奶有所不知了，當日我們來中原前，我王曾有嚴令，要我們入鄉隨俗，不准說敝國的話，所以才使姑奶奶誤會了。」

盈散花一陣嬌笑，忽地說了一輪高麗話，然後笑道：「你雖不可說高麗話，但本地話總可以說吧，來！翻譯給我聽，我剛才說了甚麼？」

韓柏嘆道：「你先到椅子處坐好，我才告訴你。否則我會受不住你的身子引誘，把你按在床上吻個痛快了。」

盈散花眼中閃過驚懼之色，嚇得跳了起來，乖乖走到仍垂著頭的秀色身旁站好。

韓柏故作驚奇地瞧著她道：「你又喚我作甚麼文正我郎，原來竟然害怕被我吻你。」

盈散花給看穿了秘密，玉臉一寒道：「不要胡扯，快翻譯給我聽。」

韓柏一陣長笑，掩飾從小洞傳過來陳令方的聲音，悠然道：「那有何難？你在罵我是混蛋，根本不值得秀色愛我，還說我是個臭不可聞的大淫蟲，見一個女人喜歡一個。媽的！這樣的話，你也說得出口。」最後三句卻與翻譯無關，是他出自肺腑的有感之言。

盈散花和秀色同時一震，不能置信地往他望來。

秀色和他目光一觸，射出無限幽怨之色，又橫他一眼，才再垂下頭去。

韓柏心中狂震，知道破綻出在哪裡了，就是他的眼神。

當他和秀色交合時，哪還能保持「出家人」的心境，登時露出了底子。

不過他仍隱隱感到秀色不會出賣他，那是一種非常微妙的感覺，是秀色的眼睛告訴他的。

盈散花呆望著他，好一會兒後不忿地又說了一番高麗話。

韓柏聽著後面陳令方的提示，自是應付裕餘，答完後，攤手道：「盈小姐既說出了對我這臭男人的眞正心意，我們亦無謂瞎纏在一起，從今以後，你我恩消義絕，各不相干，若給我再見到你，定必脫光你衣服大打屁股，你自己考慮一下吧！」

盈散花俏臉陣紅陣白，忽地一跺腳，招呼都沒向秀色打一個，旋風般推門去了。

秀色站了起來，緩緩來到韓柏身前，看著他道：「告訴秀色，你是否也要和我恩消義絕，以後各不相干呢？」

韓柏幾乎要大叫救命，本來他一直沾沾自喜，佔了這美女的大便宜又不須負責，實是最愜意的事，豈知仍是天網難逃。他怎忍心向秀色說出絕情的話呢？

忙站了起來，把秀色擁入懷裡，先來一個長吻，才道：「我怎麼捨得，那兩句話只送給盈散花，與你半點關係都沒有。」

秀色馴若羔羊地道：「韓柏！秀色以後都是你的了，再不會和別的男人鬼混，唉！我要走了，希望再見時，你並沒有變心，就算是騙秀色，亦要一直騙下去。」

韓柏待要說話，給秀色按著了他的嘴，幽幽道：「不要說話，秀色要靜靜離開，你若說話，我定忍不住留下來，那花姊就看穿你是誰了。」

說畢緩緩離開了他。

韓柏一把又將她抱緊，感激地道：「你沒有怪我昨晚那樣不經你同意便佔有了你嗎？」

秀色悄然道：「當然怪你，看不到人家連眼也哭腫了嗎？」

韓柏奇道：「你的眼一點也沒有哭過的樣子啊？」

秀色忽地嬌笑起來，笑得花枝亂顫，與剛才那樣兒眞是判若兩人。

韓柏大感不妥。

「砰！」

房門打開。

盈散花去而復返，兩手各提著一件行李，笑道：「柏郎啊！我們姊妹睡在哪裡呢？」

韓柏愕然望向秀色，心內亂成一片。

秀色反手把他摟緊，不讓他離開，笑嘻嘻地道：「放心吧！若花姊想害你，我也不肯放過她，有了我們，對你們京師之行實是有利無害。」

盈散花喘著氣笑道：「柏郎啊！你有你的張良計，姑奶奶亦自有她的過牆梯，大家互騙一次，兩下扯平。」

韓柏首次感到自己成了這世上最大的笨蛋。

范良極的傳音進入他耳內道：「認輸吧！我早說過她厲害的了。」

盈散花掩嘴笑道：「隔鄰的是否大賊頭范良極，我在這裡也可以嗅到他從那小洞傳過來的臭煙味。」

范良極的憤怒聲音傳來道：「莫忘了你是在我的船上，看我把你這女妖賊治個半死。」

盈散花哈哈笑道：「同行三分親，包保你很快便對我愛護也惟恐不及，說不定還會愛上我呢！」

范良極怪叫一聲：「氣死我了！」「砰」一聲撞門而出，不知到哪去了。

盈散花向秀色皺眉道：「你還要抱他多久！」

秀色的吻雨點般落到韓柏臉上，道：「柏郎不要惱我，秀色會好好賠償你。」

韓柏忽地覺得一切都不真實起來。

只希望現在只是一個噩夢。

很快便會醒過來。

那時一切或會回復正常了。

第二十三章　嬌妻俏婢

風行烈攜著三位嬌妻美妾和俏婢玲瓏，悄悄抵達南康。

五人棄舟登岸，改乘當地雙修府屬下早為他們備妥的馬車，進入城內，正值清晨時分。

車廂內有三排座位。

谷倩蓮和白素香坐前排，風行烈和谷姿仙居中，小俏婢玲瓏在後。

谷姿仙扭身向後面正大感興趣，透過窗簾往外觀看的玲瓏微笑道：「小丫頭是第一次離開雙修府到外面來，感覺如何呢？」

玲瓏興奮地低喚道：「小婢聽就聽得多了，原來真是這麼熱鬧的。」

風行烈聽她語氣天真可人，回頭向她柔聲道：「到了京師，你才知道甚麼是繁華世界呢！」

玲瓏哪敢和風行烈明亮懾人的眼神相觸，垂下頭去，玉臉通紅，羞澀得手足無措，微「嗯」一聲，算是答了。

風行烈見她神態動人之極，心中一蕩，暗忖若蓄意挑逗這未經人道的天真少女，必是另有一番況味。想到這裡，心中一驚，為何竟有如此想法？究竟是因為給三位妻妾打開了自己愛的心扉，還是因為體內匯流著的三氣呢？

谷倩蓮收回看往街上行人的目光，向玲瓏笑道：「待會求香姊把我們打扮成男裝，我便帶你到街上逛逛，讓你這大鄉里一開眼界。」

玲瓏吃驚道：「不！玲瓏要服侍姑爺和小姐啊！」

谷姿仙向谷倩蓮瞪眼責備道：「小蓮你最好給我安分守己，你當我們是來遊山玩水嗎？」

谷倩蓮吐吐小舌頭，向玲瓏做了個無可奈何的表情，轉回頭去。

風行烈見有人能管治這最愛頑皮生事的小精靈，不由啞然而笑。

豈知谷倩蓮眼角正留心他的反應，見他如此表情，又扭頭過來撒嬌道：「小姐罵人家時，不准你在旁偷笑。」

風行烈失笑道：「算爲夫不對！」湊上前去，兩手分按到谷倩蓮和白素香肩上，在兩人臉蛋各香一口道：「這是賠罪的，以後我偷笑也只在心裡笑，絕不會讓你的眼角兒看到。」

谷倩蓮見愛郎如此寵縱自己，得意萬分道：「這還差不多。」

白素香笑道：「小蓮一刻不作弄人，就會周身不舒服，郎君若不一振夫綱，打後還有得你消受。」

谷倩蓮不依地倒入白素香懷裡，怪白素香助風行烈來對付她。

風行烈坐回位子裡，和谷姿仙相視一笑。

谷姿仙甜甜地橫他一眼，看得他又心中一蕩，忍不住摟著她香肩，輕吻了她的腮兒。

谷姿仙似喜似嗔盯了他一眼，示意玲瓏會在後面看到他的荒唐行徑，著他檢點。

風行烈忍不住望往玲瓏，這小俏婢早臉紅過耳，更是手慌腳亂。

谷倩蓮又顯出她的本色，叫道：「行烈快吻玲瓏，她的小嘴定是很香的。」

玲瓏大驚失色道：「不！」

白素香也隨著谷倩蓮的口風道：「玲瓏不想姑爺和你親熱嗎？」

玲瓏俏臉更紅，急道：「不想！」

這次連谷姿仙亦不禁莞爾，責道：「你兩人不要作弄小玲瓏了，累得玲瓏她以後對著行烈時更不知如何是好哩！」

谷倩蓮望向苦忍著笑的風行烈，嗔道：「小子！你是否心中在偷笑？」

風行烈攤開兩手瀟灑地聳肩道：「你要爲夫如何呢？」

谷倩蓮給他送上迷人的笑容，快樂地轉回頭去，和白素香唧唧噥噥耳語起來。

聽著兩女傳來銀鈴般的輕笑聲，風行烈感到一片溫馨，伸手過去，握緊谷姿仙的柔荑。

谷姿仙反抓著他，深情地瞅了他一眼道：「行烈，姿仙有點擔心。」

風行烈點頭道：「你是否想到方夜羽？」

谷姿仙點了點頭，沒有再說話。

馬車這時駛進「安和堂」的後院去，門關上後，停了下來。

風行烈是第二次到這外進是藥材舖、內進是住宅和煉藥工場的院落的安和堂來，不由想起上次谷倩蓮帶他來時，不先說明，使他誤會了是在擅闖。

一會兒後五人來到當日他與谷倩蓮調情的偏廳內，那莫伯早恭迎一旁。眾人在廳內椅子坐定，莫伯歡喜地道：「恭喜小姐！現在所有人都放心了。」接著不勝唏噓長嘆道：「想不到我莫商還有踏足故土的可能。」便忍不住流下淚來。

谷姿仙俏臉一紅，偷看了自己種情愈深的夫君一眼。

風行烈感受到莫伯語氣間對故國深切的情懷，暗下決心，定要助他們打敗年憐丹，取回無雙國。

莫伯平定情緒，道：「我們依小姐吩咐，把我府與里赤媚等的戰況廣爲傳播，現在弄得天下人盡皆知。浪翻雲這一出手，立時鎮住了整個武林，使方夜羽聲勢大爲削弱；除非龐斑立即出手對付浪翻雲，否則很多在現時仍搖擺不定的幫會門派，將只會明哲保身，隔岸觀火，試問誰還肯開罪或惹上浪翻雲？」

谷姿仙暗忖假若龐斑把與浪大哥的決戰提前，究竟是福是禍呢？

莫伯續道：「而且夢瑤小姐亦親自出手對付方夜羽，她的身分非同小可，隱爲白道至高無上的精神領袖，代表著兩大聖地，八派聯盟豈能全無反應，所以八派在京師舉行的元老會議將會作出決定，是否要插手到現仍基本局限在黑道的爭鬥裡。」

谷姿仙低聲問道：「我們在八派內的眼線，有沒有八派對阿爹還俗做出反應的消息呢？」

莫伯道：「其他人說甚麼，不講也罷！總之不會是甚麼好話。反是無想僧的反應最奇怪，只罵了聲『好小子』便不置一詞，看來還是他最超然和看得透。」

谷姿仙點頭道：「爹說這人是小事糊塗，但到了重要關口，卻絕不含糊，看他肯任由阿爹處理馬峻聲的事，已可見一斑。」

風行烈因曾答應浪翻雲協助怒蛟幫，所以最關心亦是這方面的事情，問道：「怒蛟幫現在形勢如何？」

莫伯有點不知從何說起，想了好一會兒才道：「情況錯綜複雜至極點，勉強說來，則要分三方面報告。首先是怒蛟幫忽然銷聲匿跡，只要想想他們龐大的船隊，便可知這是一個奇蹟，由此推之，凌戰天和翟雨時確是非凡之輩，早預見會有此一朝，才可以幹得如此漂亮。」

白素香奇道：「如此爲何莫伯還像很擔心的樣子？」

莫伯一向疼愛白素香和谷倩蓮，慈祥一笑道：「我擔心的是戚長征，此子算神通廣大，竟屢破方夜羽向他撒下的天羅地網，現在更招搖過市，公然向方夜羽挑戰，若方夜羽真的拿他沒法，方夜羽再不用在江湖上混了。因此我才擔心他的安危，若他有任何不測，對怒蛟幫打擊之大，可能只僅次於浪翻雲，因爲他現在已成了武林景仰的英雄。」

風行烈點頭道：「戚長征目下的處境確是非常危險，若我猜得不錯，方夜羽是故意造成這等局面，迫怒蛟幫現身出來，加以屠戮。」

莫伯點頭道：「這正是江湖上最流行的一個說法，因爲戚長征雖是不凡，可是方夜羽只要派出紅顏白髮這類高手，保證戚長征會飲恨當場。可是當我作了個深入的調查後，根據方夜羽和楞嚴兩方面人馬的調動情勢，判斷出戚長征眞的已晉升絕頂高手的境界，是憑著實力保命至這一刻的。」

風行烈等一起動容。

至此風行烈才知道莫伯是第一流的情報專才，否則不能拋開江湖上種種說法的影響，獨特地分析判別出確況。

莫伯嘆道：「這還不是我最憂慮的事。」

谷倩蓮嬌嗲道：「莫伯莫要吞吞吐吐，快點說給倩蓮聽吧！」

莫伯無奈笑道：「你這小靈精，除了小姐外，沒有人可治你了。」

谷姿仙道：「現在有行烈爲她撐腰，我亦拿她沒法呢！」

眾人笑了起來，不過心懸莫伯剛才的說話，都笑得非常勉強。

莫伯向谷姿仙道：「我前天接到一個驚人的消息，就是方夜羽和里赤媚秘密離開了武昌，看樣子應是到京師去，所以我想請求小姐和姑爺暫避一避，因為說不定他們是要來對付你們。」

風行烈和谷姿仙等同時色變，明白了莫伯擔憂何事。

要知方夜羽和里赤媚若可隨意離開，那證明了即管沒有他們在，留下的力量仍可足夠對付怒蛟幫和任何想幫助這黑道大幫的勢力，這當然包括雙修府在內。

那問題就來了，怒蛟幫論武功有凌戰天和戚長征，論智計有翟雨時，加上雙修府和風行烈，實力不可輕侮，而方夜羽和里赤媚仍敢抽身離去，那即是說，他留下的人裡有著能對付以上所有人的厲害人物在坐鎮大局。

谷姿仙望往風行烈，把決定權交了給自己的男人。

莫伯轉向風行烈道：「方夜羽手上控制著的幾股勢力，包括了卜敵和毛白意的尊信門、乾羅舊日的勢力、萬惡沙堡與逍遙門，還有一群江湖上頭有懸賞價格的劇盜，正往戚長征曾公然現身的長沙城趕去，目的不問可知。」

風行烈訝然道：「這真的奇怪，戚長征是吃慣江湖飯的人，照道理應是隱蔽行藏的時刻，為何要弄得好像人人都知道他在那裡的樣子？」

三女一起動容，對風行烈縝密的心思佩服不已，亦對戚長征的行為感到奇怪。

莫伯亦佩服地道：「姑爺一眼便看破了最關鍵的地方，我們追查過消息的來源，雖不得要領，但肯定有人蓄意將這戚長征的行蹤傳播開來，否則不會在那麼短的時間內弄得天下皆知。」

白素香道：「這散播消息的幕後人很有可能是方夜羽的人，目的仍是使怒蛟幫的人沉不住氣。」

谷姿仙道：「官府方面有甚麼動靜？」

莫伯道：「胡節的水師把怒蛟島重重圍困，又派人佔領了怒蛟島，至於爲朝廷效力的高手，包括了展羽在內，則仍是行蹤隱秘，教人看不破他們下一步的行動。」

風行烈嘆了一口氣道：「目前最需要援手的看來是戚長征。」望向谷姿仙道：「我們改變行程吧！先到長沙城去，看看有甚麼地方可以幫上一把，否則我會感到有負你浪大哥所託。」

谷姿仙欣喜道：「姿仙全聽烈郎的吩咐。」轉向莫伯道：「明天一早我們從陸路趕往長沙，莫伯給我們安排一下吧！」

谷倩蓮失望地向玲瓏道：「暫時不能帶你這丫頭到京師去開眼界了。」

白素香笑道：「小蓮也暫時見不到那范老賊和韓小賊了。嘻！你昨天不是告訴我，他們很好玩嗎？」

谷倩蓮不依道：「以後我再不告訴你任何事了，竟當著行烈笑人家。」

風行烈爲之莞爾，問莫伯道：「有沒有年老妖的消息？」

莫伯眼中射出深刻的仇恨，道：「他應無疑問是到京師去了。」

谷姿仙向風行烈送出個迷人的笑容，道：「行烈！玲瓏先服侍你到客房休息，我們和莫伯要安排一下赴長沙的瑣事。」

谷倩蓮嘻嘻一笑，摟著玲瓏道：「你代我們陪夫郎了。」

風行烈望往羞紅了臉的玲瓏，禁不住又有點怦然心動起來。

戚長征昂首闊步，沿著小巷深進。

寒碧翠小鳥依人般傍在他旁，想到的卻是褚紅玉被制的高明手法，暗忖若解不了她的禁制，豈非會被鷹飛竊笑中原無人，可恨自己又眞的是沒有破解的把握。

戚長征停在一間普通的小平房前，向她問道：「是否這一間？」

寒碧翠一震醒了過來，記起了到這裡來是幹甚麼事，立時臉紅過耳，一咬銀牙，越牆而入，低嗔道：「來吧！」

戚長征追在她背後，看著她動人的背影，竟不由自已地暗想，放著如此身分崇高的美女不追求到手，日後定會後悔不已，可是如此把她得到，又像非常不妥，究竟我老戚應如何取捨呢？

兩人來到屋內小廳裡。

寒碧翠轉過身來，兩手收往背後，挺起胸脯，閉上美目道：「戚長征你若問過良心都沒有問題，隨便欺負碧翠吧！」

戚長征愕然望向神態撩人的寒碧翠，氣往上湧，原來這成熟的美女直至此刻仍不是心甘情願向自己獻出肉體，還在耍賴皮。自己應可趁機戲弄她一番，到最後關頭才停手，看看她的窘態。可是這樣做卻太沒有風度了，冷哼道：「我的良心一點不妥當的感覺也沒有，但老戚從不勉強女人，我這就去找紅袖，你便回去當你永不嫁人的貞潔掌門好了。」

寒碧翠猛地睜開美麗的大眼睛，俏臉氣得發白道：「去吧去吧！到街上隨便找個女人幹你的壞事吧！我寒碧翠發誓以後不再理你了。啊！」

最後那聲驚呼是因戚長征移了過來，把她整個嬌軀攔腰抱起，往內房走去。

寒碧翠渾身發軟，玉手無力地纏上戚長征的脖子，俏臉埋在他的寬肩裡，渾身火燒般發著熱。

戚長征開懷笑道：「終於肯承認愛我老戚了，這樣我幹起事來才會夠味兒。」

寒碧翠一顆芳心忐忑狂跳，不要講出言反對，連半個指頭都動不了。

戚長征坐到床沿，把她放在腿上，硬扳著她巧俏的下巴，細看嬌容道：「你再不張開眼睛，我的手可不會對你客氣了。」

寒碧翠嚇得張開俏目，滿臉紅暈嗔道：「你這樣摟抱人家，算是尊重嗎？」

戚長征道：「甚麼？你帶我到這偷情的好地方來，原來是給機會我表現對你的尊重嗎？」

寒碧翠架不住這歡場老手的花語，嚶嚀一聲，偏又不能別過臉去，更不敢閉上眼睛，只見這「惡棍」一對色眼，盯緊自己爲扮男裝緊裹了的酥胸，更是身軟心跳，一邊感覺著身體與對方的親密接觸，嗅著對方強烈的男人氣息，默然無語反駁。

戚長征在她唇上輕吻一口後道：「不若這樣吧！你乖乖的答應嫁我爲妻，那今天就當我是預支大掌門的初夜，噢！應是『初日』才對，那我便不用問過良心，亦受之無愧了。」

寒碧翠一震下清醒過來，按著他肩頭坐直嬌軀，幽幽瞅了他一眼，道：「你這人眞懂得寸進尺。」接著輕嘆一口氣，白了他一眼道：「儘管你現在立即收手，可是人家這樣給你抱過，若眞要嫁人，也只好將就點嫁給你算了。但我寒碧翠並非普通待嫁的閨女，要人下嫁你，還要約法三章。不過這都是找話來說，因爲直到這刻我仍未考慮破誓嫁人。噢！不要那樣瞪著人家，最多我要嫁人時，第一個考慮你吧！」

去。

戚長征湧起被傷害了的感覺，暗忖我征爺肯娶你爲妻，已是你三生有幸，保證使你生活過得快活無邊，但現在這樣明著表白不肯嫁給我，我老戚若佔有了她，還是因她對自己做了件化凶爲吉的好事，自己豈非變了乘人之危的卑鄙小人。下了決心，將她移到一旁坐好，然後長身而起，往房門走去。

寒碧翠臉上現出愛恨難分的神色，低喚道：「戚長征！你到哪裡去？」

戚長征立定坦然道：「去找個不會令我良心不安的女人共赴巫山。」

寒碧翠淡淡道：「爲何你如此沒有自制力？不達目的，誓不罷休呢？」

戚長征嘆了一口氣道：「但願我能告訴你原因，或者這是個心理的問題，又或是生理的問題。大戰瞬即來臨，老戚自問生死未卜，很想荒唐一番，好鬆弛一下緊張的神經，就是如此而已，這答案大掌門滿意嗎？」

寒碧翠看著這軒昂男兒氣概迫人的背影，秀目異采連閃，卻沒有說話。

戚長征沒有回過頭來，心平氣和地道：「若大掌門再無其他問題，我要走了！」

寒碧翠狠聲道：「若你這樣走了，寒碧翠會恨足你一輩子。」

戚長征一震轉身，不知所措地看著她。

寒碧翠垂頭坐在床沿，低聲道：「告訴我！男人愛面子，還是女人愛面子。」

戚長征苦笑道：「無論男女，誰不要面子，不過女人的臉皮應是更薄一點的。唉！起碼是嫩滑點。」

寒碧翠嗔道：「現在人家甚麼薄臉、嫩臉都撕破了，肯與你苟且鬼混，你還想人家怎樣呢？我可是正正經經的女兒家。」接著以微不可聞的聲音道：「女人若給你奪了她的第一次，以後便將是你的人了，碧翠何能例外。你難道仍不明白人家的心意嗎？」

戚長征喜上眉梢，到她身旁坐下，摟著她香肩親了她臉蛋一口笑道：「這才像熱戀中的女人說的甜話兒，現在我又不想佔有你了。」

寒碧翠愕然道：「你轉了性嗎？」

戚長征嘻嘻笑道：「我一向追女人都是快刀斬亂麻，劍及履及，直截了當，但和大掌門在一起時，卻發覺只是卿卿我我，已樂趣無窮，所以又不那麼心急了。」

寒碧翠被他的露骨說話弄得霞燒雙頰，氣苦道：「拿開你的臭手，若你現在不佔有本姑娘，以後休想再有機會。」

戚長征厚臉皮地一陣大笑，好整以暇脫掉長靴，又跪了下來爲寒碧翠脫鞋，心中暗笑，我老戚對付女人的手段，豈是你這男女方面全無經驗的姑娘家所能招架？

寒碧翠見他似要爲自己寬衣解帶，手足無措地顫聲道：「你又說不要，現在……噢！眞的又要……嗎？」

戚長征握著她脫掉鞋子的纖足，把玩了一會兒，將她抱起放在床上，然後爬了上去，躺在她身旁，把她摟個結實，大腿還壓在她豐滿的下肢處，牙齒輕嚙著她耳珠道：「老戚累了，陪我睡一覺吧！」

寒碧翠心顫身軟，空有一身武功，偏是無半分力氣把這男人推開。

戚長征不知是眞是假，氣息轉趨均勻悠長，竟就這樣熟睡過去。

寒碧翠暗嘆一聲罷了，閉上美目。

戚長征舒服地一陣扭動，手臂壓在她挺茁的酥胸上。

寒碧翠迷迷糊糊裡，又兼奔波折騰了一天一夜，嗅著戚長征的體息，竟亦酣然入睡。

這對男女就如此在光天化日下，相擁著甜甜地共赴夢鄉。

第二十四章　戰書

韓柏垂頭喪氣推門走出他的專使房，留下盈散花和秀色這兩個妖女在他房中慶祝勝利，往秦夢瑤的房間走去，才走了兩步，給范良極在後老鷹捉小雞般一把抓著，擒了進另一間空房去。

陳令方跟了進來，嘆道：「爲山九仞，功虧一簣，唉！可能只是半簣。」

韓柏對范良極攤手作無奈狀道：「不要怪我，連你這老賊頭都看不穿她們的詭計，怎能怪我？」

范良極兩眼一翻道：「不怪你怪誰？你這浪棍給那秀色嗲上兩句，靈魂兒立即飛上了半天，連爹娘姓甚名誰都忘了。」

韓柏神色一黯道：「我是眞的不知爹娘是誰，想記也無從記起。」

范良極知語氣重了，略見溫和道：「查實也不能怪你，我早知這女飛賊狡猾至極，但仍想不到她完全看穿你既任情又心軟的致命弱點，累得我也輸慘了。」

陳令方獻計道：「無毒不丈夫，不若乾脆把她們兩人殺了，至於她們另外還有甚麼殺手鐧，那時才再兵來將擋，憑我們鼎盛的人才，有甚麼會應付不了？」

范良極「啐啐」連聲道：「還自號惜花，居然如此心狠手辣，要摧花滅口。」

陳令方若無其事道：「老夫又未見過她們，怎知是否應惜之花。」

范良極重新打量著陳令方，恍然道：「我明白了！原來陳兄心動了，想見見那兩個妖女，看看女妖精究竟是如何誘人。」

韓柏自言自語道：「不若我來個霸王硬上弓，把盈妖女也征服於胯下。」

范良極嗤之以鼻道：「請你勿用那個『也』字，你征服了秀色嗎？她收拾了你才眞。韓大浪棍啊！人家是以文比贏了我們，若你和我稍有點大丈夫氣概，亦只能用斯文漂亮的方法，勝回一局。就像和陳棋聖下棋那樣，靠的是棋術，而不是旁門左道的卑鄙手段。」

韓柏自知理虧，老臉一紅，囁嚅道：「你這老小子有時也有些撞得正的歪理。」

「咿呀！」

門給推了開來。

秀色探頭進來道：「小姐著我來問三位大爺，哪間房是給我們的？」眼光深注在韓柏臉上，若有所思。

陳令方一看下色授魂與，走了過去道：「這個讓我來安排一下，我隔鄰那間房應可空出來的。」

范良極看著房門關上，聽著兩人離去的足音，頹然道：「我們現在手上剩下的籌碼所餘無幾了，眞可能鬥不過她們，將來傳了出去，我和浪翻雲再不用在江湖上混了，瑤妹則須回慈航靜齋懺悔，你這降格的小淫蟲大俠，則應像白癡般被關起來。」

韓柏對牢獄最爲忌諱，聽到「關起來」三字，勃然大怒道：「死老鬼！看我的吧！我定要把這兩個妖女徹底征服，以後都要看我的臉色做人，始肯罷休！」

范良極冷冷道：「你好像忘了盈妖女是不歡喜男人的。」

韓柏傲然道：「這才顯得出我的手段和本領。」

范良極還要說話，秦夢瑤的聲音傳入兩人耳內道：「大哥請讓韓柏到我房內來！」

兩人對望一眼，都奇怪秦夢瑤為何會主動邀請韓柏到房內密談。

范良極向韓柏打了個曖昧之極的眼色，指了指他藏在衣袖內的秘戲圖。

韓柏會意，猛點了兩下頭，不懷好意的無聲一笑，出房去了。

「叩叩叩！」

秦夢瑤的聲音在房內響起道：「請進來！」

韓柏這時早忘了盈、秀兩女，心臟不爭氣地忐忑跳躍起來，推門進去。

秦夢瑤一身雪白，淡然自若坐在臨窗的太師椅處，含笑看著他。

韓柏摸了摸袖內的寶貝，戰戰兢兢坐到几子另一邊的椅裡，嘆道：「韓柏有負所託，終鬥不過那兩個妖女。」

秦夢瑤柔聲道：「戰事才是剛開始，誰知勝敗？而且我看最後亦沒有任何人能分得出究竟誰勝誰敗。」

她的話隱含深意，韓柏不由思索起來。

秦夢瑤微微一笑道：「韓柏你是雖敗猶榮，因為她們利用的是你的優點而不是缺點——那就是你善良的本性和多情，所以只要你明白了她們勝你的關鍵所在，便可以之反過來對付她們。」

韓柏仔細玩味著她的說話，一拍大腿道：「我明白了，她們能勝我，就是看穿了我既善良又多情，那就是說她們對我的印象其實很好，哼！」忽地愕然向秦夢瑤道：「為何你不喚我作柏郎，而叫我作韓柏？」接著顫聲道：「天！你變回以前那未下凡前的樣子了！」

秦夢瑤失笑道：「你好自爲之了，你因受挫折，魔功大幅減退，所以影響不了我的慧心，使我恢復了劍心通明的境界。雖然希望不高，說不定不用你的幫助，也可接回斷了的心脈，你說你是否應好自爲之呢？」

韓柏惘然若失，那本好東西更不敢拿出來丟人現眼，忽然湧起意冷心灰的強烈感覺，站了起來，頹然往房門走去。

人影一閃，秦夢瑤攔在門處，悠閒地挨著木門，仰起天仙般的俏臉，愛憐地輕責道：「夢瑤只是想振起你韓柏大甚麼的意志，哪知你這小子變本加厲，夢瑤收回剛才那些話吧！沒有了你，夢瑤必然活不過百日之期，亦不會感到稱心遂意。」

韓柏一震下抓著她兩邊香肩，大喜道：「原來你在騙我，使我還以爲自己在你面前一點用處也沒有，而且你像再不傾心於我的樣子，眞是嚇壞我了，唔！你定要賠償我的損失。」一對眼賊兮兮地在她身體巡視著。

秦夢瑤眼神清澈澄深，淡然道：「你若下得了手，要夢瑤賠償甚麼就賠甚麼吧！」

韓柏和她眼神一觸，慾念全消，還生出自慚形穢的心，鬆手連退兩步，頹然道：「對著夢瑤我眞的不濟事了，怎辦才好？」

浪翻雲的聲音傳入兩人耳內道：「小弟你過來！」

玲瓏打開了客廂內小廳的兩扇大窗後，垂著頭背著風行烈道：「小婢到房內弄好被鋪，再服侍公子沐浴更衣。」

看著她巧俏的背影消失房內，風行烈解下背上的丈二紅槍，放在几上。舒服地伸展了一下筋骨，挨在椅上，手往後伸，十指扣緊，放在頸後，權充枕頭，想著一些問題。

以方夜羽的龐大勢力，年憐丹的武功、才智，爲何莫伯可以如此肯定地掌握了年憐丹和那兩位花妃的行蹤呢？

假若是方夜羽故意如此布局，讓人知道年憐丹是往京師去，又有甚麼目的呢？

他費神思索了一會兒，始終猜不破其中玄機，索性閉目假寐養神。

一會兒後，玲瓏的足音響起，往他走過來。

風行烈暗忖，這妮子的步聲輕巧，武功顯然相當精純，怪不得谷姿仙放心讓她跟來涉險。

玲瓏來到他旁，不知如何是好。

風行烈睜開眼來，懶洋洋地望往這美麗的小俏婢。

玲瓏正睪著一雙又大又明亮、純眞可愛的眸子在瞧著他，與他目光一觸，嚇了一跳，嬌羞地垂下頭去，顫聲道：「姑爺請隨小婢到房內去。」

風行烈嘴角逸出笑意，站了起來，順手拿起放著丈二紅槍的革囊。

玲瓏慌忙在前引路。

風行烈步入房內，見到房中有一個大木盤，放了半盤清水，房的另一角安了個燃著了的炭爐，爐火上的大水鐺，正發出沸騰著的水響聲。

他心中奇怪，難道畏怯的玲瓏，竟敢爲自己洗澡嗎？那定是非常誘人的一回事。

玲瓏來到澡盤旁，背著他俏立著。

風行烈知她害羞，來到她身後，低聲道：「玲瓏你到鄰房休息吧！我會打理自己的了。」

玲瓏一顫回過頭來，驚惶地望向他道：「不！小姐要小婢服侍姑爺的。」抖著手爲他脫下外袍。

風行烈心中一蕩，微俯往前，在離她俏臉不足兩寸許處道：「你眞要伺候我入浴嗎？」

玲瓏像下了決心似的，勇敢地點頭道：「小婢終身都要服侍小姐和姑爺。」

風行烈憐意大生，伸手抓著她香肩，入手處豐滿腴滑，心中大讚，想不到她看來如此纖巧年輕，其實身體成熟動人之極。

玲瓏呻吟一聲，倒入他懷內，身子像火般發燙。

風行烈把她擁緊，心中卻沒有半絲慾念，有的只是愛憐之意。

玲瓏仰起俏臉，不勝嬌羞道：「讓小婢先服侍姑爺寬衣沐浴，否則小姐會怪我服侍不周的。」

風行烈的身體忽地僵硬起來。

玲瓏嚇了一跳，以爲惹得這英俊瀟灑的姑爺不高興，正要說話，風行烈把手按著她的小嘴，神色凝重地輕聲道：「有高手來了！」

韓柏有負所託，羞慚地坐在浪翻雲的對面。

浪翻雲含笑看了他一會兒後，道：「老范說得不錯，若我們不助你收拾盈散花，我們這些老江湖哪還有面子在江湖上混飯呢？」

韓柏信心全失道：「這兩個妖女如此高明，我怕自己不是她們的對手。」

浪翻雲點頭道：「天地間的事物從不會以直線的形式發展，不信的話可看看大自然裡的事物，人爲的除外，哪有直線存焉！所以山有高低、水有波浪、樹木有曲節，練武亦然，尤其是先天之道，更是以高低起伏的形式進行。」

韓柏若有所悟地點頭受教。

浪翻雲續道：「你在對付她們前，因被夢瑤蓄意的刺激，猛跨了一大步，臻至前所未有的高峰，所以遇到這大挫折，跌得亦比以往任何一次更低更慘，卻不知若能捱過這低谷，將會做出另一大突破，那時你又可破去夢瑤的劍心通明了。」

韓柏先是大喜，旋又頹然道：「可是我現在信心全失，好像半點勁兒都沒有的樣子。」

浪翻雲沉吟片晌，緩緩道：「小弟是否很多時會忽地生出意冷心灰的感覺，甚麼都不想做，亦提不起勁去爭取呢？」

韓柏點頭應是。

浪翻雲正容道：「那只因你的魔種是由赤尊信注入你體內，沒有經過刻意的鍛鍊磨礪。明白了這點，你即可知道振起意志的關鍵性，否則過去一切努力，將盡付東流。」

韓柏一震道：「那我現在應怎麼辦？」

浪翻雲道：「夢瑤說得對，你看似一敗塗地，其實仍未眞的輸了。若我猜的不錯，這妙計必是秀色想出來的，當她與你歡好時，憑直覺感到你善良多情的本質，那也是說，她對你生出眞正的了解，那是用上了全心全靈才能產生的感受，尤其在你們那種敵對的情況裡。」

韓柏神態倏地變得威猛起來，但仍有點猶豫道：「大俠是否暗示她其實愛上了我，但爲何又要和盈妖女來玩弄我呢？」

浪翻雲道：「這問題非常複雜，秀色若眞的愛上了你，又或對你生出愛意，當然要弄清楚那征服了她肉體的人是不是你，只有揭穿了你，她才可像現在般跟在你身旁，看看有甚麼法子可把你從她心中趕出去。」

韓柏失聲道：「甚麼？」

浪翻雲淡然道：「不要訝異，秀色精於姹女之術，自然不可鍾情於任何男子，否則身心皆有所屬，還如何和其他男人上床？」

韓柏吁出一口氣，道：「現在我給弄得糊塗了，究竟應怎辦才好？」

浪翻雲道：「你要設法傷透秀色之心，使她首次感到愛的痛苦，才可以使她甘心降服，若攻破了秀色這一環，使盈散花失去了伴侶，必然沒法子平靜下來，而對你恨之入骨，那時只要你能把她的恨轉成愛，將可漂亮地贏回一局，說不定連她們的老本都吃了。」

韓柏兩眼閃起精芒，像變了另一個人似的，望著浪翻雲心悅誠服道：「現在我才知道誰是眞正的愛情專家，總之絕不是正在偷聽的范老鬼。」

范良極的聲音在他耳旁怒道：「小子竟敢在浪翻雲面前貶低我，虧我還好心地去找三位義妹來救你。」

「叩叩！」

浪翻雲微笑道：「詩兒進來吧！」

左詩推門而入，愛憐地看了韓柏一眼，顯從范良極處知道愛郎受挫。

她來到浪翻雲旁道：「大哥的傷勢怎樣了？」

浪翻雲笑道：「多幾天靜養便可無礙，把你的柏弟弟帶走吧！」

左詩跺足嗔道：「大哥笑人，詩兒主要是來探你，柏弟的事只是附帶的罷了！」

浪翻雲和韓柏對視一眼，齊聲失笑。

左詩怎知范良極早和兩人說了，俏臉微紅，向韓柏一瞪道：「你竟敢笑我，眞是好膽！要不要我將你如何欺負我的事，告訴大哥，讓他教訓你。」

浪翻雲哈哈一笑，伸手過去摟著左詩的小蠻腰笑道：「詩兒還忍心對自己的夫君落井下石嗎？他若過不了這一關，不但夢瑤命不久矣，赤尊信在天之靈亦死不瞑目，我和范兄也不用混了，來！把小弟帶走，用你們的愛助他恢復信心吧！」

「篤……篤篤……篤。」

銅環扣門的聲音傳入耳內。

戚長征和寒碧翠同時醒來。

寒碧翠依依不捨爬了起來，在他耳旁道：「這是我們丹清派叩門的手法，表示有十萬火急的事找我，你好好躺一會兒，碧翠再來陪你。」

戚長征一把扯著她，懶洋洋道：「陪甚麼？」

寒碧翠俏臉一紅道：「睡也陪你睡了，還想人家陪你幹甚麼？」掙脫他的手，出房去了。

戚長征心中甜絲絲的，暗忖這俏嬌嬈非常有味兒，尤其她那永不肯降服的倔勁兒，確是誘人之極。

開門關門聲後，一把陌生的聲音響起道：「李爽參見掌門！」

寒碧翠的聲音在廳內響起道：「不必多禮，李師兄這樣來找我，必是有十萬火急的事。」

李爽像知道了戚長征在房內般，壓低了聲音，說了一番話。

戚長征心中一懍，知道李爽說的必是與自己有關，可恨卻不知他們談話的內容。

兩人再談了一會兒後，李爽告辭離去。

寒碧翠神色凝重回到房內，坐到床沿處。

戚長征毫不客氣，一把將她摟到床上，翻身把她壓著，重重吻在她的香唇上。

出乎意料之外，寒碧翠以她稚嫩的動作，對這「眞正」的初吻做出熱烈反應。

良久後才分了開來，兩雙眼睛難捨難分地交纏著。

戚長征待要再親她，寒碧翠道：「讓我歇一會兒好嗎？碧翠有要話和你說啊！」

戚長征經這小睡，精足神滿，這樣和美女在床上廝磨，情火狂升道：「若是有關我老戚的安危，不說也罷，那是我早預了的，現在我眞的滿腦子邪思，不管你是否肯嫁我，也要把你佔有呢！」

寒碧翠哪會感覺不到他貼體的強烈慾望，俏臉通紅，仍強作平靜地柔聲道：「現在已不是你個人的事了，方夜羽正式向我們下了戰書，今晚子時到來和我們算幫助你的賬。」

戚長征一震下慾火全消，駭然道：「甚麼？」

寒碧翠道：「現在他們的人把長沙城完全封鎖，逃都逃不了。」

戚長征呆了一呆道：「我豈非害了你們。」

寒碧翠平靜地道：「你說錯了，是我們害了你才對。」

戚長征當然明白她的意思，在這樣的情況下，他亦被迫要和寒碧翠並肩打一場勝望甚微的硬仗，那亦即是說他失去了以往進可攻、退可逃的靈活之勢。

戚長征吻了她一口，嘻嘻笑道：「現在離子時還有一大段時間，我們應否先尋歡作樂呢？」

寒碧翠伸出纖手把他摟個結實，嬌呼道：「長征啊！你若不佔有碧翠，她絕不肯放你下床的。」

戚長征心中一震，終於明白了寒碧翠剛才被吻時爲何如此熱烈。

因爲她知道極可能再沒有明天了。

第二十五章　血海深仇

「鏘！」

丈二紅槍接了起來。

風行烈剎那間閃過無數念頭，最後決定了不往聲響傳來的東南方追出去。道理非常簡單，安和堂並非一處沒有防衛的地方，恰好相反，因他們的到來，莫伯從附近調來了三十六名好手，不分晝夜護衛他們。

而在安和堂的四周，則另有百多人布下警戒網，注視著所有接近該處的疑人。

現在敵人既能無聲無息地潛到安和堂內，自然是除去了其中一些崗哨，從破口潛了進來，只從這點推之，就知道對方是第一流的高手。

假若對方針對的人是他風行烈或谷姿仙，則極可能是里赤媚和年憐丹之輩，否則怎敢前來生事。

而再加想，若對方的目標是他風行烈，大可公開搦戰，不用如此偷偷摸摸，所以對方的獵物，必是谷姿仙無疑。

風行烈差不多肯定了來襲者必是年憐丹，因他被浪翻雲擊傷仍未痊癒，才要如此耍手段，換了里赤媚，大可光明正大闖進來，誰能攔得他住。

所以風行烈聽到在東南方屋簷處傳來的異響，便料定只是調虎離山之計。

風行烈摟著玲瓏推門而出，來到天井裡，以內勁迫出聲音狂喝道：「年憐丹來了，快保護公主！」

聲音傳遍安和堂。

「砰！」

風行烈撞入另一屋內，由另一邊門衝出。眼前長廊伸延，只要轉左，就抵達谷姿仙等所在那偏廳外晾曬藥材的大天井。

四周人聲響起，顯是紛紛趕往保護谷姿仙。

風行烈心中稍安，仍不敢稍有延誤，拖著小玲瓏，全速往前掠去。

兩道劍光，分由兩邊屋頂破空而下。

風行烈計算對方的勢子速度，暗嘆一聲，知道若不停下招架，給對方取得攻勢先手，更難脫身，惟有甩手將玲瓏送出去，喝道：「去保護小姐，我即刻來！」

玲瓏倒也精乖，頭也不回，借著勢子，足不沾地往前掠去。

兩把劍這時已刺至近處，劍氣撲體而來，發出嗤嗤之聲，氣勢懾人之極。

風行烈看也不看，丈二紅槍施出「燎原槍法」三十擊裡的「左右生風」，槍尖先點往左方，一觸對方劍尖，槍尾立時往另一方吐去。

「鏘鏘！」

兩聲激響。

來人分飄往風行烈前後兩方，成了合圍之勢。

前方的美女紫紗飄拂，面籠輕紗，正是年憐丹其中一位花妃，風姿綽約，神秘邪艷。

後方的花妃一身黃紗，也以輕紗罩面，體態尤勝那紫紗花妃三分。

兩女尚未站定，已挽起劍訣，劍尖在窄小的空間裡不住變換，隱隱封死了風行烈所有進退之路。同一時間偏廳那方傳來兵刃交擊和慘叫聲。

風行烈一見兩女劍勢，立時大感頭痛，因兩女單挑獨鬥，誰也不是他百招之敵，但聯合起來，要擋他一時半刻，卻絕非難事。

紫紗妃嬌笑道：「公子陪我們姊妹玩一會兒吧！」

風行烈心懸嬌妻，哪有時間陪她們調笑，冷哼一聲，施出三十擊裡最凌厲的「威凌天下」，一時槍影翻滾，長江大河般往紫紗妃潮湧過去。

紫紗妃夷然不懼，一聲嬌叱，掣起千重劍影，迎了上來。

槍、劍交擊的「叮叮」聲裡，紫紗妃輸虧在內力稍遜，劍勢散亂。

風行烈待要乘虛而入，背後寒氣迫來。

他心中懍然，知道身後的黃紗妃功力更高，無奈下放棄眼前良機，橫移開去退出長廊，踏足草坪，變成面對著兩女。

兩女齊聲怒叱，兩把劍彈跳而起，組成一張劍網，往他罩來。

風行烈早知對方必有聯擊之術，仍猜不到能如此威力倍增，這時遠處又再連續傳來三聲慘呼，顯示形勢非常危殆。

風行烈猛一咬牙，人槍合一，硬生生撞入對方劍網裡。

紫紗妃的劍尖在風行烈右肩處劃過，深幾見骨，黃紗妃的劍亦狠狠在風行烈右腰擦過，去掉了一層外皮，眞是險至極點。

但劍網亦被徹底破去，紅槍在刹那的時間裡，槍頭、槍尾分十次敲在兩把劍上，把兩女殺得左支右絀。

三人乍分條合，變成近身搏鬥，亦等若破了兩女合成的劍陣，兩女被迫各自爲戰。

紫紗妃當長劍被風行烈格開時，另一手驀地探出，五指作爪形往他胸前抓來。

黃紗妃和紫紗妃合作已慣，立時配合攻勢，捨劍不用，移往風行烈右後側，反手一指點往風行烈背心。

風行烈眞是愈戰愈驚，想不到兩女如此厲害，行個險著，不理抓往胸前那一抓，扭身一槍往武功較強的黃紗妃那一指迎去。

紫紗女怒叱一聲，因風行烈扭轉了身體，變成抓在他肩膀處，暗忖這次還不教你肩胛骨盡碎，五指發勁運力，豈知對方肩頭生出反震之力，不但抓不碎對方肩胛，反被震得鬆開了手，她心中雖是駭然，仍迅速變招，手指往風行烈額角拂去，勁風颯颯。

黃紗妃則想不到風行烈會把攻勢全集中到她身上，怎敢以手指去擋對方凌厲的一槍，無奈下往後退去，回劍守住中門。

「噹！」

擋了丈二紅槍一擊。

風行烈是全力一槍，她卻是倉卒應敵，強弱立判。

黃紗妃握劍的手痠軟無力，踉蹌而退。

風行烈頭顱盡力後仰，避過了紫紗妃那一拂，紅槍由脅下標出，激射向紫紗妃。

紫紗妃亦是了得，右手的劍呼一聲迎頭往風行烈劈來。

這時黃紗妃劍交左手，又掠了過來。

風行烈知道能否破出聯擊，就在這剎那之間，收攝心神，將對嬌妻的懸念全排出腦外，覷準劍勢，竟閃電出手，抓住了劍鋒，紅槍往對方小腹刺去。

紫紗妃想不到風行烈有如此迅若閃電、精妙絕倫的手法，一聲驚呼，抽劍猛退。

豈知這正中風行烈下懷，送出一股三氣合一的怪異勁道，透劍而去。

紫紗妃一劍抽空，勁氣已透體而入，胸中如受雷擊，噴出一口鮮血，自己的力道再加上風行烈送來的勁氣，斷線風箏般拋跌開去。

黃紗妃的長劍攻至。

風行烈哈哈一笑，頭也不回，往前衝去，乍看似是要對紫紗妃痛下殺手。

黃紗妃情急之下，不顧一切全力向風行烈追擊過去，豈知風行烈前撲的勢子忽變成後退，槍尾由脅下穿出，與黃紗妃的長劍絞擊在一起。

黃紗妃慘叫一聲，長劍脫手。

風行烈後腳一伸，撐在她小腹處。

黃紗妃噴出一口鮮血，拋跌開去，這還是風行烈的腳踢偏了點，否則保證她立斃當場。

風行烈哪敢遲疑，全速往長廊另一端掠去，肩膀的劍傷亦無暇理會。

剛轉入天井，立時大叫不妙。

地上橫七豎八躺了十多名大漢，或受劍傷，或被掌擊腳踢，都是一招致命。

兵刃聲從偏廳另一邊的後園傳來。

風行烈衝進廳內，只見窗戶桌椅全成碎片，地上又伏了十多條屍身，可知戰況之烈。

他由破開了的後門掠入園裡，只見莫伯仰屍地上，雙目睜而不閉，胸前陷了下去。

風行烈一陣惻然，這老人家終不能完成踏足故國的夢想。

園外屍橫遍野，看來那三十六名高手，目下應所餘無幾。

風行烈壓下心中悲憤，凝起全身功力，掠過一片柳林，往打鬥和慘叫聲傳來處奔去。

剛出柳林，入目的情景令他睚眥欲裂。

年憐丹的寒鐵重劍，剛劈飛了僅餘的兩名高手，向谷姿仙、谷倩蓮、白素香和玲瓏四女迫去。

四女都是釵橫鬢亂，臉色蒼白，嘴角逸血，均受了不輕的震傷。

風行烈狂喝一聲，踏在屍體間的空地，全力一槍往年憐丹修長瀟脫的背部刺去。

年憐丹心中暗懍，估不到風行烈能如此快速從兩位花妃處脫身出來。

他本意是生擒谷姿仙，帶往秘處加以淫辱，此時當機立斷，倏地衝前，硬捱了谷倩蓮一下鍊子劍和玲瓏攻來的一掌，搶到谷姿仙身前，全力一劍劈在谷姿仙的長劍上。

谷倩蓮的鍊子劍眼看可透肩而入，哪知年憐丹身體生出反震之力，只能劃出一道淺血痕。

玲瓏更是不濟，一掌拍在對方肩側處，竟給對方肩胛一縮一聳，反震得跌飛開去。

谷姿仙給他的寒鐵重劍劈在劍上，虎口爆裂，長劍噹啷墜地。

年憐丹飛起一腳，朝她小腹踢去，誓要辣手摧花。

這時風行烈的丈二紅槍仍在丈許開外。

谷倩蓮則到了年憐丹後方三步許處，不及回勢。

只剩下白素香在谷姿仙左側處，可是她長劍早被年憐丹砸飛，欲以空掌、空腳為谷姿仙化解這一腳，真是似異想天開。

谷姿仙的勢子仍未從剛才那一擊回復過來，眼看命斃當場。

白素香一聲尖叫，插入年憐丹和谷姿仙之間。

「蓬！」

年憐丹那一腳踢在白素香小腹處。

白素香七孔鮮血噴出，倒入谷姿仙懷裡。

風行烈發出一下驚天動地的狂喊，槍勢在悲憤中倏地攀上前所未有的巔峰，往年憐丹擊去。

年憐丹臨危不亂，一足柱地，另一足屈起一旋，回過身來，寒鐵劍似拙實巧，劈在槍頭處。

「轟！」

勁氣交擊聲響徹全場。

風行烈踉蹌往後倒退。

年憐丹雖不退半步，但亦不好過，臉色轉作煞白，體內氣血翻騰，知道被風行烈這挾著無限悲憤而發的一槍，惹起了內傷，哪敢久留，暗咒一聲，沖天而起，越牆而去。

風行烈追到牆頭時，他早消失在街外的人潮裡。

背後哭聲傳來。

谷倩蓮悲呼道：「香姊！你死得很慘。」

風行烈手足冰冷，眼中射出狂烈的仇恨。

午後的陽光透窗而入。

圍牆外隱約傳來行人車馬過路的聲音，分外對比出室內的寧洽。

寒碧翠裸著嬌軀，伏在床上，盡顯背部優美起伏的線條，嫩滑而充滿彈性的肌膚，修長的雙腿。

戚長征側挨在旁，手枕床上，托著頭，另一手愛憐地摩挲著這剛把身體交給了他的美女誘人的香背，回味著剛才她對他毫無保留的愛戀和熱情。

寒碧翠下頷枕在交疊起來的玉臂上，舒服得閉上了眼睛，俏臉盈溢著雲雨後的滿足和風情。

戚長征忽問道：「爲何你會打定主意不嫁人？就算嫁了人，不亦可把丹清派發揚光大嗎？」

寒碧翠呻吟一聲，嗔道：「不要停手，你摸得人家挺舒服的，再多摸一會兒亦不怪你。」

戚長征心中暗笑，女人就是這樣，未發生關係前，碰半下都不可以，但當有了肉體的接觸後，則惟恐你不碰她，那隻手忙又活動起來，由剛才的純欣賞變得愈來愈狂恣。

愛撫終演變至不可收拾的局面。

在第二度激情後，兩人緊擁在一起。

寒碧翠輕柔地道：「十八歲前，我從沒有想過不嫁人，來向阿爹提親的人也數不清那麼多，可是我半個都看不上眼。」

戚長征道：「你的眼角生得太高吧！我才不信其中沒有配得上你的英雄漢子。」

寒碧翠笑道：「我的要求並不大高，只要他能比得上阿爹的英雄氣概，武功和智慧都要在我之上，樣貌當然要合我眼緣，可惜這樣的人總沒有在我眼前出現。」

戚長征啞然無語。

寒碧翠的父親就是丹清派上一代掌門「俠骨」寒魄，這人乃白道鼎鼎有名之士，武功、才情、樣貌，均是上上之選。可是六年前與「矛鏟雙飛」展羽決戰，不幸敗北身死。而因爲那是公平的比武，所以事後白道的人都找不到尋展羽晦氣的藉口，若是單獨向展羽挑戰，卻又沒有多少人有那把握和膽量。

寒碧翠像說著別人的事般平靜地道：「阿爹死後，我對嫁人一事更提不起勁，爲了阻止狂蜂浪蝶再苦纏著我，亦要絕了同門師兄弟對我的癡念，於是藉發揚丹清派爲名，向外宣布不會嫁人，就是如此了。」

戚長征道：「你的娘親也是江湖上著名的俠女，爲何近年從來聽不到她的消息呢？」

寒碧翠淒涼地道：「娘和阿爹相愛半生，阿爹死後，她萬念俱灰，遁入空門，臨行前對我說，若我覓得如意郎君，可帶去讓她看看。」

戚長征愛憐之念油然而生，卻找不到安慰她的說話，好一會兒後道：「爲了報答碧翠你對我的恩寵，我老戚定會提展羽的頭，到外父的墳前致祭。」

寒碧翠嗔道：「誰答應嫁你啊！」

戚長征爲之愕然，暗忖自己這般肯負責任，已是大違昔日作風，她寒碧翠應歡喜還來不及，豈知仍是如此氣人。

一怒下意興索然，撐起身體，又要下床。

寒碧翠一把緊摟著他，拉得他又伏在她的身體上，嬌笑道：「你這人火氣眞大，寒碧翠現在不嫁你嫁誰啊！和你開玩笑都不成嗎？」

戚長征喜道：「這才像話，可是你立下的誓言怎辦好呢？」心卻知道自己眞的愛上了她，否則爲何如此易動情緒。

寒碧翠得意地道：「當日的誓言是這樣的，若我寒碧翠找不到像我父親那麼俠骨柔腸，武功、才智又勝過我的男人，我就終身不嫁。豈知等了七年，才遇到你這我打不過、鬥不贏，偏又滿是豪俠氣概，使人傾心的黑道惡棍，你說碧翠是有幸還是不幸呢？」

戚長征大笑道：「當然是幸運之極，像我這般懂情趣的男人到哪裡去找呢？」

寒碧翠先是嗤之以鼻，旋則神情一黯道：「可惜我們的愛情，可能只還有半天的壽命了。」

戚長征正容道：「不要那麼悲觀，我知道義父定會及時來助我，那時對方縱有里赤媚那級數的高手，我們亦未必會輸。」

寒碧翠奇道：「誰是你的義父，爲何江湖上從沒有人提過？」

戚長征道：「這義父是新認的，就是『毒手』乾羅。」

寒碧翠一震喜道：「原來是他！難怪你這麼有信心了。」

戚長征重重吻了她一口後，看到她的唇皮破了一小塊，滲出了少許血絲，愛憐地道：「爲何這裡會有損痕？是否我太用力吻你了？」

寒碧翠不好意思地低聲道：「不！是你剛才逗得人太動情了，興奮下咬破了唇皮，不關你的事。」

戚長征心中一蕩道：「來第三個回合好嗎？」

寒碧翠俏臉一紅，無限嬌羞道：「饒人家一次不可以嗎？」

戚長征老實不客氣道：「我的心想饒你，但身體卻不肯答應，老戚亦是矛盾得很呢！」

第二十六章　再作突破

韓柏隨著左詩，到了柔柔房內。

朝霞和柔柔關切地圍了上來，分兩邊挽著他手臂。

柔柔不忿道：「范大哥把整件事告訴我們了，哼！這兩個妖女真是卑鄙，竟利用夫君的好心腸把你騙倒。」

一向善良怕事的朝霞亦不平地道：「這兩個妖女如此可惡，看看老天爺將來怎樣整治她們。」

左詩轉過身來，纖手纏上韓柏的脖子，身體主動貼上去，更吻了韓柏一口，無限愛憐地道：「柏弟弟！我們願為你做任何事，只要能使你回復信心和鬥志。」

韓柏則兩手左右伸展，摟著柔柔和朝霞的蠻腰，深感艷福無邊之樂，信心陡增，暗忖浪大俠說得對，自己的意志的確薄弱了點，例如硬充英雄答應了秦夢瑤不動她，但多看兩眼，便立即反悔，正是意志不夠堅強的表現。現在稍受挫折，便像一蹶不振的樣子，怎算男子漢大丈夫。

三女見他默言不語，暗自吃驚，以為他真的頹不能興，交換了個眼色後，左詩道：「柏弟弟，不若上床休息一下，又或浸個熱水浴，再讓我們為你搥骨鬆筋好嗎？」

韓柏一聽大喜，卻不露在臉上，故意愁眉苦臉道：「一個人睡覺有甚麼味兒？」

左詩嗔道：「怎會是一個人睡覺，我們三姊妹一起陪你，難道還會要你受冷落嗎？」

韓柏試探道：「真的不會受冷落嗎？」

三女終聽出他語裡的深意，反歡喜起來，無論他如何使壞，總好過垂頭喪氣的頹樣兒。

柔柔「噗哧」笑道：「你想我們怎樣，即管說出來吧！現在誰敢不遷就你？」

朝霞道：「不要整天和范大哥唱對台了，他對你不知多麼好呢！千叮萬囑要我們哄你高興，所以我們全聽你的了。」

韓柏樂得喜翻了心，向左詩道：「哈！那眞好極了，詩姊！你先脫精光給我看看，然後是朝霞和柔柔。」

左詩俏臉飛紅，埋在他肩膀處，含羞道：「到帳內人家才脫可以嗎？求求你吧！好夫君。」

韓柏哈哈大笑，心中又充盈著信念和生機，正要繼續迫左詩，好看她欲拒還迎的羞態。

敲門聲響起。

盈散花的聲音傳入來道：「專使大人是否在房裡？」

三女俏臉變得寒若冰雪。

柔柔冷冷道：「專使大人確在這裡，但卻沒有時間去理沒有關係的閒人。」

盈散花嬌笑道：「這位姊姊凶得很呢！定是對散花有所誤解了，散花可否進來賠個不是，恭聆姊姊的訓誨。」

左詩聽得氣湧心頭，怒道：「誰有空教你怎樣做好人，若想見我們的夫君，先給我們打一頓吧！」

盈散花幽幽道：「散花的身子弱得很，姊姊可否將就點，只用戒尺打打手心算了。」

三女面面相覷，這才明白遇上了個女無賴。

韓柏知道鬥起口來，三女聯陣亦不是盈散花的對手，失笑道：「姑奶奶不要扮可憐兮兮了，有事便滾進來，沒屁便不要放。」

「咿呀！」

盈散花推門而入，向三女盈盈一福，恭謹地道：「三位姊姊在上，請受小妹一禮。」

韓柏放開三女，喝道：「快給三位姊姊和本專使斟茶認錯。」

左詩冷哼道：「這杯茶休想我喝！」不滿地瞪了韓柏一眼。

盈散花甜甜一笑，向韓柏道：「待三位姊姊氣消了，散花再斟茶賠禮吧！」

三女雖對她全無好感，可是見她生得美艷如花，笑意盈盈，兼又執禮甚恭，亦很難生出惡感。這才明白為何連韓柏和范良極這對難兄難弟也拿她沒法。

還是柔柔深懂鬥爭之道：「你人都進來了，還裝甚麼神弄甚麼鬼，有事便說出來吧！」

盈散花風情萬種橫了韓柏一眼，道：「現在這條船順風順水，我看明天午後便可抵達京師，所以特來找大人商量一下，看看給我們兩姊妹安排個甚麼身分，以免到時交代不了。」

就在她說這番話的同時，浪翻雲的聲音又快又急地在韓柏耳旁響起道：「秀色和盈散花先後藉故來見你，就是要觀察你魔功減退的程度，所以你若能騙得她們認為你的魔功再無威脅，秀色就會主動在床上和你再鬥一場，若能反制你的心神，你對她的心鎖便自動瓦解，她亦可回復『姹女心功』，小弟！不用我教你也知道應怎辦吧？」

他說到最後一個字，恰與盈散花最後一個字同步，其妙若天成處，教人咋舌。浪翻雲如此小心翼翼，亦可見他不敢小覷盈散花。

韓柏福至心靈，眼中故意露出頹然無奈之色，勉強一笑道：「那你們想做甚麼身分？」

一直沒有作聲的朝霞寒著臉道：「你們休想做他的夫人，假的也不行。」

盈散花笑道：「我們姊妹哪敢有此奢望，不若這樣吧！就把我們當作是高麗來的女子，是高麗王獻給朱元璋作妃子的禮物。」

范良極的聲音在韓柏耳內響起道：「小心！她們是想刺殺朱元璋。」

韓柏亦是心中懍然，斷然道：「不行！蘭致遠等早知道我們這使節團有多少禮物，還開列了清單，怎會忽地多了兩件出來，所以萬不可以。」

盈散花深望他一眼。

韓柏又裝了個虛怯的表情。

盈散花得意地一陣嬌笑道：「任何事情總有解決的方法，現在還有一天半的時間，專使好好的想想吧！散花不敢驚擾專使和三位夫人了。」

走到門旁，又回過頭來道：「咦！專使還有一位夫人到哪裡去了？」

韓柏再露頹然之色，揮手道：「快給我滾！」

盈散花不以爲忤，千嬌百媚一笑後，才從容離去。

三女發覺了韓柏的異樣，目光集中到他臉上。

韓柏聽得盈散花遠去後，像變了個人似的跳到左詩面前，伸手便爲她解衣，興高采烈道：「快！趁秀色妖女來找我前，我們先快活一番！」

韓柏舒適地挨枕而坐。

三女蜷睡被內，熟睡的面容帶著甜蜜滿足的笑意，看來正作著美夢。

韓柏的信心已差不多全回復過來，最主要是因與秀色即將舉行的「決戰」，刺激起他魔種裡由赤尊信而來的堅毅卓絕的意志。

可是他仍未能達到受挫前的境界。

秦夢瑤的聲音在門外響起道：「韓柏！夢瑤可以進來嗎？」

韓柏喜得跳了起來，揭帳下床，才發覺自己身無寸縷，暗忖和秦夢瑤遲早是夫妻，這有甚麼大不了，昂然拉開門栓，把門敞開。

秦夢瑤俏立門外，還未看清楚，給他一把摟個滿懷，再抱了起來。

後腳一伸，踢得房門「砰」一聲關上，又順手下了門栓，才抱著似是馴服的秦夢瑤到靠窗的椅子坐下，讓她坐在腿上。

秦夢瑤白他一眼，伸手搭著他的脖子，依然是那個恬靜清雅的樣兒。

韓柏回復了挑逗侵犯她的心志和膽量，有恃無恐地嘟起嘴道：「你的小嘴呢！」

秦夢瑤看著隨意擲在地上的衣物，又隱見帳內三女煙籠芍藥般睡姿，韓柏的赤裸身體和他正在自己背上愛撫著的手掌更不斷傳來燙人的灼熱感，終於俏臉一紅，送上香吻。

韓柏像久旱逢甘露般啜吸著。

一道悠長的真氣，由秦夢瑤緩緩注進他體內。

韓柏心中一動，忙運起無想十式，瞬間心神空靈通透，又幻變無窮，說不出的舒服自在。

他又把體內真氣與秦夢瑤的真氣交融，回輸到她體內。

如此循環往復，不片晌秦夢瑤的身體熱了起來，嬌軀更主動靠貼過來，玉手緊纏他肩膊。

韓柏一對大手忍不住由秦夢瑤的玉背移到身前。

秦夢瑤勉力振起意志，推開了他的臉，讓四片唇皮分了開來，卻沒有阻止他不肯罷休的輕薄，紅著臉輕輕喘息道：「你停一停可以嗎？」

韓柏一手摟著她，另一手按在她腿上，嬉皮笑臉道：「我又破了你的劍心通明了。」

秦夢瑤秀目內洋溢著剪不斷的深情，微笑道：「夢瑤是心甘情願在這時刻過來讓你使壞，免得你因夢瑤而進一步挫弱了信心，在與秀色的對陣上招致敗績。」

韓柏由衷道：「你也像浪大俠般看穿了她們的心意。」頓了頓嘆道：「若她們眞的想行刺朱元璋，就教人頭痛了。」

秦夢瑤瞪他一眼道：「人家說的你就信嗎？」

韓柏愕了愕，恍然道：「我和老范都是糊塗透頂，以盈妖女的狡猾，怎會開出我們完全不可接受的條件，又那麼容易讓我們看穿她的目的，所以這定是障眼法。」

秦夢瑤見他一點便明，心生喜悅，吻了他一口道：「這才是夢瑤的好夫君，盈散花這手法叫開天索價，落地還錢，遲點若另有提議，哪還怕我們不接受。」

韓柏像全聽不到她後來的幾句話，呆頭鳥般瞧著秦夢瑤道：「你剛喚我作甚麼？」

秦夢瑤有好氣沒好氣道：「休想夢瑤再說一次，我的好夫君。」說完泛起個調皮之極的動人笑容。

韓柏心叫我的媽呀！秦夢瑤這仙子竟可變得如此冶艷迷人，記起了一事道：「噢！我有些好東西給你看！」

秦夢瑤微笑道：「那些春畫嗎？唔！現在還不成，因爲你仍未能把我眞個收伏得服帖，到你連盈散花都收拾掉，我看就差不多了。」

韓柏尷尬地道：「看來甚麼事都瞞不過你。」

秦夢瑤「噗哧」笑道：「現在整艘船上的人都處在一種非常微妙複雜的奇怪關係裡，兩位大哥因關切你魔種的進展，所以無時無刻不在留意你，好作提點，當然！這樣做亦是爲了夢瑤的傷勢。」

接著嬌媚地白他一眼道：「至於夢瑤嘛！更把所有心神全放在你身上，好讓自己對你愈陷愈深，不要以爲這是強自爲之，而是夢瑤眞的歡喜這樣做。」

韓柏喜翻了心，閃爍地問道：「嘿……那……那當我和三位姊姊共赴巫山時，你是否也在注意聆聽著？」

秦夢瑤若無其事點頭道：「當然！」

秦柏想不到她如此坦白，愕然道：「那你有否動情？」

秦夢瑤嘆道：「對不起！我雖有點感覺，但離動情尚遠，唉！夢瑤二十年來的清修，豈是那麼容易破掉的？韓柏你要努力啊！夢瑤把自己全交給你了。當我忍不住向你求歡時，就是那關鍵時刻的來臨了。」

韓柏心中一熱，湧起豪情，傲然道：「夢瑤放心吧！終有一天我可使你全心全意地苦求渴望著我的眞愛。」

秦夢瑤心中欣悅，她在這時刻過來，就是要以種種手段，激起他的魔性，使他回復信心，所以方任由他的大手放恣。

她微笑著收回摟著韓柏脖子的左手，情不自禁地在韓柏充滿肌肉美感的胸膛溫柔地撫著，心想他的身體眞是具有強大的誘惑性和魅力，難怪每一個和他有合體之緣的女子都不能自拔，連自己亦感到愛不釋手，將來和他合體交歡時，那感覺想必非常美妙。

而且他的身體和魔種結合後，體質劇變，每寸肌肉都蘊藏著爆炸性的力量，當他和異性交合時，便會自然發放出來，讓對手的肌膚吸收進去，進一步加強了肉體接觸的感覺；恐怕以自己堅定的道心，亦會爲此進入如癡如狂的狀態裡，那時自己仍能和他保持澄明相對嗎？

天下間亦只有秦夢瑤能以這麼超然的理性，去分析韓柏對她的影響，換了左詩等這時早意亂情迷了。

韓柏給她摸得靈魂似若離竅遊蕩，舒服得呻吟道：「求求你不要停下來，最好摸往下一點。」

秦夢瑤失笑道：「沒有時間了！」

韓柏一震醒來，眼中奇光迸射，點頭道：「是的！秀色正往這裡來，讓我去應付她。」輕吻了秦夢瑤的臉蛋，在她耳旁道：「不管你願不願意，下次我定要探手進你衣服裡放肆一番。」

秦夢瑤回吻了他，微笑地道：「眞高興你回復了本色，不過我是不會那麼容易投降的，你要以眞正的本領來收伏我，千萬不要忘記這點。」

秀色來到韓柏所在的房門門前，正要敲門。

韓柏推門而出，一副無精打采的模樣。

秀色心中一片惘然。

她是否眞要依從花姊的話，把這兼具善良率眞和狂放不羈種種特質的男子以奼女心法徹底毀掉，使他永遠沉淪慾海呢？

他是第一個使她在肉體交合時生出愛意的男人，從而使她覺得這也可能是使她得到正常男女愛戀的唯一機會。

唉！

韓柏裝作魔功減退至連她到了門外都不知道的地步，嚇了一跳道：「你……你在等我嗎？」

秀色一咬銀牙，幽怨地白了他一眼，輕輕道：「人家是特地過來找你，你這負心人爲何遲遲理也不理秀色。」

韓柏目光溜過她的酥胸蠻腰長腿，不用裝假也射出意亂情迷的神色，吞了口涎沫，暗忖這秀色不扮男裝時，直比得上盈散花，和她上床確是人間樂事。

秀色見他色迷迷的樣子，心中一陣憎厭，暗道罷了！這只不過是另一隻色鬼，還猶豫甚麼？臉上露出個甜蜜的笑容，嗔道：「你在看甚麼？」

她表面上叫對方不要看，其實卻更提醒對方可大飽眼福。

韓柏感到她身體輕輕擺動了兩下，胸脯的起伏更急促了，登時慾火上衝，知道對方正全力向自己施展奼女心功，暗下好笑，誰才是獵物，到最後方可見分曉呢！口上卻忿然道：「你騙得我還不夠嗎？」

秀色兩眼彩芒閃閃，掛出個幽怨不勝的表情，然後垂頭道：「人家是想跟在你身旁，這才不得已和花姊合作，揭破你的身分，人家的心是全向著你的啊！」

這幾句話眞眞假假，天衣無縫，若非韓柏早得浪翻雲、秦夢瑤提點，定會信以爲眞。

韓柏心中暗驚，這妖女每一個表情，都是那麼扣人心弦，先前爲何沒有發覺，可知自己的魔功確減退了，所以容易受到她姹女心功的影響，這一戰絕不可掉以輕心。

這時長廊靜悄無人，有關人等都故意避了起來，讓這對敵友與愛恨難分的男女以最奇異的方式一決雄雌。

韓柏裝作急色地一把拉起她的手，往隔鄰的專使房走去。

秀色驚叫道：「不！」

韓柏暗笑她的造作，猛力一拉，扯得她差點撞到他身上。

他推門擁了她進去，關上門栓，一把將她抱了起來，往床上拋去。

秀色一聲嬌呼，跌在床上，就那樣仰臥著，閉上美目，一腿屈起，兩手軟弱地放在兩側，使急遽起伏的胸脯更爲誘人。

韓柏看著她臉上的潮紅，暗讚這確是媚骨天生的尤物，難怪能入選爲閹北姹女派的唯一傳人。

韓柏拉起秀色的玉手，握在掌心裡微笑道：「告訴我，假設我征服了你，是否會對你造成傷害？」

秀色一震，在床上把俏臉轉往韓柏，睜開美眸，駭然道：「你剛才原來是故意扮作魔功大減來騙我和花姊的。」

韓柏對她的敏銳大感訝異，點頭道：「姹女心功，果然厲害，乖乖的快告訴我答案。」

秀色閉上美目，眼角洩出了一滴晶瑩的淚珠，輕輕道：「若我告訴你會破去了我的姹女心功，你是否肯放過我呢？」

韓柏心知肚明她正向他施展姹女心功，卻不揭破，一嘆道：「只看見這顆淚珠，我便肯爲你做任何事！」

秀色歡喜地坐了起來，挨到他身旁，伸手摟著他的寬肩，把頭枕在他肩上，道：「想不到世上有你這種好人。告訴秀色，爲何你肯這樣待我？」

韓柏淡然道：「因爲當你剛才睜眼看到我像變了另一個人似的一刹那，我感到你心中眞摯的欣喜，才知道你原來已愛上了我，所以才會因我功力減退而失落，因我復元而雀躍。」

秀色劇震了一下，俏臉神色數變後才嘆道：「我敗了！也把自己徹底輸了給你，教我如何向花姊交代呢？」

韓柏心道你哪有敗了，你正不住運轉心功來對付我，還以爲我的魔種感應不到，哼！我定要教你徹底投降。

他奇兵突出地一笑道：「勝敗未分，何須交代，來！讓我先吻一口，看你小小的姹女心法，能否勝過魔門至高無上，當今之世甚或古往今來，只有我和龐斑才練成了的道心種魔大法。」

范良極的傳音進入他的耳內道：「好小子，眞有你的。」

秀色當然聽不到范良極的話，聞言不由沉思起來。

是的！無論姹女大法如何厲害，只是魔門大道裡一個小支流，比起連魔門裡歷代出類拔萃之輩，除他韓柏和龐斑二人外從無人練成的種魔大法，可說是太陽與螢光之比，自己能憑甚麼勝過復元後的韓柏，而且自己先敗了一次，否則現在也不會縛手縛腳，陷於完全被動的境地裡。

韓柏的每一句話都令她感到招架乏力。

明知對方蓄意摧毀自己的意志和信心，亦全無方法扭轉這局勢。

她和盈散花都低估了對方。

亦是因勝利而沖昏了頭腦。

她忽地生出願意投降的感覺。

韓柏反摟著她，踢掉鞋子，將她壓倒床上，溫柔地吻著她的朱唇，一對手輕輕爲她解帶寬衣。

韓柏離開了她的香唇，細意欣賞著身下的美女，但見她輪廓秀麗、眉目如畫，眞的是絕色的美人胚子，不過她最動人的地方，並非她的俏臉，而是她藏在骨子裡的騷勁和媚態。

她的姹女心法亦非常高明，絲毫不使人感到淫猥，但往往一些不經意的小動作，卻能使人心神全被她俘擄過去。

她最懂利用那對白嫩纖美的玉手，例如輕撫胸口，又或像現在般緊抓著床褥，那種誘惑性眞使人難以抵擋。

不過他身具魔種，根本無須學那些清修之士般加以擋拒，反可以因這些刺激使魔功大增，故可任意享用，而非壓抑。

這亦正是魔道之別。

道家講求精修，精元被視爲最寶貴的東西，故要戒絕六慾七情，用盡一切方法保持元氣，俾能煉精化氣，煉氣化神，煉神還虛。所謂「順出生人，逆回成仙」。練武者雖不是個個要成仙，但內功與人的精氣有關，卻是個千古不移的道理。所以白道中人對男女採補之道最是深惡痛絕，因爲那全是魔門損人利己之法。

道心種魔大法卻是魔門的最高心法，姹女術的損人利己對它全派不上用場。所以連比秀色更高明的花解語最後亦得向韓柏投降，就是因爲先天上種魔大法根本不怕任何魔門功法。

故而韓柏一旦恢復魔功，秀色只有任他宰割的分兒。

秀色檀口微張，有少許緊張地呼吸著，那種誘惑力，絕非任何筆墨能形容其萬一。

這時她心中想到的，不是如何去戰勝韓柏，而是自己飄零的身世。

記起了當年父親把她母女拋棄，後來母親病死街頭，自己則給惡棍強暴後賣入妓寨的淒涼往事，若非得恩師搭救，傳以姹女心功，自己會是怎麼樣子呢？

她從未試過和男人在床上時，會想起這些久被蓄意淡忘了的悲慘往事。

韓柏正坐了起來，脫掉最後一件衣物，忽見秀色熱淚滿面，訝然道：「爲何你會忽然動了眞情呢？這比之任何姹女心法更使我心動。」

秀色淒然道：「但願我能知道自己正幹著甚麼蠢事！」

一指戳在韓柏脅下。

韓柏身子一軟，反被秀色的裸體壓在身下。

心中叫苦，想不到她竟有此一著。

秀色的手指雨點般落到他身上，指尖把一道道令人酥麻的眞氣傳進他體內，好半晌才歇了下來，額角隱見汗珠，可知剛才的指法極耗她的眞元。

她從他身上翻了下來，變成由身側摟著他，在他身旁輕柔地道：「我來前曾在花姊前立下毒誓，要全力對付你，把你置於我們控制下，所以我雖然動了眞情，亦不得不對你施展最後的手段，若仍敗了給你，花姊亦無話可說了。」

韓柏忽又回復活動的能力，坐了起來奇道：「你究竟對我施了甚麼手法？」

秀色陪著他坐了起來，伸了個懶腰，往後微仰，把玲瓏浮凸的曲線表露無遺，甜甜一笑道：「我最少懂得數十種厲害之極的催情手法，但都及不上剛才的『仙心動』厲害，你試過便明的了。」

韓柏大喜道：「居然有這種寶貝指法，快讓我嘗嘗箇中滋味。」

秀色大感愕然，本以爲韓柏會勃然大怒，豈知卻是如此反應。

原來這「仙心動」催情法，乃姹女派裡最高明的催情功法，詭異非常，並不直接催動對方的情慾，而是「借情生慾」。只要對方動氣或動情，不論是發怒、憂傷又或憐憫都會轉化成慾火，但只限於負面的情緒，若是像韓柏現在的欣喜，只能喜上添喜，不會產生催情作用的。

任何人若忽然給秀色如此制著施法，必然會震怒非常，於是便墜入彀中，像韓柏眼前如此反應，確是千古未有。

韓柏摟著她香了一口臉蛋，催道：「快讓我一嘗滋味！」

他想到的當然是秦夢瑤。

秀色皺眉道：「我如此暗算你，你不惱秀色嗎？」

韓柏道：「這麼好的玩意，爲何要惱你，不過看來這指法亦不見得怎樣，我雖有情慾的要求，卻沒有不能自制的情況出現。」

秀色嘆了一口氣道：「其實我一點不愛你，才狠心對你施展這手法，說是催情手法，只是騙你罷了！這指法眞正作用是使你以後雄風難振，而秀色亦能從你的魔掌脫身出來，回復自由。」

韓柏失聲道：「甚麼？」

一股怒火剛升起來，忽地渾渾蕩蕩，慾火熊熊燒起。

他的怒火主要是因秦夢瑤而起，若雄風不再，怎還能爲她療傷。

現在慾火突盛，又不禁心生疑懼，不知是否會因過度亢奮，致洩去眞元，以後變成個沒有用的男人。

這些負面的情緒湧來，慾火「轟」的一聲衝上腦際。

迷糊中給秀色摟倒床上，繡被蓋在身上，她光滑灼熱的身體，鑽入被窩裡，把他摟個結實。

被內的氣溫立時遽升。

姹女心法裡最厲害的武器就是施法者動人的肉體。

現在秀色對付韓柏的方法，是姹女「私房秘術」裡「六法八式」中的第一法「被浪藏春」，利用被窩裡密封的空間，由皮膚放出媚氣，滲入對方身內，就算鐵石心腸的人也抵不住那引誘。

滑膩香軟的肉體不住在溫熱的被窩裡對韓柏廝磨揩擦。

韓柏本已是情慾高張，哪堪刺激，一聲狂嘶，翻身把這美女壓在體下。

秀色的俏臉做出各式各樣欲仙欲死的表情，每一種模樣，都像火上添油般，使韓柏不住往亢奮的極峰攀上去。

韓柏到此刻才眞正感受到秀色的魔力，明白到甚麼才是顚倒眾生的惹火尤物，床上的秀色，比之床外的她要迷人上千百倍。

秀色噓氣如蘭，嬌吟急喘，像是情動之極。

兩人忘情熱吻著。

秀色這時的熱情有一半是假裝出來的，暗自奇怪，爲何韓柏已興奮至接近爆炸的地步，卻仍能克制著，不立即劍及履及，侵佔自己呢？

韓柏卻是另一番光景。

開始時他確是慾火焚身，但轉眼間慾火轉化成精氣，使全身充滿了勁道，靈台竟愈來愈清明。

不要說秀色不知箇中妙理，連韓柏自己亦是難明其故。

原來韓柏魔種的初成，乃來自與花解語的交合，故根本不怕情慾。

情慾愈強，愈能催發魔種。

不像玄門之士，若動了情慾，元陽洩出，所有精修功夫便盡付東流。

韓柏張開眼睛，離開了她的香唇，接著從容一挺，堅強地進入她灼熱燙人的肉體裡。

秀色一聲狂叫，四肢纏上了他。

一輪劇烈的動作和男女雙方的呻吟急喘後，所有動作全靜了下來。

韓柏的頭部仰後了點，細看著她，忽地冷冷道：「你根本不愛我，只是想害我，是嗎？」

秀色緊閉的美目悄悄湧出情淚，沿著臉頰流到枕上，咬緊牙關，不讓自己哭出聲來，只是猛力地搖頭，抗議韓柏的指責。

韓柏知道自己完成了浪翻雲的指示，狠狠傷了她的心。在這樣銷魂蝕骨的交合後，他冷酷無情的指責，分外使對方難以忍受。

浪翻雲這個擊敗秀色的指引，絕非無的放矢，因爲秀色若非對韓柏動了眞情，怎會如此傷心。

韓柏一把將被子掀掉，露出秀色羊脂白玉般的身體，心中湧起勝利的感覺，終於把這妖女征服了。

他緩緩離開她的身體，來到床旁，拾起衣服，平靜地逐件穿到身上。

秀色仍躺在床上，像失去了動作的能力。

韓柏待要離去時，秀色喚道：「韓柏！」

他走回床邊，坐在床沿，伸出手在她豐滿的肉體游移撫摸著。

秀色嬌軀不能自制地劇烈顫抖起來，呻吟道：「你恨我嗎？」

韓柏收回大手，點頭道：「是的！我對你的愛一點信心也沒有，試想若我要時常提防你，哪還有甚麼樂兒？」

秀色勉力坐了起來，淒然道：「你是故意傷害我，明知人家給你徹底馴服了，還硬著心腸整人。」接著一嘆道：「你應多謝秀色才對，你現在魔功大進，恐怕連花姊亦遲早臣服在你的魅力下，爲何還不相信我這失敗者呢？」

她這刻表現出前所未有的謙順溫柔，完全沒有施展任何媚人的手段。

可是韓柏並不領情，給她騙了這麼多次，對她那點愛意和憐惜早消失得影蹤全無，現在剩下的純是對她動人肉體那男人本能的興趣，眞的是有慾無情，淡淡一笑道：「我要多謝的是赤老他老人家，而不是你。否則我早成了個廢人，以後都要看你兩人的臉色行事了。不過你愛怎麼想，全是你的自由。」

卓地立起，頭也不回出房去了。

第二十七章　勝負難分

戚長征和寒碧翠手拉著手，離開曾使他們魂迷魄蕩和充滿香艷旖旎的房舍。

兩人相視一笑，才依依不捨鬆開了手，踏足街上。

陽光漫天裡，街上人來車往，好不熱鬧。

他們輕鬆地漫步街上，享受大戰前短暫的優悠光陰。

寒碧翠帶著他來到當地著名的餃子舖，在一角的桌子坐下，爲兩人點了兩碗菜餃、一碗肉餃，津津有味地吃起來。

寒碧翠不時偷看埋頭大嚼的戚長征，寂寞了多年的芳心，既充實又甜蜜。

想不到以自己一向的拘謹守禮，竟會像全失去了自制般和眼前這男子鬧了一天一夜，最後還上了床，可知愛情要來時，誰也避不過那沒頂於愛河的命運。

唔！

嫁了他後，定會晚晚像剛才般纏著他。

想到這裡，粉臉不由紅了起來。

戚長征斜斜兜了她一眼，以輕鬆的語調道：「是否想起剛才的快樂？」

寒碧翠嬌嗔道：「你還說呢！一點都不懂得憐香惜玉，不理人家是第一次，還硬來了三次。」

戚長征得意地笑道：「不硬來又怎可以，你現在應深深體會到這至理。」

寒碧翠玉臉燒個通紅，跺足不依，卻拿他沒法，無論他說甚麼荒唐話兒，自己亦唯有含羞聆聽。

戚長征忽地神情一動，往入門處望去。

一個四、五十歲的矮胖道人，臉上掛著純眞的笑意，筆直朝他們走過來。

戚長征愕然道：「小半道長！」

寒碧翠暗忖原來是武當派的著名高手小半道人，不知來找他們所爲何事？亦不由有點尷尬，自己如此和戚長征同桌而食，明眼人一看便知他們關係非比尋常。

她身爲白道八派以外第一大派丹清派的掌門，而戚長征則是黑道裡年輕一輩聲名卓著的高手，實沒有走在一起的理由。

小半道人笑嘻嘻地在兩人另一側的空椅子坐下，親切地道：「寒掌門和戚兄把小半累慘了，在屋外站了大半天，又等你們吃飽了，才有機會來找你們說話。」

寒碧翠本紅霞密布的玉臉再添紅暈，眞想狠狠踢這可惡道人一腳。

戚長征剛好相反，大覺氣味相投，伸手大力一拍小半道人的圓肩笑道：「好傢伙！這才像個有道之士，我老戚最憎厭那些假道學的人，滿口仁義道德，其實暗中所爲卻是卑鄙無恥。」

小半道人嘻嘻一笑道：「衝著這句『有道之士』的高帽子，小半便不能不爲老戚你賣命。」

寒碧翠喜道：「八派終肯出手對付方夜羽了嗎？」

小半道人笑容無改道：「小半只是代表個人，不過若我不幸戰死，或者可改變他們那班老人家的想法。」

戚、寒兩人肅然起敬，至此才明白小半道人我不入地獄誰入地獄的濟世慈懷。

戚長征露出他真誠的笑容道：「你這個朋友老戚交定了。」

小半道人讚賞道：「小半第一次在韓府見到老戚你，就起了親近之心，你最憎假道學的人，我卻最討厭婆婆媽媽拖泥帶水的傢伙，幸好我們都不是這兩種人。今晚便讓我們大殺一場，丟掉了小命又如何？」

戚長征搖頭道：「我們的命怕不是那麼易掉的，現在讓拙荊先帶我們到她的巢穴歇歇腳，若你沒有蠢得把酒戒掉，就喝他媽的十來罈。」

寒碧翠羞不可抑，大嗔道：「戚長征我要和你說清楚，一天你未明媒正娶，花轎臨門，絕不准向人說我是你的甚麼人。」

小半道人哈哈笑道：「老戚你若能連寒掌門都弄得應承嫁你，天下可能再沒有難得倒你的事了。」

韓柏趾高氣揚，剛踏出房門，范良極撲了上來，搭著他肩膊興高采烈欲往柔柔的房間走去。

盈散花平靜的聲音在背後傳來道：「兩位慢走一步。」

兩人愕然轉身。

盈散花推開房門，走了出來，一身素黃綢服，風姿綽約，步至兩人身前，烏亮的眸子在兩人身上打了個轉，最後落在韓柏臉上，淺淺一笑道：「只看你這得意樣子，便知你贏了漂亮的一仗，看來我們都低估了你。」

兩人想不到她如此坦白直接，反不知如何應付。

范良極瞇著一對賊眼，打量了她好一會兒後道：「沒有了秀色，等若斷去了你的右臂，你還靠誰去陪男人上床？」

盈散花也想不到這老賊頭這般語不留情，神色不自然起來，跺腳嗔道：「你們是否想拉倒，這樣吧！立即泊岸讓我們下船，至於後果如何，你們有腦袋的便好好想想吧！」

韓柏知道秀色的失敗，令她陣腳大亂，所以才向他們攤牌，硬迫他們答應她的要求，嘻嘻一笑道：「不是你們，而是你，秀色再不會跟著你了。」

盈散花臉色微變，仍強硬地道：「有她沒她有何分別，只我一個人，足可使你們假扮專使的詭計盡付東流。」

韓柏眼中爆起精芒，淡然道：「秀色早告訴了我一切，整件事只有你兩人知道，所以我們若把你留下，當不虞會洩露我們的秘密。」他這幾句話純屬試探，以測虛實。

盈散花終於色變，怒道：「秀色真的說了。」

房門推開，秀色面容平靜走了出來，身上只披著一件外袍，美妙的身材顯露無遺。淡淡道：「花姊你給他騙了，我甚麼都沒有說。」

盈散花稍平復下來，轉過身去低問道：「你既一直在旁聽我們說話，為何不提醒我。」

秀色道：「有兩個原因，首先我想看看你對我的信心，其次我不想破壞韓郎的事。」

盈散花怒道：「那你豈非背叛了我嗎？」

秀色手一翻，多了把鋒利的匕首，反指著心窩道：「不！我並沒有背叛你，不信可以問韓柏。」接著向韓柏道：「韓郎！我只要你一句話，究竟肯不肯幫助我們兩姊妹。」

韓、范兩人大感頭痛，均知道若韓柏說個「不」字，秀色就是匕首貫胸的結局，任誰都可從她平靜的面容看到她的決心。

韓柏心中暗嘆，知道自己的決絕傷透了她的心，所以她是眞的想尋死。

不過假若這只是她另一條巧計，利用的也是自己又好又軟的心腸，豈非又要再栽個大筋斗。

盈散花顫聲道：「不要這麼傻，他們不合作就算了。」緩緩向秀色移去。

沒有人比她更了解秀色了。她現在正陷進在自己和韓柏間的取捨矛盾中，所以才寧願以死來解決。

秀色冷冷道：「花姊你再走前一步，我就死給你看。」

韓柏踏前兩步，到了盈散花旁，伸手摟著她香肩，死性不改般趁她心神不屬時，在她臉蛋香了一口道：「除了把你們送給朱元璋外，甚麼條件我也答應。」

秀色心中一震。

盈散花雖給韓柏摟著香肩，又吻了一口，竟然只是俏臉微紅，並沒有把他推開。

秀色震驚的原因，是因爲盈散花對男人的憎厭是與生俱來的，連男人的半個指頭都受不了，爲何會有此反常的情況呢？

盈散花亦是心中模糊。

當韓柏伸手摟在她的肩膀時，一種奇異無比，說不出究竟是快樂還是討厭的感覺流遍全身，使她顫慄刺激得無法做出任何「正常」的反應，所以任由對方吻了。

這感覺並非第一次發生。

那天在酒家韓柏離去前擰她臉蛋時，她亦有這種從未曾自任何其他男人身上得到新鮮的感受，使她沒法把他忘掉。

范良極哪知三人間微妙的情況，來到韓柏另一邊，一肘挫在韓柏手臂處，嘿然道：「若她們開出我們完全接受不了的條件，我們又要遵守諾言，那豈非自討苦吃？」

韓柏張開另一隻手，把范良極亦摟著，變成左手摟著個女飛賊，右手摟著天下眾盜之王，單足立地，一足屈起在另一腳之後，只以足尖觸地，說不出的瀟灑自信，看著匕首指胸的秀色道：「我韓柏只會被人騙一次，絕不會有第二次的，今次我便以專使大人的身分，押他一鋪。若秀色全不體念我們的處境，亦即並不愛我，開出我們不能接受的條件，我便把這勞什子使節團解散了，大家一拍兩散，好了！說吧！你們兩個究竟想怎樣？」

這次連范良極亦心中叫好，大刀闊斧把事情解決，總勝過如此瞎纏不清。同時亦知道韓柏的魔功又精進一層，表現出懾人心魄的氣勢。

盈散花給他愈摟愈緊，半邊嬌軀全貼在他身上，鼻裡滿是他強烈的男性氣息，卻生不起以前對男人的惡感。

秀色看著眼前三人，忽地湧起荒謬絕倫的感覺，「噗哧」笑了出來，收起匕首，先看了盈散花一眼，然後又狠狠盯了韓柏一眼，像沒有發生過任何事般道：「花姊你自己說吧，我兩邊誰都不幫了。」

逕自轉身，往專使房內走回去。

門關上後，三人愣在當場。

韓柏看了看范良極，又看了看像給點了穴般的盈散花，才想大笑，范良極早先他一步捧腹大笑，步履蹌踉地撞入浪翻雲的房內。

韓柏這時反笑不出來，往盈散花看去。

盈散花正冷冷瞪著他，面容冰冷道：「你佔夠了我的便宜沒有？」

韓柏深望她一眼後灑脫笑道：「不知你是否相信，你是注定了給我佔便宜的，否則不會如此送上門來。」鬆開了手，走到秀色所在的專使房，伸手貼在門沿處，一瞬不瞬盯著盈散花道：「你和秀色都是好女子，只不過未曾遇上我這樣的好男人罷了！」推門進去了。

盈散花靜立不動，俏目神色數變，最後露出一絲甜甜的笑容，往自己的房間悠然走去，有放開了一切提防和戒備的輕盈瀟灑，使她看來更是綽約動人了。

韓柏關上門，來到俏立窗前，凝望著對岸景色的秀色後，抓著她香肩，把她扭轉過來。

秀色面容出奇地安詳寧洽，一言不發深深地瞧著他。

韓柏的手探進了她披在身上唯一的外袍裡，在她赤裸的背部有力地愛撫著。

秀色一對美目閉了起來，小嘴不住張闔喘氣。

韓柏愛憐地道：「我錯怪你了，來！讓我們到床上去，這次才是眞的。」

第二十八章　離情別緒

當戚長征、寒碧翠和小半道人回到丹清派那所大宅時，湘水幫幫主尙亭正在焦急地守候著他們。寒碧翠知他必有要事，忙把他請進密室裡。

四人坐定後，尙亭道：「我知道戚兄是寧死不屈的好漢子，但今仗卻是不宜力敵，現在圍在長沙城外可知的勢力包括了莫意閒的逍遙門、魏立蝶的萬惡沙堡、毛白意的山城舊部、卜敵的尊信門和一群黑道硬手，人數達三千之眾，好手以百計，這還未把方夜羽的人算在內，就算城內所有幫會合起來，又加上官府的力量，仍遠不是他們的對手，所以這一仗絕打不過。」

戚、寒等三人聽得面面相覷，想不到方夜羽會投下如此巨大注碼，以對付丹清派和戚長征。

戚長征肅容道：「尙幫主帶來這樣珍貴的消息，丹清派和戚長征定然銘記心中，先此謝過，我們自有應付方法，不勞幫主掛心。」

他這麼說，是要尙亭置身事外，不要捲入這毀滅性的無底漩渦裡。

尙亭嘆了一口氣道：「明知山有虎，偏向虎山行，紅玉這事給了我很大的教訓，苟且偷安，不若轟轟烈烈戰死，戚兄莫要勸我了。」

戚長征和寒碧翠均默然無語，知道愛妻受辱一事使他深受刺激，置生死於度外。

小半道人嘻嘻一笑道：「方夜羽如此大張旗鼓，必然搞得天下皆知，我才不信整個江湖只得我和尙兄兩人有不畏強權的熱情，說不定還會再有援軍哩！」

他嘻笑的神態，使三人緥緊了的神經輕鬆了點。

戚長征微微一笑，挨在椅內，有種說不出閒逸瀟脫的神氣。

寒碧翠看得心中歡喜道：「你想到甚麼了？爲何如此輕鬆寫意？」

戚長征道：「我是給尙兄提醒了，方夜羽在眞正統一黑道前，最怕就是和官府硬碰，楞嚴無論如何權傾天下，總不能命令長沙府的府官公然和黑道幫會及江湖劇盜合作，去對付一個白道的大門派，此事皇法難容。」

尙亭動容道：「所以只要我們施展手段，迫得官府不能不插手此事，那方夜羽勢難如此明目張膽，進城來把敵對者逐一殲滅，那我們便不用應付數以千計的強徒了。」

他似乎忘記了自己亦是黑道強徒。

小半道人拍案道：「只要我們散播消息，說城外滿是強盜，準備今晚到城內殺人放火，加上城外確有此情況，定會弄至人心惶惶，那時官府想不插手也不行。」

寒碧翠皺眉道：「這是阻得了兵擋不了將，方夜羽只要精選最佳的十多名好手，例如里赤媚、莫意閒之輩，我們仍是有敗無勝。」

戚長征哈哈一笑道：「現在誰管得那麼多了，讓我也效法龐斑，不過卻須先得碧翠你的批准。」

他如此一說，連尙亭亦知道兩人關係不淺，不由偷看這位曾立誓不嫁人的大掌門一眼。

寒碧翠心中暗恨，本想說你的事爲何要問我，但又捨不得放棄這權利，微嗔道：「說吧！」

戚長征樂得笑起來道：「我老戚想在青樓訂一桌美酒，請來紅袖小姐陪伴，好款待夠膽和方夜羽對抗的各路英雄好漢。」

尙亭被他豪氣所激，霍地起立道：「這事交由我安排，我會把這消息廣爲傳播，縱使我們全戰死當場，亦可留下可博後人一粲的逸事。」

小半道人失笑道：「尙兄不要如此著急，人家掌門小姐仍未批准呢！」

寒碧翠狠狠盯了戚長征一眼，暗忖這小子總忘不了那妓女紅袖，顯是意圖不軌，旋又想起是否活得過今晚仍不知道，低聲道：「你囊空如洗，哪來銀兩請客？」

戚長征厚著臉皮道：「你不會坐看我吃霸王宴吧！」

寒碧翠再白了他一眼，向尙亭笑道：「麻煩尙幫主了。」

韓柏和三女站在艙頂的看台上，神清氣爽地瀏覽兩岸不住變化的景色。

三女見他回復本色，都興致勃勃纏著他說閒話兒。

范良極這時走了上來道：「謝廷石要求今晚和我們共進晚膳，我找不到推卻的理由，代你答應他。」

韓柏嘆道：「我最初總覺得坐船很苦悶，但有了三位姊姊後，光陰跑得比灰兒還快，眞希望永遠不會抵達京師。是了！夢瑤和浪大俠怎麼樣？」

三女聽見韓柏如此說，都喜得俏臉含春。

范良極道：「他們都在閉門潛修，散花和秀色亦關起門來不知在做甚麼。」

左詩訝然道：「你爲何不叫她們作妖女了？」

范良極赧然道：「現在我又覺得她們不那麼壞。」

柔柔向韓柏警告道：「你若因和她們鬼混疏忽了我們，我們定不會放過你的。」

朝霞也道：「我看見她們就覺得噁心。」

范良極低聲喝道：「秀色來了！」

三女別轉了臉，故意不去看她。

秀色出現在樓梯處，往他們走過來，看到三女別過臉去，眼中掠過黯然之色，向范良極襝衽施禮後，又向三女恭謹請安。

三女終是軟心腸的人，勉強和她打個招呼後，聯群結隊到了較遠的角落，自顧自私語。

秀色望向韓柏，眼中帶著難言的憂思，低聲道：「花姊有事和你說。」

韓柏望向范良極。

范良極打回眼色，示意他放心去見盈散花，三女自有他來應付。

韓柏和秀色並肩走到下艙去。

才踏進樓梯裡，韓柏伸手摟著秀色僅盈一握的小蠻腰，嗅著她髮鬢的香氣道：「爲何這麼不快樂的模樣？」

秀色輕輕一嘆，挨到他身上，幽幽道：「假設我和別的男人上床，韓郎會怎樣看待我，是否以後都不理我了。」

韓柏心中起了個突兀，暗忖爲何她忽然會問這個問題，細心思索後，坦然道：「心裡自然不大舒服，但卻不會不理你。」

秀色一震停下，凝望著他道：「是否因爲你並不愛我，所以才不計較我是否和別的男人鬼混？」

韓柏道：「絕不是這樣，而是我覺得自己既可和別的女人上床，爲何你不可和別的男人上床，所以找不到不理你的理由。」他這種想法，在當時男權當道的社會，實是破天荒的「謬論」。

秀色點頭道：「像你般想法的男人我眞是從未遇過。以往我所遇到的男人，無論如何胸襟廣闊，但一遇到這問題，都變得非常自私，只要求女人爲他守貞節，自己則可任意和其他女人歡好，這是多麼不公平啊！」

兩人繼續往前走，來到盈散花門前時，秀色道：「你進去吧！花姊想單獨和你一談。」

韓柏微感愕然，才伸手推門。

秀色輕輕道：「不過明知不公平，我仍會盡量爲你守節，使你好過一點。」

韓柏大感不妥，待要細問，秀色推了他一把，示意他進去，又在他耳旁低聲道：「無論將來如何，秀色只愛韓郎一個人。」

韓柏推門入內。

秀色爲他把門拉上。

盈散花離座而起，來到他身前，平靜地道：「韓柏！我們今晚要走了，現在是向你辭行。」

韓柏愕然道：「甚麼？」

盈散花深深凝視著他，好半晌後才道：「放心吧！我們會對你的事守口如瓶，絕不會洩出半點秘密。」

韓柏皺眉道：「你們不是要藉我們的掩護進行你們的計劃嗎？爲何又半途而廢呢？」

盈散花嘆了一口氣道：「因爲秀色不肯做任何損害你的事，我這做姊姊的唯有答應了，噢！你幹甚麼？」

原來韓柏兩手一探，一手摟頭，另一手摟腰，使兩個身體毫無隔閡地緊貼在一起。

韓柏蜻蜓點水般吻了她的香唇，看著她的眼睛柔聲道：「姑奶奶不要再騙我了，你是怕和我相對久了，會情不自禁愛上了我，所以才急急逃走，我說得對嗎？」

盈散花一點不讓地和他對視著，冷然道：「韓柏你自視太高了。」

韓柏微微一笑，充滿信心道：「無論你的小甜嘴說得多硬，但你的身體卻告訴我你愛給我這樣抱著，若我現在要佔有你，保證可輕易辦到。」

盈散花一震道：「韓柏求你高抬貴手吧！我自認鬥不過你了，不要再迫我好嗎？唔……」

韓柏封著了她的香唇，熱烈痛吻著。

盈散花像冰山般融解下來，狂野地回應著，玉手水蛇般纏著他的脖子。

唇分後，韓柏的吻再次雨點般落到她的臉蛋、眼睛、鼻子、耳朵和香嫩的粉頸上。

盈散花不能自制地抖顫和呻吟，玉臉泛起嬌艷奪目的玫瑰紅色。

當韓柏停止攻勢時，盈散花早嬌柔無力，呻吟著道：「韓柏！知道嗎？你是散花第一個肯讓你這樣輕薄她的男人。我從沒想過會容許任何男人這樣對我的。」

韓柏道：「那你還要走嗎？」

盈散花點頭道：「是的！我更要走。當是散花求你吧！我們的計劃定要付諸實行的。」

韓柏道：「告訴我你的計劃吧！看看我是否可幫助你們。」

盈散花搖頭道：「不！」

韓柏微怒道：「若你不告訴我，休想我放你們走。」

盈散花幽幽看他一眼，主動吻了他的唇道：「求你不要讓散花爲難了，到了京師後，說不定我們會有再見的機會。說眞的！你使我很想一嘗男人的滋味，但對手只能是你。」

韓柏色心大動道：「這容易得很，我……」

盈散花回手按著他的嘴唇，含笑道：「現在不行，我知道若和你好過後，會像秀色那樣，很難離開你，總之人家承認鬥不過你這魔王了。散花再懇求你一次，放我們走吧！這樣對雙方都有好處。」

韓柏眼光落在艙板上整理好的行李，道：「我知你們下了決心，亦不想勉強你們，不過我很想告訴你們，韓柏會永遠懷念著我們相處過的這段日子的。」

盈散花臉上現出淒然之色，知道韓柏看穿了她們將一去不回，以後盡量不再見到他的心意。她垂下螓首，輕輕離開了韓柏的懷抱，背轉了身，低聲道：「今晚船抵寧國府郊的碼頭時，我們會悄悄離船上岸，你千萬不要來送我們，那會使我們更感痛苦，答應我嗎？」

韓柏湧起離情別緒，道：「好吧！你要我怎樣便怎樣吧！」

掉頭離去。

盈散花的聲音在背後響起道：「韓柏！」

韓柏一喜回轉身來。

盈散花亦扭轉嬌軀，旋風般撲進韓柏懷裡去，在他肩頭狠狠咬了一口。

韓柏痛得叫了起來。

盈散花眼中又回復了一向頑皮的得意神色，道：「這齒印是我送給你的紀念品，你也來咬我一口吧！甚麼地方都可以，以後看到齒印，我就會記起你來。」

韓柏大感有趣，伸手拉開她的衣襟，露出她豐滿的胸肌，不懷好意地看著她。

盈散花不但沒有絲毫反對的意思，還歡喜地和他來個長吻，笑道：「咬得人家愈痛愈好，那才不會忘記！嘻！和你交手眞是這世上最有奇趣的一回事。」

韓柏魔性大發，毫不客氣在她粉乳上重重咬了一口，痛得盈散花眼淚湧了出來，偏是咬緊銀牙，不吭一聲。

韓柏滿意地看著她酥胸上的齒印，淡淡道：「你最好莫要給我再碰上，那時無論你是否願意，我也會把你得到。」

盈散花嬌笑著離開了他，道：「放心吧！我們的鬥爭是沒完沒了的，說不定明天抵受不住相思之苦，又來尋你。」說完把他弄轉身去，直推出門外。

秀色仍呆立門旁，垂著頭不敢看他。

盈散花騰出一手，把秀色拉了進去，向他嫣然一笑，才關上了門。

韓柏呆立了一會兒，忽地搖頭苦笑，往秦夢瑤的房間走去。

現在只有秦夢瑤才能使他忘記這兩個「妖女」了。

第二十九章　如此兄弟

韓柏剛要拍門，房門已被秦夢瑤打了開來，笑意盈盈地伸出纖手，把他拖進房內。

韓柏受寵若驚，隨著她來到窗前的太師椅前。

秦夢瑤著他坐到椅內，然後破天荒第一次主動挨入他懷裡，坐在他大腿上，還摟著他脖子，笑吟吟道：「韓柏你終於在種魔大法上再有突進，夢瑤非常開心哩！」

韓柏一手摟著她的纖腰，另一手在她大腿上愛不釋手地來回愛撫摸拂，感動地道：「爲何夢瑤忽然對我那麼好，是否上床的時間到了？」

秦夢瑤恬然搖頭道：「還不行，不過夢瑤覺得那日子愈來愈近了，心生歡喜，所以聽到你來找我，急不及待想和你親熱一番。」

韓柏愕然道：「你也會急不及待嗎？」

秦夢瑤甜笑道：「我不是人嗎？而且莫忘我愛上了你，自然對你有期待渴望的情緒。」

韓柏大喜，狠狠吻在她香唇上。

秦夢瑤以前所未有的火般熱情反應著。

瞬間兩人同時感到這次接觸生出的動人感覺，比之以往任何一次更強烈多倍。

不但眞氣的交換對流澎湃不休，最使他們震撼的是似乎他們的靈魂亦接連起來。

那與任何肉慾無關。

而是道胎和魔種的眞正交接。

若以前兩者是隔了一條河在互相欣賞傾慕，現在已築起了一道鵲橋，使他們像牛郎織女般愛纏在一起。

連秦夢瑤亦陷進前所未有的神魂顚倒裡。

韓柏的手出奇地沒有向秦夢瑤施以輕薄，因爲只是這種醉人心魄的感受，已足可使他們忘掉了其他一切。

他們甚至感覺不到肉體的存在，只剩下兩顆熾熱的心在融渾纏綿。

秦夢瑤的心脈被更強大的先天眞氣連接起來。

也不知過了多少時間，兩人難離難捨地分了開來，但兩對眼睛還是糾纏不休。

秦夢瑤嘆道：「韓柏啊！只是親嘴已使夢瑤如此不能自持，將來和你歡好時，教夢瑤怎辦才好？想想夢瑤便要恨你了。」

韓柏嘻嘻笑道：「保證你由仙女變成凡女，我才是眞的急不及待想看你那模樣兒呢！」他說到「急不及待」時，特別加重了語氣。

秦夢瑤知道他又魔性大發，可是芳心不但毫不抗拒，還似無任歡迎，白了他一眼，沒有答話。那恬靜閒雅、秀氣無倫的風韻，動人之極。

韓柏給她撩得心癢癢的，忍不住伸手搔頭道：「是了！你整天聽著我和三位姊姊及其他女人鬼混，究竟心中會否怪我，例如說會怪我見一個愛一個。」

秦夢瑤微微一笑道：「你並不是見一個愛一個，除了你那三位姊姊和夢瑤外，你對花解語、秀色、白芳華、盈散花等並沒有足夠的愛，只是受她們美麗肉體的吸引，生出慾念和感情，我想那並不能稱之爲『愛』。若想得到你的眞愛，還不容易哩！」

韓柏一呆道：「若眞是這樣，我和沉迷色慾的人有甚麼分別。」

秦夢瑤嗔道：「分別當然大得很，因爲這是魔種的特性，亦是道胎和魔種的分別。道胎講求專一守中，魔種則奇幻博雜、變化無窮，追求新鮮和刺激。你若要夢瑤和你之外的男子相好，殺了夢瑤也辦不到。可是對秀色這精擅魔門姹女心法的人來說，她早晚會忍不住和別的男人歡好。這亦是道魔之別，非人力所能轉移，所以你雖愛遍天下美女，夢瑤都不會怪你，仍只是誠心誠意只愛著你一個人。」

韓柏想了好一會兒後，似明非明點頭道：「既是如此，我見一個愛一個反是正常，爲何你又說我很難會眞心愛上她們呢？」

秦夢瑤輕嘆道：「本來我是不想說出來，但爲了使你魔種有成，卻不得不說，因爲魔門專論無情之道，而貴爲魔門最高心法的道心種魔大法，其精粹處暗含絕情的本質，所以龐斑才能忽然狠心任由師姊離他而去。『鼎滅種生』其中的鼎滅亦隱帶著絕情的味兒。」

韓柏劇震道：「那怎辦才好？我絕不想成爲有慾無情的人。唉！你不是說過我既善良又多情嗎？」

秦夢瑤「噗哧」嬌笑道：「不用那麼擔心，夢瑤的話仍未說完，魔種最終的目的，亦是追求變化，由無情轉作有情，那種情才教人難以抵擋，所以我只說很難得到你的眞愛，並沒有說不可能得到你的眞愛呢！」

韓柏皺眉道：「你說的話自然大有道理，不要說我對你的愛是貨眞價實，我對三位姊姊也確是愛得刻骨銘心，絕無半點欺詐的成分在內。」

秦夢瑤道：「那是當然的事，因爲你那時魔功尚未成形，你是以韓柏的赤子之心去愛她們，那種愛永遠改變不了。就像龐斑對恩師的愛那樣。但當你魔功日進，你那包含著眞愛的赤子之心，會逐漸潛藏於魔種的核心處，好像被厚厚的硬殼所包圍，別人要敲進你那赤子之心裡就不那麼容易了。」頓了頓續道：「換了以前的你，肯讓盈散花和秀色走嗎？」

韓柏奇道：「爲何你對魔種比我還要知道得多呢？」

秦夢瑤嫣然一笑道：「道胎和魔種的鬥爭互戀，愛愛恨恨，已成了我這塵世之行最大的挑戰，所以夢瑤無時無刻不在思索和觀察，比你這不大愛用心費神的人知道得多一點，有何稀奇？」

韓柏默然不語，神情有點落寞，顯然對自己的變化，感到難以接受。

秦夢瑤蕙質蘭心，怎會不明他的心意，湊到他耳旁道：「你好像忘了對夢瑤說過的情話。」說完俏臉忽地紅了起來，其艷色天姿，確是不可方物。

韓柏忘掉了一切，怦然心動道：「甚麼情話？」

秦夢瑤深情地瞧著他道：「剛才你不是曾對夢瑤說，再見夢瑤時，必會探手到人家衣服裡，大快手足之慾嗎？」

韓柏狂震道：「媽啊！夢瑤你竟要求我輕薄你。」

秦夢瑤淺嗔道：「不求你，難道求其他男人嗎？」

她每句話都大異平常，充滿挑逗性，韓柏哪按捺得住，便要爲她寬衣。

秦夢瑤責道：「怎可脫人家衣裳呢？」

話尚未完，韓柏早兵分兩路，分由她裙腳和胸襟遊了進去。

秦夢瑤劇烈抖顫起來，抓著韓柏肩頭的指掌用力得陷進他肉內，張開了小口，喘息著道：「無論夢瑤如何情動，此時絕不可侵佔夢瑤，千萬緊記。」

韓柏至此已知道秦夢瑤每一個行動，包括說出口的每一句話，都隱含深意。於是強制著要佔有她的慾望，但卻毫不留情地挑逗著懷內這剛始眞正下凡的仙女。

這時他更感到秦夢瑤兩種截然相反的嬌姿，一是聖潔不可侵犯，另一就是現在般的嬌野放任。

兩個嘴唇又再交纏在一起。

韓柏無處不到的手刺激得秦夢瑤泛起一陣陣的春潮和慾浪。

扭動喘息呻吟中，秦夢瑤仍保持著靈台僅有的一點清明，細意感受和緊記著自己情慾湧起的方式和情況。

她要向韓柏學習情慾這人類與生俱來的本能。

「啊！」

秦夢瑤忍不住嬌吟起來，強烈的快感使她差點沒頂於慾海裡。

在失去那點清明的剎那前，她抓緊了韓柏在她衣服底裡那對令她如癡如狂的大手，喘息著道：「夠了！柏郎！夢瑤暫時夠了。」

韓柏面紅耳赤道：「要不要我把手拿出來。」

秦夢瑤軟伏在他身上，搖頭道：「不！就讓他們留在那裡吧！」

你。」

韓柏無限感激地道：「我韓柏何德何能，竟可這樣輕薄夢瑤，我自家知自家事，眞的配不起

秦夢瑤喘息稍歇，逐漸平復下來，幽幽道：「夢瑤到這刻才知道爲何沒有人在有機會時能不沉迷慾海，那滋味確是動人之極。柏郎啊！以後也不准說你配不起我，誰人可像你般既使我享受到男女愛戀的甜蜜味兒，但又可朝無上天道進軍。我才眞要感激你呢！」

韓柏的手又動了起來，不過只是溫柔的愛撫。

秦夢瑤任他施爲，全心全意地接受著。

韓柏試探道：「以後我是否隨時可以這樣對你呢？」

秦夢瑤駭然由他肩頭仰起俏臉道：「當然不可以，別忘了除非我心甘情願，你絕不可強來。雙修大法必須由女方作主導，才可有望功成。」

船速在這時減緩下來。

韓柏暗忖我是否應把盈散花兩女留下來？但回心一想，又知道多了她兩人出來，洩出底子的可能性會大大增加，一嘆下放棄了這想法。

秦夢瑤說得對，自己變得愈來愈功利和現實了，爲了求得成功，甚麼手段都可用出來。不過亦只有如此，才感到稱心快意。

自己眞的變了。

幸好那赤子之心仍在。

否則眞不知將來會否成爲了另一個冷絕無情的龐斑？

長沙府。

夕陽斜照。

戚長征倚在「醉夢樓」二樓露台的欄杆處，眺望牆外花街的美景。身後是醉夢樓最豪華的廂房，擺了一桌酒席，仍是寬敞非常。廳的一端擺了長几，放著張七弦琴，彈琴唱曲的當然是長沙府內最紅的姑娘紅袖。

醉夢樓並不是紅袖駐腳的青樓，卻屬湘水幫所有。

當紅袖知道邀請者是戚長征時，明知牽涉到江湖爭鬥，仍立時推了所有約會，欣然答應，姑娘的心意，自是昭然若揭。

這時小半道人來到他旁，神情輕鬆自若。

戚長征對他極具好感，笑道：「若不告訴別人，誰都不知道小半你是第一次涉足青樓，我眞想看著貴派同門知道你上青樓時那臉上的表情。」

小半道人淡然道：「我既不是來嫖妓，只要問心無愧，哪管別人想甚麼？」頓了頓道：「老戚你知否不捨道兄還了俗，這事轟動非常呢！」

戚長征點頭道：「不捨確是一名漢子，敢作敢爲，你若遇上能令你動了凡心的嬌嬈，會否學他那樣？」

小半道人失笑道：「虧你可向我說出這種話來，小半半途出家，遁入道門，絕非爲了逃避甚麼，而是眞的覺得塵世無可戀棧。可恨又未能進窺天道，所以才揀一兩件有意義的事混混日子，總好過虛度此生。」

戚長征特別欣賞他毫不矯揉造作的風格，聞言笑道：「你比我強多了，起碼知道甚麼是有意義的事，對我來說，生命就像今晚的盛宴，你不知道會出現甚麼人和事，只知道能熱鬧一場，不會沉悶就夠了。」

小半道人嘿笑道：「我卻沒有你那麼樂觀，方夜羽那方面或者非常熱鬧，但我們則只可能是冷清寥落，甘心為某一理想來送死的人愈來愈少了。」

戚長征從容道：「有你和尙亭兩人便夠了。」

小半道人呵呵笑了起來，點頭道：「說得好！說得好！」接著壓低聲音道：「想不到尙亭如此豪氣干雲，使我對他大為改觀。」

剛說曹操，曹操就到。

尙亭神色凝重步進廳內，來到兩人身旁低聲道：「我們隔鄰的廳子給人訂了，你們猜那是誰？」

戚長征和小半道人對望一眼，都想不到是誰人有此湊熱鬧的閒興。尤其他們都知道尙亭把樓內所有預定的酒席均取消了，亦不會接待任何客人，為何此人竟能使尙亭無法拒絕呢？

尙亭嘆了一口氣道：「是黑榜高手『矛鏟雙飛』展羽，他訂了十個座位的酒席，唉！他這一手把事情弄得更複雜了。」

戚長征待要說話，一把女子的聲音由街上傳上來道：「長征！」

戚長征聞聲劇震，往高牆外的行人道處望過去，不能置信地看著卓立街中，正含笑抬頭看著他的一雙男女。

戚長征喜出望外叫道：「天呀！竟然是你們來了！」旋風般衝往樓下去，迎了兩人上來。

小半道人和尙亭都不知來者是誰，不過看戚長征的樣子，便知是非同小可的人物。

戚長征歡天喜地得像個小孩子般陪著兩人上來。

小半道人和尙亭見那女的長得嬌艷動人，男的則瘦削筆挺，雙目像刀般銳利，忙迎了上去。

戚長征壓低聲音向兩人介紹道：「這位是封寒前輩，長征的恩人，另一位是長征視之爲親姊的乾虹青小姐。」

小半道人和尙亭一聽大喜過望，有「左手刀」封寒這個級數的高手來助陣，就若多了千軍萬馬那樣。

戚長征又介紹了小半道人和尙亭兩人。

封寒微一點頭，算是招呼過了。

乾虹青則親切地向他們還禮。

兩人素知封寒爲人冷傲，絲毫不以爲忤。

說眞的，只要他肯來幫手，罵他們兩句都不緊要。

戚長征把封、乾兩人請往上座，他們三人才坐下來。

乾虹青笑道：「長征現在成了天下矚目的人，連踢了里赤媚一腳的韓柏和風行烈兩人的鋒頭亦及不上你。嘻！這都是聽回來的。」

戚長征道：「你們是剛到還是來了有一段時間？」

封寒露出一絲笑意，讚許道：「你們竟懂得利用官府的力量，破了方夜羽對長沙府的封鎖網，確是了得。昨天我們在黃蘭市得知你確在長沙府的消息，立即趕來，以爲還須一番惡鬥，才可見到你，豈知遇上的都是官兵，想找個方夜羽的嘍囉看看都沒有。」這樣說，自是剛剛抵步。

乾虹青接口笑道：「進城後才好笑，原來長征竟公然在妓寨設宴待敵，於是立即來尋你，眞好！我們終於見到你了。除我之外，我從未見過封寒對人有那麼好的。」

戚長征正要說一番表示感激的肺腑之言，封寒先發制人道：「不要說多餘話，這麼動人的青樓晚宴，怎可沒有我封寒的分兒，就算長征是一個封某不認識的人，我也會來呢！」

小半道人和尙亭對望一眼，都看出對方對這黑榜高手那無畏的胸襟生出敬意。

戚長征有點忸怩地試探道：「不若長征把那天兵寶刀暫交回前輩使用吧！」

封寒傲然一拍背上那把式樣普通的長刀，失笑道：「只要是封寒左手使出來的刀，就叫左手刀，甚麼刀都沒有絲毫分別，否則我怕要和虹青返小谷耕田了。」

戚長征、尙亭和小半道人一齊哄然大笑。

忽然間，三人都輕鬆了起來。

這時寒碧翠在安排妥派內事務後趕至，一見多了封、乾兩人，愕然道：「眞的有人夠膽量來幫我們。」語出才覺不大妥當，但已沒有機會改口了。

戚長征站了起來，笑道：「碧翠不用因失言而感尷尬，這是我最尊敬的長者之一，『左手刀』封寒前輩。」

寒碧翠先是嚇了一跳，旋即大喜道：「有封前輩在，眞是好極。」

乾虹青微嗔道：「長征！你只尊敬封寒，那我呢？」

怪。

戚長征賠笑道：「碧翠過來見過青姊，你就當她是我的親姊吧！」一句話，化解了乾虹青的嗔

寒碧翠差點給戚長征氣死，他對自己的親暱態度就若丈夫對妻子般，教她如何下台。無奈下向乾虹青恭敬叫道：「青姊！」

乾虹青歡喜地道：「還不坐下來，我們肚子都餓了，先點幾個小菜來送酒好嗎？」

尚亭忙召來手下，吩咐下去。

乾虹青向寒碧翠笑道：「寒掌門要小心長征那張甜嘴，可以把人哄得團團亂轉的。」

寒碧翠赧然一笑道：「碧翠早嘗過那滋味了。」說完風情萬種地橫了戚長征一眼。

眾人開懷大笑起來。

戚長征更是心中甜絲絲的，他的人就像他的刀，有種霸道的味兒。

寒碧翠笑道：「我們丹清派和尚幫主的湘水幫，在長沙府的勢力都是根深柢固，在官府裡我們的人多的是，所以聯結起本地富商巨賈的力量，連府台大人也不得不看我們的臉色行事，調動官兵解去封城之厄，否則招來縱容土匪的天大罪名，保證他會人頭不保呢！」

眾人笑了起來。

先前山雨欲來的緊張氣氛一掃而空，各人都感到說不出的興奮寫意。

尚亭和小半道人見封寒並非傳言中那麼難相處，興致勃勃和他交談起來。

乾虹青乘機低聲問戚長征道：「柔晶呢？」

戚長征忙作出解釋。

這時有人來報，風行烈和雙修公主來見戚長征。

戚長征大喜跳了起來，衝了出去。

乾虹青向寒碧翠搖頭笑道：「他是個永遠長不大的野孩子，寒掌門須好好管教他。」

寒碧翠羞紅著臉道：「青姊喚我作碧翠吧，尚幫主和小半道長亦這樣叫好了，否則長征會惱我的。」同時心中暗嘆一聲，這樣的話竟會心甘情願說出口來，當足自己是他的妻子。

「叮！」

四個酒杯碰在一起。

在艙廳裡，韓柏、范良極、陳令方和謝廷石四人圍坐小桌，舉杯互賀。

酒過三巡，餚上數度後，侍席的婢女退出廳外，只剩下四人在空廣的艙廳裡。

謝廷石向韓柏道：「專使大人，朝廷今次對專使來京，非常重視，皇上曾兩次問起專使的情況，顯是關心得很。」

韓柏正想著剛才透窗看著盈散花和秀色上岸離去的斷魂情景，聞言「嗯」了一聲，心神一時仍未轉回來。

范良極道：「貴皇關心的怕是那八株靈參吧？」

謝廷石乾笑兩聲，忽壓低聲音道：「本官想問一個問題，純是好奇而已。」

陳令方笑道：「現在是自家人了，謝大人請暢所欲言。」

謝廷石臉上掠過不自然的神色，道：「下官想知道萬年靈參對延年益壽，是否真的有奇效？」

陳令方與范良極對望一眼，均想到這兩句話是謝廷石爲燕王棣問的，這亦可看出燕王棣此人對皇位仍有覬覦之心，因爲他必須等朱元璋死後，才有機會爭奪皇位，所以他肯定是最關心朱元璋壽命的人。

韓柏見謝廷石的眼光只向著自己，收回對盈、秀兩女的遐思，順口胡謅道：「當然是功效神奇，吃了後連禿頭亦可長出髮來，白髮可以變黑，男的會雄風大振，女的回復青春，總之好處多多，難以盡述。」

謝廷石呆了一呆，道：「難怪貴國正德王年過七十，仍這麼龍精虎猛，原來是得靈參之力。」

韓、范、陳三人猛地出了一身冷汗，事緣他們對高麗正德王的近況一無所知，幸好撞對了，唯有唯唯諾諾，搪塞過去。

謝廷石得知靈參的「功效」後，顯是添了心事，喝了兩口酒後才道：「楞大統領和白芳華那晚前來赴宴，都大不尋常，故我以飛鴿傳書，囑京中朋友加以調查，終有了點眉目。」

三人齊齊動容，謝廷石的京中友人，不用說就是燕王棣，以他的身分，在朝中深具影響力，得到的消息自然有一定的地位。

韓柏最關心白芳華，問道：「那白姑娘究竟與朝中何人關係密切呢？」

謝廷石大有深意的看著韓柏，笑道：「專使大人的風流手段，下官眞要向你學習學習，不但白姑娘對你另眼相看，又有兩位絕色美女上船陪了專使一程，據聞除三位夫人外，船上尚有一位美若天仙的姑娘，眞的教下官艷羨不已。」

三人見他雖說得輕描淡寫，但都知道他在探聽盈散花、秀色和秦夢瑤的底細。

范良極嘿嘿一笑道：「剛才離去那兩位姑娘，是主婢關係，那小姐更是貴國江湖上的著名美女，叫『花花艷后』盈散花，她到船上來，並非甚麼好事，只是在打靈參的主意，後來見專使和我武功高強，才知難而退，給我們趕了下船，這等小事，原本並不打算讓大人擔心的。」

謝廷石其實早知兩女中有個是盈散花，與他同來的四名手下，都是出身江湖的好手，由燕王棣調來助他應付此行任務，對江湖的事自然瞭若指掌。盈散花如此著名的美女，怎瞞得過他們的耳目。范良極如此坦白道來，反釋了他心中的懷疑，由此亦可看出范良極的老到。

至於秦夢瑤則一向低調，行蹤飄忽，他那四名手下都摸不清她是誰。尤其秦夢瑤已到了精華內斂的境界，除了浪翻雲、龐斑之輩，憑外表觀察，誰都看不出這樸素雅淡，似是弱質纖纖的絕世美女，竟是天下有數的高手，更不要說她是慈航靜齋三百年來首次踏足塵世的仙子。

范良極當然知道謝廷石想韓柏親自答他，卻怕韓柏說錯話，神秘一笑道：「我們專使今次到貴國來，當然為修好幫交，但還有另一使命。嘿！因為朴專使的尊大人朴老爹，最歡喜中原女子，所以千叮萬囑專使至緊要搜尋十個八個貴國美女回去。嘻！謝大人明白啦。」

話雖說了一大番，卻避過了直接談及秦夢瑤。

謝廷石恍然道：「難怪專使和侍衛長不時到岸上去，原來有此目的。」

韓柏心切想知道白芳華的事，催道：「謝大人還未說白姑娘的事啊！」

謝廷石向陳令方道：「陳公離京太久，所以連這人盡皆知的事也不知道。」再轉向韓柏道：「與白姑娘關係密切的人是敝國開國大臣，現被封為威武王的虛若無，江湖中人都稱他作鬼王，他的威武王府就是鬼王府，這名字有點恐怖吧！」

韓、范、陳三人心中一震，想不到白芳華竟是「鬼王」虛若無的人，難怪要和楞嚴拍擋。

謝廷石放低聲音道：「若我們沒有看錯，白芳華乃威武王的情婦，這事非常秘密，知道的人沒有多少個。」

三人嚇了一跳，面面相覷。

謝廷石故意點出白芳華和虛若無的關係，完全是一番好意，不願韓柏節外生枝，成爲虛若無這老臣領袖的情敵，那可不是鬧著玩的一回事。

韓柏心中不知是何滋味，暗恨白芳華在玩弄自己的感情，隨口問道：「楞大統領爲何又會特來赴宴呢？」

謝廷石道：「大統領離京來此，主要是和胡節將軍商議對付黑道強徒的事，那晚來赴宴可能是順帶的吧！應沒有甚麼特別的目的。」

三人一聽，都安下心來，因爲謝廷石若知楞嚴是因懷疑他們的身分，特來試探，說不定會心中起疑。

氣氛至此大爲融洽。

又敬了兩巡酒後，謝廷石誠摯地道：「三位莫要笑我，下官一生在官場打滾，從來都是爾虞我詐，不知如何與專使和侍衛長兩位大人卻一見如故，生出肝膽相照的感覺，這不但因爲兩位大人救了下官的小命，最主要是兩位全無官場的架子和習氣，使下官生出結交之心。」又向陳令方道：「像陳公也像變了另一個人般，和我以前認識的他截然不同，陳公請恕我直言。」

三人心內都大感尷尬，因爲事實上他們一直在瞞騙對方。

陳令方迫出笑聲，呵呵道：「謝大人的眼光眞銳利，老夫和專使及侍衛長相處後，確是變了很多，來！讓我們喝一杯，預祝合作成功。」

氣氛轉趨眞誠熱烈下，四只杯子又碰在一起。

韓柏一口氣把杯中美酒喝掉，正暗自欣賞自己訓練出來的酒量，范良極取出旱煙管、菸絲，咕嚕吸著，向謝廷石道：「今次我們到京師去見貴皇上，除了獻上靈參，更爲了敝國的防務問題，謝大人熟悉朝中情況，可否提點一二，使我們有些許心理準備。」

謝廷石拍胸道：「下官自會盡吐所知，不過眼下我有個提議……嘿！」

陳令方見他欲言又止，道：「謝大人有話請說。」

范、韓兩人均奇怪地瞧著他，不知他有何提議。

謝廷石乾咳一聲，看了陳令方一眼，才向韓、范兩人道：「我這大膽的想法是因剛才陳公一句『自家人』而起，又見專使和侍衛長兩位大人親若兄弟，忽發奇想，不若我們四人結拜爲兄弟，豈非天大美事。」

三人心中恍然。

剛才還爲騙了這和他們「肝膽相照」的謝廷石而不安，豈知不旋踵這人立即露出狐狸尾巴，原來只爲了招納他們，才大說好話，好使他們與他站在燕王棣的同一陣線上。

事實上謝廷石身爲邊疆大臣，身分顯赫，絕非「高攀」他們。而他亦看出陳令方因與楞嚴關係惡化，變成無黨無派的人，自然成了燕王棣想結納的人選。

至於韓、范兩人當得來華使節，自是在高麗大有影響力之人，與他們結成兄弟，對他謝廷石實有百利而無一害。

韓柏正要拒絕，給范良極在檯底踢了一腳後，忙呵呵笑道：「這提議好極了！」

當下四人各懷鬼胎，使人拏來香燭，結拜爲「兄弟」。

范良極今次想不認老也不行，成了老大，之下是陳令方和謝廷石，最小的當然是韓柏。

四人再入座後，謝廷石道：「三位義兄、義弟，爲了免去外人閒言，今次我們結拜的事還是秘密點好。」

三人正中下懷，自是不迭點頭答應。

謝廷石態度更是親切，道：「橫豎到京後難得有這樣的清閒，不若讓兄弟我詳述當今朝廷的形勢。」

韓、范、陳三人交換了個眼色，都知道謝廷石和他們結拜爲兄弟，內中情由大不簡單，這刻就是要大逞口舌，爲某一目的說服他們。

范良極笑道：「我有的是時間，不過四弟若不早點上去陪伴嬌妻們，恐怕會有苦頭吃了。」

韓柏被他叫得全身毛孔豎個筆挺，嘆道：「三哥長話短說吧！我那三隻雌虎確不是好應付的。」

第三十章　探囊取物

戚長征趕到樓下大堂時，一位儒雅俊秀之士，在三位美女相伴下，正向他微笑。

三女都生得俏麗非常，尤其那身段較高，風韻成熟，身穿素衣的女子，氣質高貴，國色天香，艷色尤勝寒碧翠。心知這定是雙修公主了。

他們面容隱見掩不住的哀傷，另兩女雙眼紅腫未消，顯是曾大哭一場。

戚長征不禁心中疑惑，迎了上去，伸手和對方緊握道：「風兄！小弟心儀久了，今日終得相見。」

風行烈勉強一笑，道：「幸好我們沒有來遲，一切客氣話都不用說了，我們全聽戚兄吩咐！」接著介紹道：「這是拙荊姿仙和倩蓮，那是小婢玲瓏。」

谷姿仙等斂衽施禮。

戚長征見她們神情寥落，知機地還禮道：「封寒前輩和助拳的朋友都在樓上……」

風行烈點頭道：「那我們立即上去拜見。」

兩人帶頭登上木梯。

風行烈低聲道：「我們剛經歷了一件悽慘亡事，至於其中細節，容後稟上。但戚兄切勿誤以為我們冷對朋友。」

戚長征心中一震，道：「風兄異日若有用得著我老戚的地方，即管吩咐。」

這時五人來到樓上，尚亭和小半道人都起立歡迎。一番客套後，才分別入座。

封寒等全是老江湖，一看四人神色，均知道風行烈方面有親人出了事，小半道人最關心不捨，忍不住問道：「不捨兄近況如何了？」

谷姿仙答道：「他和我娘親都受了傷，正在靜養期間，道長有心了。」

一直垂著頭的谷倩蓮忽地「嘩」一聲哭了起來，不顧一切地投進風行烈懷裡，玲瓏亦被惹得泫然欲泣，反是谷姿仙面容平靜，把哀悲深埋在心裡。

風行烈搖頭嘆道：「對不起，賤內白素香日前在與年憐丹一戰中，不幸慘死，倩蓮才會如此失態。」

尚亭道：「不若我著人送貴夫人到房內稍作憩息好嗎？」

谷倩蓮嗚咽著道：「不！我要留在這裡。」

乾虹青隱居多年，性情大變，聞言心酸，差點陪著谷倩蓮哭了起來。

封寒眼中爆起精光，冷哼一聲道：「想不到以年憐丹的身分地位，仍晚節不保，到中原來作惡，我倒要看他是否有命回去。」

風行烈眼中射出懾人的寒芒，冷然道：「殺妻之恨，無論他到了哪裡去，我誓要向他討回來，不過今晚暫且將此事放在一旁，好應付方夜羽的爪牙。」

寒碧翠奇道：「聽風兄的口氣，好像肯定方夜羽今晚不會親來對付我們。」

風行烈這才有機會細看這江湖上美麗的女劍手，她最使人印象深刻的一點，就是以一個年方十八的少女，便成爲了丹清派的掌門人，這在江湖上是從未有的先例。

心中亦暗自奇怪，她不是立誓不嫁人的嗎？爲何與戚長征態度如此親暱？只要不是盲子，就可看出她望往戚長征那眼神內含蘊著的風情。

寒碧翠這刻敏感無比，見到這容貌風度與戚長征各有千秋的年輕男子，瞧著自己時那奇怪的神色，已知其故，不由重重在檯下踏了戚長征的腳面一下。

戚長征痛得差點叫了起來，但又莫名其妙。

谷姿仙代風行烈答道：「我們得到了消息，方夜羽和里赤媚趕往京師去了。」

戚長征拍桌道：「那我們今晚定會見到方夜羽的姘頭了。」

眾人忙問其故。

這時幾盤精美的小菜被女侍捧到桌上來。眾人一邊吃著，一邊聽戚長征說及有關甄夫人和鷹飛的事。

一個長沙幫的人此時來到尙亭身旁，俯身在他耳邊說了幾句話。

尙亭揮退手下，向各人道：「展羽來了！」

眾人靜默下來。

連谷倩蓮亦停止了悲泣，坐直嬌軀。

隔鄰傳來椅子拉動和談笑的聲音。

寒碧翠並不知展羽訂了鄰房一事，驟然聞得殺父仇人就在一壁之隔的近處，嬌軀劇震，望向戚長征。

戚長征向她微微一笑，驀地向隔鄰喝道：「『矛鏟雙飛』展羽，可敢和我『快刀』戚長征先戰一場。」

鄰室驀地靜至落針可聞。

只餘下窗外街道上傳來的聲音。

謝廷石道：「在懿文太子病逝前，朝廷的派系之爭仍非那麼明顯，主要是以胡惟庸、虛若無爲中心的新舊兩股勢力。世子中則以秦王、晉王及燕王三藩分鎮西安、太原、北平三地最有實力。楞嚴的廠衛和葉素冬的禁衛軍均直屬皇上，獨立於新舊勢力和藩鎮之外。可是懿文太子一死，矛盾立時尖銳化起來。」頓了頓才忿忿不平悶哼道：「天下無人不知只有燕王功德最足以服眾，連皇上也有意傳位燕王。燕王他雄才大略，克繼大業自是理所當然，豈知胡惟庸與楞嚴居心叵測，一力反對，連很多一向討好燕王惟恐不力的無恥之徒，亦同聲附和，使皇上改了主意，立了懿文太子之子允炆這小孩兒爲太子。唉！難道我大明天下，就如此敗在一孺子之手？」

韓、范兩人聽得有點不耐煩起來，這些事他們早知道了，何用謝廷石煞有介事般說出來。

陳令方一看他兩人的眉頭眼額，立知兩人心意，向謝廷石道：「我們現在已結成兄弟，三弟有甚麼心事，放膽說出來，就算我們不同意，亦不會洩露出去。」

謝廷石老臉微紅，皆因被人揭破了心事，沉吟片晌，才毅然道：「現在胡惟庸、楞嚴和葉素冬三人全靠向了太子的一方，當然是爲了他易於籠絡控制，而且在皇上首肯下，已部署對付以我們燕王爲首的諸藩，一旦諸藩盡削，明室勢將名存實亡，那時外憂內患齊來，不但老百姓要吃苦，嘿！連大哥及四弟的高麗亦將永無寧日了。」

范良極皺眉道：「有那麼嚴重嗎？」

謝廷石慷慨陳詞道：「三弟絕沒有半分誇大，胡惟庸這人野心極大，我們掌握了他私通蒙人和倭子的證據……」

陳令方拍案道：「既是如此，爲何不呈上皇上，教他身敗名裂而亡，也可爲給他害死的無數忠臣義士報仇雪恨，唉！想起劉基公，我恨不得生啖他的肉。」

謝廷石嘆道：「殺了他有何用，反使楞嚴和葉素冬兩人勢力坐大，皇上又或培養另一個胡惟庸出來，終非長久之計。」

韓柏聽得發悶，暗忖這種爭權奪利，實令人煩厭，不由想起左詩等三女的被窩，心想和三位美姊姊顛鸞倒鳳後，再躺到秦夢瑤的床上去，摟著她睡一會兒，怕不會遭到拒絕吧！

范良極吸了一口菸後，徐徐吐出道：「在這皇位的鬥爭裡，虛若無扮演甚麼角色呢？」

韓柏立時精神一振，他關心的不是虛若無，而是他排名僅次於靳冰雲的女兒虛夜月。

謝廷石露出頭痛的神色，嘆道：「這老鬼虛虛實實，教人高深莫測，若我們沒有猜錯，他對皇上已非常失望，不過可能仍未能決定怎樣做，所以有點搖擺不定。」

韓柏心急溜回房裡，好和左詩等纏綿歡好，截入道：「三哥的意思是否暗示最好的方法就是幹掉那允炆，好讓你的燕王能繼承皇位，再一舉剷除掉楞嚴、胡惟庸等人，那就天下太平了。」

陳令方登時色變。

謝廷石瞪著韓柏，好一會兒後才道：「就算允炆夭折了，皇上大可另立其他皇孫，形勢仍是絲毫不變。」

陳令方更是面無人色，顫聲道：「三弟的意思是……」再說不下去。

范良極眼中精芒一現，嘿然道：「三弟確有膽色，連朱元璋都想宰掉了。」

謝廷石平靜地道：「兄弟們請體諒廷石，我和燕王的命運已連在一起，不是他死就是我們亡。」轉向陳令方道：「二哥你最清楚朝廷的事，若允炆登位，首先對付的就是燕王和我，然後再輪到你這身居六部之位的要員。」再轉向韓、范兩人道：「內亂一起，蒙人乘機入侵，倭人大概不會放棄高麗這塊肥肉，所以我們的命運是早連在一起的。」

范良極暗忖管他高麗的鳥事，口上卻道：「你說的話大有道理，大有道理。」

謝廷石道：「這兩天來每晚我都思索至天明，終給我想了條天衣無縫的妙計出來，大哥你們三人先回去想想其中利害關係，若覺得廷石之言無理，便當我沒有說過剛才那番話。」

韓柏第一時間站了起來，點頭道：「三哥請放心，讓我們回去好好思索和商量一下，然後告訴你我們的決定吧！」

鄰房一把雄壯的聲音響起道：「戚長征果是豪勇過人，不過展羽今晚到此，想的只是風月的事，若動刀動槍，豈非大煞風景，戚兄若有此雅興，今晚過後，只要你說出時間、地點，展某定必欣然赴約。」

只是這幾句話，便可看出對方這黑榜高手的胸襟氣魄，既點出了不怕你戚長征，亦擺明了今晚只是來坐山觀虎鬥，絕不插手，你戚長征有命過得今晚，才來打他的主意吧！

不過他肯答應和戚長征決戰，已表示了很看得起對方了。

風行烈仰天長笑道：「原來展羽不過是臨陣退縮之徒，若你怕戚兄無暇應付你，不若陪我風行烈玩一場，看看你的矛鑓和我的丈二紅槍孰優孰劣。」

封寒聽得微笑點頭。

小半道人和尚亭都露出佩服的神色，風行烈的豪情比之天生勇悍的戚長征，的是不遑多讓。

谷倩蓮伸手過去，按在風行烈的手背上，芳心忐忑狂跳，展羽乃黑榜高手，非同小可，風行烈這有去無回的挑戰，展羽若不應戰，以後不用出來見人了。

所以這一戰勢不能免。

谷姿仙卻知風行烈因白素香之死，心中積滿憤怨，展羽就是他發洩的對象，心中惻然。

乾虹青和寒碧翠兩人望望戚長征，又瞧瞧風行烈，都感到這兩位年輕高手均有著不同風格，懾人心魄的英雄氣質，難分軒輊。

寒碧翠更心忖，爲何直至今天我才遇上這等人物，而且還有兩個之多，只不知那韓柏又是怎麼樣的一個人。她不由生出了好奇之心。

展羽還未回答。

另一把似男又似女的高尖聲音陰陽怪氣地道：「原來江湖上多了這麼多不知天高地厚的後浪，弄得我葉大姑的手都癢了起來，展兄不如讓我先玩一場，免得給你一時失手殺了，我想試試這些後起小輩的機會都沒有了。」

尚亭面容微變道：「是葉素冬的胞姊『瘋婆劍』葉秋閒。」

眉頭皺得最厲害的是小半道人。

這葉秋閒大姑器量淺狹，脾氣火爆，在西寧劍派裡地位雖高，人緣卻極差，八派裡沒有人喜歡她。可是她終是八派聯盟裡的人，若她有何差池，他小半道人很難推卸責任。而且以她的武功，動起手來半分也容讓不得，想不傷她而退實是絕無可能。

展羽從容的聲音又響起道：「現在離子時尚有個許時辰，動動筋骨亦是快事，不過江湖規矩不可廢，不若我們先隔著牆介紹一下兩邊的朋友，總好過不知就裡便動起手來。」

他停了下來，見戚長征方面沒有人作聲，嘿然一笑道：「除了葉大姑和展某外，我們這裡尚有六位朋友，坐在我左旁的是……」

一把低沉沙啞的聲音打斷了他道：「本人『金較剪』湯正和，若有後生小子想領教我，定必奉陪。」

戚長征哈哈一笑道：「湯掌門放著『恆山派』不理，來參加這個屠他媽的甚麼組，顯是放棄了貴派祖師不涉官場的祖訓，想當個恆山縣知縣地保那類的官兒，異日在陰間撞上貴派祖師，自有人教訓你，我老戚只要把你送到那裡便夠了，何用費神。」

淚漬未乾的谷倩蓮聽他說得有趣，忍不住「噗哧」笑了出來，瞧著戚長征，顯是大爲欣賞。

那湯正和怒哼一聲，正要反臉動手，另一女子的嬌笑聲響起道：「湯掌門何用爲這些後輩動氣，眼看他們過不了今夜，讓著他們一點兒吧！」

一把粗豪雄壯、中氣十足的男聲道：「旦素貞小姐所言極是，我們何須與這些小惡棍一般見識。來！讓沈丘人敬湯掌門和旦小姐一杯。」

聽到這沈丘人稱戚長征為惡棍，寒碧翠不由笑著橫了戚長征一眼。

戚長征微微一笑，伸手過去抓著寒碧翠的纖手，促狹地眨了眨眼。

寒碧翠羞怒下撥開了他不規矩的手。

尙亭看在眼裡，不由佩服戚長征的鎮定修養。因為這旦素貞和沈丘人都是白道裡聲名卓著的一流高手，不屬於任何門派。

要知聚則力強，分則力薄。所以若能不倚靠門派幫會撐腰，而能在江湖上成名立萬者，都必須有過人本領，否則早給人宰掉了，由此可知「射雁劍」旦素貞和「假狀師」沈丘人都是不可小覷了。

只是對方已道出姓名的五個人，便知這以展羽為首的屠蛟小組實力驚人，難怪敢公然訂了鄰房，和他們唱對台。

封寒閉起雙目養神，臉色冷傲，毫不動容。

風行烈則默默喝著悶酒，眼神深邃憂鬱。

展羽的聲音響起道：「還有三位朋友，就是『落霞派』第一高手『棍絕』洪當老師，『武陵幫』的大當家『樵夫』焦霸兄和京閩一帶無人不識的『沒影子』白禽兄。」

這三人的綽號名字一說出來，連寒碧翠亦為之動容，洪當和焦霸都是江湖上擲地有聲的響噹噹名字，尤其那「沒影子」白禽，是個介乎黑白兩道的人物，誰也不賣賬，自然是因為武技強橫，想不到加入了楞嚴的陣營裡。

封寒聽到白禽的名字，閉上了的眼睛猛地睜開，精芒電射，低喝道：「白禽！」

鄰房一把悅耳的男聲愕然道：「誰在喚白某？」

封寒長笑道：「天理循環，報應不爽，今次眞是得來全不費工夫。」

話還未完，他已由椅裡彈了起來，往橫移去，「砰」一聲撞破了板牆，到了鄰房去。

戚長征等爲這突變愣在當場。

椅跌桌碎，兵刃交擊，掌風勁氣之聲爆竹般在鄰房響起。

接著是悶哼慘叫和怒喝之聲。

戚長征和風行烈早跳了起來，待要往鄰房撲去，封寒倏地從破洞退了回來，還在淩空當兒，刀往背上鞘套插回去。

一支長矛由破洞閃電般往封寒後背電射而至。

風行烈「鏘」一聲提起丈二紅槍，冷喝一聲，紅槍像一道閃電般與長矛絞擊在一起。

對方「咦」的一聲，待要變招。

戚長征的天兵寶刀迎面往那人劈去，刀鋒生寒。

那人倏退一步，長矛轉打過來，變成了一把鐵鏟，硬接了戚長征那疾若迅雷奔電的一刀。

兩人同時退開。

封寒看也不看後方一眼，安然落到椅裡，「鏘」的一聲，刀入鞘內。

他額角有道長若三寸的血痕，左肩衣衫破裂，但神情卻優閒自在，才坐了下來，順手拿起桌上美酒，一口喝盡，仰天大笑道：「痛快痛快，白禽你以爲我已收刀歸隱，才敢再出來橫行，豈知一出江湖立即命喪封某之手，可知因果報應，實是玄妙吧！」

眾人這時無不知道封寒和白禽間有著大恨深仇。

鄰房靜了下來。

風行烈和戚長征對視一笑，各自回到座位裡。

沒有動手的人不由透過破洞望看鄰房裡，只見地上全是破椅碎木，杯碟餚菜，一片狼藉，凌亂不堪。

一個瘦長男子身首異處，躺在血泊裡。

其他人顯被殺寒了膽，都退到破洞看不見的角落。

尙亭、小半道人、寒碧翠等起始時還有點怕封寒因兩敗於浪翻雲劍下，功力減退，現看他竟能在有展羽在場的強敵環伺下，斬殺白禽若探囊取物，不由定下心來。

乾虹青愛憐地爲封寒檢視傷勢。

展羽帶著狂怒的聲音由鄰房傳過來道：「封兄刀法大進，展某不才，要領教高明。」

封寒冷喝道：「你終日想做朱元璋的狗奴才，致毫無寸進，在這樣的情況下，仍只能在封某額角留下一道血痕，有何資格向我挑戰，長征！你就以我的天兵寶刀把他宰了，他黑榜的位置就是你的了。」

風行烈哈哈一笑道：「剛才不是還有很多大言不慚的前輩嗎？在主菜上桌前，誰來陪我先玩一場助興？」

風聲響起，葉大姑的聲音在樓下空地厲叫道：「風行烈！我本因你是白道中人，故特別容忍你，豈知你不懂進退，下來吧！讓我看看厲若海教了你甚麼東西？」

風行烈正要答話，小半道人歉然道：「風兄！這瘋婆子怎麼不好，仍是我八派的人，請槍下留情。」

風行烈呆了一呆。

葉大姑難聽的聲音又在下面叫道：「怕了嗎？風小子！」

谷姿仙提劍而起，笑道：「烈郎！讓姿仙去應付她。」

風行烈點頭道：「小心點！」

他的紅槍一出，確是難以留情。

谷姿仙向各人微微一福，飄然而起，以一個優美無倫的嬌姿，穿窗而出。

第三十一章　驚退強敵

韓柏等告別了他們的「兄弟」謝廷石後，回到後艙去。

陳令方到了自己的房門前，停下腳步向范良極道：「大哥！燕王的形勢必是非常險惡，否則不會如此大逆不道的事也敢做出來。」

范良極嘿然道：「子弒父，父殺子，一牽涉到皇位繼承，這些事從來沒有停過，噢！」瞪著陳令方道：「你剛才喚我作甚麼？」

陳令方昂然道：「當然是大哥！」

范良極寒毛直豎，失聲道：「那怎能作數？」

陳令方嘻嘻一笑道：「大哥晚安！我要進去吞兩服驚風散，否則今晚休想安眠。」推門進房去了。

范良極多了這麼一個義弟，渾身不自然起來，向在一旁偷笑的韓柏望去。

韓柏駭然道：「死老鬼，休想我當你是大哥。」急步逃離事發的現場。

左詩聽得腳步聲，推開專使臥房的門，向韓柏嗔道：「吃飯吃了一整晚，柏弟你還不快進來？」

韓柏樂得靈魂出竅，閃入房內，下了門栓，先摟著左詩親了個嘴，一邊從袖裡掏出那《秘戲圖》，向坐在椅裡的朝霞和柔柔示威地揚了一揚，不懷好意笑道：「先看看精采的圖畫，再上床。」

朝霞和柔柔見到他手上的寶貝，立時臉紅心跳，含羞迎了上來，爲他脫下官服。

左詩將韓柏按坐床緣，蹲下幫他脫掉長靴。

韓柏一對手乘機在三女玲瓏浮凸的身體大揩油水，笑道：「到了京師後，我定要求有個大浴池，好和三位姊姊鴛鴦戲水。」

柔柔剛給他施以祿山之爪，嗔道：「不怕浸濕你那冊害人的東西嗎？」

韓柏又探手在朝霞酥胸摸了一把，道：「看完才下水，就不用擔心，橫豎我和你們相好時，你們的大眼睛都張不開來。」

三女給他逗得粉臉通紅，芳心大動，不待他動手，各自寬衣解帶，上床和他同入溫柔鄉。

這次歡好，韓柏特別勇猛強悍。

這時連韓柏亦知道自己的魔功又深進一層。

他不住試驗以魔功催發三女的情慾，其中手法，則是先前向在床上功夫出色當行的秀色偷師學來的。

弄得三女春潮氾濫，箇中美景，眞是怎麼也說不盡。

谷姿仙輕盈地飄落院裡。

早站在院內的葉大姑，一頭銀髮，相貌卻只像三十許人，本來長相不差，可是卻是一張馬臉，使人看得很不舒服，這時見來了是的谷姿仙，沉下面容喝道：「風行烈膽怯了嗎？竟派了個女娃子來送死！」

谷姿仙眼光環視全場。

上面兩間廂房的人固是走到欄杆處，憑欄觀戰，前方近大門口處把守著的丹清派和湘水幫高手，亦忍不住擠在一旁，遠遠瞧著。

谷姿仙向葉大姑盈盈一福道：「姿仙代夫應戰！大姑請賜教。」

葉大姑厲聲道：「你就是少林叛徒不捨的女兒，我不但要教訓你，還要教訓你爹。」

谷姿仙毫不動氣，淡淡道：「天下有資格論阿爹不是的，只有少林的長老會。」

她答得大方得體，又有顛撲不破的道理，葉大姑爲之語塞，剛才給封寒一掌把她震得連人帶劍撞往牆去，早憋了一肚氣，惡向膽邊生，「鏘」一聲抽出她的瘋婆劍，一式「風雷相薄」，忽左忽右，刺向谷姿仙。

谷姿仙微微一笑，劍到了纖手內，還側眸仰臉向著風行烈嫣然一笑，劍尖卻點在葉大姑的劍鋒上，竟是後發先至。

葉大姑全身一震，長劍差點脫手，只覺對方劍勁源源不絕，竟還似留有餘力，駭然想道，難道她年紀輕輕便已達先天之境。

樓上的封寒、戚長征等全放下心來，他們本怕因著經驗不夠的關係，谷姿仙的內功勝不過葉大姑，豈知剛好相反。

風行烈卻知道谷姿仙的功力已全面被年憐丹引發出來，故突飛猛進。

展羽方面所有人都大皺眉頭，谷姿仙已如此厲害，風行烈還用說嗎？

谷姿仙追著往後疾退的葉大姑，劍勢展開，立時把對方捲入劍芒裡。她的雙修劍法，每一個姿勢都悅目好看，說不出的蜜意柔情，但又是凌厲懾人。

那兩種截然相反的感覺，使人一看便知是第一流的劍法。

谷倩蓮鼓掌道：「葉大姑眞的變成瘋婆子了！」

眾人細看下，那葉大姑被殺得前躲後避，左支右絀，眞的充滿瘋癲的味道，不禁莞爾。

葉大姑更是氣得瘋了，偏是谷姿仙每一劍刺來，都是自己的空隙要害，只顧得仕擋格，連同歸於盡的招式都使不出來，暗暗叫苦。

劍光忽斂。

谷姿仙飄了開去，收劍道：「承讓了！」

葉大姑持劍愕在當場，一張馬臉陣紅陣白，忽地一跺腳，就那麼躍空而去，消失在牆外。

展羽大感丟臉，暗忖若不勝回一場，這屠蛟小組再不用出來混了，正要向戚長征挑戰，豈知那小子早先發制人道：「風兄！對付楞嚴的走狗，我們不用講甚麼江湖規矩，就請我義父乾羅、封寒前輩出手宰掉其他人，我和你及碧翠則不擇手段幹掉這雙甚麼飛展羽，豈非一了百了。」

展羽聽得遍體生寒，暗忖就算沒有乾羅，以封寒一人之力足可擋得己方剩下的五名高手，自己哪還有命在？

他眼力高明，剛才擋了風行烈一槍和戚長征一刀，怎還不知若這三人聯手，自己確是半分活命的機會也沒有。一對一嗎？除寒碧翠外，亦要戰過才知，爲此他失去了必勝的信心。

他今次來湊熱鬧，本就是不安好心，所謂棒打落水狗，好佔點功勞，向楞嚴交代。他對浪翻雲顧忌甚深，絕不願是親手殺死戚長征的人，所以剛才向忍氣吞聲，大異平日作風。

這時風行烈剛伸手摟著得勝而回的谷姿仙那小蠻腰，在她兩邊臉蛋各香一口祝捷，聞戚長征之言笑應道：「對付這等混水摸魚的無恥之徒，有甚麼規矩可言，戚兄、寒掌門、姿仙，我們一起上。」

他何等英明，聞弦歌知雅意。儘管以三人之力，可穩殺展羽，但看剛才對方擋他兩人一槍一刀的高絕功力，要殺他而不受絲毫損傷，實是難乎其難，若能把他嚇走，自是最爲理想。

果然展羽冷冷道：「展某失陪了！」

風聲響起，鄰室六人齊施身法，掠空而去。

想不到他們意氣飛揚而來，卻鬧個灰頭土臉而去。

谷倩蓮拍掌嬌笑，悲戚之情大減。

乾虹青白了戚長征一眼，暗忖這小子愈來愈有智謀，再不是只懂逞勇鬥狠了。

戚長征見風行烈剛才和千嬌百媚的小妻子公然親熱，意態風流，亦乘機摟著寒碧翠親了一口，道：「將來老戚必會在公平決鬥中，取展小子的狗命。」

寒碧翠見情郎把展羽羞辱一番，心中喜悅，知道這事傳了出去，比殺了展羽還難過，故對這小子佔佔自己便宜，亦只好含羞接受。

尚亭臉上大有光采，吩咐下人清理鄰室，又用布帳把破洞掩蓋著。

眾人紛紛回到席上。

戚長征伸手搭著風行烈，談笑風生回到座裡，大讚谷姿仙的厲害。

此時有人來報，紅袖姑娘芳駕到了。

韓柏緊壓著朝霞，享受著狂風暴雨後的平靜和溫馨。

左詩和柔柔，卻由兩側把他纏個結實。

三女都是成熟婦人，對性愛有很大的渴望和要求，但對著韓柏這身具魔種的風流浪子，亦大感吃不消，滿足至頂點，眞是愛得他發狂，不在床上時還好些，到了床上則甚麼矜持羞澀都土崩瓦解。

尤其是左詩，所有閉塞的經脈都給韓柏與她歡好時注入她體內的先天眞氣打通了，鬱結盡解，更是熱情無比，伸手撫著韓柏的頭髮，柔聲道：「柏弟！我們三個給你弄得全變作放蕩的女人了。」

韓柏伸手過去在她身上一陣搓揉，笑道：「到了床上若三位姊姊仍是正正經經的，還有甚麼樂兒？」

身下的朝霞呻吟著道：「柏郎眞是我們命中的剋星，搞得人家今後都再不能稍微離開你。」

柔柔笑道：「這叫戀姦情熱，柏郎就是那大姦魔。」

韓柏再和三女親熱一番，討夠口舌便宜後，向她們道：「三位姊姊若不反對，我……」

左詩吻了他一口道：「不用說了，過去找瑤妹吧！我們只有歡喜，不會嫉忌的。」

其他兩女亦催他過去。

韓柏大喜，先溫柔服侍三女躺好，爲她們蓋上被子，憐愛一番後，才悄悄離房，來到秦夢瑤房內。

秦夢瑤身披雪白內服，正盤膝在床上打坐，月色由窗外灑入，照亮了小半房間，說不出的溫柔寧靜。

他坐到床沿，借點月色細意欣賞這不食人間煙火的美仙女。

秦夢瑤嘴角露出笑意，緩緩張開美目，道：「想夢瑤陪你睡覺嗎？」

韓柏柔聲道：「我正爲這問題苦惱，好夢瑤像從不須睡覺的樣子，而我對睡覺卻有特別大的興致，硬迫你不打坐而和我睡覺，好像有點兒不妥當。」

秦夢瑤微笑道：「夢瑤十二歲開始，便進修靜齋的《劍典》，由那時起，就以靜坐代替了睡眠，現在眞的不懂如何睡覺，唉！雙修大法講究男女相擁而眠，俾陰陽之氣能在夢裡相交，卻是一個重要環節，可知要夢瑤和你共修雙修大法，是多麼困難的一回事。」

韓柏見她對自己輕言淺語，那動人樣兒誘人至極，早忘了不得未經同意而侵犯她的承諾，爬上床去，來到秦夢瑤身後，一手由後面緊抱著她，另一手把她的腰帶解開。

秦夢瑤顫聲道：「韓柏你要做甚麼？」

韓柏兩手抓著她襟頭，把她的白衣由肩上脫下來，露出她嬌挺的上半身，凝脂白玉有若神物的至美玉體，立時盡露在這小子眼下。

她緊按著只遮蔽著下身的衣物，還想責怪時，韓柏的大嘴早吻在她嫩滑的頸膚處。

秦夢瑤一聲嚶嚀，抖作一團，呻吟著道：「韓柏你壞死了。」

韓柏伸手抓起她一對纖手，把她拉得仰倒入他懷裡，然後脫掉她的內裳。

秦夢瑤美勝天仙的肉體，終於毫無保留地盡露他眼前。

韓柏這時的成就感，比成了天下第一高手猶有過之。事實上他對江湖爭霸從沒有半點興趣。

他雙手環著秦夢瑤的蠻腰，咬著她的耳垂道：「夢瑤！我眞的很感激你。」

秦夢瑤秀目半閉，昵聲道：「壞蛋無賴，吻我吧！」

韓柏見她不但不掙扎抗議，還鼓勵他放肆，興奮若狂，重重吻上她的香唇。

一輪廝磨纏綿後，韓柏乘機脫個精光，和秦夢瑤相擁床上。

兩人側臥而眠，肢體交纏，兩臉相對。

韓柏貪婪地嗅著秦夢瑤仙體芬芳的氣息，似飄然雲端般細語道：「乖夢瑤，你想不嫁給我也不行了。」

秦夢瑤嬌嗔地搥著他胸膛道：「誰說過不肯嫁你了。」

韓柏嘆道：「或者是因爲我太愛你，始終覺得夢瑤對我的垂青像個不眞實的美夢，從不敢眞正相信自己如此艷福齊天，又想到百日之後，你這仙女會離開我這凡人，雖然仍會對我很好，卻再不准我碰你的仙體，甚或避隱靜處，想見你一面亦辦不到，那時我就慘了。」

秦夢瑤把他摟緊，美目射出夢幻般柔情，輕輕嘆道：「夢瑤當初確有這個想法，但現在卻知道難以辦到，亦絕不願那麼做。其實浪大哥早看透此點，故常調笑人家，韓柏啊！夢瑤若失去了你，將永遠無法進窺天道，是因爲抵不住那相思之苦。而且當我決定了乖乖的跟著你時，心中的歡樂，眞的是無可比擬的。」

韓柏一震道：「天啊！夢瑤你眞的愛上我了。」

秦夢瑤吻了他的鼻尖，癡嗔道：「夢瑤以前曾說過假話嗎？」

韓柏大喜，色心又動，道：「可以一齊看好東西了嗎？」

秦夢瑤把身體移開了尺許，伸手撫上他壯健的胸膛，嬌媚含羞道：「不信的話即管試試看，除了你外，再無他物可挑起夢瑤的情慾。」

韓柏看著橫陳眼前的仙體，眼中慾火盡退，澄清如鏡，但卻完全不能挪開眼光。

秦夢瑤毫不奇怪韓柏的反應。

因她把「照妖法眼」的心法原理，通過身體展示出來。

當年創出「照妖法眼」的祖師，恐怕作夢都想不到這心法可藉肉體施展，於此亦可見秦夢瑤實到了開宗立派、自立法門的境界。

韓柏感動地道：「這定是天下間最美麗的胴體。」

秦夢瑤幽幽道：「夢瑤痊癒了後，定會擺出你最歡喜的姿態讓你欣賞，保證勝過你那冊春畫。可是現在卻不能這麼做，因爲你定要達到有情無慾的境界，才可以爲夢瑤療傷。」

韓柏想想都覺心癢難熬，皺眉道：「究竟怎樣才可使你有慾無情呢？」

秦夢瑤道：「放心吧！夢瑤正在研究體內情慾的秘密，今天我任你放肆來挑逗人家，就是要明白身體對你那對壞手的反應，現在又和你裸裎相對，貼體廝磨，就是要對自己的反應作進一步的了解。」頓了頓微笑道：「你不是想用秀色教你那套能刺激情慾的指法嗎？不過那對夢瑤是起不了作用的。夢瑤現正依據對自己情慾上的認識，潛思默究一套專門針對自己肉慾的挑情手法，只要解決了其中幾個仍未想通的問題後，便會將這套方法傳給你這小子，讓你用在夢瑤身上。唉！這是否叫作繭自縛呢？」

韓柏心中一熱道：「這比學習無想十式有趣千萬倍了。」

秦夢瑤幽幽瞧著他道：「你學了這套手法後，絕不可以透露半點與任何人知道，因爲那等若將夢瑤的弱點，完全暴露了出來，千萬緊記這點。」

韓柏移身過來，再把她摟入懷裡，差點掉淚地道：「夢瑤對我眞好，我要一生一世好好愛護你，疼惜你。」

秦夢瑤道：「這挑情法是夢瑤對你的一個保證，異日就算我要離開你，只要你對我施展這方法，夢瑤將全沒有抗拒你的能力，這比爲你生個孩子更可以保證夢瑤對你的心意。」

韓柏更是無限感激，秦夢瑤的投懷送抱，以前只是個遙不可及的美夢，現在卻成了千眞萬確的事實。

但他仍不放心，有點遲疑地道：「夢瑤的人生目標，絕不會是男女夫妻之樂，爲何會忽然改變了心意呢？」

秦夢瑤在他耳旁柔聲道：「夢瑤的道法，建基於貞元，本來一旦動情破身，便永無進窺天道之望，但這些日子來我對你的魔種已有最深入的了解，才發覺若依雙修大法的方式，我們的魔種和道胎將可生出奇妙的呼應，那將是古今未有的嘗試，說不定可臻至傳鷹躍空仙去的境界。柏郎啊！即使夢瑤失敗了，那又有甚麼打緊，只是我們那種美妙的魔道愛戀，已足使夢瑤感到沒有虛度此生了。到了今天，我才明白爲何恩師愛得龐斑如此義無反顧，此生不渝，因爲那正是道魔之戀，兩個極端的天然吸引。」

韓柏終於淌下熱淚，心中對秦夢瑤超然的見地佩服得五體投地。

秦夢瑤淡然一笑道：「好夫君，摟著你的小妻子睡一覺好嗎？」

韓柏點頭道：「好！讓爲夫來哄你睡覺。」

於是夜融化了。

兩人同時運轉心法，體氣相交，不一會兒晉入物我兩忘的境界，溶溶洩洩，酣睡過去。

第三十二章　雙修大法

在紅袖進來前，谷姿仙向小半道人微笑道：「幸未辱命。」

小半道人知道葉大姑如此不濟，主要是輕敵大意，又給封寒先奪其志，但對谷姿仙的雙修劍法仍是佩服不已，謝禮後道：「若公主能和風兄槍劍雙修，恐年憐丹也非對手。」

谷姿仙芳心一動，露出深思的神色。

谷倩蓮則湊到風行烈耳旁道：「倩蓮想通了，整天哭哭啼啼，香姊會不高興的，你不用再爲小蓮擔心了。」

風行烈心中一酸，勉強一笑道：「這才乖嘛！」

谷倩蓮挨往玲瓏處，說著私話兒。

桌對面的寒碧翠得「夫」如此，亦意氣飛揚，心情大佳，低聲向戚長征道：「你若想要紅袖，我再不阻你，但若要入你戚家之門，只可做妾！知道了嗎？」

戚長征聞言皺起眉頭，他乃風月場中的老手，知道大多做姑娘的都有個坎坷遭遇，迫於無奈，所以從不小看她們。不過以寒碧翠顯赫的身分，下嫁他這黑道中人，自是委屈，若還要她與一個妓女平起平坐，怎也說不過去。她肯讓紅袖做妾，已是天大恩典，忙苦笑點頭。

寒碧翠見他肯聽自己的話，心中歡喜，笑吟吟爲座中各人添酒。

再一聲傳報，一身湖水綠長衣，外披鵝黃披風，頭結雙髻的紅袖姍姍而至，比之昨晚的便服，又是另一番醉人風姿。

尙亭、小半道人、風行烈和戚長征四人站了起來歡迎。

介紹招呼過後，紅袖看了風行烈一眼，暗詫座中竟有比得上戚長征的人物，才步至寒碧翠旁。

尙亭這老江湖不用吩咐，給紅袖安排坐在寒碧翠和自己之旁，心中暗讚紅袖策略高明，因爲若她逕自坐到戚長征身旁，會有點視寒碧翠如無物的含意，但現在如此一來，擺明自己會乖乖的聽這位姊姊的話，寒碧翠怎能不起憐惜之意。

封寒和乾虹青亦看出箇中微妙，相視一笑。

紅袖和尙亭是素識，客套幾句後，她轉向寒碧翠道：「姊姊生得美若天仙，遠勝紅袖，難怪戚公子昨晚乖乖的跟你走了。」

寒碧翠給讚得心中歡喜，對紅袖大爲改觀，低聲道：「你的魅力才大呢！他整天嚷著要找你，否則怎會在生死決戰前，仍要見你，聽你名震長沙的琴曲。」

風行烈見兩女坐在一起，玉容輝映，向戚長征笑道：「戚兄確有本事。」

封寒冰冷的面容露出一絲笑意，舉杯道：「來！讓我們爲天下有情男女乾一杯。」

尙亭想起褚紅玉，記起自己以前爲了幫務，把她冷落，爲今又因野心作祟，累她遭劫，神情一黯，強顏歡笑，喝了一杯。

寒碧翠看到他的神色，道：「尙幫主放心，假設我們能過得今夜，碧翠定有方法使貴夫人回醒過來。」

尙亭大喜，道謝後向紅袖道：「不知姑娘曲興到了沒有。」

戚長征到此刻才找到和紅袖說話的機會，道：「尙幫主剛才向我大讚姑娘曲藝無雙，聽得我心也癢了。」

紅袖謙道：「說到唱曲，有才女憐秀秀在，紅袖怎當得無雙兩字。」

谷姿仙見她優雅中暗帶惹人好感的灑脫，亦對她另眼相看，笑道：「姊姊請賜一曲吧！姿仙等得心焦了。」

紅袖盈盈而起，來到放琴的長几處坐下，調校了琴弦後，叮叮咚咚彈響了一連串清脆悅耳的泛音。

她含笑停手，向座上各人道：「諸位誰有點曲的興致？」

這時的氣氛，哪還有半點風雨欲來前的緊張。

戚長征大笑道：「我點漢代才子司馬相如情挑卓文君的〈鳳求凰〉。」

紅袖橫了他風情萬種的一眼，暗忖你眞是霸道得可以，但偏又歡喜他的英雄氣概。

谷倩蓮道：「怎麼行，要人家姑娘求你嗎？你奏給她聽才合理嘛！嘻！不若來一曲〈良宵引〉吧！」

紅袖爲之莞爾，還深知這小姑娘並非幫她。

眾人亦哄然失笑。

街上忽地靜了下來，聽不到行人車馬的聲音，與往日熱鬧升平的花街景況，像兩個完全不同的世界。

事實上今晚整條街所有店鋪和賭場妓寨，都知道大戰來臨，均閉門大吉，怕遭池魚之殃。現在還有半個時辰就是子時了，誰還敢跑到這一帶來。連官差也只敢在遠處觀望，截著不知情誤闖過來的人。

谷姿仙笑責谷倩蓮道：「你不是一向最幫姊妹們對付男人嗎，爲何今次卻助紂爲虐？」

谷倩蓮回復了一向的鬼馬精靈，吐出小舌道：「我其實在幫紅袖姊，因爲這老咸確是很趣怪。」轉向寒碧翠道：「我有說錯嗎？寒掌門。」

連愁懷不展的小玲瓏亦忍不住笑了出來。

寒碧翠俏臉一紅，卻拿谷倩蓮沒法，和谷姿仙相視苦笑。

一直默然不語的封寒道：「這樣說下去，到了子時恐怕仍沒有結果，我那命喪於白禽之手的至交，生前最喜歡柳宗元的〈漁翁〉，現在大仇得報，就以白禽的人頭和此曲，祭他在天之靈吧！」

眾人爲之肅然，當然不會反對。

紅袖眼觀鼻，鼻觀心。

俏臉忽變得無比優清寧遠。

眾人看得一齊動容，暗忖難怪她如此有名，只看這種感情的投入，便知她是操琴高手。

琴音響起，紅袖左手五指在琴弦上吟、猱、綽、注，右手五指則挑、剔、劈、掃，琴音乍起，清婉處若長川緩流，急驟處則若激浪奔雷，一時盡是仙音妙韻。

紅袖唱道：

「漁翁夜傍西巖宿，曉汲清湘燃楚竹；
煙銷日出不見人，欸乃一聲山水綠。」

琴音由低沉轉至高亢。

紅袖俏臉現出幽思遠遊、緬思感懷的神情，配合著她甜美婉轉的歌聲，確是蕩氣迴腸，教人低迴不已。

戚長征與她有著微妙的感情，更是聽得如醉如癡，差點想衝過去把她痛憐蜜愛。

一陣高低起伏的動人琴音後，紅袖又唱道：

「回看天際下中流，岩上無心雲相逐。」

琴音轉低，以至乎無。

當眾人仍未能從琴音歌聲中回復過來前，一陣鼓掌聲由街上傳來，一把男子的聲音響起道：「彈得好，唱得美！紅袖姑娘可肯讓鷹飛再點一曲。」

眾人這時才知子時終至。

紅袖的歌聲琴音，似還在耳內迴盪。

韓柏忽有所覺，醒了過來。

秦夢瑤正瞪大秀目看著他，見他醒來，不好意思地道：「你感應到我的眼光，所以醒過來了，對不起！」

韓柏精滿神足，就像睡夠一晚的樣子，一看天色，仍是夜闌人靜的時刻，江浪打著泊岸的船身上，發出「嘩啦」的水響聲。

如許溫馨的晚上。

與心愛的玉人赤著身體摟在一起。

秦夢瑤微微呻吟了一聲。

韓柏這才覺察到自己在神足時的男性生理現象，吻了懷中美女一口道：「喂！現在我正合夢瑤所說的天然之舉，時候到了嗎？夢瑤可否要下手採取。」

秦夢瑤再呻吟一聲，在他背上重重扭了一把，狠狠道：「死韓柏！人家就是給你那鬼東西弄醒的，還來調戲夢瑤。」

韓柏感到秦夢瑤愈來愈風情冶蕩，酥透骨子裡去，不由貼得她更緊了，低聲道：「夜半無人私語時，此時有聲勝無聲，不若我們說說私話兒，好嗎？」

秦夢瑤勉強鎮著有若鹿撞的芳心，半吟著道：「說甚麼好呢？」

韓柏大喜道：「來！告訴我，爲何開始時對我那麼決絕無情呢？何時你才發覺愛上了我？」

秦夢瑤深吸一口氣，眼神回復清澈，幽幽道：「我對你那樣不友善，是因爲我怕了你，特別是你那對賊兮兮的色眼，像是想把人一口吞進肚裡去那樣。」

韓柏嘆道：「夢瑤的法眼眞厲害，連我心內想的事都知道，那天在黃州府重遇你時，眞個只想把你『咕嘟』一聲吞進肚裡，永遠都不吐出來。」

秦夢瑤當然知他在胡謅，氣道：「你再這樣戲人，夢瑤絕不讓你知道何時愛上了你。」

韓柏連忙求饒。

秦夢瑤忽然含羞垂下目光，玉臉微紅道：「那天我和青藏四密決戰後，掏出手帕接著吐出的鮮血，心中強烈地想著你，想倒入你的懷抱裡，接受你的愛憐，那時才知道眞的愛上了你。」

韓柏心痛地把她摟緊，旋又不服氣道：「哪有這麼遲的，當晚我們在屋頂監視何旗揚時，你因感應到師父的仙逝，倒進我懷裡時，便愛上了我，我這一生也忘不了你離開我懷抱時那幽怨多情的眼神。」

秦夢瑤故作愕然道：「原來早給你發覺了，想騙你也不行。」

韓柏大樂，只覺和秦夢瑤相處，其趣無窮，忍不住把熱吻雨點般落到秦夢瑤臉上，然後是玉頸、酥胸、小腹，直至腳趾尖，眞是不放過任何一寸地方。

秦夢瑤發出陣陣蕩人心魂的嬌吟和喘息聲。

當韓柏反過來由腳尖吻起，到印在她唇上時，她立時熱情如火地以香舌做出最狂野的反應。

韓柏苦忍著要佔有她的衝動，離開她的朱唇，喘息著道：「雙修大法究竟是他媽的甚麼一回事，告訴我一點兒行嗎？多個人想想總是好的，雖然我的腦袋比不上你，但說到男女之事，應該比你在行吧？」

秦夢瑤仍是渾軟無力，意亂神迷，只懂搖頭，連話亦說不出來，心中暗恨自己完全禁不住這小子的挑情，但又很想他繼續下去。

韓柏看得慾火狂升，大吃一驚，由秦夢瑤身上翻到床邊，碰也不敢再碰秦夢瑤動人的肉體。

兩人並肩仰臥，好半晌後才稍微平復過來。

秦夢瑤改爲側臥，用手支起俏臉，深情地看著韓柏具有強大魅力的側臉，伸出一手輕撫著他寬闊的胸膛，柔聲道：「讓夢瑤透露一點給柏郎知道吧！」

韓柏大喜，朝著秦夢瑤側身而臥，目光不由飽覽著眼前無限美好的春光勝景。

秦夢瑤哪吃得消，嗔道：「只准你看頸以上的地方。」

韓柏苦著臉道：「夢瑤你現在像在求一個在大漠缺水多天，快要渴死的旅人，不要撲進在腳下的清溪那麼不合情理。」

秦夢瑤悠然道：「若你忍不住，拿被子把我蓋著吧，或爲我穿回衣服。」

韓柏失笑道：「就算你穿上盔甲，擔保絕擋不了我這對手。」

秦夢瑤微怒道：「看吧看吧！以後我把房間像柔姊那間般裝個鐵門，教你晚上不能出入自如。」

韓柏賠笑，伸手過來拍拍她臉蛋道：「不要著惱，我韓柏大甚麼的投降了，以我的定力，有甚麼是辦不到的。」

秦夢瑤秀氣無倫的美目逸出笑意，輕輕道：「韓柏大淫棍，夢瑤有說錯了嗎？」

韓柏失聲道：「你當然弄錯了，是大俠才對。」

秦夢瑤故意氣他，嗤之以鼻道：「我只聽到有人喚你作大淫棍，從未聽過你是大俠，那大俠好像是浪大哥專用的私家稱號。」

韓柏倏地記起一事，壓低聲音道：「你猜死老鬼是否正偷聽著我們呢？」

秦夢瑤回復了一向的清冷自若，淡然道：「若我不願意，就算范大哥的耳，亦聽不到我半句話，至於大淫棍你的大呼小叫，我就不敢擔保了。」

韓柏針鋒相對地嘿然道：「我才不信秦大小姐你連呻吟和嬌喘，也可以用傳音入密的蓋世神功只供我韓柏大俠一個人獨家享用吧。」

秦夢瑤辛辛苦苦建立的道心立時崩潰，一拳打在韓柏肩頭，不依道：「都是你害人！」

韓柏大笑爬了過來，把她壓在身下，痛吻一番後，道：「可以告訴我那天下間最教人又愛又恨的雙修大法了嗎？」

第三十三章　勢不兩立

鷹飛的話剛由樓外傳來，眨眼間出現在入門處，向各人微笑抱拳道：「你們好！」各人的目光落在他身上。

封寒的眼閃起亮光，顯是看出他的不凡。

背掛雙鉤的鷹飛仍是那副懶洋洋、吊兒郎當的樣子，身穿雪白的武士服，肩寬腰窄腿長，英俊至近乎邪異的面容，攝魄勾魂的眼神，確有非凡的魅力。

他的眼睛掠過寒碧翠、谷姿仙、乾虹青、谷倩蓮和玲瓏五女，最後落在紅袖俏臉上，嘴角逸出一絲驕傲自信的笑意，溫文有禮地道：「紅袖小姐可否爲鷹飛奏一曲〈鷗鷺忘機〉，在下正想做那沒有傷害鷗鳥機心的漁夫，才不負鳥兒樂意接近的心意。」

紅袖只覺他的眼神直望進芳心至深處，又聽他談吐優雅，同時顯露出對琴曲的認識，心中一陣模糊，就要答應。

谷姿仙知他正向紅袖展開愛情攻勢，自己雖早心有所屬，但剛才被他眼睛掃過時，仍不由芳心一懍，於此可知這人對女人確有異乎尋常的吸引力，出言道：「紅袖姑娘切莫忘記，最後那漁夫終於動了殺機，把鷗鳥加害了。」

紅袖心中一震，清醒過來，想起這確是那故事的發展，站了起來，不敢看鷹飛，低聲道：「今夜紅袖只奏給戚公子一個人聽，對不起了。」走回席上，坐到自己的椅子裡。

鷹飛毫不動氣，哈哈一笑向戚長征道：「柔晶哪裡去了，戚兄不是如此見異思遷的人吧！」他每句話都步步緊迫，務要破壞戚長征在紅袖芳心的好印象。

寒碧翠心頭一陣不舒服，望向戚長征。

戚長征悠閒地挨在椅背處，斜眼看著這個強勁的大敵，微笑道：「我眞的不明白你的心是甚麼做的，絕情地拋棄了柔晶後，她的事理應與你無關，爲何當她找到眞愛後，又苦纏不休，婆婆媽媽兼拖泥帶水，你配稱男子漢嗎？」

尙亭冷冷插入道：「紅玉的事，是否你做的？」

鷹飛仍是那副懶洋洋的樣子，卓立房前，瞧著尙亭微笑道：「原來是湘水幫的尙亭尙幫主。」攤開雙手道：「貴夫人投懷送抱，我若拒絕，豈非說貴夫人毫無吸引力，那可大大不敬了。」

尙亭怒喝一聲，便要躍起動手，小半道人一把按著他，在他耳旁低聲道：「他是故意激怒你的。」

封寒冷哼一聲，顯動了眞怒。

風行烈一聲長笑道：「好膽色！竟敢一人來赴約，風某倒要揣揣你有多少斤兩。」

鷹飛灑然笑道：「戚兄肯把在下讓給你嗎？」

戚長征向風行烈嘆道：「這淫徒只有這句話才似點樣子，今晚他確是我的了。」

眾人都心中一震。

這鷹飛高明之極，料準戚長征不得不和他決戰，只要他能殺死戚長征，他們亦唯有眼睜睜看著他離去。在戰略上比之千軍萬馬殺來更爲有效。

實際上戚長征正成了今晚的主角，殺了他，方夜羽的一方可算大獲全勝。

事後他們自可再分別截殺所有在座的人，這還不是最如意的算盤嗎？

眾人剛才早由戚長征口中知道此人的厲害，這時都爲戚長征擔心起來。

寒碧翠不由伸手過去，握著戚長征的手。

封寒冷喝道：「既是如此，長征你去領教蒙古絕學吧！」

鷹飛大笑道：「快人快語，鷹某就和戚兄決戰青樓，不死不休。」

紅袖站了起來，提起酒壺，嬝嬝婷婷地到了戚長征身旁，爲他斟滿酒杯，情款深深道：「紅袖敬公子一杯，祝公子旗開得勝。」

鷹飛眼中終閃過一絲嫉恨之色，想起了水柔晶。

戚長征哈哈一笑，舉杯一飲而盡，向各人道：「待我殺了此獠，再上來和各位痛飲。」

尚亭舉杯祝道：「上天必站在戚兄的一方。」

戚長征「鏘」一聲拔出天兵寶刀，躍往桌面，足尖一點，往鷹飛撲去。

鷹飛哈哈一笑，飄出門外，喝道：「我在大堂等你！」

消失門外。

戚長征忽又掠了回來，一手摟著站了起來的寒碧翠，另一手摟緊紅袖，在兩女臉蛋各香一口。

谷倩蓮鼓掌道：「好小子！」

戚長征笑道：「若風兄批准，我也可以親你一口。」

風行烈哈哈笑道：「隨便！」

嚇得谷倩蓮躲到了玲瓏背後。

乾虹青和谷姿仙對望一眼後，齊聲笑罵道：「你們這些男人！」

封寒拔出長刀，拋往戚長征，沉聲道：「雙刀破雙鉤，去吧！」

戚長征右手接刀，躬身道：「小子領命！」

言罷掠往房外，到了門外可俯視整個大堂的樓台處，一聲長嘯，凌空躍起，一個倒翻，左右兩手化作長虹，往下面的鷹飛激射而去。

寒碧翠和紅袖看著戚長征豹子般充滿勁道的背影，露出顚倒迷醉的神色。

直到此刻，紅袖才成功地藉戚長征驅走了鷹飛詭邪魅異但又有著強大誘惑力的影子。

尙亭心中爲戚長征祈禱，他看出了鷹飛是那種能令燈蛾撲上去自殺的烈焰，褚紅玉身體留下亢奮的痕跡，正是明證。

谷倩蓮第一個奔出房外去，叫道：「快看那小子怎樣殺死那壞傢伙。」

「噹噹！」

兩聲清響震徹整個大堂。

關乎中原和蒙古武林盛衰的一戰，終於揭開了序幕。

秦夢瑤翻了個身，反把韓柏壓在下面，吁出一口氣含羞道：「剛才眞的非常危險，只要你不經意往前略移，夢瑤立即貞元不保。現在至少可取個主動了。」

韓柏皺眉道：「爲何你這從不沾男女之事的仙子，好像對男女的事非常熟悉似的，你摸我時不知多麼懂得輕重呢！」

秦夢瑤柔聲道：「在靜齋修煉期間，夢瑤曾遍閱齋內藏書，其中有涉及西藏歡喜相修的功法，亦有素女經一類的東西，圖文並茂，所以對這方面知之甚詳，只不過那時全不感動心，想不到現在竟派上了用場，眞是始料難及。」

韓柏欣然道：「那就精采極了，不若我閉上眼睛，讓你來服侍我好嗎？」

秦夢瑤心中叫道，天呀！這樣下去，我不和這無賴沉淪慾海才是奇蹟。

嗔道：「你不是想知道雙修大法嗎？爲何現在又一點不關心了？」

韓柏拿起秦夢瑤玉手，刮了自己一個巴掌，歉然道：「是我不好，時常慾大於情，夢瑤請說吧！」

秦夢瑤坐了起來，拿起衣裳，穿在身上，把腰帶遞給韓柏，示意他爲她紮在腰間。

韓柏坐了起來，一看單衣掩映裡仍是春光盡洩，慾火又轟然直衝上頂，暗叫乖乖不得了，這時秦夢瑤的誘惑力，比之赤身裸體實不遜色分毫。

秦夢瑤在他臂中重重扭了一把。

韓柏痛得驚醒過來，手顫顫地爲她紮好腰帶，整理好衣服，可是仍有大半截玉腿露了出來。

秦夢瑤橫他一眼，盤膝坐好，把玉腿藏在衣內。

韓柏的魂魄才能勉強歸竅。

秦夢瑤嘆道：「想不到你在魔功大進下，仍擋不住我身體的引誘力，可知有情無慾對你來說是多麼難以辦到。」

韓柏頹然道：「這雙修大法是最違反自然的鬼法。」

秦夢瑤面容回復止水的平靜，點頭道：「柏郎說得對，違反自然正是雙修大法的關鍵所在。」

韓柏一呆道：「這是甚麼道理？」

秦夢瑤解釋道：「無論何家功法，最後都牽涉到先天和後天的問題。所謂後天，就是順乎自然，生老病死，由受孕成胎，長大衰老，以至重歸塵土，一切都合乎自然。」

韓柏道：「我明白了，先天之道，就是要超越自然的法規，能人所不能，固是違反自然。可是有情無慾，又或有慾無情，和自然有何關係？」

秦夢瑤見他一點就明，欣悅地點頭道：「所謂男女，莫非陽陰，各有其自然之性。陽進陰退，所以在一般情況下，男人對女人，都是因慾生愛，甚至不須任何情意，亦可和女人交合，你應是最明白我這話的人。」

韓柏老臉一紅道：「夢瑤求你不要這樣說我好嗎？」

秦夢瑤白他一眼，續道：「女屬陰，所以剛好相反，只會因情生慾，沒有情的性慾，對女人來說是極端痛苦的事，所以當娼被視爲人間慘事，施暴是最大的惡行，就是這道理。」

韓柏恍然道：「故此男的要有情無慾，女的要有慾無情，就是逆其道而行的先天心法。」

秦夢瑤微笑道：「至於箇中妙處，到時你便會知道，夢瑤現在絕不能透露給你知，以免有意爲之，落於下乘。」

韓柏點頭道：「我明白了，爲何要由女方主動，亦基於這道理，因爲在一般情況下都是由男方作主動，女方接受的。」

秦夢瑤拉起韓柏的手，微笑道：「其中還有更深一重的道理，陽順陰逆，此理確是玄妙非常。好了！夢瑤再陪你睡一覺好嗎？明天抵京後，你會非常忙碌呢！」

韓柏有點難以啓齒地道：「夢瑤！我可以再把你的衣服脫下嗎？」

秦夢瑤嫣然淺笑，無限嬌羞道：「夢瑤的衣服這麼單薄了，還不滿意嗎？何況夢瑤根本無法亦不願拒絕你那對魔手。」

韓柏一聲歡呼，把秦夢瑤摟倒床上，纏了她一個結實，在她耳邊道：「今晚保證你有個最深最甜的夢。」

鷹飛卓立大堂中央，嘴角帶著一絲驕傲的笑意，直至戚長征雙刀劈至頭上五尺許處，才迅速拔出背上雙鉤，左右開弓，先彎往外，待勁道使足時，同時擊在刀鋒處。

兩下激響，迴傳堂內。

這時封寒、風行烈等全擁出房外，一字排開，倚在二樓房外的欄杆旁，居高觀戰。

守在大門處的丹清派和湘水幫高手，亦忍不住擁集在大堂入口處和兩旁，目不轉睛看著堂內驚心動魄的龍爭虎鬥。

鉤、刀相擊。

戚長征感到一股怪異之極的力道，把自己往鷹飛扯去，駭然提氣，升起尋丈，再一個倒翻，落到大堂邊緣處，與鷹飛相距三十步許，遙遙對峙著。

在二樓倚欄觀戰的封寒和風行烈對望一眼，都瞧出對方心內的震駭。

要知即管換了他們中任何一人，要擋戚長征這凌空下擊、聲勢駭人的兩刀，幾乎肯定須往旁移避，再布署反擊，現在鷹飛竟能半步不移，不但化解了戚長征全力兩擊，還迫得他退飛開去，確使人大是驚懍。

更駭人處他並不乘勢追擊，任由戚長征立穩陣腳，只從這點看，即知他有著必勝戚長征的信心。最震駭的當然是戚長征本人，直至現在，他才眞的明刀明槍和鷹飛對陣，剛才兩擊，試出鷹飛的功力確當得上深不可測這形容，難怪連里赤媚亦如此看得起他。

幸好戚長征心志堅毅卓絕，無論面對多麼強大的對手，亦從不會氣餒，這時收攝心神，晉入「晴空萬里」的境界，湧起無窮無盡的鬥志，一聲狂喝，閃電掠往鷹飛，左手使出封寒傳授的左手刀法，右手則是慣用的絕技，一先一後，一重一輕，疾風轟雷掣電般向敵手中路狂攻而去，全是沒有留手的拚命招數。

一時寒電激芒，耀人眼目，威猛之極。

谷倩蓮反應最快，立即喝采。

大門處近三十名觀戰者同時吶喊助威，震耳欲聾，更添戚長征聲勢。

鷹飛嘴角抹出一絲冷笑，雙鉤提至胸前的高度，也是一先一後，擺好門戶。

他表面雖是從容輕鬆，其實卻是心中懍然。他顧忌的非是戚長征已晉先天之境的武功刀法，而是對方出自天性的勇狠，和堅凝強大的氣勢；嘴角逸出的冷笑，乃是他已擬好應付方法。

戚長征狂猛的氣勢，這時無人不清晰地感覺出來，連尙亭、小半道人、寒碧翠、紅袖、玲瓏亦加入搖旗吶喊的行列。

只有封寒和風行烈兩人神情更見凝重。

谷姿仙則憑著因雙修心法而來的直覺，察悉鷹飛的厲害。

這時戚長征離鷹飛只有十步，一掠即過，驀地放聲長嘯，把所有狂呼高叫全蓋了過去，本在後的右手刀忽搶先破空而出，超過了左手刀，而左手刀卻使出一路細膩纏綿的刀法，幻起一團芒花，護著全身要害。一簡一繁，教人嘆爲觀止，那比左手畫圓，右手畫方的難度，更要超越百倍。

「鏘鏘！」

鷹飛微向前俯，雙鉤擊出，正中敵人的右手刀。

戚長征全身一震，衝勢受挫。旋即左手刀鋒芒擴大，千百刀影，往鷹飛罩去。

鷹飛一聲長笑，右鉤平平實實橫揮入刀芒裡。

「叮！」

正中刀尖。

刀芒散去。

正在高呼狂叫的人，見到鷹飛鉤法如此精妙，都忽然啞口無聲，全場陷入落針可聞的寂靜裡。那由嘈吵轉靜的變化，營造出一種使人心頭悶壓的氣氛。

戚長征雙目神光電射，左手刀迴守身前，扭腰下右手刀閃電般往鷹飛面門直劈過去。

鷹飛冷哼一聲，雙鉤交叉，硬架了這無堅不摧的一刀，同時兩鉤交鎖，往前一送。

戚長征只覺對方內勁，如長江大河般由雙鉤湧來，雖明知對方空門大露，左手刀硬是砍不出去。

「蓬！」

氣勁相交。

兩人同往後退。

至此戚長征先聲奪人的攻勢盡被破解。

鷹飛剛才任由戚長征搶得先勢，就是爲了求得他攻勢受挫、氣勢衰竭的剎那，大笑道：「戚兄難道技止此矣！」翻身滾倒地上，雙鉤化作護身精芒，刺蝟般往戚長征下盤捲去。

戚長征剛以內勁和鷹飛毫無取巧的硬拚了一記，氣血翻騰，本以爲對方亦不好過，哪知對方像沒事人似的反攻過來，顯然內功實仍勝自己一籌，心中叫苦，唯有繼續後退，爭取一隙的回氣時間。

旁觀各人都大皺眉頭，若戚長征給鷹飛逼到牆角，形勢將會是凶險至極點，因爲鷹飛的雙鉤，當然比長刀更有利於埋身搏鬥，戚長征豈非有敗無勝。

在離後牆尚有五步許的距離時，戚長征厲喝道：「看刀！」右手刀鋒微側，化作長虹，竟硬生生從雙鉤的縫隙間切入鉤芒裡，直取翻滾過來鷹飛的胸膛。

眾人立時轟然叫好。

連鷹飛也想不到在危急存亡間，戚長征竟能施出如此天馬行空、全無軌跡可尋的一刀，叫了聲好，往後彈起，左手鉤迴擊刀背上。

「噹！」

激響震懾全場，功力淺者，都要耳鼓生痛。

戚長征有如觸電，往後急退，「砰」一聲撞在牆上，口角溢出血絲。

鷹飛蹌踉退了五步，一聲長笑，又掠了回來，雙鉤幻出漫天寒影，層層鉤浪，狂潮裂岸般往戚長征洶湧過去。

戚長征後腳一撐牆壁，猛虎出柙般往前飆出，雙刀化作千重刀芒，迎上對方強悍絕倫的攻勢。

「叮叮噹噹」，鉤、刀交擊之聲不絕於耳。

兩條人影交換互移，在漫天氣勁裡閃跳縱躍，你追我逐，也不知誰佔了上風。

樓上風行烈的手已握在丈二紅槍之上，瞬也不瞬注視著場中的發展。

「轟！」

狂猛的氣勁交擊後。

兩條人影分了開來。

鷹飛左肩處衣衫盡裂，鮮血不斷流下，染紅了半邊身。

戚長征單刀柱地，支持著身體，看似全無傷痕，但眼、耳、口、鼻全滲出血絲，形相淒厲之極。

紅袖呻吟一聲，差點暈倒，全賴玲瓏攙扶著她。

寒碧翠手握劍柄，俏臉再無半點血色。

場中的鷹飛冷哼道：「好刀法！」仰頭傲然望向封寒等人，笑道：「你們若怕他被殺，即管下來助他，我鷹飛一併接著好了。」

封寒冷哼一聲，沒有作聲。

這時任誰都知道鷹飛佔在上風。

鷹飛凌厲的眼神轉到戚長征臉上，嘿然喝道：「若你棄刀認輸，我可暫饒你狗命，不過坦白告訴你們，這條花街已被我們重重封鎖，任你們脅生雙翼都飛不出去。」再一陣狂笑後，得意地道：「我們撤去了對長沙府的包圍，並非怕了官府，而是和他們合演一場好戲，讓敢反對我們的人都投進來，好一網成擒。」

戚長征站直虎軀，雙目生威，露齒一笑，臉上的血漬絲毫不影響那陽光般的溫暖和魅力，道：「你得意太早了，未到最後，誰可知勝負。」

鷹飛哈哈一笑，一揮手中鉤，遙指他道：「我拚著捱你一刀，擊中你兩處要穴，現在你功力最多只剩下小半，還有何資格和我談誰勝誰負？」

戚長征冷哼一聲道：「你的弱點是太愛惜自己了，所以雖有數次殺我的機會，卻怕會在我反撲下受到重創，現在還說這麼一番話，只不過不敢和我分出生死，你若還是個男子漢，就承認給我說中了吧！」

鷹飛眼中掠過濃烈的仇恨和殺機，暴喝道：「好！我就拚著受傷，也要在愛你的人前把你擊殺，然後我會把你的女人逐一征服，讓她們沒有一天可以沒有我。」

谷倩蓮在樓上怒叱道：「無恥！」

鷹飛仰首向她望去，露出個迷人的笑容道：「小妮子試過在下的滋味後，包你覺得你的風郎味同嚼蠟。」

谷倩蓮氣得跺足道：「行烈！給我幹掉他，否則倩蓮以後都不睬你了。」

眾人心中暗讚，知道谷倩蓮奇謀百出，藉此使風行烈有藉口介入兩人的決戰裡。

風行烈哪會不明白，大喝一聲，人槍合一，往下撲去。

槍未至，鷹飛衣衫已被氣勁吹得狂飄亂拂。

鷹飛一聲長嘯，躍空而起。

「噹！」

雙鉤架上丈二紅槍。

風行烈有若觸電，往後翻退。

鷹飛則借勢橫移身軀，落在對面的欄杆處，足尖一點，箭般射上屋頂，「轟」一聲衝破屋頂，逸了出去。

風行烈落到地上，手臂痠麻，暗駭此人功力之高，與年憐丹所差無幾，這才眞正明白爲何連戚長征都要吃了大虧。

寒碧翠一聲驚呼，往戚長征處躍下去。

戚長征雙刀噹啷墜地，口噴鮮血，仰後便倒。

他剛才只是硬提一口眞氣強撐著，鷹飛一走，意散神弛，再支持不了。

寒碧翠把戚長征摟入懷裡，熱淚狂湧，淒叫道：「不要嚇我啊！」

封寒等全躍了下來。

谷姿仙拿起戚長征雙手，以獨門心法渡進眞氣，臉上現出奇怪的神色道：「他是故意昏了過去，以爭取療傷的時間和更佳的效果。」

乾虹青剛要說話，街上傳來一片喊殺之聲。

尙亭知道布在花街的手下和丹清派的人正與對方動上了手，跳了起來道：「你們在此爭取時間爲戚兄療傷，我出去盡量阻延他們。」

小半道人喝道：「我和你一齊去！」

封寒冷喝道：「沒有時間了，你找個人揹起長征，虹青負責紅袖，我們一起衝殺出去，看看能否趁黑逃往城外去，那活命的機會就可大增了。」

眾人心中懍然，若連封寒也要說出這等話來，可知形勢的險惡，實到了無以復加的程度。

風行烈一振手上紅槍，大喝道：「就算我們戰死當場，我誓要他們付出慘痛代價。」

街上的戰鬥更激烈了。

剛擁出去的湘水幫和丹清派高手像潮水般退了回來，無不負著血傷。

封寒取過戚長征身旁的刀，又珍而重之把天兵寶刀插回他背後的鞘裡。狂喝一聲，帶頭往正門衝去。

《覆雨翻雲》卷五終

國家圖書館出版品預行編目資料

覆雨翻雲 / 黃易著. --初版.--台北市 :
蓋亞文化，2018.03－
冊; 公分. --

ISBN 978-986-319-328-9(卷5 : 平裝)

857.9 106025409

覆雨翻雲

卷五

新編完整版

作　　者　黃易
封面題字　錢開文
封面插畫　練任
裝幀設計　莊謹銘
特約編輯　周澄秋
總 編 輯　沈育如
發 行 人　陳常智
出 版 社　蓋亞文化有限公司
地址：台北市103赤峰街41巷7號1樓
電話：02-2558-5438　傳眞：02-2558-5439
電子信箱：gaea@gaeabooks.com.tw
投稿信箱：editor@gaeabooks.com.tw
郵撥帳號 19769541　戶名：蓋亞文化有限公司
法律顧問　宇達經貿法律事務所
總 經 銷　聯合發行股份有限公司
地址：新北市新店區寶橋路二三五巷六弄六號二樓
電話：02-2917-8022　傳眞：02-2915-6275
初版一刷　2018年3月
定　　價　新台幣 280 元
Published and printed in Taiwan

ISBN／978-986-319-328-9